MEMENTO MORI

MIA LEKSSON

City
Poche

Photo de couverture : Shutterstock/Studio City
ISBN : 978-2-8246-2305-4
Code Hachette : 11 6371 5

Collection dirigée par Christian English & Frédéric Thibaud.
Catalogue et manuscrits : city-editions.com

Dépôt légal : Novembre 2023

1

La couleur de la souffrance

La plume crisse sur la feuille A4, révélant un corps agrippé à des racines qui s'enchevêtrent sur le sol imprégné de boue.

On ne voit rien du visage noyé dans l'épaisse chevelure qui se mélange à la terre comme un nid de serpents en colère. La dessinatrice suspend son geste : Jess aimerait faire appel aux pensées magiques de son enfance pour en éradiquer les images toxiques… mais elle sait que c'est impossible et se remet au travail. Rageusement.

Sa main court à toute allure sur le papier, hachurant les fesses cisaillées par la marque écarlate d'un slip qui déchire la chair crayeuse et souillée. La fille a perdu une basket qui baigne dans une flaque d'eau, dévoilant un pied nu, blanc, obscène au milieu des fourrés détrempés par la pluie. Une voix souffle dans son oreille :

—Bientôt, j'aurai votre peau, et un à un, vous disparaîtrez de la surface de cette terre.

Le regard de la jeune femme glisse vers la boîte de pastels alignés dans un ordre méticuleux. Les couleurs de l'arc-en-ciel. Elle saisit un crayon vermillon, le scrute, interrogative. Elle s'est toujours interdit la couleur, préférant le noir et blanc, plus en phase avec les histoires qu'elle aime raconter.

Derrière elle, la voix s'impatiente :

—Qu'est-ce que tu attends ?

—Fous-moi la paix, réplique-t-elle.

Mais la voix ne s'arrête pas, elle poursuit :

—Alors, en panne d'inspiration ?

Jess hausse les épaules. Tout en contemplant les toits en zinc qui ruissellent sous la pluie de l'autre côté de la fenêtre, elle fait tournoyer le crayon entre ses doigts et s'interroge. Quelle est la couleur de la souffrance ? Un jour, elle en est sûre, elle trouvera une réponse à cette question qui la taraude depuis longtemps et la détruit à petit feu. Soudain ses doigts se délient comme des oiseaux prenant leur envol.

Un peu plus tard… Une tache écarlate s'élargit entre les cuisses blanches d'où jaillit une multitude d'éclaboussures rouge sang, encerclant le corps blessé de l'adolescente. Une allégorie de la douleur qu'elle tentera d'améliorer, constate la dessinatrice, insatisfaite de son travail.

Jess jette le pinceau, saisit un feutre noir, et trace, au milieu des ronces, un M majuscule qui devient rapidement un « *Memento mori* », entrelacé avec le nid à serpents de la chevelure. Dehors, la pluie a cessé. Un pâle rayon de soleil couchant illumine soudain les toits humides tandis qu'une nuée d'hirondelles traverse les airs en lâchant des cris stridents. Comme elle aimerait être l'une d'elles, voler au-dessus de Paris, piquer du nez, raser les pavés des rues, se moquer de ceux qui ne l'aiment pas et lâcher des fientes sur ceux qui l'ont recluse depuis trop longtemps. Soudain un frisson la parcourt des pieds à la tête comme si quelque chose d'irréparable allait se produire, quand le scanner se met en marche, égrenant sa petite musique rassurante.

Un sourire de soulagement envahit son visage couvert de taches de rousseur. Dans son épaule, la voix s'enroule et murmure à nouveau :

—Le jeu de massacre peut commencer, mais avant, vous souffrirez tous. Salut ma belle… À toi de jouer, désormais.

Puis un frôlement, comme un évanouissement. Un chuintement qui s'éloigne. Et à nouveau le silence. Jess se retourne, il n'est plus là. Rien qu'elle et elle dans l'espace en sous-pente des combles du vieil immeuble parisien. Une cage dorée où elle aime se réfugier quand l'autre l'assaille de ses litanies ou de ses menaces qu'elle ne parvient pas à maîtriser.

En refermant la boîte de pastels, elle songe qu'un jour, elle lui fera la peau à son tour. La torture dure depuis trop longtemps. Il est temps que cela cesse. Bientôt, elle lui fera payer ce qu'il lui a fait endurer.

2

7 octobre 2021 : Une banlieue huppée dans l'Ouest parisien

Le *legato* de « L'air des cartes » de *Carmen* envahit la nuit de mille présages, mais Raphaël s'en fout comme de la lune rousse qui éclabousse le bitume d'éclats de lumière. Il est pressé, claque la portière de son 4 × 4 Mercedes et se hâte vers l'entrée de la propriété ceinte de hauts murs où il s'identifie sur le vidéophone. Le mot de passe est « Danemark », un gimmick en hommage à *Eyes Wide Shut*, le film de Stanley Kubrick, dont le maître des lieux est un aficionado. Le point rouge de la caméra de surveillance clignote. Le portail en acier s'ouvre silencieusement sur le parc aux chênes centenaires, décorés de lampions et illuminés par des torchères disséminées parmi les bosquets. Deux vigiles, costumes sombres et masques vénitiens au bec d'oiseau, vérifient que les portes se referment correctement derrière le nouvel arrivant.

Raphaël est séduisant, le sait, et aime en jouer tout en se frayant un chemin parmi les ombres furtives qui le dévisagent avec insistance. La fête bat son plein. Il est seul à n'être ni masqué ni costumé : « L'embarquement à Cythère », le thème de la soirée organisée par son ami Fred pour ses trente-neuf ans. Raphaël songe qu'il va falloir arrêter ces conneries d'agapes libertines qui virent aux orgies SM ou échangistes. Il a en horreur les débordements hasardeux. Dangereux pour leur image, ça !

Une femme à l'allure androgyne, loup de métal noir, la nuque tatouée d'un serpent qui s'enroule jusqu'à ses seins aux armatures de Latex, glisse vers lui, le frôle avec insistance. Son odeur sucrée et capiteuse lui noue le ventre. Il la trouve excitante, sa robe écailles de sirène emprisonne un corps plein de promesses. Il lui saisit le poignet et l'attire à lui :

—Peut-être aurai-je la chance de faire votre connaissance ?

—Un autre soir, peut-être… murmure-t-elle, aguicheuse, avant de lui glisser sa carte de visite et de tourner les talons avec une démarche chaloupée.

Il se retient de lui balancer son poing dans la gueule, il n'aime pas qu'on se refuse à lui, ça le rend agressif. Une pute allumeuse et stupide qui ne sait pas ce qu'elle perd, conclut-il en poursuivant son chemin parmi les convives. Deux femmes nues sanglées dans l'armature de leurs robes à paniers, style Marie-Antoinette, lui font signe d'approcher. Il les ignore et les dépasse. « Quand une marquise rencontre une autre marquise, qu'est-ce qu'elles se racontent ? », le début d'une chanson que lui chantait sa nounou, se souvient-il, guilleret, poursuivant son chemin. Un peu plus loin, une créature bodybuildée, mi-homme, mi-femme surgit d'un bosquet, tendant un plateau sur lequel s'alignent rails de coke et diverses substances stupéfiantes. Raphaël l'écarte puis se faufile parmi les statues flashy d'Anton Vilkas, la nouvelle coqueluche de l'art conceptuel, un sculpteur hongrois dont le moindre pet se chiffre en dizaines de milliers d'euros.

Quel goût de chiotte ! constate-t-il, navré, en balayant du regard la piscine où des corps nus, agglutinés, tanguent dans l'eau turquoise au rythme de l'opéra de Bizet, façon techno cette fois. Il aurait bien plongé les têtes de quelques-uns des invités sous l'eau jusqu'à ce que leurs yeux exorbités le supplient d'arrêter. Une provocation qui lui rappelle ses jeunes années, quand il était un cheval fou, bravant tous les interdits. Depuis, il s'est calmé et s'est construit une réputation et une image irréprochable. Aujourd'hui, il est le leader de la bijouterie de luxe low cost en France et bientôt en Europe. Une entreprise de joaillerie héritée de ses parents qui ont eu la bonne idée de disparaître corps et âme pendant leurs vacances en Indonésie, lors du tsunami de 2004. Une aubaine qui lui a permis de bousculer la gestion petite bourgeoise de son père et de lancer un nouveau concept de bijoux haut de gamme sur Internet. Il est arrivé au bon moment et a su en tirer profit.

Avec une publicité habile sur les réseaux sociaux – pour vanter son utilisation exclusive de diamants équitables hors zones de conflits à coups de slogans pour bobos écolos friqués – ajoutée à l'explosion des ventes en ligne, les bijoux Jenssen, s'ils n'ont toujours aucune vitrine place Vendôme, sont devenus en moins d'une décennie un acteur qui pèse dans le milieu. Un concurrent dont le chiffre d'affaires fait pâlir d'envie les plus grands joailliers, de Londres à Rome en passant par New York et Singapour. Une réussite exceptionnelle dont il est effrontément fier.

À présent, il longe le grand buffet dressé sur la terrasse où une fontaine de bronze en forme de gueule de lion laisse s'écouler un flux de vin rouge qui se déverse dans une vasque illuminée par une forêt de candélabres. Une mise en scène outrancière et vulgaire, que Fred a empruntée aux USA lors de son dernier voyage sur la route des Vins californiens. Puis il se faufile parmi un groupe cuir, bas résille, menottes et piercings et l'aperçoit enfin, complètement ivre, affalé sur un transat. Une rouquine au corset clouté et semé d'épingles à nourrice s'active sur son entrejambe.

Dans la poche de sa veste, son portable vibre : « Oui », dit-il jetant un rapide coup d'œil à l'écran. C'est la voix inquiète de Simon :

—Je viens d'en recevoir un. Et toi ?

—Aussi. Je suis venu en parler à Fred.

—Il faut mettre fin à ces conneries. Ça ne peut plus durer.

3

8 octobre 2021 : Passage du Cheval-Blanc, place de la Bastille, 11e arrondissement

Simon raccroche. Observe sa main qui tremble. Serre violemment le poing pour éloigner la crise d'angoisse qui grignote chaque cellule de son corps. Déjà 2 heures du matin sur l'horloge à cristaux liquides. À côté, la photo encadrée d'une adolescente d'une dizaine d'années dans le paysage enneigé d'une station de sports d'hiver. Skis aux pieds, elle sourit, confiante, à l'objectif. Il retourne le cadre. Sa main sursaute, il serre les dents pour anéantir les fantômes qui veulent sa peau. Il vient de parcourir des rubriques nécrologiques des années 2000 à 2010 sur son ordinateur. Celles d'anciens élèves du lycée Claude-Monet. Il n'a rien trouvé de nouveau mais il a vérifié sa boîte e-mail, il ne sait plus combien de fois. Lu et relu les messages reçus depuis un an, qu'il stocke dans un dossier intitulé « Isis », du nom du premier jeu vidéo de *GamePlus*, le géant américain dont il est le numéro 2 pour l'Europe. Depuis son enfance, il a toujours été le numéro 2, songe-t-il avec amertume.

Memento mori,

N'oublie pas que tu vas mourir...

Quand cette sinistre comédie cessera-t-elle ?

Au début, il y a un an, il a cru à une mauvaise plaisanterie, puis à une erreur de destinataire et ensuite à l'attaque d'un concurrent, même si au fond de lui, il en doutait. Il sait exactement pour quelle faute on le somme de rendre des comptes. À l'époque, c'était lui le fort, ou plutôt, il faisait partie de la bande de ceux qui écrasaient les faibles. Ils étaient passés maîtres en torture psychologique et se repaissaient de la toute-puissance qu'elle leur procurait. Après, les choses avaient dégénéré.

Son passé le tourmente et il donnerait tout pour briser cette spirale infernale qui le déstabilise chaque jour un peu plus. À mesure qu'il vieillit, il s'est mis à regretter ses actes et à vouloir se racheter. Aujourd'hui, il jure qu'il fera tout pour changer et se faire pardonner. Sur l'écran apparaît un dessin représentant une jeune femme prostrée au milieu des racines d'un arbre.

Entre ses jambes blanches et nues, une tache rouge jaillit et envahit progressivement l'écran de l'ordinateur. La frayeur monte en lui. Son cœur bat à rompre. Et si tout ce sang devenait une déferlante qui l'engloutirait et dans laquelle il finirait par se noyer ?

Il chasse la vision d'horreur, extrait une plaquette de comprimés, en détache deux qu'il avale précipitamment. Sans eau. C'est pire : l'une des capsules se coince au travers de sa gorge. Il manque d'étouffer, la recrache et se précipite vers la salle de bains, ouvre le robinet. Boit goulûment puis observe son image dans le miroir : celle d'un pauvre type livide aux traits creusés qui a perdu tout contrôle sur lui-même. « Un lâche doublé d'un faible », dirait de lui Raphaël, dont la conception du monde se divise en deux catégories : les forts et les crétins paresseux…

Si seulement il pouvait effacer cette tâche qui gangrène sa vie.

4

8 octobre 2021 : Tôt le matin, sur une route en direction de Paris

Le portable ne cesse de vibrer sur le siège passager. Mais Anne Lavelli ne répond pas. Le soleil déverse ses premières lueurs sur les flots monotones du lac du Frasnois. Une étendue bleue glacée qui tranche avec la multitude de nuances de vert des arbres, du plus clair au plus dense, semblant glisser sur les bas-côtés de la route. À travers le pare-brise, la voie bordée d'épicéas s'enflamme soudain dans un halo cuivré. Un instant fugitif dont la conductrice goûte l'éclat. Avoir un temps pour elle seule, se couper du monde avec la BO de *La Mort aux trousses* composée par Bernard Herrmann pour le film d'Alfred Hitchcock… Pas de meilleure compagnie possible !

En regagnant Paris au volant de sa voiture, elle veut se concentrer sur les moments qu'elle vient de vivre avec Alex dans son repaire jurassien, avant de rejoindre Éric, l'homme qui partage sa vie. Réapparu dans son existence, de façon inattendue, Alex a été une grande passion lorsqu'elle était jeune flic au 36 quai des Orfèvres, il y a dix ans. Ils se sont retrouvés il y a quelques mois, au hasard d'une enquête, elle en tant que flic, lui comme écrivain, et le charme a de nouveau opéré. Depuis leurs retrouvailles, Anne a mis de côté ses interrogations et ses doutes. Être aimée et désirée par deux hommes à la fois lui procure un sentiment de volupté et de bien-être inextinguible qu'elle souhaite savourer pleinement et sans contrainte, malgré une légère pointe de culpabilité qu'elle chasse rapidement.

Elle rejette en arrière sa mèche blanche qui détonne parmi sa chevelure auburn ; un souvenir de sa première scène de crime. Le meurtre atroce de Julia, une gamine de dix ans, découverte dans un terrain vague de la porte d'Ivry. En une nuit, une partie de sa chevelure a entièrement blanchi. Depuis, elle a toujours refusé de la teindre et l'arbore fièrement comme une cicatrice, un signe de reconnaissance pour tous les enfants victimes de cruauté et d'actes de barbarie. Elle chasse les pensées obscures qui remontent à la surface et jette un rapide coup d'œil dans le rétro. Quarante ans, le bel âge pour une femme. Et fait taire sa mauvaise conscience : comme on est loin de l'époque où seuls les hommes avaient droit à plusieurs histoires d'amour simultanées ! Elle sourit avec une gourmandise amusée et ralentit en s'engageant sur l'échangeur qui indique la direction de Paris. En cette matinée d'automne, l'air a quelque chose de printanier. Le soleil encore bas glisse dans le ciel presque sans nuages et parmi les troncs violets des arbres qui se succèdent dans la lumière rasante. Les premières mesures de *Romance on the Train* emplissent et font vibrer l'habitacle.

Pendant un bref instant, Anne Lavelli éprouve un sentiment de liberté, comme une force irrépressible, sans limite, semblable à un décollage vers des contrées inconnues. Puis la sonnerie caractéristique d'une alerte en provenance de la Cellule de recherche des mineurs disparus, la CRMD, la ramène brutalement à la réalité.

Elle saisit le téléphone. Un SMS de Kim, son adjoint, la prévient qu'une adolescente vient d'être retrouvée inanimée dans le parc de Choisy, situé dans le 13e arrondissement. L'équipe est sur place. Elle appuie à fond sur l'accélérateur, jette un coup d'œil à l'horloge du tableau de bord. Dans moins d'une heure, elle sera sur place.

5

8 octobre 2021 : Parc de Choisy, 13e arrondissement

De loin, elle ressemble à la Belle au bois dormant calmement allongée au milieu des fougères mordorées de l'automne, songe Anne Lavelli en pénétrant dans le périmètre de sécurité que les policiers finissent de mettre en place pour éloigner les badauds.

—Une gamine, costumée en sorcière d'Halloween, retrouvée inanimée et complètement défoncée, constate le médecin des urgences, appelé par les pompiers. Elle reprendra ses esprits après un sérieux lavage d'estomac avec, j'espère, une bonne bronchite en prime !

Lavelli lève les yeux au ciel, elle préfère ne pas argumenter : il y a des cons dans toutes les professions. Son regard glisse sur la tache de sang qui barbouille la robe de taffetas plumetée noir et or. Et s'étire comme une bavure écarlate entre les jambes gainées de collants troués, jusqu'au sol détrempé sur lequel une grosse corneille sautille, faisant voleter les feuilles mortes.

—Il ne s'agit pas de sang mais de peinture à la bombe, celle utilisée par les tagueurs pour leurs fresques murales ou leurs déprédations, précise le technicien de la police scientifique qui opère les prélèvements.

—Encore une victime du *Witch Game*, note Lavelli, préoccupée.

—J'ai convoqué la Scientifique, annonce Kim, son adjoint. J'espère que cette fois, ils trouveront quelque chose à se mettre sous la dent…

—La troisième en deux mois… et on en est toujours au point mort, conclut Anne, exaspérée.

Le *Witch Game* est un jeu en ligne dont les adolescentes sont complètement accros depuis quelques mois, et où les garçons ne sont pas bienvenus. Pour obtenir le grade de « sorcière super-puissante », la joueuse utilise des sortilèges, des poisons et ses pouvoirs magiques pour échapper aux « Inquisiteurs », les ennemis mortels qui veulent les rayer de la surface de la terre. Si elle est capturée, elle risque la mort par noyade, par pendaison ou par les flammes.

Ce jeu inquiète Anne Lavelli car les participantes se lancent des défis de plus en plus trash sur TikTok, la plate-forme du géant chinois. Les « Witches » n'hésitent pas à se filmer dans des mises en scène gores : sacrifices d'animaux, supplices médiévaux comme la roue, l'araignée espagnole, la décapitation ou la mise à mort sur des bûchers. Certaines images sont d'une violence extrême. Anne a averti plusieurs fois la Commission nationale de l'informatique et des libertés (Cnil) afin de supprimer les images de TikTok, ce qui a été fait. Mais les autorités ne semblent pas prendre au sérieux ces nouvelles pratiques qui fleurissent sur les réseaux sociaux.

—Et celles qui veulent quitter le jeu en cours de route sont punies et marquées au fer rouge comme les sorcières du Moyen Âge. Rouge, la couleur de l'infamie chez les joueuses de *Witch Game*, soupire Kim.

—On connaît son identité ? demande Anne, en détaillant la frimousse diaphane de l'adolescente. Des cils dessinés à l'eye-liner griffent ses joues comme de longues larmes noires. Un effet de la pluie qui tombe sans discontinuité sur la région parisienne depuis plusieurs jours.

—D'après le Pass Navigo retrouvé dans son sac à dos, il s'agirait de Laure Delmas, quatorze ans, domiciliée avenue de Choisy. Là-bas, juste en face de l'entrée principale du parc, précise-t-il en désignant un ensemble d'immeubles en pierre de Paris.

Elle est rassurée de le savoir à ses côtés. Autant elle se sait impulsive et tentée de suivre son intuition, autant Kim, son adjoint depuis la création de la CRMD, la Cellule de recherche des mineurs disparus, dont elle assure la direction, a la distance sereine : il aime décortiquer les faits, étudie les pistes les plus ténues et ne laisse jamais rien au hasard. Wikipédiste passionné à ses heures perdues, il a une obsession maniaque pour vérifier toute nouvelle information, quitte à couper les cheveux en quatre et, surtout, il est d'une loyauté absolue.

—Préviens les parents dès que la petite sera prise en charge à l'hôpital.

Ils sont interrompus par l'arrivée d'un jardinier à la quarantaine sportive, qui exige de parler à un enquêteur :

—Quand j'ai commencé ici, à Choisy, il y a vingt ans, une adolescente s'est suicidée au même endroit, annonce-t-il, en désignant l'arbre sous lequel des infirmiers prennent en charge Laure.

Il s'agit d'un cèdre bleu de l'Atlas, planté en 1939, juste avant la guerre. Surnommé l'Arbre de la liberté après la libération de Paris, cet arbre est l'un des joyaux du parc : plus de 30 mètres de haut et plus de 4 de circonférence. Légende urbaine ou affabulation de la part du type qui a l'air sérieusement allumé ? Anne Lavelli se promet de vérifier, lorsqu'elle aperçoit un policier poussant devant lui un garçon terrorisé. Quinze, seize ans, ou peut-être plus. Il s'appelle Khaled, il est afghan et, en attendant ses papiers, il squatte la nuit à Choisy avec d'autres réfugiés sous un auvent, près de l'aire de jeux des petits. Difficile de déterminer l'âge d'un jeune migrant qui a affronté tous les dangers et traversé des moments proches de l'enfer. Dans un anglais approximatif, le garçon jure qu'il n'y est pour rien :

—Deux hommes ont escaladé la grille du parc et ont déposé la fille là-bas. Mes copains se sont barrés, pas moi. Je jure que je n'ai rien à me reprocher, supplie-t-il en direction de Kim qu'il prend pour le chef des policiers.

—Vous pourriez me les décrire ? demande Anne.

Le garçon a un regard apeuré et étonné. Doit-il parler à la femme ou à l'homme ? Est-ce la femme le chef ?

—Le jour n'était pas encore levé, répond-il, et j'étais à…

La sonnerie d'un message urgent retentit sur le portable de Lavelli. Elle jette un coup d'œil rapide puis se raidit, incrédule :

Marina décédée.
Absolument besoin de votre aide.
Pouvez-vous me rejoindre chez elle ?
Julie Ferguson, sa sœur.

Anne a la gorge nouée par le SMS qu'elle vient de recevoir. Elle se souvient : la veille, Marina a cherché à la contacter *via* sa messagerie Whatsapp. Elle souhaitait lui demander conseil à propos d'un projet de film sur lequel elle travaillait, mais Anne n'a pas répondu. Qu'est-il arrivé à Marina ?

Elle confie la suite des investigations à Kim. À l'expression de son visage, elle comprend qu'il est dans les starting-blocks. S'il est une chose qui le met en colère, ce sont les enfants victimes des prédateurs du Net qui utilisent les nouveaux codes depuis la diabolique invention du Like : *Je clique donc je suis*, pour les soumettre à leurs instincts criminels et destructeurs. Cette colère, Anne Lavelli la partage pleinement mais, pour l'heure, elle est envahie par d'autres préoccupations. Elle s'éloigne rapidement vers les hautes grilles d'entrée du parc. Une boule de tristesse lui broie le ventre. Elle ne parvient pas à imaginer que Marina soit morte.

6

8 octobre 2021 : Non loin de la poterne des Peupliers, 13e arrondissement

Anne Lavelli se gare face à l'hôpital des Peupliers, à quelques mètres de l'immeuble HLM en briques rouges où loge Marina Ferguson. Située au cœur du quartier de Maison-Blanche, la place de l'Abbé-Georges-Hénocque, entourée de pavillons ouvriers aux teintes pastel ou en meulière, affiche une allure provinciale, dont le prix au mètre carré compte aujourd'hui parmi les plus chers de la capitale. C'est sur cette place tranquille avec son petit jardin circulaire que le militant d'extrême gauche Pierre Goldman fut abattu en 1979 par trois hommes masqués. *Un meurtre qui n'a jamais été élucidé*, songe Anne Lavelli en sonnant au digicode.

En pénétrant dans l'appartement, Anne a immédiatement l'intuition que son amie n'est pas morte accidentellement, en dépit de l'officier de police venu constater le décès qui affirme *mordicus* :

—La victime s'est fracturé le crâne sur l'arête de la table basse. En voulant réparer un store, ajoute-t-il, en désignant un escabeau renversé près de la fenêtre du salon.

L'explication ne convainc pas Julie, la sœur de Marina, qui oscille entre larmes et colère :

—Pouvez-vous m'expliquer pourquoi sa caméra a disparu ? jette-t-elle au flic, tout en suppliant Lavelli du regard.

Anne observe les lieux en silence. Des flaques de sang séché dessinent d'étranges arabesques autour du corps recroquevillé. Elle ferme les yeux un instant puis les rouvre et remonte vers le visage que recouvre une serviette-éponge, auréolée de taches rougeâtres. Le choc a été d'une grande violence car l'arête de la table basse en verre s'est brisée, projetant des éclats de verre jusqu'à l'autre bout de la pièce. Le store gît un peu plus loin sur le parquet. Déroulé. Apparemment intact.

—Pas de trace d'effraction, l'accident domestique ne fait aucun doute, poursuit l'officier de police, à l'attention de Lavelli. Je signe le certificat de décès établi par le médecin qui n'a rien constaté de suspect.

Anne poursuit son tour d'horizon. Le même joyeux désordre qu'à sa dernière visite imprègne les lieux : la collection d'affiches de cinéma et de revues consacrées au septième art submerge les murs telle une vague géante. Des piles de bouquins s'entassent sur la table en chêne, jusque dans l'âtre de la cheminée. Sans parler du bureau encombré de dossiers et de DVD. Cependant quelque chose cloche, Anne ne sait pas bien quoi. Est-ce la position du corps ou la scène de crime en soi ? Elle rectifie pour elle-même : il ne s'agit pas d'une scène de crime, du moins pas encore… Alors dans le doute, elle exige l'ouverture d'une instruction. Le flic fait ouvertement la gueule – il a certainement d'autres plans pour sa soirée. Elle en profite pour mettre les points sur les I :

—Il est trop tôt pour conclure, toutes les pistes restent ouvertes y compris celle de l'accident. Je veux un point quotidien sur l'avancée de l'enquête concernant le décès de Marina Ferguson. S'il s'avère que j'ai tort, cela compensera largement tous les crimes déguisés en accident ! lance-t-elle, avant de s'attarder sur une photo encadrée de Marina.

Sourire chaleureux, la jeune femme brandit victorieusement une statuette en forme de léopard : festival de Locarno, 2015. Elle pose devant l'affiche de son film sur laquelle des petites filles africaines se tiennent au sommet d'une colline ocre et poussiéreuse. *Les Petites Invisibles de Sikasso.* Son dernier film tourné au Mali, dans la région de Bamako. Avec un serrement au cœur, Lavelli replonge vingt ans en arrière. Marina était une belle fille qui n'avait pas froid aux yeux. C'était une grande gueule qui n'hésitait pas à dénoncer les injustices de toutes sortes. Elle revendiquait haut et fort son féminisme.

Toutes deux se sont connues sur les bancs de l'université de Censier, alors qu'elles étaient étudiantes en section Cinéma. Rien, *a priori*, n'aurait dû réunir Marina, la militante, toujours en première ligne, et la fille timide et introvertie qu'était Anne Lavelli à l'époque. Et pourtant… Même si leurs rêves d'avenir étaient diamétralement opposés, elles partageaient le même enthousiasme pour le septième art. Alors que Marina rêvait de partir en Afrique sur les traces de Jean Rouch – son cinéaste référent avec Frederick Wiseman, un autre documentariste engagé –, Anne, elle, aspirait à travailler sur les plateaux de cinéma, avec des metteurs en scène, comme assistante ou comme scripte. Elle était plus sage, plus classique dans ses goûts, l'aventure l'effrayait. Depuis, leurs chemins ont divergé. Marina a acquis une belle notoriété dans l'univers du documentaire alors qu'Anne a changé de voie pour devenir flic, une conséquence du décès de son père. À l'époque, elle s'est interrogée sur le sens de la vie. Comment aider les gens ? Puis une autre question a commencé à la hanter : comment combattre le mal ?

En observant le corps ensanglanté de Marina, Anne étouffe un sanglot et songe que sa tâche est immense. Elle revoit les moments où elles se retrouvaient pour faire le point sur leur vie sentimentale et professionnelle. Toujours avec la même curiosité et le même plaisir. Une amitié qui ne s'est jamais interrompue au fil des ans. En fouillant l'appartement, Lavelli découvre que Marina travaillait sur un projet de film. Il s'agissait d'illustrer le harcèlement moral chez les jeunes.

—Elle enquêtait sur plusieurs cas d'enfants et d'ados, victimes d'agressions en milieu scolaire *via* les réseaux sociaux, explique Julie.

Elle désigne des photos épinglées au-dessus de la table de travail de sa sœur. Les portraits en noir et blanc de deux garçons et trois filles d'une quinzaine d'années. Tous ont en commun cette inquiétude dans le regard, si particulière à l'adolescence, sauf l'une des gamines qui affiche une détermination singulière dans son attitude. Lavelli s'approche, retourne le cliché et lit :

Joan Verdier, 15 ans,
Décédée le 21 octobre 2001

Julie poursuit, la voix brisée par la douleur :

—Marina espérait que son film agirait comme un détonateur auprès des autorités et du gouvernement, et qu'il ferait prendre conscience de la gravité du problème du harcèlement entre élèves et sur Internet. Malheureusement, je n'en sais pas plus. Ma sœur n'était jamais très bavarde sur ses projets. Elle soupire :

—Il va falloir prévenir Antoine, même s'ils ne vivent plus ensemble.

7

Vingt ans plus tôt...

21 octobre 2001 : Commune du Kremlin-Bicêtre, de l'autre côté du périphérique parisien

La journée a commencé sous les meilleurs auspices pour Carmen Mazetti. Elle s'est levée à l'aube et s'est habillée avec soin. Un jean noir impeccable, un chemisier gris pâle et un collier argenté avec un pendentif représentant le dieu soleil, rapporté de son dernier voyage en Amérique latine. Des boots vernies à hauts talons. Dans le miroir de la salle de bains, elle a légèrement souligné ses yeux vert noisette d'un trait de crayon puis ébouriffé ses courtes mèches rousses, en écoutant la voix du journaliste égrener les infos du matin :

Une plainte avec constitution de partie civile vient d'être déposée auprès du parquet de Paris par la famille d'une des victimes françaises des attentats suicides islamistes du 11 septembre 2001 à New York. Parmi les trois mille morts...

Toujours les mêmes horreurs. Rien ne sera jamais plus comme avant, après le drame du World Trade Center, constate-t-elle en éteignant le poste de radio. Aujourd'hui, elle ne veut aucune interférence négative avec sa nouvelle vie d'inspecteur de police. En sortant, elle enfile son blouson préféré, un Perfecto en cuir noir qui lui donne un petit air canaille. Puis elle s'engouffre dans l'escalier du métro parmi la foule compacte du matin, avec un sentiment de jubilation. Elle est impatiente d'entamer sa première journée de travail au commissariat du 13e arrondissement. Son premier job après sa sortie de l'E.N.S.O.P, l'École nationale des officiers de police.

William Garrell, l'adjoint de Pierre Le Dantec, le patron du commissariat, accueille Carmen et lui fait visiter le premier étage du bâtiment, affecté aux inspecteurs. En attendant, ils partageront le même bureau. En attendant quoi ? Elle n'ose pas demander… Son collègue l'impressionne : il cultive le genre bohème sympa malgré le regard froid comme une lame de silice avec lequel il l'observe, ou plus exactement, la détaille des pieds à la tête. En pénétrant dans la pièce aux murs défraîchis et à la moquette usée jusqu'à la corde, il lui désigne une petite table – « Ton futur bureau » –, accolée à une armoire métallique couverte de cartes postales et de reproductions représentant le général Bonaparte à Arcole, pendant la campagne d'Égypte, et l'incontournable couronnement de l'empereur par le peintre David… *Curieux*, songe Carmen, elle a du mal à imaginer William Garrell en *aficionado* de Napoléon !

Il la met sur un coup facile pour commencer : le suicide d'une gamine découverte dans le parc de Choisy par une lycéenne qui venait y retrouver son petit ami. Le couple s'est enfui, mais quelqu'un les a vus et a communiqué l'identité de la fille aux flics. Lors de son interrogatoire, Ida Lemoine a menti sur celle de son compagnon ; or pour boucler l'enquête, il faut que Carmen éclaircisse ce dernier point.

—Je compte sur tes talents féminins de psychologue pour clore rapidement le dossier du suicide de Joan Verdier, dit-il.

« Décidément, les préjugés sexistes ont la vie dure malgré le nouveau millénaire ! » manque de s'écrier Carmen, mais elle se tait… Et elle fait bien.

8

21 octobre 2001 : Commissariat de police du 13e arrondissement

— On s'est donné rendez-vous au parc de Choisy, raconte la lycéenne, les yeux baissés sur un point imaginaire. C'est là qu'on se retrouve d'habitude. Il s'est mis à pleuvoir et on a décidé de partir. C'est à ce moment-là que j'ai aperçu Joan… Joan Verdier.

Ida Lemoine, quinze ans, renifle et entortille nerveusement son index dans une mèche blonde rebelle qui s'échappe de sa natte. Carmen tend un Kleenex à l'adolescente et lui fait signe de poursuivre :

—Dans les fourrés, derrière les arbres, j'ai vu une jambe qui sortait d'un tas de feuilles mortes. J'ai trouvé ça bizarre, alors je me suis approchée et…

—Qu'avez-vous vu exactement ?

—Ses yeux morts me fixaient. J'ai eu la trouille de ma vie et… on est partis.

—Pourquoi ne pas avoir demandé de l'aide ?

La fille se mord les lèvres et détourne le regard. Carmen Mazetti cherche à fragiliser Ida. Même s'il s'agit d'un suicide, elle se veut irréprochable. Elle a un gros défaut : elle est perfectionniste.

—Pourquoi avoir prétendu ne pas connaître Joan Verdier lors de votre premier interrogatoire au collège ?

—Je ne l'ai pas reconnue tout de suite, je vous jure que c'est vrai, sanglote de plus belle Ida.

Malgré ses yeux rougis, l'adolescente a la grâce des modèles de la Renaissance. Carmen décide de passer au tutoiement, durcissant le timbre de sa voix :

—Avec qui étais-tu, Ida ?

—Paul, répond Ida, fixant obstinément sa bottine gauche.

—Arrête de me mener en bateau. On t'a vue à plusieurs reprises dans le parc avec un homme beaucoup plus âgé que le Paul en question… qui a du reste avoué qu'il n'était pas avec toi.

L'ado reste murée dans son silence. Carmen décide d'abandonner les précautions oratoires :

—Je veux savoir qui, Ida, je te rappelle que tu es témoin de la découverte du cadavre de Joan Verdier. Si tu ne veux pas être inculpée pour faux témoignage, je te conseille de dire la vérité.

Elle étale une série de photos sur la table du bureau et se penche vers Ida qui déglutit, quand une porte s'ouvre dans son dos. C'est William Garrell qui lui fait signe de la main :

—Magne-toi, Le Dantec a besoin de la salle… lance-t-il à Carmen qui répond :

—J'ai bientôt terminé.

Il s'arrête, son regard s'attarde un peu trop longtemps sur son visage puis descend vers sa poitrine :

—Conseil du vieux renard à la petite bleue : ne jamais faire attendre le boss, jette-t-il.

La porte claque. Carmen réprime un soupir agacé, se concentre de nouveau en désignant un des clichés à Ida. On y voit un homme, la trentaine, un faux air de Brad Pitt à ses débuts. Séduisant.

—Votre relation dure depuis combien de temps ?

Ida éclate en sanglots et bafouille quelque chose d'incompréhensible lorsque la porte s'ouvre sur un homme massif, visage taillé à la serpe, vêtu d'un costume sombre qui bâille. Le commissaire principal, Pierre Le Dantec, son nouveau patron, l'observe de son œil ardoise impassible. Carmen tente un sourire, se lève précipitamment, tendant la main :

—Carmen Mazetti. Ravie de faire votre connaissance, monsieur le commissaire.

Il lui adresse un vague signe de la tête, tandis que deux types athlétiques font irruption et prennent place autour de la table, chassant sans ménagement Carmen et Ida. William Garrell arrive en dernier. Il affiche une mine désolée :

—Je t'avais prévenue… chuchote-t-il en la frôlant d'un peu trop près.

Son eau de toilette fleurie aux relents vanillés lui soulève le cœur. Carmen déglutit, non pas à cause de l'attitude de William Garrell – elle prendra garde à ce qu'il ne reproduise pas ce genre de comportement – mais parce qu'elle vient de louper sa première rencontre avec Pierre Le Dantec, son patron. Elle s'en veut et sombre dans un de ces courts épisodes d'autoflagellation dont elle est coutumière puis reprend le dessus, se promettant de redresser rapidement la barre.

9

21 octobre 2001 : Lycée Claude-Monet, 13e arrondissement

Carmen Mazetti part interroger Nathan Kavillas, professeur d'arts plastiques à Claude-Monet, le lycée qui jouxte le parc de Choisy. Ida Lemoine l'a finalement désigné comme la personne qui était à ses côtés lorsqu'elle a trouvé le cadavre de Joan Verdier. Elle erre un moment dans les couloirs de la grande bâtisse avant de dénicher le bureau du proviseur. En entrant, elle est impressionnée par le tableau des *Nymphéas* de Claude Monet qui trône face à l'entrée. Elle s'approche, attirée par les nénuphars flottant sur une surface aquatique à la limite de l'abstraction, reflétant le ciel pâle et les nuages.

—*Les Nymphéas avec rameaux de saule*, une des dernières œuvres du peintre, commente le proviseur qui poursuit : Il s'agit d'un cadeau du petit-fils du peintre, pour l'inauguration du lycée, en 1955.

Carmen, ravie de cette parenthèse de beauté et de sérénité, lui sourit en retour. Jérôme Garnier est un homme grand, tiré à quatre épingles, affable. Il semble sincèrement touché par le suicide de Joan Verdier.

—C'était une élève sans histoire, ajoute-t-il, préoccupé. Apparemment…

—Savez-vous si elle a récemment exprimé des idées de mort ? demande Carmen.

—Pas à ma connaissance, soupire Garnier. Avec plus de deux mille collégiens et lycéens, vous comprendrez que nous ne pouvons pas prendre en charge chaque élève individuellement, et nous n'avons pas de psychologue scolaire, faute de moyens. Puis-je vous demander pourquoi vous souhaitez rencontrer M. Kavillas ?

Carmen s'abrite derrière le secret de l'enquête. Sur le chemin de la salle des professeurs, il lui demande d'être la plus discrète possible.

—Beaucoup d'élèves sont traumatisés par le suicide de leur camarade.

Carmen acquiesce. Elle ne comprend que trop bien. Sa meilleure amie s'est suicidée alors qu'elles étaient en classe de seconde, après un chagrin d'amour. L'histoire classique d'une jeune fille qui ne voulait pas mourir. Juste alerter ses parents et son entourage sur son désespoir : le garçon dont elle était amoureuse venait de la quitter. Elle s'était bourrée de cachets de Nivaquine, ignorant qu'il n'existait pas, à l'époque, de contrepoison à cet antipaludique. Quelques heures plus tard, elle mourait dans les bras de son père, impuissant. Un événement tragique qui a marqué Carmen tout au long de son adolescence et dont elle rêve encore aujourd'hui.

*

Quelques instants plus tard, Carmen fait la connaissance de Nathan Kavillas dans la salle des professeurs. Il s'agite sur sa chaise, tout en tripotant nerveusement son écharpe en soie indienne. Si le professeur d'arts plastique est moins séduisant que sur la photo, il doit tout de même affoler les cœurs des lycéennes avec son regard de velours et ses longues mains en mouvement.

—J'appréciais beaucoup Joan Verdier, elle était extrêmement douée, sérieuse, et rêvait de devenir dessinatrice de BD. Comme beaucoup de gamins, elle se passionnait pour l'univers des mangas japonais.

Carmen décide de frapper fort :

—Avez-vous eu une aventure avec Joan Verdier ?

Nathan sursaute violemment et réprime un geste d'agacement :

—Vous plaisantez ! Je ne m'amuse pas à ce genre de jeu avec mes élèves. Jamais.

—Vous en êtes sûr ? Et avec Ida Lemoine ? Parce que vous étiez en sa compagnie lorsque vous avez découvert le corps de Joan Verdier !

Nathan blêmit et se tortille encore plus sur son siège. Il paraît soudain très vulnérable. Il déglutit avant de prendre son inspiration et commence :

—Ida me courait après depuis plusieurs semaines. J'ai tout fait pour l'éloigner. Elle était toujours la dernière à quitter mon cours, et elle inventait mille prétextes pour me parler. Elle voulait un avis, un conseil. Elle me laissait des dizaines de messages sur mon répondeur et a même débarqué une nuit chez moi en menaçant de se suicider si je ne la laissais pas entrer.

Dit-il la vérité ? Carmen n'en sait rien. Il semble sincère… mais il est peut-être excellent comédien. Pour le déstabiliser, elle décide d'adopter le ton enjoué et sans appel qu'elle destine aux interrogatoires délicats.

—Que s'est-il passé ensuite, monsieur Kavillas ? Vous avez fait entrer Ida Lemoine chez vous ?

Le professeur monte immédiatement sur ses grands chevaux.

—Mais qu'est-ce que vous insinuez ? Vous êtes folle ! Excusez-moi, inspecteur… Non, bien sûr. Après, je l'ai raccompagnée chez elle à pied. Mais elle n'a pas cessé pour autant de me poursuivre au lycée, dans la rue, partout.

Il se lève brusquement et commence à faire les cent pas dans la salle des professeurs. Carmen insiste :

—Et ensuite, que s'est-il passé ?

—J'ai eu peur que cela se sache. Je lui ai donné rendez-vous au parc de Choisy, en face de Claude-Monet, pour lui dire d'arrêter de me poursuivre.

Il s'arrête et regarde Carmen droit dans les yeux avant de poursuivre :

—Je l'ai aussi menacée d'en référer au proviseur ainsi qu'à ses parents si elle ne cessait pas. Elle a fini par me promettre d'arrêter de me harceler. C'est en partant que nous avons découvert le corps. Je reconnais que j'ai eu tort de m'enfuir, ce n'était pas très malin de ma part.

—Revenons à Joan Verdier…

—Je vous assure qu'elle n'était pas mon genre.

—Expliquez-moi, c'est quoi, votre genre ? jette Carmen en le dévisageant durement.

Il la regarde comme un gamin pris en faute :

—Elle était… très garçon manqué, répond Nathan, gêné. Grande, androgyne… j'aime les femmes, les vraies, pas les gamines, je vous jure que je n'ai jamais dragué aucune de mes élèves.

Carmen se demande pourquoi il serre autant les mâchoires quand il conclut :

—Je ne suis pas pédophile. Ce n'est pas mon truc.

Il jette un coup d'œil rapide à sa montre.

—J'ai cours dans trois minutes, je dois y aller.

Carmen se lève à son tour.

—Je vous remercie, monsieur Kavillas. Si vous pensez à quelque chose, quelqu'un qui aurait voulu du mal à

Joan Verdier, ou un événement qui l'aurait conduite à mettre fin à ses jours, n'hésitez pas à me contacter au commissariat du 13e, je n'ai pas encore de carte de visite. Il vous suffira de demander Carmen Mazetti.

Mais le professeur d'arts plastiques a déjà ouvert la porte, il acquiesce vaguement avant de détaler dans le couloir.

10

Vingt ans plus tard...

8 octobre 2021 : Bureaux de la CRMD, rue Charles-Fourier, 13e arrondissement

Rivée à l'écran de son ordinateur, Anne Lavelli visionne la vidéo de l'interrogatoire d'Antoine Vanoni, l'ex-compagnon de Marina Ferguson. Elle a pris la décision de ne pas y assister. Ils se connaissent personnellement, cela risquait de brouiller les cartes ; de plus, elle n'est pas officiellement en charge de l'enquête. Un peu plus tôt dans l'après-midi, elle s'est penchée sur le parcours et la personnalité de Vanoni. Un réalisateur de fiction d'une cinquantaine d'années, dont le dernier film, il y a deux ans, a été un échec commercial. Il est aussi connu pour ses accès de violence et ne s'en cache pas. Sur les images, il a le visage creusé, le teint bistre. Sa respiration sifflante évoque une mauvaise condition physique. L'homme paraît sincèrement affecté par la mort de son ex-compagne. Il admet être passé voir Marina la veille de son décès – il a conservé un jeu de ses clés avec son accord – mais ne se souvient plus à quelle heure.

—J'avais besoin de son soutien car j'étais en crise… j'avais pas mal bu ce jour-là.

Anne n'ignorait pas les problèmes d'alcool de Vanoni. C'est pour cela que Marina avait mis fin à leur relation.

—Elle vous a semblé préoccupée ? questionne l'inspecteur.

—Par l'état dans lequel je me trouvais, certainement, rétorque Vanoni, au bord de la crise de nerfs… Mais je vous jure, jamais je n'aurais porté la main sur Marina. Il faut me croire, je n'ai…

De grosses gouttes de sueur perlent sur son front. Soudain, il s'écroule comme une masse sur la table, en sanglotant convulsivement. Quelques minutes plus tard, Antoine Vanoni a retrouvé un semblant de calme. L'interrogatoire se poursuit :

—Vous vous souvenez si votre ex-femme vous a demandé de l'aide pour réparer un store ?

—Non… désolé, je ne m'en souviens pas. Avec tous les médocs que je prends, j'ai des… trous noirs dans le cerveau, ma mémoire me joue des tours.

Anne Lavelli clique sur la touche Arrêt de son ordinateur. Antoine Vanoni dit-il la vérité ? Trop tôt pour le dire. Il faudra attendre les résultats de l'autopsie de Marina pour en savoir plus. Kim passe la tête par l'embrasure de la porte :

—Les toubibs ont plongé la petite Laure Delmas dans un coma artificiel jusqu'à demain, mais son pronostic vital n'est pas engagé. La cellule de Nanterre est sur le coup, ils décortiquent l'ordi de la gamine et je me replonge dans les dossiers des victimes précédentes de *Witch Game*. À plus…

Sa tête réapparaît :

—J'oubliais… Dans la dernière version de *Witch Game*, les épreuves ne seraient pas toutes virtuelles, il y aurait des *battles* dont les protagonistes se rencontrent secrètement pour s'affronter dans des lieux comme des greniers, des caves, des parcs, des friches industrielles… *dixit* ma nièce qui a promis de se renseigner.

Anne esquisse un sourire amusé. Et si la mystérieuse nièce de son adjoint n'était qu'un leurre, comme la fameuse Mme Colombo de la série télévisée ? Kim l'invoquerait à chaque fois qu'il n'aurait pas eu suffisamment de temps pour étudier un dossier. Il poursuit :

—Tu trouveras sur ton écran les dossiers des ados sur lesquels Marina Ferguson travaillait pour son projet de documentaire. Au cas où ça t'intéresse ! lance-t-il, malicieux.

Elle lui adresse un sourire de remerciement avant qu'il ne s'éclipse, et clique sur :

Pierre Zeller, 13 ans.
Élève en 4e dans un établissement lyonnais, le jeune garçon a été retrouvé pendu dans sa chambre en mars 2016. La police a récupéré sur Internet une bande-son dans laquelle il décrivait dans une sorte de rap sa souffrance quelques jours avant son suicide : « Je souffre, je le hurle fort, mais je résiste... Je survivrai à vos violences, vous ne m'aurez pas ! Jamais. »

Ses paroles résonnent tel un cri de douleur, un appel au secours qui ne sera pas entendu à temps. Trois semaines plus tôt, les parents avaient déposé plainte contre plusieurs élèves qui avaient commencé à harceler leur fils dès son entrée en sixième. Plainte classée sans suite.

Lavelli soupire, le cyber-harcèlement est un fléau qui ronge le système scolaire. La victime, véritable un bouc émissaire, n'est pas en situation de se défendre car l'agresseur reste anonyme ou caché derrière avatars et pseudos.

Elle ouvre ensuite le dossier de Maya Petroni, quinze ans. Une autre histoire tragique. La jeune fille s'est ouvert les veines en 2017 dans le garage de ses parents, en banlieue parisienne. Harcelée sur Internet, puis victime d'attouchements au sein de son collège, elle avait tenté d'avertir ses professeurs et ses parents. En vain. Pourtant Maya présentait des troubles traumatiques liés au stress et à l'angoisse. Elle avait développé de l'eczéma sur la poitrine et ses règles s'étaient subitement arrêtées. Mais personne n'avait pris au sérieux ces manifestations, les mettant sur le compte de troubles liés à l'adolescence.

Même trajectoire pour Élodie Belmer et Joan Verdier, quatorze ans. Anne note que les faits concernant la dernière victime remontent à 2001, alors que les suicides des autres jeunes couvrent une période s'étalant de 2016 à 2020. *Un point à éclaircir*, songe Lavelli en parcourant le rapport d'autopsie de Joan. L'ado a absorbé des barbituriques avant de se trancher les veines dans le parc de Choisy qui jouxte le lycée Claude-Monet. *Drôle d'endroit pour un suicide, Laure Delmas* a été *retrouvée inconsciente au même endroit. Est-ce à la mort de Joan Verdier que le jardinier a fait allusion* ?

Lavelli laisse un message à Kim pour lui demander de creuser la piste, car elle est très en retard. Elle a rendez-vous avec Éric au restaurant Le Train bleu, où ils doivent fêter leur cinquième anniversaire de mariage autour d'un dîner gastronomique. Elle déteste ce genre de tralala commémoratif, mais son mari adore explorer les restaurants parisiens, lorsqu'il débarque de sa plate-forme pétrolière de la mer du Nord où, prétend-il, il a été à l'eau et au pain sec pendant quarante jours. Anne n'est pas dupe de sa mauvaise foi. Les ingénieurs et autres travailleurs bénéficient d'un excellent chef cuisinier lors de leurs séjours en mer, mais elle sait aussi que la vie dans quelques mètres carrés durant quarante jours n'est pas une sinécure. Sa propre claustrophobie l'anéantirait dans un espace aussi confiné…

11

8 octobre 2021 : Restaurant Le Train bleu, 12e arrondissement

Anne arrive avec une vingtaine de minutes de retard devant la somptueuse entrée du Train bleu, au premier étage de la gare de Lyon. En s'avançant dans la grande salle, elle balaie d'un regard amusé les pampilles en cristal des lustres majestueux, les boiseries acajou néobaroques et les stucs dorés – un décor kitsch et cocotte –, quand elle aperçoit Éric qui lui fait de grands signes. Il est heureux de la retrouver. Parfaite synchronie, le maître d'hôtel dépose deux flûtes d'un excellent champagne sur la table amidonnée de blanc. Ils trinquent à leur rencontre il y a six ans, les bulles glissent comme sur du velours, l'ambiance est parfaite. Éric parle de revenir en poste à Paris. Une proposition que vient de lui faire le siège de NordicOil Consortium, la boîte pour laquelle il bosse comme ingénieur.

—J'en ai un peu marre de mes exils en mer du Nord. On passerait plus de temps ensemble. Qu'en penses-tu ?

—Ça te fera du bien de casser le rythme des quarante jours en mer, approuve Anne en levant son verre, même si tu sais combien je redoute la conjugalité au jour le jour.

Il esquisse un sourire espiègle :

—Oui, nos absences nous permettent de mieux nous retrouver… Pourtant, j'ai envie de me poser pendant quelques mois à Paris, avec toi, poursuit-il en la regardant tendrement.

Au cours du dîner, une question tracasse Anne : Éric se doute-t-il de quelque chose ? Imagine-t-il qu'elle vient de passer un week-end passionné dans les bras d'Alex, l'amant retrouvé il y a six mois ? Elle se rassure et décide de chasser les pensées parasites afin de profiter pleinement du moment présent. La bonne humeur d'Éric, ses attentions et son humour lui font oublier les noirceurs de sa vie de flic.

*

Plus tard, ils font l'amour comme à leurs débuts. Sans pruderie et avec enthousiasme. Elle se sent bien, enchaîne les orgasmes et à la fin, se pelotonne dans les bras d'Éric. Sans aucune arrière-pensée pour Alex… Pourtant, Anne ne parvient pas à trouver le sommeil. La mort brutale de Marina ne cesse de la poursuivre comme une trahison de sa part. Elle se lève sur la pointe des pieds pour ne pas réveiller Éric et rejoint le salon où elle se connecte à son ordinateur portable. Kubrick, le berger allemand, vient aussitôt la rejoindre en poussant des petits geignements de satisfaction.

—Tu ne lâches jamais, toi, hein ? murmure-t-elle, en lui caressant la tête.

Quelques instants plus tard, le chien couché à ses pieds, elle clique sur l'icône : « Dossier Joan Verdier ». Et poursuit la lecture du rapport d'autopsie qui révèle que l'adolescente n'était pas vierge au moment de sa mort. Qui était son ou ses petits amis ? L'enquête de police de l'époque ne le mentionne pas et conclut à un suicide dû à des troubles dépressifs. Aucune autre explication. Le divorce de ses parents ? Un chagrin d'amour ? Un accident ? Étrange, comme la vie d'un être humain qui dérape brusquement se résume à peu de chose, songe Lavelli en se préparant une infusion de verveine. *Pourquoi Marina s'intéressait-elle à l'histoire de Joan Verdier* ? Le fil rouge qui relie les suicides des autres ados est de toute évidence le harcèlement *via* Internet et les réseaux sociaux.

Et où donc est passée la caméra de Marina ? Aucune trace d'effraction n'a été relevée dans son logement. Dans une des crises de violence dont il est coutumier, Antoine aurait-il frappé Marina pour déguiser sa mort en accident ? Anne Lavelli s'apprête à éteindre son ordinateur lorsque, au bas du dossier de Joan Verdier, elle aperçoit le nom de l'officier de police qui a signé le procès-verbal. Il s'agit d'une certaine Carmen Mazetti, inspecteur de police au commissariat du 13e arrondissement. *Aujourd'hui, elle serait inspectrice*, se dit-elle en souriant. Mais le nom ne dit rien à Anne Lavelli. Cependant, elle est sûre d'une chose. Carmen Mazetti saura la renseigner : les flics ont une excellente mémoire, même pour les affaires remontant à plus de vingt ans.

12

Vingt ans plus tôt...

Octobre 2001 : ***Hôpital Saint-Anne,***
14ᵉ arrondissement

Carmen avance à grandes enjambées vers la galerie Pirandello qui mène au secteur des soins psychiatriques. C'est la première fois qu'elle pénètre dans l'enceinte de l'hôpital Sainte-Anne. Elle s'apprête à rendre visite à la mère de Joan Verdier qui, après l'annonce du suicide de sa fille, a été admise aux urgences. La jeune flic traverse le jardin à l'abandon. Les jours de beau temps, les patients y reçoivent leurs proches ; mais aujourd'hui, il pleut des cordes, et c'est dans une minuscule chambre blanche que l'infirmière de service conduit Carmen, où les effluves d'eau de Javel ne parviennent pas à chasser l'odeur rance de sueur et de renfermé. Marie Verdier, la mère de Joan, l'attend, assise sur son lit, les doigts crispés dans une prière muette. Elle s'exprime avec la lenteur de ceux à qui l'on administre des neuroleptiques à haute dose, mais qui tentent de rester compréhensibles. Malgré ses efforts, sa voix déraille. Elle en a conscience et se reprend sans cesse :

—Je suis professeur de collège et je viens de perdre ma fille… personne ne peut comprendre. Je n'ai pas su la protéger, comment est-ce possible ?

Comment faire face à un tel drame ? se demande Carmen qui se sent soudain affreusement intrusive.

—À Claude-Monet, ils n'ont rien vu. Personne n'a rien vu, moi non plus, et pourtant j'aurais dû, je suis sa mère, bafouille-t-elle.

—Joan avait-elle des raisons d'être déprimée ? demande Carmen, en regrettant immédiatement la nature de sa question.

Elle aurait dû être moins frontale. Marie Verdier la regarde fixement avant de se fermer définitivement. Elle ne dira rien de plus car son chagrin l'occupe à plein temps. C'est une femme détruite.

*

En remontant le boulevard Blanqui en direction de la place d'Italie, Carmen revoit ses deux dernières semaines avec une amertume qu'elle ne parvient pas à balayer. Sortie major de l'école de police, elle ne s'est pour l'instant vu confier que le classement de *cold case*, de mains courantes, de dépôts de plainte et autres paperasses sans intérêt. On ne lui a proposé aucune enquête, et surtout, elle n'a participé à aucune réunion, ni avec Le Dantec, ni avec les autres inspecteurs de la brigade qui l'ignorent ostensiblement. Pourquoi la tient-on à l'écart ? Elle s'efforce de ne pas sombrer dans la paranoïa. S'agit-il d'un bizutage ? William Garrell, avec qui elle partage son bureau, lui assure que non. Parce qu'elle est une femme ? Garrell esquisse un sourire moqueur puis secoue la tête : le boss a d'autres chats à fouetter pour l'instant. Quels chats ? Il ne répond pas…

Carmen décide de prendre son mal en patience. Plusieurs points concernant le suicide de Joan Verdier l'intriguent. Pourquoi l'adolescente a-t-elle choisi de se donner la mort dans un jardin public, alors que la plupart des jeunes mettent fin à leurs jours sous le toit familial ? Ensuite, il y a l'énigme concernant son ou ses petits copains, car la piste Nathan Kavillas s'est effritée, le prof paraissant irréprochable. Aucune autre trace de relations amoureuses. Certains élèves glissent même que Joan préférait les filles. Pourtant le médecin légiste est formel : l'adolescente n'était plus vierge au moment de sa mort. Et puis il y a la dépression dont elle a été victime peu de temps avant son décès. Un chagrin d'amour ? Un problème familial, scolaire ? Difficile à dire, l'adolescence est une parenthèse qui recèle tant de secrets difficiles à déchiffrer…

Comme Carmen s'ennuie ferme au commissariat du 13e, elle continue à enquêter en solo. Elle arpente le parc de Choisy. Elle y photographie le cèdre bleu du Liban sous lequel le corps sans vie de Joan a été découvert. Les branchages touffus presque noirs la fascinent. La bibliothèque municipale du boulevard Vincent-Auriol étant située à deux minutes à pied du commissariat, elle profite de la pause déjeuner pour s'y rendre et se documenter sur la symbolique des arbres. Le cèdre bleu, appelé « arbre de vie » dans la chrétienté, représente la vie éternelle. Souvent associé au Temple de Jérusalem, il était utilisé dans la construction de bateaux ou encore de sarcophages. Curieusement, son feuillage sombre, évoquant la mort, symbolise la résurrection des âmes et l'immortalité. Est-ce pour cette raison que Joan a choisi cet arbre-là ? s'interroge Carmen.

Elle retourne au parc de Choisy pour en discuter avec le jardinier qui a découvert la jeune suicidée. Au cours de leur conversation, celui-ci évoque le livre aux caractères japonais que l'adolescente tenait entre ses doigts au moment de sa mort. Carmen s'étonne : il n'a pas été mentionné dans le compte rendu de l'enquête.

Carmen le découvre aux scellés. Apparemment William Garrell ne s'est pas soucié d'en demander la traduction. Elle contacte un professeur de japonais qui lui en traduit le titre : *Mode d'emploi du suicide*. Un livre écrit par Kanzen Jisatsu Mayuri en 1993. Sans doute un émule de *Suicide mode d'emploi*, publié en France dix ans auparavant. L'ouvrage a fait scandale à sa parution et l'éditeur a été condamné pour incitation au suicide.

*

Puis Carmen se rend à l'institut médico-légal, quai de la Râpée, pour s'entretenir avec le légiste qui a autopsié Joan Verdier. Elle n'est pas encore une habituée des morgues, aussi est-elle saisie par les couloirs en ciment brut, parcourus par des canalisations qui mènent à la salle d'attente avec machine à café, canapés et aquarium où des poissons indifférents vaquent à leurs tourbillons dans une eau trouble. Un décor d'une grande banalité où plus de deux mille corps sont autopsiés chaque année et dont l'odeur palpable de mort vous prend à la gorge dès que vous y pénétrez.

—Qu'est-ce que vous cherchez exactement à propos de la jeune Joan Verdier ? demande le légiste en sortant de la salle de dissection.

—Je l'ignore. Une piste, quelque chose sur cette adolescente qui s'est suicidée inexplicablement, répond Carmen avec franchise.

—Vous voulez voir les photos de l'autopsie ?

—Non merci, je les connais.

Il la scrute avec une mine découragée :

— Vous savez combien de jeunes se suicident en France chaque année ? Plus de six cents… Laissez tomber mademoiselle, ça ne la fera pas revenir, malheureusement.

13

Octobre 2001 : Dans le 13e arrondissement

Pourtant Carmen n'abandonne pas. À l'heure du déjeuner, elle se poste devant le portail du lycée Claude-Monet et interroge les camarades de classe de Joan qui acceptent de se confier. Peu à peu, la jeune flic réussit à dessiner à grands traits le portrait de la jeune suicidée. Un peu trop grande, sans doute un peu trop ronde pour les critères de beauté des magazines. Avec un physique presque androgyne, Joan dénotait parmi les autres gamines qui passent leur temps à surveiller leur ligne, à se maquiller, à échanger leurs fringues quand elles ne draguent pas les garçons. Joan, qui avait du cran, ne se laissait pas faire, racontent certains élèves : elle s'isolait avec son baladeur et apprenait le japonais avec une méthode Assimil pour, disait-elle « apprendre à déchiffrer les mangas dans le texte ». Son comportement singulier attirait moqueries et persiflages, mais cela ne paraissait pas l'affecter, elle s'en foutait royalement. Elle semblait plus forte et déterminée que les autres filles de son âge. Peut-être n'était-ce qu'une attitude, une carapace qu'elle s'était forgée, se dit Carmen.

« Un jour, je m'envolerai pour le Japon, y rencontrer Katsuro, mon mangaka préféré », a-t-elle confié à Margot, une fille de son âge, très désorientée par la mort de Joan. Carmen a fait sa connaissance à la sortie de Claude-Monet :

—Joan avait-elle des idées noires ?

—Non, non, même si elle semblait un peu effrayée par moments…

La fille détourne ses yeux gris en amande, gênée, et fait demi-tour.

—Elle avait peur ? questionne encore Carmen.

—Je ne sais pas. Excusez-moi, je suis en retard.

L'adolescente tourne les talons et s'éloigne rapidement en longeant les grilles du parc de Choisy. Carmen la rattrape au carrefour de Tolbiac :

—Si vous savez quelque chose, il faut m'en parler. Sinon, cela vous poursuivra longtemps.

Margot s'arrête, visiblement émue.

—Je vous jure, Joan était ma copine. Mais depuis quelques semaines, elle était différente.

—Vous avez une idée de ce qui la tracassait ?

L'adolescente semble sur le point de fondre en larmes puis se reprend :

—Elle m'a parlé d'une bande de racailles qui semait la terreur dans le quartier… C'est tout ce qu'elle m'a dit.

Puis elle s'enfuit.

Carmen tente de la revoir, mais Margot quitte Claude-Monet quelques jours plus tard. Très affectés par le suicide de Joan, ses parents expliquent à Carmen qu'ils ont décidé de la changer d'établissement. Ils l'ont inscrite dans une pension du centre de la France.

Peu à peu, un scénario se précise dans la tête de Carmen : et si Joan avait été victime d'un harcèlement de la part d'élèves jaloux de son indépendance ? C'est une piste que lui glisse le CPE qui ne voit pas d'autre explication au geste de la jeune fille. Il n'a aucune preuve, seulement des doutes : après les vacances de la Toussaint, elle s'est subitement renfermée et avait cumulé les absences.

Un comportement classique chez un ado victime de harcèlements. Il se méfie de tout, a tendance à perdre confiance en lui, à devenir phobique et paranoïaque. Le CPE a tenté de lui parler, mais sans succès. Il a téléphoné à sa mère qui ne comprenait pas non plus pourquoi sa fille était devenue aussi mutique.

—Si j'avais été plus vigilant, peut-être Joan serait-elle encore en vie ?

*

En pénétrant dans le hall du commissariat, Carmen tombe sur William Garrell qui l'arrête :

—Le boss veut te voir *fissa*. Passe devant, j'aime bien te regarder grimper l'escalier, lance-t-il sur le ton de la plaisanterie.

Carmen serre les dents et se retient pour ne pas lui en coller une : ce type de commentaire sexiste sur les fesses des femmes n'est pas propre à la planète flic, il existe dans tous les corps de métier. *Ma vieille, il va falloir te battre pour changer tout ça*, ici, soupire-t-elle en pénétrant dans le bureau du patron.

Dos à la vitre mouchetée de salissures qui surplombe le boulevard de l'Hôpital, Pierre Le Dantec mâchouille un cigarillo de la marque Café crème. L'odeur de tabac froid la saisit à la gorge. Il prend son temps avant de se retourner :

—Certains parents se sont plaints de vos agissements auprès de mon ami, le proviseur du lycée Claude-Monet.

Comme si elle était prise en faute, Carmen est gagnée par un sentiment d'oppression, mais elle se contient et réplique :

—Je ne vois pas pourquoi…

—Inspecteur Mazetti, coupe-t-il sèchement. Vous ne m'interrompez pas, vous m'écoutez, et vous vous taisez, c'est la règle. Je vous rappelle que l'enquête sur la mort de Joan Verdier est close. Définitivement.

Carmen prend son courage à deux mains et se lance :

—Pourtant, les circonstances de la mort de la jeune fille laissent penser…

Elle se met soudain à bafouiller lamentablement :

—Il est possible que son suicide n'en soit pas…

Pierre Le Dantec la fixe d'un air goguenard et l'arrête sèchement :

—Cette piste du harcèlement est une hypothèse fantaisiste et hautement improbable, vu les conclusions du rapport que vous avez co-signé avec l'inspecteur William Garrell ici présent. Vous avez outrepassé vos fonctions en poursuivant et en harcelant des gamins et leurs familles, il s'agit d'une faute professionnelle grave. Vous pouvez disposer.

Carmen sort en reculant à petits pas. L'air lui manque, mais elle parvient tout de même à adresser un petit signe de tête à son chef avant de tourner les talons et de s'enfuir vers son bureau. Elle chancelle. Ses mains sont moites, et elle est sur le point de s'effondrer. Peut-être que ce métier n'est pas fait pour elle. Son père le lui a dit quand elle a postulé au concours de l'école de police, et sa mère le lui répète à chaque fois qu'elles se voient :

—Pourquoi t'obstiner autant ? Flic ! Avec tes années de droit, tu pourrais trouver un autre travail certainement plus intéressant et mieux rémunéré ! Pourquoi ne pas passer le concours de la magistrature ?

Pourtant, ce métier, elle l'a choisi par vocation. Elle hait le crime, particulièrement la violence, les maltraitances morales, physiques ou sexuelles dont les femmes sont victimes. Pour contrer le doute qui l'envahit, elle énumère ses qualités : elle se sait capable d'intuition, de concentration et de persévérance. Elle possède aussi une excellente faculté d'analyse – ce n'est pas elle qui le dit, mais ses professeurs de l'école de police, d'où elle est sortie major de sa promotion. Elle est aussi capable de pénétrer les esprits les plus tordus pour y déceler les secrets les plus tenaces, les plus noirs. Mais l'exercice d'autosuggestion se délite et Carmen doit se retenir pour ne pas fondre en larmes devant William Garrell qui la scrute avec un petit air supérieur. Pas question de lui montrer son désarroi, ce serait un aveu de faiblesse et elle ne veut pas lui faire ce plaisir. Après lui avoir adressé un sourire crispé, elle se plonge avec énergie dans la pile de dossiers à classer. On pourrait entendre une mouche voler.

14

Octobre 2001 : Un peu plus tard dans la soirée, dans le quartier de la Bastille

Carmen a rendez-vous avec Yvan, son amoureux, inspecteur principal aux stups, basé au 36, le mythique quai des Orfèvres. Elle le retrouve dans un bar mexicain de la rue de la Roquette pour aller voir *Mulholland Drive*, un film noir américain, au MK2 Bastille. Il la met en garde :

—Joue-la cool avec Le Dantec, c'est un flic à l'ancienne, susceptible et mal embouché.

—Et alors ?

—Ton féminisme commence à agacer les flics du 13e.

Blessée et furieuse, Carmen réplique :

—J'espérais ton soutien, si ce n'est au moins un peu de compréhension.

—Ne joue pas à la victime avec moi, réplique Yvan. Je n'aime pas ça !

Carmen voit rouge, saisit son sac et son blouson, tourne les talons et s'éloigne du comptoir où ils finissaient un Margarita, et se hâte vers la sortie, avec le sentiment diffus qu'elle est en train de tout gâcher. Elle supporte de moins en moins les réflexions paternalistes d'Yvan, même si elle est toujours subjuguée par ses yeux bleu glacier et son sourire désarmant. Elle est immédiatement tombée raide dingue de lui quand elle l'a aperçu lors d'une conférence à l'Ensop où il était venu évoquer les rapports flics/indics dans le monde des stups. Elle a toujours aimé les beaux mecs, genre viking, même si au fond d'elle-même, elle culpabilise parfois de ne pas leur préférer les intellos à petites lunettes. Yvan est le genre de mecs auprès desquels on s'endort épanouie, mais qui au réveil se sont fait la malle. Sauf que lui est resté. Ils vivent et partagent le même appartement depuis six mois, depuis qu'Yvan a quitté sa femme…

*

En arrivant près de la bouche du métro Bastille, elle passe devant une colonne Morris et s'arrête, intriguée par une affiche : *Les Monologues du vagin*, une pièce de théâtre jouée par trois comédiennes dont elle ne connaît pas les noms. Carmen s'approche du bandeau et lit :

Faire parler les femmes de leur « vagin » mais surtout de la manière dont elles se le représentent, comment elles l'ont « découvert » et de la liberté qui leur est laissée d'en user et de l'assumer.

Elle sourit, épatée par la démarche de l'auteure, une Américaine. Gonflée, la fille ! C'est sûr, elle ira voir la pièce. Un spectacle dont les comédiennes sont des femmes qui parlent de leur corps et de leurs expériences intimes, ça la changera des machos invétérés du commissariat du 13e, pense-t-elle en dévalant l'escalier du métro Richard-Lenoir.

Le soir même, Carmen et Yvan se réconcilient sur l'oreiller. *Cela devient une habitude*, constate la jeune femme qui s'en veut de ne pas aborder frontalement leurs problèmes. Depuis qu'elle est sortie de l'école de police, leur couple se détériore imperceptiblement. Sans doute une histoire de pouvoir masculin mal digérée… Sortie major de la promo, elle joue désormais dans la cour des grands, tout comme lui. Peu de femmes peuvent le revendiquer en cette année 2001. Mais est-ce la seule raison au malaise qui grignote leur relation ? Il est trop tard pour engager une discussion sérieuse, aussi se coule-t-elle à ses côtés en faisant le moins de bruit possible pour ne pas le réveiller.

Cette nuit-là, Carmen ne trouve pas le sommeil. L'image de Joan Verdier ne cesse de la hanter. Pourquoi l'adolescente s'est-elle suicidée ? Elle n'était pas une ado paumée et fragile mais une fille forte, courageuse, qui avait un vrai projet de vie. Il faut qu'elle réinterroge Nathan Kavillas, le professeur d'art plastique. Elle a certainement raté quelque chose avec lui.

15

Vingt ans plus tard

9 octobre 2021 : Quartier de la place d'Italie, 13e arrondissement

La place d'Italie est déjà embouteillée et le bitume absorbe la lumière des phares sous le vent qui fouette les passants pliés sous leurs parapluies. Anne Lavelli est au volant de sa voiture, en route pour interroger la petite Laure Delmas qui vient de se réveiller de son coma artificiel. Elle a toujours eu en horreur les hôpitaux, en particulier celui de La Salpêtrière où son père – commissaire de police – est décédé il y a un peu plus de vingt ans, suite à un règlement de comptes entre bandes rivales de la mafia corse. Une douleur qu'elle ne parvient pas à surmonter malgré des années de psychothérapie.

À chaque fois qu'elle pénètre dans l'enceinte du plus grand hôpital d'Europe pour interroger un gamin fugueur, un enfant malmené par l'existence, ou pire, identifier un ado décédé, c'est aux familles brisées qu'elle pense. Elle est emplie de doutes : a-t-elle choisi la bonne cause ? L'ennemi est si grand, le mal, si omniprésent. Et sa pierre est si fragile. Pourtant elle n'a jamais cru en l'existence du mal en tant que tel. Il n'y a pas de gens mauvais, la brutalité n'est pas inscrite dans les gènes. En revanche, il y a des circonstances mauvaises qui noircissent tout et poussent aux crimes les plus atroces. Parfois, elle est prise d'angoisse car elle a le sentiment de ne faire que du sur place dans son travail de flic…

Ne ferait-elle pas mieux de changer de voie ? Psychanalyste, ou plutôt libraire, elle a toujours aimé les livres et leur odeur si particulière de cellulose mélangée à la colle. Elle aime les feuilleter, s'y plonger. Pour fouiller les âmes, traverser d'autres vies que la sienne et explorer des territoires inconnus. Seul lui répond le grincement régulier des essuie-glaces. La pluie redouble, floutant le flot des voitures et faisant exploser le feu rouge en un kaléidoscope irisé sur le pare-brise qui dégouline. Son portable vibre. Un SMS d'Alex :

Je ne te dérange pas ?

Appelle-moi…

C'est l'heure de leur rendez-vous quotidien depuis qu'il vit reclus dans son chalet du Jura où il termine les corrections de son roman. Écrivain de polars, spécialisé dans les *page-turner*, Alex, qui a été flic dans une vie précédente, s'est attelé à sa première œuvre de fiction personnelle : *L'Affaire Rose Treymin*. Une enquête sur la disparition d'une adolescente qui s'est produite vingt auparavant, et sur laquelle ils se sont retrouvés, voici six mois. Depuis, ils vivent leur passion en pointillé selon les envies et libertés de chacun. Une relation qui convient parfaitement à Anne : elle aime sa liberté et, par-dessus tout, sa solitude. Car si elle estime Éric, son époux, elle apprécie son absence six mois par an. *Toutes les femmes devraient s'essayer à la polyandrie*, s'amuse-t-elle avec un petit sourire mutin.

—Tu me manques. Tu reviens quand ? demande Alex à l'autre bout du fil.

Anne rit. Qui n'aime pas être désiré ? Et Alex est un merveilleux amant. Elle adore par-dessus tout son regard malicieux quand il la considère sous son sourcil levé.

—C'est à ton tour de venir à Paris, réplique-t-elle. Tu arrives quand ?

—Et ton mari ?

—Parti visiter ses parents dans la Creuse.

—Sérieux ?

Elle est sensible au timbre de sa voix légèrement éraillée à cause des cigarettes, comme elle aime son rire franc et sa manière de ponctuer ses phrases de silences inattendus. Depuis son enfance, Anne est réceptive aux tessitures des voix, qu'elles soient masculines ou féminines. Elles la font voyager et, contrairement aux images, elles ne trichent pas. Surtout, elles n'assujettissent pas à la vision des autres… *Curieux comme vos goûts changent en vieillissant*, songe-t-elle en franchissant la barrière d'entrée de La Salpêtrière.

16

9 octobre 2021 : Hôpital de La Salpêtrière,
13e arrondissement

Les parents de Laure Delmas attendent Anne Lavelli à l'entrée des soins intensifs. Visage fermé, le père, vêtu d'un jean noir et d'une chemise blanche débordant du pantalon, se présente comme directeur de création de GamePlus, une entreprise de jeux vidéo. Sa main gauche tremble légèrement. La mère, une attachée de presse, a les yeux rivés sur son portable comme s'il lui était impossible d'affronter le réel. Simon Delmas explique :

—Elena et moi sommes divorcés. Laure est une adolescente équilibrée et ne souffre pas de notre séparation. Elle souhaite vous voir pour vous raconter ce qui lui est arrivé.

Anne contient à peine sa colère. Le personnel médical a pourtant reçu comme consigne de ne pas laisser les parents entrer en contact avec leur fille avant qu'elle ne l'ait interrogée.

Dans son lit blanc, l'adolescente semble toute frêle. Ses grands yeux sont encore cernés par les traces noires de son maquillage de sorcière et la font ressembler au héros d'un drame expressionniste du cinéma allemand des années 1920, note Anne. Laure parle d'une voix monocorde comme si elle récitait une leçon bien apprise :

—J'ai joué au *Witch Game* pour participer au concours de la Sorcière de l'année.

Le père, qui suit la scène depuis le seuil de la chambre, explose :

—On avait un accord, tu m'avais promis de ne pas jouer à ces conneries !

—Ça te va bien de me dire ça, toi qui vends des jeux vidéo ! jette Laure, avant d'enfouir sa tête dans l'oreiller et d'éclater en sanglots.

—J'aimerais interroger votre fille en privé, s'il vous plaît, annonce Anne.

—En privé, et pourquoi donc ? s'écrie le père.

—Parce qu'elle a quinze ans passés et que c'est moi qui mène l'enquête, monsieur.

Anne referme la porte au nez de Simon Delmas. Une fois seule avec elle, l'ado se détend : elle explique qu'elle avait rendez-vous avec une amie, Caro, pour aller à une fête d'Halloween près de la place de la Bastille. Elle n'a jamais eu l'adresse exacte, le lieu était gardé secret. Là, elle devait se mesurer à d'autres candidates pour l'épreuve n° 6. Elles se sont retrouvées à la station du bus 64, en face de chez elle, avenue de Choisy. Là, sous l'abribus, elles ont bu le philtre magique.

—Qui a composé le philtre ? Toi ? interroge Anne Lavelli.

—Non. C'est Caro qui l'a apporté.

—Avant de boire, tu n'as pas essayé de savoir ce qu'il contenait ?

—Non. Règle n° 1 de *Witch* : ne jamais poser de questions à une sœur aînée !

—Et après, que s'est-il passé ? demande Anne.

—J'ai eu mal au cœur, puis tout est devenu de plus en plus flou. Je vous promets que je ne me souviens de rien.

Lavelli n'est pas surprise. Elle vient de recevoir les résultats des prélèvements sanguins de Laure : l'ado a absorbé du Rohypnol, un sédatif puissant, communément appelé la drogue des violeurs. Le *modus operandi* est identique à celui qui a eu raison des deux autres victimes. Elles aussi ont été retrouvées droguées et maculées de peinture rouge : l'une, dans un endroit peu fréquenté du parc Montsouris, l'autre, au Champ-de-Mars, dans un des parterres situés au pied de la tour Eiffel. Adeptes de *Witch Game*, les deux filles, comme Laure, ont prétendu ne se souvenir de rien. Vérité ou mensonge… La flic envoie un SMS à Kim pour lui demander de vérifier les enregistrements des caméras de surveillance aux alentours de la station de bus de l'avenue de Choisy, puis elle continue de questionner l'adolescente :

—Qui est Caro ? Une amie du collège ?

—Non. C'est ma référente numérique.

Laure dit-elle la vérité lorsqu'elle prétend ne l'avoir jamais rencontrée avant ?

—Tu saurais la reconnaître ? demande Lavelli.

Laure assure que non : comme elle, Caro était costumée en sorcière d'Halloween et portait un masque noir. Elle raconte qu'elles se sont connues sur le site de *Witch Game* il y a trois mois. Toutes les deux échangeaient sous des pseudos depuis plusieurs semaines *via* Internet. Caro drivait Laure dans les étapes du jeu. Aucun signe distinctif, sinon peut-être sa voix, un peu rauque, quand elle l'a rencontrée à l'abribus avant-hier. Elles ne s'étaient jamais parlé avant. Pas d'idée non plus de son âge. Seize, dix-sept ans ? Peut-être plus… Quant à la peinture rouge qui la recouvrait quand on l'a découverte dans le parc de Choisy, Laure affirme ne pas en connaître la signification. Version à laquelle Anne Lavelli ne croit pas. Peu après la découverte des deux victimes précédentes, des images de chacune d'elles ont circulé sur TikTok, devenues virales en quelques heures. Des clips d'une trentaine de secondes, bourrés d'effets spéciaux, où on les apercevait maculées de sang. L'une, se débattant dans les flammes d'un bûcher, l'autre, subissant le supplice de la Vierge noire, une torture qui consiste à enfermer la sorcière dans un sarcophage à l'intérieur duquel des lames la transpercent jusqu'à ce que mort s'ensuive. Des persécutions auxquelles les femmes condamnées pour sorcellerie étaient soumises au Moyen Âge. Un avertissement destiné à celles qui veulent quitter *Witch Game*.

—Laure les a certainement croisées sur les réseaux sociaux, remarque Anne.

—Non. Je ne m'en souviens pas. Je vais rester longtemps à l'hôpital ? demande-t-elle, soudain impatiente.

Lavelli est surprise par la question.

—Caro t'a menacée ?

—Non, non… assure Laure.

—Il faut me le dire. Tu as eu beaucoup de chance de t'en être sortie à si bon compte avec la dose de somnifère que tu as ingurgitée…

Mais Laure n'écoute plus. Anne la cherche du regard. L'adolescente fixe la porte de la chambre. Absente ou perdue… peut-être les deux. Elle comprend qu'elle n'en tirera rien de plus aujourd'hui, alors elle sort sa carte de la CRMD de la poche de son blouson et la dépose doucement sur les draps.

—N'hésite pas, si tu as besoin d'aide, si tu veux parler… Appelle-moi à n'importe quelle heure. Promis ?

Laure esquisse un vague signe de tête avant de se recroqueviller dans son lit. Fermée, ailleurs. *À quoi peut-elle penser* ? se demande la policière avant de refermer doucement la porte et d'aller interroger les parents.

17

9 octobre 2021 : Un hôtel face à la gare d'Austerlitz, 13e arrondissement

À mesure que les heures passent, elle a naïvement cru reprendre le contrôle d'elle-même et tirer un trait sur ce qu'elle vient de voir. De temps en temps, elle sombre dans un sommeil profond, peuplé de cauchemars où des flots de sang éclaboussent les lattes cuivrées du parquet puis ruissellent sur le tapis, formant des bulles qui grossissent et éclatent comme des geysers. Elle se réveille, le cœur battant la chamade, le corps en sueur. De sa vie, elle n'a jamais vu autant de sang… des morceaux de matière blanche sont collés sur la table en verre fracassée. Une partie du visage de Marina s'est fracturée sous le choc. Ce qui ressemble à un œil a jailli de son orbite. L'autre fixe le plafond. Sidérée, Margot contemple la scène. Une scène d'horreur digne d'une série Z. Pire, elle n'a aucun souvenir de ce qui a précédé son arrivée dans l'appartement de Marina Ferguson. Depuis combien de temps est-elle là ? Elle n'en a aucune idée. Ses mains sont couvertes d'un liquide visqueux écarlate presque noir à l'odeur douceâtre de rouille.

Depuis longtemps, elle connaît leur pouvoir de nuisance mais elle n'a jamais cru possible qu'ils s'en prennent à la cinéaste. Pourtant elle avait pris toutes les précautions face à leurs brutalités sadiques et meurtrières. Elle se lève. Une sensation de vertige l'oblige à se rasseoir sur le lit.

La chambre d'hôtel est exiguë mais confortable avec ses teintes pastel. Cela fait deux jours qu'elle s'y terre. Elle doit reprendre le contrôle d'elle-même, surmonter l'angoisse qui l'oppresse. Besoin de respirer. Elle ouvre la porte-fenêtre. Le vent glacé lui fait du bien, une bourrasque lui fouette le visage et fait voler les pages qu'elle a noircies à son arrivée dans la chambre d'hôtel d'un début de confession sur les événements qui ont provoqué le suicide de Joan Verdier, il y a vingt ans. Cigarette. Première bouffée en contemplant l'avenue de l'Hôpital, épinglée par les deux rangées de réverbères qui luisent dans la nuit. Elle se penche au-dessus de la balustrade pour vérifier si elle est surveillée. Aucune silhouette suspecte sur le trottoir d'en face, ni sur les côtés de l'entrée de l'hôtel. Soulagement.

Le téléphone mural sonne. Margot hésite, écrase la cigarette sur le balconnet, puis décroche. La voix de l'employé de la réception demande :

—Bonsoir madame, je vous appelle comme convenu… vous faites quoi pour la chambre ? Vous la gardez ?

—Oui, oui… je reste, deux ou trois jours, je ne sais pas encore. Je vous dirai demain.

Elle attrape le verre d'eau, boit une longue gorgée. Penser à autre chose… oublier. Elle clique sur la télécommande du poste de télévision accroché au mur. Des publicités défilent, elle ferme les yeux, s'apaise. Le sommeil la gagne à nouveau quand un air de Carmen la fait sursauter. Elle ouvre les yeux : sur l'écran, une jeune égérie blonde du Top 50, moulée dans une robe pailletée style Cendrillon, grimpe quatre à quatre les marches d'un immense escalier en marbre blanc strié de rainures grises. Un prince charmant – belle gueule, bad boy à la Ryan Gosling – lui court après. Il la rattrape, saisit son poignet et l'attire à lui. La jeune femme se retourne, les yeux brûlants de ravissement… Il prend sa main, y glisse un élégant bracelet ciselé d'or et de brillants qui étincellent de mille feux, formant des petites étoiles comme dans les dessins animés. Ils se sourient, puis c'est le langoureux baiser final… avec le logo qui apparaît en lettres italiques, en bas de l'image :

Les bijoux Jenssen...
Du merveilleux pour la vie !

Margot est sur le point de crier, elle serre les dents, une douleur lancinante irradie dans son poignet jusqu'à son avant-bras. La « brûlure indienne », la grande spécialité de son frère, son supplice préféré. Une torsion inversée du poignet à vous faire hurler de douleur et qui ne laisse aucune trace à condition d'être correctement exécutée. Raphaël aimait la faire souffrir et surtout la voir pleurer. Il a commencé à la battre quand elle était toute petite.

Elle laisse dériver son esprit vers leur enfance. Au début, ses parents n'y ont vu que du feu. Elle n'avait pas intérêt à cafter car il l'avait menacée de mettre le feu à son doudou si elle le dénonçait. Leur père a eu des soupçons quand son avant-bras gauche a été marqué par des bleus qui réapparaissaient de semaine en semaine, mais leur mère restait dans le déni. Elle refusait d'admettre que sa Tête d'ange – c'est ainsi qu'on le surnommait –, son fils si beau, si charmant – à qui on donnait le bon Dieu sans confession depuis son enfance –, puisse se transformer en monstre et torturer sa petite sœur. Un jour, elle a retrouvé son poisson rouge sous son oreiller. Les yeux crevés, découpé en petits morceaux sanguinolents. La mère a accusé sa fille d'avoir voulu imiter l'héroïne cruelle et perverse des Malheurs de Sophie. Elle a juré que ce n'était pas elle, mais sa mère ne l'a pas et crue elle a été privée de sortie pendant un long mois.

Le père, lui, a immédiatement compris. Quelques mois plus tard, ils déménagèrent rue Barreau, dans une belle maison de deux étages, beaucoup plus vaste, au cœur de la Butte aux cailles, un quartier bobo chic et branché du 13e arrondissement. Une partie du rez-de-chaussée a été transformée en studio pour son frère, avec une entrée indépendante. Elle logeait au premier étage, à côté de la chambre des parents. Ainsi, ils pourraient mieux la protéger et le surveiller.

C'est alors qu'a commencé la tournée des psys pour son frère… il s'est tenu à carreau avec elle, mais elle a entendu dire qu'il avait provoqué des problèmes à l'école, suite à quoi le père a décidé de l'extraire de la cellule familiale pour l'envoyer en pension à 800 kilomètres de Paris, dans les Alpes de Haute-Provence où la famille possédait une propriété. Raphaël ne revenait plus les week-ends… Sa mère n'était pas d'accord : le châtiment était trop cruel pour un enfant si jeune, cela ne réglerait pas le problème. Il valait mieux qu'il demeure à Paris avec eux, il serait plus contrôlable. Elle répétait qu'il fallait le soigner, extraire le mal qui le rongeait. Elle a fini par avoir gain de cause. Et tout a recommencé comme avant.

En pire.

Margot chasse les souvenirs brûlants, inutile de s'engluer dans les douleurs du passé. Il faut réagir. Elle court vers la salle de bains et se rince la bouche à l'eau froide. Il est grand temps de terminer ce qu'elle a entrepris. Elle ramasse les pages éparpillées par le vent, les rassemble dans un tas puis se connecte à son ordinateur. Elle clique sur un site de vente d'appareils photo et commence à comparer le prix des caméras. C'est à son tour de faire la lumière sur ce qui s'est réellement passé il y a vingt ans.

18

10 octobre 2021 : Pavillon Gabriel, en bas de l'avenue des Champs-Élysées

Raphaël Jenssen fait tourner le verre entre ses doigts. Il apprécie le son cristallin du verre et son contenu, un Dry Martini, un hommage au cinéaste Luis Buñuel qui réussit à en glisser la recette dans *Le Charme discret de la bourgeoisie*, un des films préférés de Raphaël avec *Le Chien andalou* où une lame de rasoir tranche en gros plan l'œil d'une femme au moment où un nuage traverse la lune… Un must qu'il a découvert tout petit dans la collection de cassettes vidéo de ses parents, et qui le hante depuis toujours.

Il vient de refaire le plein d'énergie au Spa du pavillon Gabriel. Un hammam vapeur et soins désintoxiquant pour cadres supérieurs aux comptes bancaires blindés, en compagnie de Fred qui aime s'y faire voir pour signer ses gros contrats immobiliers. Pas exactement le lieu qui le fait bander. Trop clean avec ses hôtesses sophistiquées aux sourires figés et aux allures de saintes Nitouches. Raphaël préfère la transgression dans ce qu'elle a de plus sombre, de plus tordue et donc de plus jouissive. Il observe Fred. Malgré son costume sur mesure impeccablement coupé, sa chemise bâille au niveau de la ceinture, dévoilant un ventre blanc et gras. Il a pris beaucoup de poids, ces derniers mois. La combinaison stress alcool ne lui réussit pas. Depuis son divorce, il s'est engouffré dans les soirées échangistes et SM, dans les plans culs extrêmes. Alors pour se donner bonne conscience, il fréquente assidûment les cures de désintoxication à prix d'or. Chacun son trip !

C'est Fred qui a eu l'idée de donner rendez-vous aux autres au bar du Spa, Le Gaspard, lové au calme de la plus belle avenue du monde. Un lieu discret, chic et décontracté. Ils sont tous là, dans le salon privatisé pour l'occasion. Raphaël, Fred, Simon, et Yann. Simon ne semble pas dans son assiette. À tout bout de champ, il jette des regards anxieux à son portable ; par instants, sa main droite est agitée de tremblements qu'il contient avec difficulté.

—Cette fois, il ne s'agit pas uniquement des Memento mori mais de Laure, ma fille.

Les regards se tournent vers lui.

—On l'a enlevée, droguée et recouverte de peinture rouge… puis abandonnée dans le parc de Choisy.

Mines étonnées. Raphaël se veut rassurant :

—Un jeu de gamins qui a mal tourné.

Simon secoue la tête.

—T'es pas un peu parano ? lance Yann.

—Je ne crois pas aux coïncidences, réplique Simon. Les flics l'ont retrouvée sous le même arbre que…

Un silence épais comme une nappe de poix s'abat sur eux. Tous replongent dans un passé qui leur colle différemment à la peau.

—Non seulement cette folle nous passe à la moulinette avec ses Memento mori, mais si elle s'attaque à nos enfants, ça ne va pas le faire, constate Fred.

Simon pâlit. Il a du mal à respirer.

—Je ne veux pas qu'on touche à ma fille, je vais aller voir les flics pour porter plainte contre les attaques dont je suis victime.

Raphaël cherche à l'en dissuader. Depuis le lycée, Simon est le plus fragile d'entre eux. Chacun ses lubies et ses BA, il en faut pour tous les goûts. Il se tourne vers Yann.

—Tu en es où ?

Yann hausse les épaules, le regard arrimé à son gin-fizz, aussi limpide que l'eau d'un glacier.

—Réveille-toi, bordel ! lance Fred.

—Je vous emmerde, rétorque Yann.

—C'est quoi ? Une question d'argent ? insiste Simon, au bord de la crise de nerfs.

—Non… Je l'ai perdue. C'est tout, répond Yann.

—C'est arrivé comment ?

Les petits yeux noirs de Yann étincellent de colère. Il a trente-sept ans, mais il en paraît plus. Vingt-trois ans de défonce : le visage secoué de tics, des cheveux clairsemés, une maigreur qu'il dissimule sous un blouson de prix. Et des tatouages gagnés en prison. Il se lève brusquement :

—Vous me faites chier ! Quand elle est sortie de chez le notaire, un Uber l'attendait. Quand j'ai rattrapé la caisse avec ma moto, elle avait disparu. Le chauffeur l'avait déposé au coin de l'avenue Lowendal. Elle avait pris ses précautions. Vous voulez voir sa tronche ?

Il tend son téléphone à Raphaël qui agrandit la photo. Une femme d'une trentaine d'années, chevelure rousse coupée au carré, mince, élégante, petite jupe moulante, talons de 8 centimètres, en train de s'engouffrer dans un taxi. Raphaël fait la moue, esquisse un sourire sibyllin :

—Surprenante, la perruque rousse. Pouf cheap… mais baisable.

Le téléphone passe de main en main, provoquant des réactions :

—Elle sait qu'on la piste ? demande Fred.

—Si ma sœur a oublié quelque chose, c'est d'être con ! riposte Raphaël avec son arrogance habituelle.

—Et maintenant, on fait quoi ?

—Elle a forcément des amis à Paris ! Quelqu'un qui l'héberge ? questionne Fred.

—Pas que je sache. Le détective que j'ai engagé n'a malheureusement rien trouvé pour le moment, répond Raphaël en faisant tourner son doigt sur son verre, en tirant un son qui rappelle le crissement de la craie sur le tableau noir et rend nerveux n'importe qui. Sauf lui.

—Elle a bien un compte en banque sur lequel l'argent de la vente de la maison de tes parents a été versé, insiste Simon.

—Le notaire m'a donné son numéro de compte, acquiesce Raphaël. Mais la somme a été transférée le jour même. Où… ? Pour le moment, je n'ai pas réussi à remonter l'info.

—Elle est peut-être retournée au Japon ou en Australie. C'est là qu'elle vit maintenant ? dit Simon d'une voix stressée.

—J'ai encore reçu un Memento mori. Cette fois, avec du sang qui gicle partout ! ricane Fred. Ça devient super gore… Comme vous, j'apprécie de moins en moins.

—Ta gueule, réplique Yann. Tu n'es pas le seul à ne pas aimer. Elle veut nous faire la peau, cette salope…

—Il ne faudrait pas qu'elle se fasse arrêter par les flics, remarque Raphaël, car on serait tous dans leur collimateur.

Les regards se tournent vers lui. Depuis leur adolescence, il est le chef, celui qui donne des ordres. Fred se retient pour garder son calme :

—Et tu proposes quoi ? Elle vient me faire chier jusque chez moi pour me faire la peau pendant ma soirée d'anniversaire. Un comble. C'est peut-être elle qui emmerde la fille de Simon…

—Ça reste à prouver, lance Raphaël.

Fred l'interrompt et poursuit :

—Malgré tes belles paroles, je constate que tu ne réussis toujours pas à la neutraliser… Alors, on fait quoi ? Tu fais quoi, parce que ça urge, non ?

Raphaël se contient, les états d'âme de Fred commencent à lui courir sur le système.

—Yann s'en occupe, OK !

Fred serre les mâchoires. Ils se toisent. Leurs anciens antagonismes remontent à la surface. Ils se jaugent, comme deux carnassiers. Raphaël a l'habitude des élans de rébellion de plus en plus fréquents de Fred. Depuis ses récents succès financiers, ce dernier revendique une place de leader au sein du groupe. Sa boîte d'immobilier en ligne affiche un chiffre d'affaires en constante progression, ce qui est loin d'être le cas des joailleries Jenssen dont les bénéfices décroissent. Qui, à part quelques fêlés, achète des bijoux de prix sur le Net par temps de crise ? Sûrement pas les puissants, qui resteront toujours fidèles aux bijoutiers historiques, ni les pauvres, qui sont de plus en plus pauvres.

—Je vais la retrouver, affirme Yann pour couper court à la tension qui monte d'un cran.

—Rapidement, sinon vous allez le regretter… jette Fred. On va tous le regretter !

Simon se lève :

—Je ne viendrai plus à vos réunions à la con. Salut.

19

10 octobre 2021 : Dans le centre de Paris

Anne Lavelli a vu juste, son intuition ne l'a pas trompée : Marina Ferguson a bien été assassinée.

—Un grand classique, le meurtre déguisé en accident domestique, conclut Christian Ferrière, le commandant de la Criminelle, désormais chargé de l'enquête. Sa voix de baryton résonne dans l'habitacle de la voiture de Lavelli où, au milieu des incontournables embouteillages parisiens de fin d'après-midi, elle tente de prendre son mal en patience :

—Si vous n'aviez pas insisté…

Il ajoute d'un ton persifleur :

—Et ce jobard de flic qui n'y a vu que du feu !

Toujours la même arrogance chez les gars de la Criminelle, songe Anne qui lance :

—Je passe vous voir.

Soupir agacé de l'autre côté de la ligne.

—Ne tardez pas car j'ai un rancart d'ici une vingtaine de minutes.

—Vous me lancez un défi. Je suis actuellement dans le 13e. Traverser Paris à cette heure-ci est une gageure, réplique Lavelli, contenant sa colère.

Elle branche son gyrophare et lance, provocatrice :

—Heureusement, j'aime gagner ! Elle ajoute : Et si j'ai quelques minutes de retard, vous m'attendrez !

Elle commence à slalomer à toute allure parmi les véhicules qui font du sur place. Avec une idée fixe qui se dessine : récupérer l'enquête : elle a une dette envers Marina. C'est à elle de coffrer le ou les salauds qui l'ont lâchement assassinée, à personne d'autre. Elle veut aussi tirer au clair l'hypothèse d'un lien entre le suicide de Joan Verdier et l'affaire Laure Delmas.

*

Au moment de se garer devant le fameux Bastion, près de la porte de Clichy, auquel on a attribué le n° 36 en hommage au mythique 36 de la préfecture de police de l'île de la Cité, Lavelli reçoit un SMS de Julie, la sœur de Marina Ferguson. Lorène Gautier, la productrice de Marina, souhaite la rencontrer.

Peux-tu m'accompagner au rendez-vous ?
Je me sentirais plus sereine.

Anne regarde sa montre… et répond :

OK. Dans une heure. Où ?

77 rue Scribe, dans le 9e.

Quelques instants plus tard, Ferrière accueille Anne dans le hall blanc flambant neuf de la direction de la Police judiciaire. La cinquantaine, une barbe de plusieurs jours, regard scrutateur et malin, il affiche l'air débordé de celui qui a au moins quinze affaires en cours :

—Nos nouveaux bureaux n'ont ni vue imprenable sur la Seine, ni l'historique qui ont participé à la légende de la maison Poulaga, mais ils sont fonctionnels, constate Ferrière, affable. En tout cas, ça me fait plaisir de te connaître.

Il conduit Anne dans son antre, envahie de dossiers et de scellés entreposés au milieu d'ouvrages sur le droit constitutionnel et sur la psychologie des tueurs en série. Sur son bureau trônent en bonne position des photos du Paris-Saint-Germain, dont il est un fervent supporter.

—Pardon de t'accueillir dans un tel bordel, lance-t-il en faisant signe à Anne de s'asseoir, mais je n'ai pas eu le temps de ranger depuis le déménagement il y a deux ans.

Anne réprime un sourire amusé, tout en prenant place dans le fauteuil des accusés. Dans un des coins de la pièce, il y a un matelas replié, couvert d'un plaid à carreaux. Ferrière suit son regard et explique :

—Pour pallier les insomnies de mon épouse. Elle ne supporte pas que je la réveille en pleine nuit quand je rentre tard. Alors je me sacrifie et je dors dans mon bureau, explique-t-il avec un petit air content de lui. En dehors du plaisir de faire ma connaissance, qu'est-ce qui t'amène ?

—J'aimerais avoir des informations sur la mort de Marina Ferguson.

—À ton service. J'ai appris qu'il s'agit d'une de tes amies. Triste histoire.

Il tapote sur le clavier de son ordinateur.

—La cause de la mort est due à une chute violente, lit-il en survolant le rapport d'autopsie. Fracture ouverte de la boîte crânienne au milieu du front sur un objet contendant, en l'occurrence l'arête de la table basse de son salon. Choc très violent. Ta copine n'a pas eu de chance, elle a dû agoniser pendant des heures. Son cerveau était très endommagé, elle n'aurait jamais été capable de témoigner, *dixit* le légiste. Tu veux voir les photos ?

Anne a un gros pincement au cœur, elle secoue la tête. Si elle avait répondu au SMS de Marina, cette dernière serait peut-être encore en vie. Une hypothèse fragile qui ne cesse de la hanter depuis qu'elle l'a trouvée morte. Ferrière poursuit :

—Le légiste situe le décès entre 23 heures et 2 heures du matin, le 8 octobre. Le corps était déjà marqué par des coups violents au niveau du sternum avant la mort. Elle a tenté de résister à son agresseur car on a retrouvé des fibres sous ses ongles. Les analyses sont en cours. On a également récupéré pas mal d'empreintes et de traces ADN dans l'appartement, pour la plupart inexploitables car non répertoriées dans le fichier central. Mais on continue les recherches.

—Un tas de gens fréquentaient son appartement, l'interrompt Anne. Marina donnait des cours dans une école de cinéma pour arrondir ses fins de mois et recevait des élèves chez elle, tout comme des amis qu'elle hébergeait.

Ferrière lève les yeux de l'écran de son ordinateur.

—L'hypothèse qu'Antoine Vanoni ait assassiné son ex-femme revient sur le tapis. Il a menti sur le jour et l'heure de sa visite car il est revenu le lendemain soir, sur un créneau horaire qui correspond à la mort de Marina. Un voisin l'a aperçu dans le hall de l'immeuble. Tu en penses quoi, de l'ex-mari ?

Il n'attend pas la réponse d'Anne et poursuit :

—D'après ce que j'ai compris, il était pas mal dans la merde, question fric, non ?

Lavelli repense à la personnalité de Marina : elle était généreuse et fidèle en amitié. Elle n'aurait jamais laissé tomber Antoine qui broyait du noir et était dans une mauvaise passe financière depuis l'échec de son long-métrage.

—Je n'en sais rien, je ne l'ai plus revu depuis leur séparation, il y a un an.

Ferrière scrute Anne avec un œil inquisiteur :

—Anne, que veux-tu exactement ?

Anne soutient son regard :

—L'enquête concernant la mort de Marina.

Ferrière éclate d'un énorme rire qui fait trembler les fines cloisons du bureau.

—C'est au juge d'instruction de décider et je ne suis pas convaincu qu'il accepte, vu son côté procédurier et son caractère de merde. Personnellement, je m'en fous, j'ai du travail par-dessus la tête. Disons même que ça m'arrange. Fais une demande au proc, je t'appuierai. En attendant, on enquête ensemble et on se refile les tuyaux, ça te va ?

Anne réprime un sourire de satisfaction.

—Mais pas d'entourloupe, hein !

Elle arbore une mine rassurante. Elle sait être une excellente comédienne quand il le faut :

—Merci Christian. Je saurai être discrète. Ce que je cherche, c'est un lien entre le meurtre de Marina et une gamine qui s'est suicidée il y a vingt ans, dit-elle en saisissant son blouson.

Étonné, Ferrière observe Anne attentivement.

—Tiens-moi au courant de tout ce que tu peux glaner, mais pas de coup fourré ni d'interrogatoire sans me prévenir.

Anne acquiesce. Est-ce une menace ou un moyen pour Ferrière de libérer sa nervosité ? Au fond d'elle-même, elle s'en moque. Ils se séparent sans grande chaleur. Malgré sa promesse, Anne a bien l'intention d'aller rendre visite à Lorène Gautier, la productrice de Marina, sans pour autant en avertir Ferrière. Elle n'a rien à perdre. Elle arrêtera le ou la meurtrière de Marina.

20

10 octobre 2021 : Rive droite,
dans le quartier de l'Opéra

Lorsqu'elle quitte Le Bastion, la pluie a cessé mais le ciel sombre est chargé de nuages annonciateurs d'autres averses. En retraversant Paris en direction du quartier de l'Opéra, Anne roule vite, absorbée par ses pensées : pourquoi la cinéaste s'intéressait-elle précisément à Joan Verdier, une pièce qui, apparemment, ne colle pas au puzzle qu'elle avait commencé à dessiner pour son prochain film ? D'après Julie et certains collaborateurs, Marina avait axé ses recherches autour du cyber-harcèlement qui, sous diverses formes : *happy slapping*, *revenge-porn* et autres violences, envahit les réseaux sociaux des collégiens et lycéens depuis la dernière décennie. Un fléau dont plus de 50 % des jeunes affirment avoir été victimes au moins une fois au cours de leur scolarité. Un chiffre en nette augmentation, qui inquiète Anne. La CRMD est de plus en plus confrontée à des actes de violence sur Internet et les moyens déployés par les institutions ne sont pas toujours à la hauteur…

Dans l'ascenseur qui les propulse au dernier étage, Julie a tout juste le temps de faire un rapide topo sur Lorène Gautier, la productrice de Marina :

—La reine mère. On la surnomme ainsi dans le monde de l'audiovisuel. Elle règne depuis plus de dix ans sur Télé média, une holding qui fait le grand écart entre les séries TV, les émissions de flux et récemment les jeux vidéo. C'est une femme qui a réussi à s'imposer dans un monde complètement masculin. Elle continue : Je l'ai croisée lors de plusieurs projections de presse de ma sœur.

Les portes de l'ascenseur s'ouvrent sur une vue époustouflante : les toits en zinc de l'opéra Garnier que surplombent les statues dorées à la feuille d'or étincellent de mille feux dans la nuit. Anne songe qu'elle aimerait y apercevoir l'ombre de Fantômas escaladant le fronton, mais c'est Lorène Gautier qui s'avance. Un autre Fantômas, ultra-sophistiqué dans son jean en cuir noir et sa veste de créateur du Marais qui vaut le salaire d'une aide-soignante. La cinquantaine, silhouette impeccable, regard déterminé. Elle saisit la main de Julie, bouleversée, et l'attire vers elle :

—Votre sœur n'était pas une amie proche, mais je l'estimais et j'appréciais beaucoup son travail. Toutes les deux, chacune à notre façon, on s'est battu pour briser le plafond de verre dans lequel les femmes sont cantonnées. Le documentaire n'est pas mon domaine, mais j'avais promis de l'aider pour trouver des financements auprès des chaînes de télévision, où je connais pas mal de monde.

Elle leur fait signe de s'asseoir dans le coin salon qui domine la place Vendôme, tout en s'adressant à Anne, cette fois-ci :

—Antoine Vanoni, son ex-mari, m'a appelée après son interrogatoire. Il était en vrac et m'a tout raconté. Qui a pu faire ça à Marina ? Et pourquoi ? C'est affreux, incompréhensible, dégueulasse.

Curieux mélange de sincérité, de séduction et de pouvoir chez cette femme, songe Anne. Il ne fait aucun doute qu'il lui a fallu être ambitieuse et avoir les dents très acérées pour arriver au poste qu'elle occupe aujourd'hui.

—Marina vous a-t-elle parlé de ses recherches concernant son projet de film sur le harcèlement ?

—Bien sûr. Un sujet très sensible qui l'obsédait, comme tous ceux dont elle a fait des films. J'avais personnellement très envie de participer à ce projet que je soutiendrai en mémoire de son combat pour les maltraitances dont nous sommes victimes, nous, les femmes.

Lorène esquisse un sourire de connivence à l'adresse d'Anne Lavelli, puis pousse un dossier en direction des deux femmes.

—Voici la note d'intention qu'elle avait écrite pour les diffuseurs. J'ai pensé que ça vous intéresserait de la lire.

Puis elle saisit un sac qu'elle tend à Julie :

—Ici, il y a la caméra que votre sœur m'avait confiée pour recopier ses rushes. Elle avait déjà filmé une dizaine d'heures et souhaitait avoir un duplicata au cas où elle aurait un problème technique.

Lavelli et Julie se regardent. Ainsi, la caméra que tout le monde recherche se trouve ici, dans les locaux de Télé média. Lorène poursuit :

—Quand j'ai appris l'affreuse nouvelle, j'ai appelé Julie, je voulais lui remettre en mains propres les images filmées par sa sœur. Ça me paraît la moindre des choses. Peut-être cela fera-t-il avancer l'enquête, dit-elle en se tournant vers Lavelli.

—N'hésitez pas à me contacter, ajoute-t-elle. Je suis à votre disposition. Je n'ai qu'un souhait : que vous coinciez le fils de pute qui l'a assassinée !

Elle se lève précipitamment et poursuit :

—Excusez-moi, un rendez-vous urgent… avec la secrétaire d'État à la culture. Je ne vous raccompagne pas, vous connaissez le chemin maintenant. À bientôt j'espère… Julie, vous me préviendrez pour les funérailles. Je tiens à rendre un dernier hommage à Marina.

Après un large sourire sur des dents plus que parfaites, elle s'éloigne sur ses hauts talons qui claquent comme une mitraillette dans le couloir pavé de marbre, laissant Anne et Julie un brin médusées.

21

10 octobre 2021 : Près du bois de Vincennes, 12e arrondissement

En regagnant son domicile, Anne retrouve un Kubrick déchaîné qui réclame bruyamment sa promenade du soir. Quelques minutes plus tard, elle arpente le bois de Vincennes. Le berger allemand gambade joyeusement à ses côtés. Grâce aux rafales, le ciel s'est dégagé et quelques étoiles scintillent faiblement à travers le nuage de pollution jaunâtre qui stagne sur la capitale. Une bruine légère charrie des parfums de terre mouillée et de feuilles en putréfaction. Anne Lavelli respire un grand coup. Un sentiment de calme l'envahit progressivement, elle en oublie les questionnements qui la traversent depuis la mort de Marina. Lorsqu'elle arrive près du lac Daumesnil, les réverbères s'allument, faisant scintiller des vaguelettes qui courent sur sa surface sombre. Elle croise quelques rares promeneurs avec leurs chiens en laisse et, malgré l'interdiction, lâche Kubrick – une légère entorse à l'ordre établi, mais elle n'est pas à une incohérence près… Puis elle branche ses écouteurs pour faire un point téléphonique avec Kim :

—Concernant l'affaire Laure Delmas, je fais du sur place, annonce-t-il. Malheureusement, les caméras de surveillance devant l'arrêt du bus 64 de l'avenue de Choisy ont toutes été taguées, sans doute par ceux-là mêmes qui ont balancé la peinture rouge sur la gamine… Quant à la mystérieuse Caro, l'amie de Laure Delmas, elle est inconnue au bataillon. La Scientifique continue d'éplucher l'ordi de Laure pour découvrir son identité. Pour le moment en vain. Concernant ses parents, rien à signaler de particulier. Divorcés, comme 50 % des couples ; apparemment sans histoire.

Anne sent le désarroi dans la voix de Kim et change de sujet :

—Des nouvelles de Carmen Mazetti ?

—Quelques semaines après le suicide de Joan Verdier, elle a demandé un congé sans solde pour raisons personnelles. Elle n'est jamais réapparue au commissariat du 13e.

—Dans une autre brigade de la région parisienne, peut-être ?

—Apparemment non. Mais elle a pu être mutée en province ou dans les DOM.

—Étrange… Des parents ? De la famille ?

—Pas eu le temps. Je continue les recherches. C'est tout pour ce soir. Allez, salut. Je vais suivre tes conseils et faire un petit footing sur les quais de Seine pour perdre mes kilos en trop, annonce-t-il.

—Et moi, je vais me coller au visionnage des rushes de Marina Ferguson en compagnie d'un plat de lasagnes à décongeler, réplique Anne d'un ton lugubre.

Alors qu'elle quitte le bois de Vincennes, une nuée d'oiseaux surgit de nulle part, brise le silence et passe en trombe près du lac avant de s'évanouir dans la nuit. Anne frissonne : encore un présage annonciateur du changement climatique et des catastrophes qui vont immanquablement survenir. Elle chasse les pensées pessimistes qui l'assaillent à nouveau et siffle Kubrick : il est temps de rentrer…

*

Cela fait maintenant plusieurs heures qu'Anne visionne les images tournées par Marina : c'est un travail long et fastidieux car il s'agit d'un matériel brut de tournage, qui n'a été ni sélectionné ni monté. Des entretiens tournés dans la continuité, qui s'intéressent aux témoins des quatre cas de harcèlement, choisis par la cinéaste pour son futur film. Marina tient la caméra et Anne note combien son habileté d'intervieweuse doublée de sa présence bienveillante pousse ceux qu'elle filme à s'exprimer et à dévoiler leurs secrets les plus intimes. Interviews d'ados harcelés, témoignages de parents dépassés, profs perturbés, psys et même flics… Un condensé effrayant de malveillance et de destruction. Les jeunes victimes racontent comment elles se sont laissé manipuler puis piéger par leurs harceleurs, des gamins de leur âge ou à peine plus vieux, dans une spirale infernale. Dans ce type de situations, certaines victimes deviennent à leur tour des tortionnaires, conclut une psychologue.

Parmi les témoignages, celui d'une jeune femme retient l'attention de Lavelli. La petite trentaine, un visage de chat. Délicat. Yeux gris en amande, petite bouche, sourcils épais à la courbe délicate, cheveux blond vénitien coupés très court. Elle a l'allure androgyne d'une Jean Seberg dans *Pierrot le fou* avec la même inquiétude dans le regard… Elle se présente face caméra comme une amie de Joan Verdier, sans jamais dévoiler son identité, contrairement aux autres témoins filmés par Marina. La jeune femme se souvient :

—À l'époque, nous étions toutes les deux dans le même lycée, en classe de seconde, à Claude-Monet dans le 13e arrondissement.

—Vous vous connaissiez depuis longtemps ? demande Marina.

—Pas du tout. Je suis arrivée cette année-là à Claude-Monet. On a déménagé à la butte aux Cailles. Avant, j'habitais avec mes parents à Censier-Daubenton, dans le 5e.

—Qu'est-ce qui vous a rapprochées, Joan et vous ?

La jeune femme sourit :

—Je ne sais pas. Comment naît une amitié entre deux filles quand on a quinze ou seize ans ? C'est très mystérieux, vous ne pensez pas ?

De l'autre côté de la caméra Marina acquiesce. Elle laisse le temps à l'interviewée de rassembler ses souvenirs.

—Je crois que Joan m'impressionnait par son calme et sa force. Elle était… comment dire…

Elle s'arrête, cherche ses mots :

—Différente, oui, c'est cela, différente des autres filles qui passaient leur temps à parler fringues, maquillage, et à draguer les garçons. Elle s'en foutait royalement.

—Vous savez pourquoi ? demande Marina.

La jeune femme sourit et poursuit :

—Joan était solitaire, dans son monde à elle. Elle aimait dessiner et était très douée. Elle rêvait de devenir dessinatrice de BD. Plus spécialement de mangas. Elle s'était mis dans la tête d'apprendre le japonais. Ce n'était pas banal de voir une gamine apprendre le japonais avec une méthode Assimil et un walkman. Elle rêvait d'aller au Japon, disait-elle, pour rencontrer son mangaka préféré. J'ai oublié son nom.

La jeune femme s'arrête, soudain envahie par l'émotion, puis reprend :

—Elle avait plein de projets. Elle semblait… indestructible. Je l'aimais beaucoup, et pourtant je n'ai pas réussi à la sauver. Elle est morte. C'est une douleur terrible.

Sa voix se brise. Elle tente de réprimer son désarroi. Long silence.

—Joan avait-elle un petit ami ? questionne Marina.

—Je ne crois pas.

Puis la jeune femme embraye d'une voix blanche :

—Il y avait des salauds qui la menaçaient et la ciblaient. Il faudra qu'un jour, ils payent pour ce qu'ils lui ont fait, et aussi à l'autre fille.

Elle regarde la caméra avec une expression dure :

—Cette histoire est comme une écharde dans mon pied. Je peux marcher, mais à chaque fois que je pose le pied à terre, j'ai mal, très mal… Excuse-moi Marina, j'ai besoin de m'arrêter quelques minutes. C'est trop…

Elle se met à trembler, bouleversée. On entend la voix de Marina en off :

—Pas de problème, on reprend quand tu veux. Je t'apporte un verre d'eau.

—Merci.

L'interview se termine sur un gros plan du visage de la jeune femme qui ferme brusquement les yeux comme si elle cherchait à s'abstraire de ses souvenirs, puis l'image se fige avant de virer au noir. Déconcertée, Anne appuie sur la touche Avance rapide pour dérouler la suite. En vain. Le témoignage de la jeune femme s'arrête là. Un problème technique ? Elle peste, réenclenche la touche On. L'enregistrement se remet en marche, mais la suite est consacrée au témoignage de la mère de Maya Petroni, l'adolescente cyber-harcelée. Lavelli s'interroge : a-t-elle fait une fausse manœuvre ? Malgré l'heure tardive, elle compose le numéro de Lorène Gautier, la productrice amie de Marina. Celle-ci lui répond immédiatement :

—Désolée, je n'ai pas eu le temps de visionner les images tournées par Marina. Mais je vous promets de me renseigner demain auprès des services techniques qui ont réceptionné les rushes. Ils ont certainement une explication. Vous avez trouvé une piste qui expliquerait la mort de Marina ?

—Non, réplique Anne.

La curiosité de Lorène, même si elle est naturelle, lui déplaît.

—Je vous rappelle demain. Bonsoir.

Après avoir raccroché, une question taraude Anne : qui est l'inconnue filmée par Marina ? Probablement une amie de Joan Verdier. Qui sont les salauds dont parle la jeune femme ? Et qui est l'autre fille qu'elle évoque ? Une autre victime des mêmes tortionnaires ? Beaucoup de questions auxquelles elle n'a pas de réponse. Il lui faut absolument retrouver l'inconnue. Comme Anne n'a pas accès au fichier central de la police de son ordinateur privé, elle clique sur le site de Copains d'avant dédié aux retrouvailles entre anciens élèves d'un même établissement scolaire. Dans l'onglet du lycée Claude-Monet, elle s'applique à remonter des années 1990 au début des années 2000. Un travail long et fastidieux. Malheureusement, les photos sont trop anciennes, de mauvaise qualité, et les élèves sont méconnaissables. Pour retrouver la trace de la mystérieuse jeune femme, il va falloir explorer les archives de Claude-Monet dès le lendemain.

Lavelli se souvient soudain de la déposition de la jeune fille qui a trouvé le corps de Joan Verdier dans le parc de Choisy. Une certaine Ida Lemoine, élève du même établissement. Elle pourra peut-être l'aider à éclaircir certains points.

22

Vingt-cinq ans plus tôt...

Septembre 1995 : École primaire de la rue Vergniaud, 13e arrondissement

Elsa était sa cible préférée : une petite fille ronde, malhabile, qui portait des lunettes avec des verres épais. Elle ressemblait à une mouche aux gros yeux quand elle les avait sur le nez. Cela avait suffi à faire d'elle son défouloir. Il s'en était pris à elle dès la rentrée de CM1. Il s'était débrouillé pour lui faire peur, comme à sa petite sœur, la préférée de son père. Pour Margot, cela avait commencé une nuit de Noël, quand il avait cinq ans. Il s'était levé tôt, avait rejoint le salon où trônait le grand sapin illuminé. Les papiers argent brillaient sous les branches. Le plus silencieusement possible, à l'aide d'un marteau récupéré dans la boîte à outils de son père, il avait détruit un à un tous les cadeaux de sa jeune sœur. Ses parents qui dormaient à l'autre bout du grand appartement haussmannien n'avaient rien entendu.

Le lendemain, il avait écopé d'une punition sévère après avoir entendu sa mère, en larmes, chuchoter :

—Comment on a pu avoir un fils si méchant ?

Ça l'avait fait rire. Après, il avait eu droit à la valse des psys qui attribuaient ses « problèmes » à la mésentente de ses parents et à son comportement fusionnel avec sa mère. À partir de là, il s'était arrangé pour ne plus se faire pincer. Depuis sa naissance, on le surnommait Tête d'ange. Il était si beau, si charmant et tellement ingénu qu'il trompait facilement son monde ; tous s'extasiaient sur cet enfant merveilleux à qui on donnait le bon Dieu sans confession. Il était devenu exemplaire même s'il continuait à torturer sa cadette en cachette, se repaissant de la sensation de toute-puissance qu'il éprouvait. Comme à l'école, avec Elsa qui était devenue son exutoire lorsque sa petite sœur se rebellait et menaçait de le dénoncer aux parents. Elsa, elle, ne répliquait jamais, elle essayait de l'éviter mais il s'arrangeait toujours pour surgir là où elle ne s'attendait pas et lui faire peur. Au début, il ne l'agressait qu'en parole : des moqueries sur sa taille et ses lunettes de myope qui lui donnaient l'air d'une débile profonde, lui murmurait-il quand les professeurs avaient le dos tourné.

Tout au long de la primaire, il avait continué d'exercer sa tyrannie sur Elsa. Petit à petit, son harcèlement était devenu plus violent. Pendant les séances de natation à la piscine de la butte aux Cailles, il s'amusait à lui plonger la tête sous l'eau. Sous l'effet de la terreur, ses yeux de myope semblaient prêts à jaillir de leurs orbites. Il ne comprenait pas pourquoi elle venait toujours à l'école. Cela le rendait colérique car d'une certaine façon, elle lui résistait, comme sa sœur qui s'était inscrite à un cours de judo pour lui tenir tête et répondre à ses coups. Au bout de quelques mois d'entraînement, elle avait réussi à le mettre KO sur le tapis du salon. À partir de là, il avait commencé à se méfier d'elle. Quant à Elsa, elle avait quitté l'école. Des bruits coururent qu'elle avait déménagé au Maroc. Certains la prétendaient malade, d'autres disaient qu'elle avait été enlevée. Quand un inspecteur de police s'était présenté pour interroger les élèves de sa classe, il avait pris son air innocent et prétendu qu'il éprouvait beaucoup de tristesse pour la pauvre Elsa qui semblait si seule et malheureuse. C'était pour lui le comble du pouvoir absolu, le comble de la jouissance. Et en même temps, une profonde irritation : de quel droit son souffre-douleur lui échappait-il ? Qui allait-il pouvoir torturer maintenant ?

Quand il était entré au collège, son père avait décidé de le remettre en pension pour le séparer de sa petite sœur. Pendant deux ans, il avait eu une conduite exemplaire et de bonnes notes. En quatrième, de retour à Paris, il avait intégré le lycée Claude-Monet, un établissement qui affichait d'excellents résultats au baccalauréat. Il aurait préféré un lycée plus prestigieux comme Louis-le-Grand, mais son père avait refusé. Lui qui y avait étudié faisait partie de l'association des anciens élèves et voulait se prémunir d'éventuels futurs ennuis que son fils pourrait occasionner dans les murs de cet établissement historique. Raphaël avait ravalé sa colère, intégré Claude-Monet et était rapidement devenu le chef d'une bande de garçons qui le suivaient partout. Après les cours, ils allaient se planquer dans le parc de Choisy en face du bahut pour fumer des pétards derrière la cabane des jardiniers. Manson, un punk néogothique qui s'était surnommé ainsi en hommage à Marilyn Manson, les fournissait en herbe et en substances diverses. Devenu leur homme à tout faire, il avait bientôt intégré la bande. C'est à cette époque que Raphaël avait décidé de changer son nom en Tête d'or, en référence au batteur d'un groupe néogothique qui prônait l'insoumission absolue et la révolution contre le capitalisme. Le monde se divisait en deux catégories : les tueurs et les faibles. Il faisait partie du premier groupe.

Lui et sa bande adoraient la provocation sous toutes ses formes. Ils se surnommaient les nouveaux rebelles, crachaient à la gueule de l'autorité et se passaient en boucle la cassette du film *Tueurs nés* d'Oliver Stone, dont ils admiraient l'ultra-violence et la radicalité subversive. La virée sanglante des deux héros, Mickey et Mallory, à travers les États-Unis les fascinait et ils rêvaient de faire de même. Ensuite, ils devinrent adeptes de black metal ; ils en aimaient les sonorités agressives, les tempos rapides, les atmosphères sombres et les voix écorchées qui criaient à la destruction de l'ordre établi. Après s'être eux-mêmes baptisés les Têtes d'or, s'étaient tournés vers des groupes metal nordiques comme Euronymus et Countgrishnack qui se réclamaient de groupuscules néonazis. Quand ils avaient appris que certains d'entre eux, dont Varg Vikernes, leur idole, incendiaient des églises en Norvège, ils étaient devenus béats d'admiration, puis leur enthousiasme n'avait plus connu de limites quand Varg Vikernes, inspiré par le satanisme théiste, avait assassiné le leader d'Euronymus.

À cette même époque, ils s'étaient essayés aux tags. Ils partaient en expédition la nuit, dans les catacombes et friches industrielles, avec leurs bombes de peinture aérosol et leurs gros marqueurs pour retrouver d'autres graffeurs. Parfois, des bagarres éclataient. Leur signe de ralliement était TO, pour Tête d'or, qu'ils inscrivaient en lettres jaunes et noires sur le mobilier urbain ou sur les portes d'entrée des immeubles pour emmerder les bourgeois et les cons. Un jour, après l'enterrement d'une tante de Fred, ils avaient décidé d'aller inscrire leur sigle sur les pierres tombales du cimetière de Thiais. Ils avaient aussi tagué des croix gammées sur les murs du jardin du souvenir. Un gardien avait tenté de les rattraper mais ils avaient été plus rapides et personne n'avait pu les inquiéter.

Puis la bande avait adopté le style vestimentaire néomédiéval : capes noires, bottes cloutées et maquillage noir outrancier avec piercing dans le nez et sur la langue. Se prétendant un temps adeptes du satanisme, ils avaient connu les ennuis disciplinaires à Claude-Monet. Comme ils devenaient trop repérables, ils avaient décidé de se faire plus discrets, en revenant aux blouson, jean et baskets, plus conventionnels. Ils pouvaient de nouveau se fondre dans l'anonymat et la masse. Parmi leurs nouvelles activités, ils aimaient cibler certains élèves fragiles en échange de leurs blousons, d'argent et autres larcins. Ils se faisaient pas mal de blé à la revente. Ils étaient les rois du bahut, et les gamins, qui les craignaient, leur faisaient allégeance. Personne n'osait les dénoncer de peur de subir des représailles.

Ils avaient laissé libre cours à leurs agressions jusqu'au moment où ils s'étaient fait pincer par un professeur d'arts plastiques qui avait menacé d'aller voir les flics et de porter plainte contre leur racket, un dénommé Nathan Kavillas, qui sortait secrètement avec Ida Lemoine, une élève de seconde ayant refusé les avances des Têtes d'or. Après s'être attaqués à la jeune fille, semant de fausses rumeurs selon lesquelles elle baisait avec tout Claude-Monet, ils les avaient suivis et photographiés à leur insu depuis la fenêtre du studio du professeur, quand Ida venait retrouver son amoureux. La situation les ayant excités, le lendemain, ils avaient acheté une caméra pour les filmer lorsqu'ils faisaient l'amour. Le même soir, ils avaient coincé Nathan qu'ils avaient menacé d'afficher les photos de leurs ébats dans la salle des professeurs puis de les transmettre au commissariat s'il ne la fermait pas. Si, au début, Nathan avait cherché à s'opposer, il avait vite compris qu'il avait beaucoup à perdre et fermé les yeux sur leurs agissements. À partir de ce moment, ils ne l'avaient plus lâché et il avait dû se plier à leur chantage. Il avait vécu un véritable enfer.

Quelques jours plus tard, Tête d'or et sa bande avaient tué le chat du parc de Choisy. Celui-ci, qui y vivait pacifiquement depuis des années, faisait la joie des riverains et des enfants. Pour la première fois, Tête d'or avait éprouvé une sensation proche du plaisir qu'il n'avait eu de cesse de chercher à reproduire dans d'autres circonstances.

23

Vingt ans auparavant

Novembre 2001 : Commissariat du
13e arrondissement et avenue des Gobelins

Depuis son unique entrevue avec son patron, Pierre Le Dantec, Carmen est toujours au placard. Malgré cette sanction injuste, elle refuse de sombrer dans la paranoïa et s'efforce de repousser les pensées négatives. En répertoriant les dossiers poussiéreux, elle est sujette à des crises d'asthme à répétition qui la laissent exsangue le soir. Mais elle conserve l'espoir qu'un jour, Le Dantec la sortira du placard où elle est confinée. La police est un petit monde. Yvan, son compagnon, s'est renseigné : Le Dantec serait sous le coup d'une investigation de l'IGPN, l'Inspection générale de la police nationale, pour faits de violence aggravée commis dans son commissariat à l'encontre d'un jeune Maghrébin. Une enquête qui le rendrait extrêmement suspicieux envers tout subordonné ne faisant pas partie de son premier cercle. Cela pourrait expliquer la mise à l'écart de Carmen.

—Prends ton mal en patience en attendant des jours meilleurs, ne cesse-t-il de lui répéter. Si les choses ne s'arrangent pas, tu demanderas ta mutation dans quelques mois.

Alors le temps s'écoule, monotone, comme le tic-tac de la vieille pendule métallique qui surplombe le bureau, jusqu'au jour où elle reçoit un appel de Loïc Verdier, le frère de Joan. Il fait des études à Madrid dans le cadre du programme Erasmus et s'apprête à venir à Paris visiter sa mère, toujours internée à l'hôpital Sainte-Anne. Pourrait-il la rencontrer ? Carmen accepte avec l'arrière-pensée qu'elle est peut-être en train de commettre une erreur. Si jamais Le Dantec ou William Garrell l'apprenaient… Elle n'est plus censée s'occuper du cas Joan Verdier, le dossier a été officiellement clos.

Ils se retrouvent à Verse toujours, une petite brasserie située dans le bas de l'avenue des Gobelins, peu fréquentée par les flics du 13ᵉ. Loïc, dix-neuf ans, est le frère aîné de Joan. Grand, costaud, il a les mêmes cheveux châtains que sa sœur et arbore un sourire ouvert malgré une certaine nervosité. Il a beaucoup réfléchi depuis la mort de sa sœur et veut parler à un policier des doutes qui l'assaillent :

—Toute petite, Joan était déjà fan de mangas et elle s'était mis en tête d'apprendre le japonais pour les lire dans le texte. Elle rêvait de s'envoler pour le Japon et d'y rencontrer ses dessinateurs préférés. Pour cela, elle économisait sur ses heures de baby-sitting et son argent de poche. Il y a deux ans, ma mère lui a acheté une méthode Assimil. Après avoir commencé par déchiffrer quelques caractères, elle avait bien progressé. Joan visionnait des tas de cassettes de films japonais et m'assurait qu'elle comprenait déjà 50 % des dialogues. Pourquoi je vous raconte tout ça ? Sans doute, pour vous expliquer que ma sœur avait une volonté incroyable, quand elle avait une idée en tête… Elle n'était pas du tout dépressive.

Il se tait, bouleversé, puis poursuit :

—Elle avait commencé à dessiner les aventures d'Andora, une collégienne qui n'avait peur de rien et surmontait les brimades d'une bande de démons et de sorciers ultra-violents qui voulaient sa peau…

—Vous pensez qu'elle a pu être harcelée ? demande Carmen.

Loïc hausse les épaules, il n'en sait rien. Puis il ouvre précautionneusement un carton à dessins sur la table de la brasserie et tend une planche à Carmen :

—Ce sont les dernières esquisses du manga dessinées par ma sœur. Regardez.

Il désigne une jeune fille dotée d'un corps métallique à l'allure androgyne, qui s'élance dans les airs, une épée laser à la main.

—Je vous présente Andora, le double de Joan. Elle aimait se représenter comme une guerrière ou une combattante.

Puis il montre à Carmen une autre vignette. Un combat qui met en scène Andora et des monstres ailés l'assaillant de toutes parts. Une scène d'une rare violence où la jeune fille n'hésite pas à poignarder ses ennemis puis à leur trancher la gorge. Des dessins noir et blanc à l'encre, très aboutis pour une adolescente de quatorze ans, songe la jeune flic qui, pourtant, n'est guère sensible à l'univers des mangas. Loïc poursuit, admiratif :

—Et voici ses autres ennemis qui apparaissent sous la forme de démones. Elles appartiennent au clan Gaki et font régner la terreur. Elles veulent empêcher Andora, de récupérer le sabre magique ou quelque chose comme ça. Mais Andora ne se laisse pas faire et les combat vaillamment.

Loïc s'arrête et fixe Carmen :

—Ma sœur ne baissait jamais les bras, elle était obstinée, têtue comme une mule… Je ne crois pas un seul instant à la thèse de son suicide.

24

Un mois avant la mort de Joan

Septembre 2001 : Lycée Claude-Monet

C'est la bousculade dans les vestiaires avant le match de handball. Assises sur un banc, Eva et Leslie, en tenue rose fluo très girly, observent Joan qui finit de lacer ses vieilles baskets. On devine à leurs messes basses et à leurs sourires narquois qu'elles sont en train de la cibler. Joan les ignore ostensiblement, enlève ses écouteurs et s'apprête à les ranger dans son casier quand Eva surgit dans son dos et passe à l'attaque :

—Eh Joan, si tu veux plaire, ne pas finir bonne sœur et te trouver un mec, t'as intérêt à faire un régime… Parce que là, on dirait que t'as encore grossi, beaucoup grossi ! T'as pris combien de kilos ?

Joan fait celle qui n'a pas entendu. Leslie surenchérit :

—Faudra aussi aller chez le dentiste et arranger tes dents. Parce que là, tu ressembles à un raton laveur !

Joan serre les poings, se retourne vers elles et balance d'une voix railleuse :

—Je suis peut-être moche, grosse… mais au moins, je ne ressemble pas à des pouffes débiles, comme certaines qui me gonflent grave.

Adossée à la porte des toilettes, une ado au visage de chat et aux cheveux blonds peroxydés avec une frange qui mange ses yeux gris en amande scrute la scène avec attention. Elle compte les points. Déterminée, Joan fait un pas vers les deux filles qui lui cherchent des noises :

—Maintenant, foutez-moi la paix et laissez-moi passer, espèces de putes.

—Grosse pute toi-même.

Elles ne bougent pas. Joan hausse les épaules, les contourne et disparaît au milieu d'une grappe d'élèves qui se précipitent en courant vers le gymnase.

Sur le terrain de handball, Joan est isolée, personne ne lui passe la balle malgré ses efforts pour participer au jeu. Furieuse, elle profite d'une passe pour saisir le ballon et le balancer droit dans la poitrine d'Eva qui l'a taclée sur son poids. Eva se tord de douleur puis se jette sur le sol en poussant des hurlements. Le professeur intervient, siffle l'arrêt de jeu et fait sortir Joan qui plaide l'accident. Un peu plus tard, elle est convoquée chez le proviseur et écope d'un avertissement.

La réaction ne se fait pas attendre. Le soir même, au détour d'une impasse du quartier de la butte aux Cailles que Joan emprunte pour regagner son domicile, elle se fait attraper par un groupe de racailles cagoulées qui lui arrachent son sac à dos. Elle tente de résister, appelle au secours, mais deux des garçons la plaquent contre le mur pendant que les deux autres éparpillent ses affaires sur le trottoir. Ils commencent à les piétiner en la menaçant de représailles si elle continue à s'en prendre à Eva et Leslie.

—Premier avertissement, connasse !

—Ce n'est pas moi qui ai commencé ! réplique-t-elle. Laissez-moi partir.

—Si tu veux te faire pardonner, jure que tu es une des nôtres et que tu ne recommenceras pas.

—Jamais de la vie, souffle Joan.

Elle est sauvée *in extremis* par Margot, la fille aux cheveux peroxydés qui la scrutait dans les vestiaires. Soudain, elle se dresse devant eux, ne se dégonfle pas et menace d'appeler les flics s'ils ne lâchent pas Joan.

—Je sais qui vous êtes, bande de lâches ! Faites gaffe, si vous recommencez à l'emmerder, vous le paierez cher.

Les agresseurs s'enfuient en pointant le majeur :

—Tu ne perds rien pour attendre, connasse !

Les deux filles s'observent un instant. Joan rompt le silence :

—Pourquoi tu es intervenue, alors que tu fais partie de leur bande ?

Margot regarde intensément Joan :

—Parce que tu es courageuse et que je veux m'affranchir de ces racailles qui se croient tout permis et torturent les plus faibles !

—Faible, faible, là, c'est moi qu'ils ont dépouillée, je ne me sens pas particulièrement faible, rétorque Joan en se baissant pour ramasser ses affaires sur le trottoir.

Margot se met à l'aider :

—Justement, fais attention à toi, ils vont tout faire pour te faire flancher !

Joan hausse les épaules :

—C'est juste des petits cons !

—Tu m'étonnes Joan. Je n'aurais pas cru possible qu'une fille ait autant de courage. Je t'admire… et je les déteste. Je leur souhaite tout le mal possible !

Joan la regarde, un brin perplexe. Est-ce encore une manigance de la bande des Têtes d'or ?

25

Novembre 2001 : En bas de l'avenue des Gobelins, 13e arrondissement

La pluie ruisselle toujours sur les vitres embuées de la brasserie. La nuit est tombée, les phares des voitures éclairent par intermittence les passants qui se hâtent vers la bouche du métro. Parfois un coup de vent fait tournoyer des feuilles mortes qui viennent se coller contre la porte du bistrot. C'est l'automne, la vie suit son cours. Depuis une heure, Loïc Verdier, le frère de Joan, ne lâche pas Carmen :

—Et si on avait suicidé ma sœur ?

Carmen secoue la tête :

—Je vous répète qu'il est impossible qu'on l'ait droguée puis transportée dans le parc de Choisy pour lui ouvrir les veines.

—Et pourquoi pas ?

Le jeune homme cache mal sa fébrilité, il aimerait tellement avoir raison. Carmen secoue la tête :

—Moi aussi, j'ai cru à cette hypothèse, j'ai interrogé le légiste qui a pratiqué l'autopsie à l'institut médico-légal. Il a été formel, il s'agit d'un suicide. La police scientifique a confirmé : il n'y avait aucune trace de pas, ni d'empreinte autre que celles de votre sœur lorsqu'on l'a retrouvée.

Loïc semble dubitatif et déçu. Il poursuit :

—Mais pourquoi au parc de Choisy ? C'est incompréhensible !

—J'ai peut-être une explication, je ne sais pas ce qu'elle vaut. Vous avez entendu parler d'Aokigara ?

Il secoue la tête.

—C'est une forêt située au pied du mont Fuji, au Japon, connue sous le nom de « mer des arbres ». Elle est tristement célèbre pour le nombre important de suicides qui ont lieu à cet endroit. Votre sœur était passionnée par la culture japonaise et apprenait le japonais, elle avait peut-être entendu parler de ce lieu où les arbres ont une fonction symbolique… Quand on l'a trouvée, elle tenait un exemplaire du livre *Mode d'emploi du suicide* de Kanzen Jisatsu Mayuri, un auteur japonais. C'est un signe de reconnaissance pour ceux qui mettent fin à leurs jours dans cette forêt.

Loïc réprime un regard surpris. Carmen continue :

—Cet ouvrage contient des descriptions des différents types de suicide en apportant des réponses à chaque mode opératoire : douleur, taux de succès, etc., en posant la question essentielle : pourquoi doit-on vivre ?

Silence lourd. Carmen poursuit :

—À mon avis, il y a une autre raison au choix du parc de Choisy. Je pense que Joan n'avait pas envie de se donner la mort dans l'appartement où elle vivait avec votre mère.

Loïc serre les poings, dévasté.

—Savez-vous si votre sœur avait un petit ami ?

—Non. Joan était très pudique, pas du genre à étaler ses sentiments. Pourquoi cette question ?

—D'après le rapport d'autopsie, elle a eu un ou plusieurs rapports sexuels dans les dernières semaines qui ont précédé son décès.

Loïc semble à la fois décontenancé et gêné lorsque Carmen évoque la sexualité de sa sœur :

—Je me souviens qu'elle m'a parlé d'un certain Manson ou Manuel qui l'emmerdait. Avait-elle eu une histoire avec lui ? Peut-être a-t-il voulu l'embrouiller par jalousie ou par… ? Je n'en sais rien. J'étais à Madrid depuis fin août pour mon Erasmus.

—Essayez de vous souvenir, c'est important.

—Je suis revenu à Paris début octobre pour l'anniversaire de ma mère. Un soir, ma sœur est rentrée avec le manteau déchiré, en pleurant. J'ai immédiatement pensé au gars qui l'emmerdait. Je suis allé l'attendre à la sortie de Claude-Monet pour lui dire de lâcher ma sœur. Je ne connaissais pas son nom, la seule indication que j'avais, c'est qu'il portait un catogan et avait un serpent tatoué sur le bras. J'ai eu de la chance, des élèves m'ont indiqué le gars, mais il m'a glissé entre les doigts comme une anguille.

—Vous pouvez me le décrire ?

—Genre punk, néogothique, Doc Martens, piercings. Facilement repérable. Mais je suis persuadé qu'il n'était pas le seul à la tourmenter.

—Pourquoi ?

—Parce que le même soir, en rentrant chez ma mère, je me suis fait dépouiller et passer à tabac par un groupe de racailles avec des capuches noires sur la tête. Curieuse coïncidence, non ?

—Vous avez déposé plainte ?

—Oui. Évidemment, ça n'a eu aucune suite. Tout le monde se fout de ceux qui se font harceler car c'est toujours de leur faute, dit-il, les larmes aux yeux.

Loïc s'excuse et fixe Carmen :

—Un jour, je connaîtrai l'identité des salauds qui voulaient la peau de ma sœur et je le leur ferai payer. Merci de m'avoir écouté et bonne chance…

Il se lève précipitamment, tourne les talons et s'engouffre vers la sortie. À travers la vitre brouillée par la pluie, Carmen aperçoit le jeune homme traverser le passage clouté puis se fondre dans la nuit du boulevard des Gobelins.

*

Ce soir-là, en rentrant chez elle, Carmen est convaincue que William Garrell a bâclé son boulot d'enquêteur et de flic. Son manque d'intérêt pour la mort de Joan Verdier, quand il a énuméré les faits allant dans le sens d'un suicide dû à une dépression et non pas à une incitation au suicide, a été décisif pour clore l'enquête et laisser la place à des affaires plus urgentes, plus médiatiques.

Les jours suivants, elle profite de sa pause déjeuner pour fouiner dans de vieux comptes rendus entreposés dans les couloirs du sous-sol. Carmen s'est fixé un objectif : découvrir les plaintes et mains courantes ayant pour objet des harcèlements et faits de violence concernant des enfants, ados et jeunes adultes entre 1995 et 2001, dans les établissements scolaires, sportifs et les cités du 13e. C'est un travail titanesque car l'informatisation des dossiers vient tout juste de commencer dans son commissariat. Elle cherche aussi activement des traces du dénommé Manson ou Manuel dont lui a parlé Paul Verdier, le frère de Joan. Dans les différents services, on commence à la regarder avec commisération. Mais Carmen s'en moque, l'histoire de Joan est devenue une priorité. La sienne…

26

Trois semaines avant la mort de Joan

Début octobre 2001 : Dans le 13e arrondissement

Joan n'est plus solitaire et rejetée. Andora, son double, la guerrière combattante, a une nouvelle alliée, Mieko, qu'elle croque sous les traits de Margot, sa nouvelle amie. Elle l'a si vaillamment défendue contre la bande de nazes qui lui cherchent des poux à Claude-Monet… Dans *Manga Dreams*, le titre de la BD créée par Joan, Andora et Mieko combattent les démones du clan Gaki, alliées aux guerriers du clan Neji, des guerriers malfaisants dotés de pouvoirs surnaturels. Leur but : déclencher une guerre nucléaire afin de transformer la planète Terre en une prison intergalactique dont tous les opposants seront réduits à la servitude. Leurs combats sont héroïques comme la vie quotidienne au lycée où Joan et Margot sont désormais les cibles d'Eva et de Leslie, les fantassins de la bande des Têtes d'or. Ceux-ci envoient les deux filles en première ligne pour accomplir leurs mauvais coups. Mais Joan et Margot parviennent à déjouer leurs manigances.

L'amitié des deux filles grandit. Après les cours, elles se retrouvent quotidiennement dans les jardins du parc de Choisy, où elles échangent mangas, BD et romans graphiques qu'elles dérobent à la Fnac du centre commercial Italie 2 ou à la librairie Jonas, rue de Tolbiac. Elles passent aussi de longs moments à évoquer leurs aspirations en se promenant et en fumant nonchalamment des Marlboro Light, les cigarettes préférées de Margot. Si Joan s'est promis de partir au Japon rencontrer Naoki Kubo, son mangaka préféré, Margot n'a aucune envie précise, si ce n'est fuir sa famille, car son frère aîné manipule ses parents qui sont entièrement à sa botte. Elle le hait autant qu'il la hait :

—Pour m'emmerder, il sort avec des filles qui me ressemblent, comme cette conne d'Eva ou d'autres blondasses du même style. Alors pour le narguer, j'ai teint mes cheveux couleur platine, pour la plus grande fureur de ma mère qui m'accuse de ressembler à une pute de La Cannebière.

Joan sourit :

—Pas très sympa, ta mère !

Joan hausse les épaules :

—Non, pas très sympa, elle n'en a que pour mon frère depuis toujours.

Joan la regarde, incrédule :

—Pourquoi il te déteste autant ?

Margot hausse les épaules.

—Il est jaloux de moi depuis que je suis née. Il prétend que j'ai toujours été la préférée de mon père.

—Et c'est vrai ?

—Je ne crois pas, mais il est tellement psychopathe qu'il a fini par le croire. Mais je me fous de ce qu'il pense. Mon rêve, c'est de me casser loin, très loin, pour échapper à cette famille totalement barrée.

*

Comme la douceur de l'été se prolonge, Joan et Margot aiment s'allonger sur les pelouses du parc de Choisy pendant les interclasses. Elles contemplent les nuages qui s'effilochent dans le ciel, tout en écoutant en boucle leurs tubes préférés : *Pour que tu m'aimes encore* de Céline Dion, et les chansons de Mylène Farmer, particulièrement, *Innamoramento* dont elles connaissent les paroles par cœur :

J'n'ai pas choisi de l'être
Mais c'est là, l'Innamoramento
L'amour, la mort, peut-être
Mais suspendre le temps pour un mot
Tout se dilate et cède à tout
Et c'est là, l'Innamoramento
Tout son être s'impose à nous
Trouver enfin peut-être un écho...

De temps en temps leurs mains se frôlent... Elles se sentent en sécurité, à l'abri de ceux et celles qui les harcèlent. Une question les taraude : est-ce ça, l'amour ? Elles décident que oui. Une autre question surgit : deux filles peuvent-elles s'aimer quand elles sont si différentes ? La réponse est encore oui.

*

Quelques jours plus tard, elles décident de mélanger leurs sangs pour sceller leur amitié. Un pacte d'attachement réciproque, un serment véritable qu'elles ne pourront et ne devront jamais trahir, même si l'une d'elles disparaît. Margot a lu quelque part que le rituel est plus fort s'il est accompli sous un arbre au feuillage persistant, âgé d'au moins cent ans, pendant une nuit de pleine lune. À minuit précise. Toutes les circonstances sont réunies la nuit du 28 septembre 2001. Cette année-là a lieu une lune rousse, un événement inhabituel qui se produit une fois tous les vingt ans dans l'hémisphère nord. Les deux filles se donnent rendez-vous au parc de Choisy dont les grilles ne sont pas trop hautes et faciles à escalader.

Le jardin est désert. Les ombres portées décuplent leurs silhouettes au sol. Dans le ciel, une lune teintée de rouge apparaît par intermittence. Une brume légère transporte des parfums mouillés de l'automne. Quand le cri d'un oiseau retentit dans la nuit, elles se jettent des regards apeurés. Après quelques tergiversations, elles choisissent le cèdre bleu de l'Atlas aux larges branches touffues et protectrices qui se trouve près de l'aire de jeu des enfants.

—J'ai lu que cet arbre symbolise l'immortalité, raconte Joan à Margot. Regarde comme il est majestueux et immense ! Il nous protégera contre les Têtes d'or pour l'éternité.

Joan approuve en levant les yeux vers son sommet. De rares étoiles scintillent au milieu des nuages qui filent à vive allure. Elle croit y distinguer les silhouettes d'Andora et de Mieko, chevauchant leurs destriers fantastiques en direction d'une planète amie où elles ne seront plus pourchassées par les assaillants du clan Gaki. Un lieu où elles se sentiront en sécurité et où elles pourront vivre et s'aimer librement, sans contrainte. Après les formules magiques d'usage, Margot extrait un couteau suisse de la poche de son jean, et le déplie solennellement. Elle commence par chauffer à blanc la pointe de la fine lame à l'aide d'un briquet jusqu'à ce que le métal devienne presque incandescent, puis le donne à Joan tout en lui tendant sa propre main.

—À toi l'honneur !

Joan a un moment d'hésitation. Un sourire se dessine sur les lèvres de Margot :

—Je te croyais plus courageuse. Allez, vas-y, n'aie pas peur, ça ne fait pas plus mal qu'une piqûre.

Tremblante, Joan saisit le couteau, tout en plissant les yeux. C'est Margot qui la guide. Elle serre les dents lorsque des gouttes de sang perlent sur la paume.

—Même pas mal ! proclame-t-elle. Joan, ouvre les yeux, maintenant.

L'une après l'autre, le cœur battant, elles se tailladent l'intérieur des paumes. Puis elles mélangent leur sang et vont s'essuyer les mains sur l'écorce sombre et rugueuse de l'arbre. Un geste qui les unira jusqu'à la mort, d'après la légende. Alors elles passent la nuit agrippées l'une à l'autre avec le sentiment d'avoir accompli quelque chose d'unique et d'irréversible. Bercées par le vent qui bruisse dans les branches des arbres de Choisy, elles finissent par s'endormir jusqu'au petit matin.

27

Trois semaines avant la mort de Joan

Fin septembre 2001 : Parc de Choisy et alentours

Quand Raphaël aperçoit sa sœur et Joan, chacune un écouteur dans l'oreille, branché sur le même walkman, se balancer en rigolant sur un des bancs du parc de Choisy, il est dépité. Que fait Margot avec cette garce qui ose lui tenir tête ? Discrètement, il les suit jusqu'au troquet du coin de la rue de Tolbiac où elles jouent au flipper pendant un long moment. Après avoir gagné plusieurs parties gratuites, elles se dirigent vers la dalle des Olympiades où elles mangent un McDo, en pouffant, très complices. Que peuvent-elles bien se raconter ? À un moment, il a la sensation que Margot l'a repéré, mais ce n'est qu'une soudaine parano de sa part. Il est toujours très prudent lorsqu'il la suit. Après, elles flânent dans la galerie commerçante puis entrent dans une boutique qui vend mangas, bouddhas, et diverses cochonneries asiatiques. Une caverne d'Ali Baba où elles passent du temps à se poursuivre dans les allées et à se moquer du vendeur qui veut les foutre dehors. Puis, il les perd de vue dans le dédale des tours des Olympiades.

Au dîner, Margot se montre gaie, presque insouciante. Elle parle de s'inscrire à un cours de dessin. Leur père l'encourage vivement :

—Plus tard, tu pourras m'aider à dessiner des modèles pour nos bijoux, ajoute-t-il.

Margot secoue la tête :

—Non, ce qui m'intéresse, c'est apprendre à dessiner de la BD et surtout des mangas.

Leur mère, tunique mauve et écharpe de soie blanche, hausse les sourcils, dubitative, puis replonge le nez dans son assiette. Quant à Raphaël, il manifeste de l'intérêt pour la nouvelle passion de sa sœur. Une manière de préserver les apparences vis-à-vis de leurs parents même si aucun d'eux n'est dupe. Margot acquiesce poliment aux questions de son frère. Une attitude hypocrite. Il sait pertinemment qu'elle n'accepte jamais quoi que ce soit venant de lui. Lui est le protégé de leur mère, sa sœur, celle de leur père, c'est ainsi depuis leur petite enfance. La grande maison de la butte aux Cailles dans laquelle ils viennent d'aménager est devenue une prison où enfants et parents se détestent âprement sans savoir comment échapper au huis clos dévastateur. Les engueulades et les haines tenaces se nouent le soir dans la salle à manger, au cours du dîner familial, quand ce n'est pas un silence hostile et lourd qui les encercle.

*

Le lendemain, il continue de filer Margot. Après les cours, sa sœur va à son club de judo. Elle a donc recommencé ses entraînements… Malgré sa stature frêle, elle l'a mis plus d'une fois au tapis. Déjà ceinture bleue, elle prépare la marron. Ce jour-là, il n'aperçoit pas Joan Verdier. Margot cherche-t-elle à le leurrer ? Il n'allège pas sa surveillance, au contraire.

Quelques jours plus tard, il les croise à la sortie du cinéma Les Fauvettes, avenue des Gobelins. On y joue *American Pie*, une ineptie pour crétines aux hormones incontrôlables pour cause de puberté. Elles se tiennent la main en se regardant tendrement… amoureusement. C'est une énorme claque pour Raphaël. Quelque chose d'incompréhensible : sa sœur est devenue une chienne, une gouine rouge, une pute lesbienne, ce qu'il hait le plus au monde. Pire, cette Joan se croit tout permis et veut lui voler sa petite sœur… qui lui appartient. Rien qu'à lui depuis toujours. Il décide de prendre les choses en main.

Le lendemain dans la cour de Claude-Monet, Joan est prise à partie par Leslie : elle lui aurait volé son journal intime. Joan rétorque qu'elle ne mettrait jamais son nez dans un tel ramassis de bêtises. Eva s'en mêle et met de l'huile sur le feu :

—Fais gaffe Joan ! Faut pas emmerder ma copine !

Joan tient tête, une gifle part. Eva tombe à terre avec Joan. Alerté, le CPE sépare les filles et décide de les exclure toutes les trois. À la sortie, Margot avertit Eva et Nina : elles ont intérêt à laisser Joan tranquille à l'avenir, sinon elle leur fera la peau. Les deux filles lui lancent un regard noir. Le même soir, Joan décide d'éliminer définitivement les avatars de Leslie et Eva du manga qu'elle est en train de dessiner. Une manière de les punir en les excluant de son univers.

Quand Joan revient au collège le lendemain, les chaises de Leslie et Eva sont vides. Le professeur s'étonne de cette double absence. Joan prend peur. Elle repense aux dessins qu'elle a biffés la veille : aurait-elle trouvé le moyen de matérialiser ses pensées les plus obscures ?

Après la cantine, Amandine lance une rumeur : Joan aurait enfermé Leslie et Eva dans un lieu secret pour les punir. Elle leur ferait manger des araignées, des cafards vivants et des vipères. Le bruit se répand comme une traînée de poudre dans les couloirs du lycée. Sous ses airs de victime, Joan apparaît désormais comme une fille malfaisante et manipulatrice. Dans la cour de récréation, on la traite d'usurpatrice et de sorcière. Joan ne se dégonfle pas et lance à la cantonade :

—Oui, je suis une sorcière avec des pouvoirs surnaturels. Je pratique la magie noire, et j'ai même effacé Leslie et Eva de la surface de la terre.

Le silence se fait autour d'elle. Elle regarde Amandine droit dans les yeux, et s'avance vers elle, menaçante :

—Et je jette aussi des sorts. Alors, que le prochain qui m'emmerde fasse gaffe ! Il le paiera cher.

Les autres s'écartent sur son passage. Le rapport de force s'inverse en sa faveur… même si au fond d'elle-même, Joan n'est pas rassurée et souhaite que tout revienne comme avant.

En la raccompagnant chez elle, Margot réconforte Joan qui regrette sa violence :

—Je crois que les dessins ont un pouvoir, mais ce pouvoir est forcément bénéfique car tu n'as jamais eu de mauvaises intentions envers qui que ce soit.

Joan n'est pas convaincue. Margot lui prend la main.

—Tu t'es juste défendue contre les deux connasses des Têtes d'or. Elles n'ont eu que ce qu'elles méritaient. Alors oublie.

—Pas facile, lance Joan, préoccupée.

—Et si, pour te changer les idées, on allait voir *Le Journal de Bridget Jones* ?

*

Le lendemain matin, Nina, Leslie et Manson réapparaissent à l'entrée de Claude-Monet. Tous trois ont séché les cours pour assister à une rave party dans une forêt, à une cinquantaine de kilomètres de Paris, où ils sont restés coincés, faute de transports vers Paris. Tels des héros, ils paradent à la cantine puis dans la cour, en racontant leur soirée. Ils se sont trop éclatés : le DJ était top, l'électro-house déchirait, comme l'herbe du diable qu'ils ont fumée et les ecstas qui les ont anéantis.

Un peu plus tard, à la sortie de l'étude, Manson, le factotum des Têtes d'or, s'approche de Joan et lui arrache son carnet de croquis. Elle court derrière lui pour le récupérer, mais trois garçons planqués sous leurs cagoules l'attrapent, la poussent vers les toilettes et bloquent la porte. Joan se débat, hurle au secours. Elle parvient à se libérer et à faire quelque pas vers la sortie quand les autres l'agrippent et la plaquent au sol. Manson lui soulève la tête et la regarde droit dans les yeux :

—Dernier avertissement, connasse !

L'un des types arrache le tee-shirt de Joan et la bâillonne avec, pendant qu'un autre décapuchonne un gros feutre noir et lui tatoue le ventre :

Sorcière, pute, salope, sale lesbienne.

La sonnerie de fin des classes retentit. Les agresseurs s'enfuient, laissant Joan sur le carrelage.

Exsangue. Humiliée. Elle se relève, tremblante, récupère son tee-shirt déchiré et sa parka roulée en boule sous le lavabo. Entreprend de sécher ses larmes et se frotte les côtes. Son corps lui fait atrocement mal. Son ventre est couvert de zébrures rouges et des bleus commencent à apparaître. Et surtout, il y a ces horribles inscriptions qui lui soulèvent le cœur. Comment et pourquoi est-elle devenue la cible d'une bande de barbares ?

Elle enfile son tee-shirt avec précaution, puis sa parka, tout en surveillant la porte d'entrée des toilettes. Ensuite, elle ouvre le robinet, se savonne les mains et tente d'effacer les traces de feutre sur son ventre, tout en se promettant de ne pas se faire avoir une seconde fois.

28

Vingt ans plus tard...

11 octobre 2021 : Boulevard Saint-Germain, 6e arrondissement

Raphaël Jenssen ouvre le frigo américain, en extrait une bouteille de lait qu'il verse dans les bols préparés pour le petit déjeuner. Rapidement, il fait disparaître une miette égarée près du panier à pain, puis ouvre le placard, à la recherche du paquet de céréales chocolatées. Il va falloir changer ces mauvaises habitudes. Trop de sucre, trop de calories. Pas d'enfant en surpoids chez lui… En lissant la nappe, il songe qu'il va devoir faire la leçon à Juliette. C'est une bonne mère, elle s'occupe bien des enfants, mais elle n'est pas assez attentive.

À ce moment, Charlotte et Jules, cinq ans, déboulent en poussant des cris stridents. Raphaël les contemple avec fierté. Ils sont si beaux, ses jumeaux. Comme il aime leurs têtes blondes et leurs yeux gris, identiques aux siens… Charlotte est la meneuse, la première née. Une vraie casse-cou, extravertie. Jules est plus secret. Il va falloir l'aguerrir sinon il se fera manger tout cru en entrant en primaire. Il leur sourit et leur fait signe de se calmer. Juliette arrive, jean et tunique blanche, prête à les conduire à l'école. Depuis sa maternité, elle a perdu son côté androgyne qui lui plaisait tant. Sa taille s'est alourdie, comme sa poitrine. Il va falloir envisager un régime, une cure dans une bonne thalasso ou de la chirurgie esthétique. Ce soir, ils dînent avec un investisseur belge qui veut entrer dans le capital des bijoux Jenssen.

—Fais-toi belle, dit-il. Je passe te prendre à 19 heures.

—Je vous rejoindrai au restaurant, j'ai un rendez-vous qui risque de durer un peu.

Il lève son regard vers elle, surpris. Elle poursuit comme pour se justifier :

—C'est mon dernier entretien pour le poste d'attaché de presse, tu sais à…

Il ne la laisse pas continuer et se tourne vers les jumeaux :

—Charlotte et Jules, mes chéris, qu'est-ce que vous pensez de l'idée que maman commence à travailler ?

Les deux enfants se regardent, mal à l'aise.

—Vous êtes d'accord ? reprend-il.

La fillette plonge le nez dans son bol tandis que son frère jette un regard inquiet à sa mère. Silence épais. Juliette détaille Raphaël un court instant, avant de mettre en marche la machine Nespresso. Elle ne réplique jamais devant les enfants. Elle veut les préserver. *Encore une tentative pour ne plus s'occuper des jumeaux et me fuir*, songe-t-il. On ne le quitte pas, c'est lui qui décide quand il quitte. Comment la très belle jeune fille a-t-elle pu devenir une mère de famille aussi lambda ? Il a été ébloui par la ravissante étudiante, brillante, issue d'une famille aristocratique du Nord. Ses yeux en amande gris pailletés d'or l'avaient excité et troublé. Ils se sont connus dans une école de commerce qui recrutait ceux qui avaient échoué à HEC. Juliette était tombée amoureuse au premier regard. Il était si charmant, avec cette pointe de dangerosité qui le rendait différent des autres hommes. Ses futurs beaux-parents se sont immédiatement entichés de lui et ont ouvert les bras à l'orphelin qui a perdu ses parents dans l'affreux tsunami de 2004. Le mariage a été somptueux. Après, ils l'ont aidé en investissant dans son entreprise.

Le bip d'un message sur son portable. En découvrant le numéro inconnu, il sait qu'il va y trouver un énième *Memento mori*. Toujours la même silhouette de fille sans visage, baignant dans une flaque de sang, rivée aux racines d'un arbre. Comment se fait-il que malgré tous les informaticiens qu'il a mis sur le coup, aucun ne soit parvenu à identifier l'expéditeur ? L'adresse d'envoi est toujours différente. Il en a même reçu un de l'un de ses fournisseurs d'Anvers. Un comble.

Un appel de Simon interrompt ses ruminations. Il hésite à lui répondre et s'éloigne vers le séjour. À ses pieds, la circulation matinale du boulevard Saint-Germain, étouffée par les doubles vitrages des grandes baies du duplex du dernier étage. Sensation d'être au-dessus de la mêlée. La sonnerie s'interrompt. Quelques instants plus tard, un énième message inquiet de Simon. Depuis que sa fille a été retrouvée, recouverte de peinture rouge dans le parc de Choisy, il pète les plombs, persuadé qu'il s'agit d'une vengeance de celui ou celle qui les harcèle avec les *Memento mori*. Raphaël soupire et pianote :

Je t'appelle plus tard.

Il a une autre affaire à régler avec Fred, autrement plus urgente.

29

11 octobre 2021 : Bureaux de la CRMD

À chaque fois qu'un témoin ou un suspect pénètre dans le bureau d'Anne Lavelli, il est saisi par les photos affichées sur les murs. Des enfants et des adolescents vous fixent avec des sourires figés comme de petits papillons épinglés dans des boîtes vitrées qu'utilisent les entomologistes. Tous semblent attendre qu'un nouvel événement les remette au centre du grand puzzle dont ils sont les pièces manquantes. Ils sont patients, curieux et pleins d'espoir. Sous chaque photo, il y a un prénom, un nom, leur date de naissance et celle de leur disparition, parfois celle de leur décès. Ils examinent le nouvel arrivant avec l'espoir qu'il va livrer de nouvelles informations sur leur affaire. Ce sont les gamins disparus que Lavelli et son équipe recherchent depuis parfois plus de trente ans car il n'y a plus de prescription concernant les crimes d'enfants. Un peu plus loin, une autre série de clichés plus récents interpelle le nouveau venu : il s'agit des protagonistes des affaires en cours. Leurs visages ne sont pas encore encadrés par des avis de recherche, mais eux aussi attendent qu'un nouvel élément fasse avancer l'enquête.

En entrant, Simon Delmas, le père de Laure, se fige devant la photo de sa fille, puis devant celles des deux autres victimes de *Witch Game*. Deux adolescentes sensiblement du même âge. Ensuite, il balaie rapidement celle de Joan Verdier avant de s'approcher du cliché représentant Marina Ferguson. Visiblement surpris de découvrir une adulte au milieu de tous ces jeunes. Anne croit percevoir une légère crispation sur son visage, mais elle n'en est pas sûre. Elle lui fait signe de prendre place et demande :

—Que voulez-vous exactement, monsieur Delmas ?

—Que vous protégiez ma fille. Je suis terriblement inquiet pour elle…

Anne Lavelli se veut rassurante :

—Je comprends vos angoisses. Sachez que l'enquête se poursuit en collaboration avec la Brigade des mineurs et la Cellule de cybercriminalité de Nanterre. Nous mettons tout en œuvre pour retrouver les agresseurs de votre fille ainsi que des deux autres adolescentes victimes du même type de violences à travers *Witch Game*.

—Donc, vous reliez les affaires ? interroge Delmas d'une voix tendue.

—Oui. Même *modus operandi*. Les investigations sont longues, difficiles, mais sachez que je ne lâcherai pas.

Delmas ne semble pas convaincu.

—Je vous répète que ma fille est en danger, rétorque-t-il.

—Rien ne justifie sa mise sous protection pour le moment.

Simon Delmas jette un regard incrédule à Anne Lavelli qui continue :

—Même si je la demandais au juge, je ne l'obtiendrais pas. Je suis convaincue que votre fille ne se lancera plus dans de nouvelles aventures de ce type. Elle a été suffisamment alertée.

Simon Delmas acquiesce, désorienté. Anne Lavelli questionne :

—Se pourrait-il que votre fille ait été la cible d'un harcèlement au sein de son lycée ?

Delmas semble incrédule.

—Non, Laure nous en aurait parlé.

—Pas forcément. Les parents sont généralement les derniers avertis. Comment se passait sa scolarité à Claude-Monet ?

—Bien, je crois. C'est un établissement qui a bonne réputation et Laure s'y plaisait. Mais je ne vis pas avec elle depuis le divorce, alors…

Il se lève soudain, s'apprête à saluer Anne Lavelli qui l'arrête :

—Une dernière question monsieur Delmas. Où avez-vous fait vos études ?

Il réfléchit :

—À Paris. À l'école Sainte-Geneviève, dans le 5e arrondissement, puis au collège Arago dans le 13e. Ensuite, après un bref passage à Claude-Monet jusqu'en 2000, j'ai été pensionnaire dans une boîte à bac. Pourquoi cette question ?

—Prenez soin de votre fille, monsieur Delmas.

Il s'éloigne. Restée seule, Anne s'interroge : quel est le message qu'a voulu lui faire passer Simon Delmas ? Elle se lève et se plante face aux portraits de Laure et de Joan. Autant la première affiche un sourire insouciant, peut-être trop… comme la mise en scène d'un présent sans aspérité, idéalisé, autant le regard de la seconde ne vous lâche pas. Son regard à la fois dur, provocateur et légèrement perdu vous happe et vous rend prisonnier de son mystère. Se pourrait-il qu'il y ait un lien entre ces deux affaires ? Sur quoi Marina Ferguson a-t-elle mis le doigt en préparant son film sur le harcèlement ? Anne a la conviction qu'une des réponses se trouve au lycée Claude-Monet. Un scénario qui ressemble pour le moment à une goutte de mercure floue, à la fois réelle, dangereuse et insaisissable.

Un discret toussotement se fait entendre. C'est Kim, une chemise plastifiée à la main. Il la dépose sur son bureau. Sur la première page, elle déchiffre : « La bande de Claude-Monet ».

—Qu'est-ce que c'est ?

—Ça vient d'arriver au courrier, en bas. J'ai fait parvenir l'original à la police scientifique pour les empreintes. On ne sait jamais. Il s'agit d'un listing qui court de 1997 à 2002, avec les agressions et noms des victimes de cette bande et d'autres du même quartier. Depuis des gamins qui se sont fait voler leurs affaires de classe, blousons, argent de poche, baladeurs… jusqu'à des faits de harcèlement sexuel et autres maltraitances. Avec en prime des tentatives de suicide d'ados dans les lycées Rodin et Gabriel-Fauré, deux établissements situés dans le 13e arrondissement.

Perplexe, Anne feuillette le dossier. En fait, deux pages dactylographiées avec une colonne de noms et des dates en face :

Jean Gardin – 1999 – Harcèlement. Deux dépôts de plainte par le père, Louis Gardin, pour coups et blessures... Première tentative de suicide en novembre 1999 puis en 2000.
Vivianne Desfond – 1997 – Harcèlement sexuel au sein du collège, fugues à répétition.
Elsa Kübler – 1995 – Harcèlement avec actes de violence et violences sexuelles.

Benjamin Lalier – 1998 – Harcèlement et accident de vélo, probablement délibéré.
Marianne Rambaud – 2000 – Harcèlement. Suivi d'une tentative de suicide.

—L'œuvre d'un cinglé ? demande Anne.
—À vérifier…
—La question est : qui est au courant que nous avons déterré cette vieille histoire ?

30

Deux semaines avant la mort de Joan

Premiers jours d'octobre 2001 : 13e arrondissement

Si Joan refuse de parler à quiconque de l'agression dont elle a été victime dans les toilettes de Claude-Monet, les insultes « pute, salope, sorcière, sale lesbienne » restent gravées dans sa chair comme une brûlure au fer rouge. Elle met plus de trois jours pour en faire disparaître les traces, à grand renfort de savon et d'acétone. Sa peau en est encore irritée. Tout se mélange dans sa tête. Est-ce un crime de se sentir plus à l'aise avec une fille qu'avec un garçon ? se demande-t-elle. En y repensant, les garçons ne l'ont jamais spécialement attirée. En réalité, elle ne s'en est jamais préoccupée. Toute petite, elle se sentait déjà un peu différente, en marge des autres filles qui jouaient à la poupée, elle avait toujours préféré les jeux des garçons et dessiner.

Mais avec Margot, ça avait été tout de suite différent. Il y avait d'abord eu comme un moment de bascule accompagné d'une sorte de chimie bizarre où elle avait senti qu'elle devenait quelqu'un d'autre, quelqu'un qui était en réalité plus elle-même. Est-ce que c'était ça, l'amour ? Elle n'en savait rien, mais elle s'était soudain sentie comme une fille qui savait ce qu'elle voulait et qui avait enfin découvert un espace, une place qui lui convenait et où elle se sentait bien dans ses baskets. Mais l'humiliation et la honte d'avoir été piégée par les Têtes d'or ne cessent de remonter à la surface par vagues successives. Elle, qui a toujours souhaité rester en dehors des guerres de clan du lycée, se retrouve aujourd'hui la cible n° 1 d'une bande de warriors qui veulent sa peau parce qu'elle est différente.

La nuit, elle se bat contre des cauchemars où elle tente de fuir des démons aux faciès monstrueux et aux rires effrayants. Ils lui font subir toutes sortes de tortures insupportables, dont celle du bambou. Une plante qui grandit de presque un mètre en vingt-quatre heures et que l'on place sous la victime enchaînée. Celle-ci finit transpercée par la tige très rigide de la plante, et se vide peu à peu de son sang dans une grande souffrance pendant de longs jours. Des réminiscences des films japonais, pour certains ultra-violents, qu'elle loue dans la boutique de cassettes vidéo du quartier chinois pour apprendre la langue et se familiariser aux coutumes du pays du Soleil Levant où elle rêve d'aller depuis qu'elle est toute petite.

Quand elle se réveille, les crises d'angoisse l'assaillent. À cela s'ajoute la peur de retourner à Claude-Monet et de vivre des épisodes similaires. Joan commence à sécher les cours, se replie sur elle-même et passe des heures à dessiner des combats de plus en plus violents où Andora, son double, la super guerrière, assassine les filles du clan Gaki et leurs alliés en guise de représailles. Des vignettes cruelles et sanglantes dans lesquelles Andora triomphe du mal incarné par un moine fou qui a les traits de Raphaël Jenssen, le frère de Margot. Elle lui tranche la gorge après l'avoir émasculé puis jette son corps dans un puits qu'elle cadenasse à double tour. Elle se terre dans sa chambre et refuse de répondre aux appels de

Margot qui ne comprend pas son silence. À son tour, sa mère s'inquiète mais Joan la rassure : tout va bien, elle a juste mal au ventre à cause de ses règles. Elle sera rétablie d'ici quarante-huit heures.

Quelques jours passent, jusqu'à ce que Margot apprenne par Eva – qui parade dans la cour de Claude-Monet – la correction que les Têtes d'or ont infligée à la « sorcière japonaise » dans les chiottes du bahut.

—Une punition bien méritée, jette-t-elle à Margot d'un air méchant.

Fracassée, Margot court chez Joan qui finit par lui ouvrir sa porte. Interrogée, cette dernière lâche tout et raconte le guet-apens dont elle a été victime dans les toilettes du bahut. La blessure et l'ignominie qu'elle a vécue lorsqu'ils l'ont déshabillée et tatouée au feutre.

—La honte qu'ils m'ont foutue. Presque nue… C'était horrible. Leurs mains sur mon corps. Le pire… c'est quand ils ont inscrit au feutre noir : « Sorcière », « Pute » et… « Lesbienne ».

Elle éclate en sanglots. Margot lui prend la main :

—Bande de salauds, je vais me venger, *on* va se venger de ces raclures ! Je te le jure.

Joan détourne le regard, elle n'y croit pas. Margot fulmine :

—S'ils s'attaquent à toi, c'est aussi pour m'atteindre. Raphaël n'a jamais supporté que je puisse aimer quelqu'un d'autre que lui. Il est jaloux, possessif, cruel. Je vais aller voir le proviseur et tout lui raconter. Leurs sales coups au bahut, dans le quartier, leurs rackets et leurs deals ; ils vont s'en prendre plein la gueule, lui et ses valets.

Joan secoue la tête :

—Cela ne servira à rien. Ton frère ne s'est jamais fait pincer, il trouvera toujours une excuse et… Et puis je n'ai pas envie que ma mère soit au courant, elle a suffisamment de problèmes comme ça.

Margot acquiesce, Joan lui parle souvent des pics de dépression dont sa mère est régulièrement victime et devant lesquels elle se sent si impuissante depuis le départ de son frère pour l'étranger. Elle réfléchit à haute voix :

—Et si on allait voir les flics ? Tu pourrais porter plainte pour violences…

Joan hausse les épaules.

—Je suis déjà allée au commissariat du 13e. Ils ne m'ont pas prise au sérieux, ils m'ont dit d'aller régler ça avec le proviseur !

Margot insiste :

—Si on ne réagit pas, la situation va empirer. Je vais te raconter un truc, mais ça reste entre nous ?

Joan acquiesce.

—Théo, un garçon avec qui je suis sortie il y a un an, a eu un accident de scooter. Aujourd'hui, je suis sûre que c'était un sale coup de mon frère.

—Tu as des preuves ? rétorque Joan.

—Aucune. Je soupçonne mon père d'avoir filé du blé à celui de Théo pour qu'il ne porte pas plainte. Mon père couvre tout, pas par amour pour son fils – il le hait –, mais pour sauvegarder sa réputation, celle de son entreprise et bien sûr sa propre paix. C'est un lâche. Le genre « surtout pas de vagues » conclut-elle d'une voix coupante.

Joan et Margot réfléchissent : comment faire cesser les maltraitances dont Joan est la cible ? Quelle serait la pire chose qui puisse arriver aux Têtes d'or ? Se faire arrêter par les flics lors d'un de leurs mauvais coups… Oui, mais comment ? Elles ne savent pas… Joan a une idée :

—Et si on demandait aux racailles de la cité Vergniaud de leur casser la gueule ?

Margot fait la moue :

—Tu les connais, toi ?

Joan secoue la tête. Margot enchaîne :

—Et si je draguais Fred, le second de Raphaël ? Ce ne serait pas compliqué, il est raide dingue de moi depuis toujours. Raphaël serait fou de rage…

Joan est dubitative, Margot lui sourit en retour :

—Mais je n'en ai aucune envie.

Une autre idée se profile : mettre son père au pied du mur.

C'est ce que fait Margot. Le soir même, après le sinistre dîner familial, une fois son frère parti retrouver ses copains, elle s'arrange pour coincer son père en tête à tête dans son bureau où il s'isole lorsque l'atmosphère devient trop pesante. Elle est déterminée à avoir une grande conversation avec lui :

—Papa, il faut que tu éloignes Raphaël de Paris. Définitivement, cette fois.

Pierre Jenssen ne parvient pas à cacher son exaspération.

—Qu'est-ce qu'il a encore fait, ce con ?

—Cette fois, il s'est attaqué à Joan, ma meilleure amie, avec sa bande de nazes. J'ai peur pour elle. Peur qu'il recommence, qu'il lui fasse du mal.

—Tu n'exagères pas un peu ? Je sais que ton frère est un psychopathe ingérable, mais de là à…

Margot interrompt son père.

—Si tu n'agis pas, c'est moi qui me barre définitivement de la maison.

—Margot… ne recommence pas, je t'en prie.

—C'est la vérité. Je m'en irai.

—Je te promets de lui parler.

—Ça ne servira à rien, c'est lui ou moi !

À travers la porte entrebâillée, Raphaël a tout entendu. Il est livide et sue à grosses gouttes.

31

Vingt ans plus tard

11 octobre 2021 : La propriété de Frédéric Roche, Louveciennes

Pour un mois d'octobre, la soirée est étonnamment douce. Des plaques de brouillard enrobent les crêtes des arbres centenaires. Même les effroyables statues flashy de Vilkas semblent se dissoudre dans la pénombre qui fond sur le parc, constate Aurélien, en franchissant le portail de la villa Blanche-Neige. En contrebas, le long de la piscine, Fred fait les cent pas, un verre à la main. Par moments, il chancelle, mais se reprend l'instant d'après. Raphaël s'avance vers lui, le salue puis lance :

—Tu as vraiment une sale gueule, tu bois trop, Fred.

Fred serre les mâchoires. D'eux deux, c'est Raphaël le plus entêté, le plus aguerri, et il finit toujours par avoir le dessus. Depuis leur adolescence, ses ordres ne sont jamais contestés, mais aujourd'hui, il n'est plus question qu'il se fasse dicter sa conduite.

—Tu voulais me voir ? demande Raphaël.

Fred acquiesce, en levant son verre.

—Santé ! À nous, à nos succès…

—Et Simon ?

—Il ne viendra pas, lance Yann, franchissant la baie vitrée, une bouteille de Gin à la main. Il est en pleine dépression. Des emmerdes avec sa fille.

Fred se tourne vers Raphaël.

—Je vous ai demandé de venir, à toi et à Yann, pour vous annoncer une nouvelle qui ne va pas vous plaire : j'ai pris la décision d'aller porter plainte et de tout raconter au sujet des *Memento mori* : l'histoire de Joan et le reste.

Il prononce ces dernières paroles avec un air bravache, tout en titubant près du bord de la piscine. Raphaël retient un sourire ennuyé, attendant que Fred en dise plus long.

—Aucun de nous n'apprécie de recevoir des *Memento mori*, rétorque Yann, en se servant un verre de gin à ras bord. Quelque chose m'échappe : Margot ne vous a pas soutiré suffisamment de blé ?

Raphaël secoue la tête, dubitatif.

—Aucune demande de ce genre n'a jamais été formulée. Sa voix devient dure : Yann, est-ce que tu as enfin retrouvé sa trace ?

Yann soutient le regard de Raphaël. Il a le teint encore plus cireux que la veille. Fred écluse son verre et le tend à Yann :

—Ressers-moi. Il faut l'empêcher de nuire rapidement.

—Et si ce n'était pas elle ? Si c'était le frère de l'autre ?

—On le saura bientôt. N'est-ce pas Yann ?

Yann acquiesce, un méchant rictus sur les lèvres. Fred s'avance vers Raphaël et le regarde droit dans les yeux :

—Je vais me sacrifier et dire la vérité au sujet de Joan, hurle-t-il, de plus en plus ivre, déclamant comme s'il était sur scène : Pour la beauté du geste… et aussi parce qu'il y a prescription !

Une lueur d'inquiétude traverse le regard de Raphaël.

—Non. Tu n'iras pas voir les flics !

—Je t'emmerde. Ce n'est pas à toi de me dicter ma conduite.

Ils se mesurent à nouveau, venimeux.

—Tu risques de commettre une grave erreur, jette Raphaël.

Fred éclate d'un rire lugubre. Raphaël se retient pour ne pas le balancer au fond de l'eau. Il aurait dû le faire il y a longtemps quand ils étaient ados. Fred n'a jamais été fiable avec ses changements d'humeur et sa culpabilité qui ressurgit dès qu'il est ivre ou trop défoncé. Un faible incapable de se contrôler.

—Tu te calmes, Fred, et on en reparle quand tu seras sobre.

—Moi, je ne suis pas un meurtrier, je ne l'ai jamais été, rétorque Fred en fixant Raphaël d'un regard glacial.

Il titube, trébuche sur le coin d'un transat, manque de basculer dans la piscine quand, dans un ultime sursaut, il parvient à rétablir l'équilibre et se retourne vers Raphaël, plus déterminé que jamais :

—Comme je ne suis pas con, j'ai l'intention de me border avec un bon pénaliste.

—Fred, ce n'est pas le moment, tu vas nous faire tomber, avec tes conneries ! réplique Yann.

—Mais non, il y a prescription ! On ne risque rien. Et puis je ne suis pas un meurtrier, moi ! répète-t-il à nouveau. Il s'avance vers Raphaël comme pour le défier, fait un faux pas. Glisse sur les dalles humides, ne parvient pas à se redresser, tombe en arrière, verre à la main. Heurte violemment le rebord en hurlant, puis bascule dans la piscine, dans une énorme gerbe d'eau. Il coule, aspiré vers le fond. Une traînée sombre se dessine sur le carrelage dans l'eau turquoise éclairée par les projecteurs. Et s'étale, comme un test de Rorschach à l'arborescence désordonnée. Les secondes s'écoulent, longues comme l'éternité.

Soudain, il remonte à la surface. Une plaie sanguinolente sur le front, les yeux grands ouverts :

—Aidez-moi à sortir, hurle-t-il ! Aurélien, Yann ! Putain, sortez-moi de là. On rigole plus, là !

Il tente de s'agripper au rebord de la piscine mais le pied de Raphaël l'en empêche. Il pèse de tout son poids pour lui écraser les doigts. Impassible, Yann se roule un joint près du bar. Fred gémit, tente d'échapper à Raphaël, il gueule comme un cinglé. Le sang lui brouille la vue. Il a un hoquet douloureux, son œil blessé ne voit plus rien. Il lâche prise. Raphaël se penche, attrape ses phalanges, les comprime à nouveau…

Fred tousse, parvient à recracher l'eau de ses poumons, et supplie :

—Je vais couler, merde ! Yann, ne me laisse pas crever là ! Aidez-moi.

Mais Yann, toujours occupé par son joint, ne réagit pas quand Raphaël balance un coup de pied et repousse Fred une nouvelle fois à la flotte. Soudain, Fred se raidit et commence à convulser. Avec sa main, il tente d'attraper le rebord, mais glisse et coule, aspiré vers le fond comme un poids mort. Quelques secondes plus tard, il essaie à nouveau de remonter à la surface de l'autre côté de la piscine. À chaque nouvelle tentative, Raphaël fait le tour du bassin et lui enfonce la tête sous l'eau. Les yeux exorbités de Fred le supplient : il a besoin d'air, il est en train d'étouffer…

32

11 octobre 2021 : Visioconférence entre la CRMD et la Crim

— Grosse emmerde, annonce Ferrière : Antoine Vanoni, l'ex-compagnon de Marina Ferguson, vient de faire un AVC pendant sa garde à vue. Il manquait plus que ça !

De l'autre côté de l'écran, Anne se raidit. Même si elle avait pris le parti de Marina lors de leur séparation, elle estimait l'homme malgré ses fragilités, ses coups de gueule et son narcissisme. Il est vrai que l'alcool avait parachevé le tableau et qu'il était devenu ingérable et violent.

— On vient de l'emmener en soins intensifs à l'hôpital Saint-Joseph. Ça va nous retomber sur la gueule, poursuit Ferrière d'un ton exaspéré. Et toi, des news plus réjouissantes ?

— Non, réplique Anne.

Ferrière soupire à fendre l'âme.

— Les équipes de la police scientifique et du fichier central ont terminé l'examen des rushes filmés par Marina Ferguson. Nous avons retrouvé l'identité de toutes les personnes interviewées, sauf celle de la jeune femme aux cheveux courts, l'amie de Joan Verdier, dont le témoignage s'interrompt brusquement.

Anne Lavelli se souvient de l'inconnue bouleversée qui évoquait sa culpabilité. Ferrière poursuit :

—J'ai envoyé son signalement à tous les flics de France et de Navarre et même à Interpol, car elle n'est pas fichée… Quant aux autres témoins filmés par Marina Ferguson, je les ai convoqués. J'en saurai plus demain. Et toi ?

—Je continue à explorer la piste du suicide de Joan Verdier.

De l'autre côté de l'écran, Ferrière acquiesce, l'air de dire : « Tu n'as pas intérêt à me doubler ! »

Quelques instants plus tard, tels des fantassins en ordre de bataille, les doigts d'Anne Lavelli, pianotent sur le clavier du moteur de recherche de la CRMD :

Légendes urbaines / suicides ados / Japon.

Une photo représentant des troncs enchevêtrés recouverts de mousse argentée s'affiche sur l'écran. Des racines monstrueuses courent sur le sol accidenté où des rochers noirs montent la garde tels des personnages fantasmagoriques.

Un paysage de conte de fées ou de sorcières, c'est selon, avec pour légende :

Aokibara, la mer des Arbres

Située au pied du mont Fuji, cette forêt primaire est devenue un lieu culte où des centaines de jeunes japonais mettent fin à leurs jours depuis le début des années 2000. Joan Verdier qui, d'après le témoignage de la jeune femme inconnue, se passionnait pour les mangas, connaissait-elle cette légende ? Et les ravisseurs ou ravisseuses de Laure Delmas ? *Y a-t-il un lien avec le parc de Choisy* ? s'interroge Lavelli.

Anne Lavelli continue de lire le texte sur Aokibara. La forêt à la sinistre réputation a été le théâtre voici quelques mois de l'intrusion d'un jeune vidéaste américain qui a filmé le corps sans vie d'un jeune garçon pendu à un arbre. L'exhibitionnisme de l'abjection pour récolter un maximum de Like et donc de dollars. Anne a un haut-le-cœur, puis continue sa lecture : suivies par plus de 48 millions d'internautes, ces images ont provoqué un tollé sur les réseaux sociaux. Elle se lève pour se dégourdir les jambes quand elle reçoit un appel sur son poste fixe. Il s'agit d'un collègue qui travaille pour la Cnil.

—Salut Anne. Pour une fois à la Cnil, nous ne sommes pas trop à la traîne. Je tenais à t'avertir que nous venons de supprimer un clip concernant le jeu en ligne *Witch Game*.

Anne retient son souffle.

—Cette fois encore, il s'agit d'une vidéo d'une rare violence sur TikTok.

—Tu me l'envoies ?

—C'est déjà fait. En une heure, le clip est devenu viral et a débordé sur tous les réseaux sociaux des ados. En espérant que tu coinces rapidement le ou les cinglés qui bousillent la vie de nos enfants ! Tiens-moi au courant. À plus.

Anne affiche sa boîte e-mail. Sur l'écran apparaît une jeune fille déguisée en sorcière, couchée au pied d'un arbre. Aucun doute, il s'agit bien de Laure Delmas, constate-t-elle en zoomant sur le visage. Derrière elle, une forêt d'arbres, dans laquelle apparaît une forme revêtue d'une cape sombre, le visage dissimulé par une capuche. La silhouette s'avance vers la jeune endormie au son d'une musique rock punk métallique qui emplit l'espace. Il ou elle… s'agenouille, dresse un bras vengeur vers le ciel, à l'extrémité duquel brille la lame argentée d'une hache. Puis la main s'abat et tranche la gorge de la victime avec un craquement sinistre. Des gerbes de sang giclent et envahissent l'image, accompagnées de petits rires cristallins. Une mise en scène réaliste avec des effets spéciaux gores identiques à celles des deux autres jeunes filles, constate Anne Lavelli. Une évocation de sacrifice rituel et virtuel pour effrayer celles qui souhaitent quitter le jeu.

Qui tire les ficelles ? Qui se cache derrière ces manipulations effrayantes ? Elle renvoie le clip à la Scientifique. Peut-être, cette fois, les techniciens trouveront-ils un début de piste quant aux auteurs des effets spéciaux.

Kim surgit, il a une bonne nouvelle :

—Je viens de mettre la main sur Ida Lemoine, le témoin qui a retrouvé le corps de Joan Verdier, il y a vingt ans. Si on veut la voir, il faut y aller *fissa* !

—Où ?

—Roissy Charles-de-Gaulle. Elle part ce soir pour le Mali. Elle travaille en tant que logisticienne pour une fondation qui va chercher des enfants souffrant de malformation cardiaque en Afrique et les faire opérer en France.

Anne acquiesce, elle connaît Fondation chirurgie cardiaque, une association pour laquelle elle a beaucoup de respect. En attrapant son blouson, elle ferme son ordi et tend ses clés à Kim :

—On prend ma caisse… j'arrive.

Une fois seule, elle tapote un SMS à l'attention d'Alex qui vient d'arriver à Paris :

Une urgence de dernière minute. Désolée pour ce contretemps.

Réponse d'Alex :

Et moi qui voulais t'inviter à manger des huîtres à la brasserie Marty pour fêter le mot « Fin » de mon roman !!!

Anne a un serrement au cœur, elle aurait tant aimé partager ce moment avec Alex. Ces trois jours sans lui lui ont paru une éternité… Quand ils se sont retrouvés il y a six mois, l'attraction des corps a été plus forte que les ressentiments et les griefs qui avaient émaillé leur rupture, et ils ont revécu une passion sans limites. Cette fois, Alex était libre. Divorcé, père de Hugo, dix ans, il a exprimé le souhait de partager sa vie avec Anne, mais elle ne savait plus où elle en était. Elle voulait réfléchir et a refusé de prendre une décision à la va-vite…

Désormais, ils se retrouvent en cachette comme les deux amants – ex-mari et femme – de *Scènes de la vie conjugale*, d'Ingmar Bergman. Ces parenthèses ajoutent un peu de douceur et de piquant à sa vie entièrement consacrée à la recherche d'enfants disparus, songe Anne, éprise de solitude et, l'instant d'après, ne la supportant plus. Par moments, elle se sent écartelée entre sa mauvaise conscience et le plaisir qu'elle ressent à s'abandonner dans les bras de son amant. Mais depuis quelques jours, elle joue à l'autruche, comme si elle craignait un effet boomerang dévastateur sur sa double vie.

Elle revient au présent, ferme son blouson, attrape son sac et se précipite vers l'ascenseur. Pendant la descente, vers le parking où l'attend Kim, elle tapote à l'attention d'Alex :

Et si tu m'attendais ?

Puis elle efface son message… Non, elle ne sait pas à quelle heure elle sera de retour à Paris. Direction Roissy Charles-de-Gaulle. Elle verra après.

33

11 octobre 2021 : En direction de l'aéroport Roissy Charles-de-Gaulle

Sur le périphérique, des panneaux lumineux signalent des limitations de vitesse à 50 kilomètres à l'heure, en raison du taux élevé de pollution qui stagne sur la région parisienne. Anne peste, active le gyrophare, commence à zigzaguer entre les véhicules tout en pestant contre les gaz à effet de serre, les pesticides, le dérèglement climatique et l'ensemble des pollueurs de la planète.

—Encore une de tes contradictions, constate Kim amusé.

Anne ne relève pas. En un temps record, ils parviennent sur la bretelle de l'autoroute où les phares des voitures s'étirent dans un long serpent scintillant. Anne n'hésite pas, elle s'engage sur la bande d'arrêt d'urgence à plus de 130 à l'heure aux côtés d'un Kim livide qui serre les dents.

—Je déteste être à la place du mort, même si je reconnais tes talents de conductrice, marmonne-t-il.

En un rien de temps, ils arrivent à Roissy, au P4, l'aérogare dévolue aux départs pour l'Afrique.

Ida Lemoine les attend, plantée devant le kiosque à journaux, portable à l'oreille. Impatiente. En saharienne, tee-shirt et pantalon de toile multipoches replié dans ses

Pataugas, sac à dos rempli à ras bord. Ce n'est plus la frêle gamine au visage de Vierge de la Renaissance dont Anne a vu la photo dans le dossier de police, mais une femme puissante aux yeux verts, résolue. Habituée à gérer un tas de problèmes sur le terrain. Elle s'avance vers Anne et Kim, tout en mettant son téléphone sur vibreur.

—Je n'ai pas l'intention de rater mon vol pour Bamako, alors ne perdons pas de temps.

Anne Lavelli réplique, froidement :

—Moi aussi, je suis pressée, madame Lemoine. Avez-vous récemment été contactée par Marina Ferguson au sujet de l'affaire Joan Verdier ?

—Marina Ferguson ? Non, je ne la connais pas. Pourquoi cette question ? demande Ida Lemoine.

—Marina Ferguson a été assassinée il y a quarante-huit heures et nous recherchons des personnes qui ont été en contact avec elle.

La jeune femme ne cille pas. Elle jette un rapide coup d'œil à l'écran de son téléphone et pianote un SMS, tout en questionnant :

—Désolée. Qui est-ce ?

—Une cinéaste qui préparait un documentaire sur le harcèlement en milieu scolaire.

Anne croit voir passer une légère ombre sur le visage tanné par le soleil de la jeune femme qui lève les yeux :

—C'est une bonne cause. En quoi puis-je vous être utile ?

—Vous avez retrouvé le corps de Joan Verdier, il y a vingt ans.

—C'est exact…

—Savez-vous si Joan Verdier avait été victime de harcèlement ?

Ida réfléchit, semble hésiter, puis :

—Il y a prescription au bout de tout ce temps ?

Lavelli hoche la tête.

—Nous n'étions pas dans la même classe, je connaissais mal Joan. Après sa mort, pas mal de rumeurs ont circulé, selon lesquelles elle se serait suicidée parce qu'elle avait résisté à une bande qui rackettait les petits et semait la terreur au bahut.

—Vous vous souvenez de leurs noms ?

—Non… Ils se surnommaient la bande des Tête d'or. Elle plonge à nouveau le regard sur le cadran de son portable pour lire un SMS, puis continue : Mieux valait ne pas les croiser ! Ces ordures avaient un pouvoir de nuisance que vous ne soupçonnez pas. Joan était une gamine qui leur tenait tête au lieu de leur lécher les bottes et le reste ! C'était incroyable. Du jamais-vu !

Anne acquiesce. Elle se remémore les années collège où rares étaient les filles qui osaient se rebeller contre l'ordre établi et mettre en cause les garçons pour leurs comportements machos ou déviants. Heureusement, les choses ont radicalement changé avec le mouvement MeToo qui a brisé le silence sur les agressions, maltraitances et violences sexuelles. Elle revient au présent :

—Vous vous souvenez de Carmen Mazetti, l'officier de police qui vous a interrogée ?

—Oui. Rétrospectivement, une femme correcte… même si quand j'étais ado, je détestais les flics. Normal ! Comme il y a prescription, je peux le dire maintenant : à l'époque, j'ai eu une histoire avec mon prof de dessin, c'est avec lui que j'ai découvert le corps de Joan dans le parc en face du lycée. Mais c'était un trouillard et il ne voulait pas qu'on nous voie ensemble. De plus il était lâche. Alors il m'a demandé de raconter un bobard, de dire que j'étais avec un autre garçon. Mais la flic ne m'a pas crue et elle avait raison.

Ida s'arrête, visiblement émue.

—Ensuite, elle a interrogé Nathan – le prof –, mais il a continué à nier. C'était parole contre parole. Comme il n'y avait aucune preuve et que c'était lui l'adulte… Mais elle lui a foutu les jetons : détournement de mineure, etc. vous voyez… Alors pour se dédouaner, il a lâché le nom d'un des garçons. Un certain Manson, un punk qui dealait au bahut et dans le quartier. Je ne connais pas son nom de famille mais je crois qu'il a eu des ennuis après. Avec les flics.

—Vous avez revu Carmen Mazetti ?

—Non.

—Et votre professeur d'arts plastiques, Nathan Kavillas ?

Ida Lemoine durcit le ton :

—Non plus… pour ne plus avoir d'emmerdes, il a prétendu que c'était moi qui lui courais après, alors que c'était l'inverse. Un vrai salaud, ce type. Dire qu'il a été mon premier amant !

—Vous savez ce qu'il est devenu ?

—Non, et je ne tiens pas à le savoir ! répond-elle rageusement.

Un signal retentit sur son portable. Elle tapote en toute hâte quelques mots et grommelle :

—Il faut que j'y aille. Je vous ai tout dit. Désolée, quand je reviendrai… peut-être.

Sur ces paroles sibyllines, elle agrippe son sac à dos et s'éloigne en courant dans l'immense hall de Roissy Charles-de-Gaulle. Anne et Kim la regardent se fondre dans la file d'attente de son vol pour Bamako, avec le même goût d'inachevé. Ils ont tous les deux la conviction qu'Ida Lemoine ne leur a pas tout dit.

Pendant le trajet du retour, ils cherchent à savoir ce qu'est devenu Nathan Kavillas, le professeur d'arts plastiques. Kim retrouve sa trace dans le fichier central. Après avoir donné sa démission du lycée Claude-Monet quelques semaines après le suicide de Joan Verdier, il a exercé dans plusieurs collèges privés en région parisienne. Deux ans plus tard, il était cité dans un procès pour détournement de mineur, une gamine de dix-sept ans, cette fois. Mais il n'a pas été inculpé. Puis il a abandonné l'enseignement pour travailler chez un encadreur du Palais-Royal et vivre de petits boulots en région parisienne. Après, plus aucune trace de lui. Kavillas semble s'être dissous dans le monde des invisibles, peut-être pour refaire sa vie ailleurs, comme beaucoup d'anonymes, constate Anne Lavelli. Kim promet d'entamer des recherches dès le lendemain. Mais sans grand espoir : en France, disparaître n'est pas un délit.

*

Après avoir déposé son adjoint au métro de la porte d'Italie, Anne se sent perdue : il y a des moments, dans la vie d'un flic, où l'enquête s'enlise et où vous avez le sentiment que vous ne parviendrez jamais à saisir le détail qui compte, le témoin qui révélera de nouveaux indices, ou la piste qui éclairera l'enquête sous un jour nouveau. Bref, vous avez le sentiment d'avoir tout faux et vous ne savez plus à quoi vous accrocher pour faire repartir les investigations et dénouer les fils de l'enquête. C'est dans cet état d'esprit qu'elle se gare devant l'immeuble d'Alex qui jouxte la place Verlaine, l'endroit même où a atterri Montgolfier un jour de l'année 1783, lors de son premier voyage en ballon. Parti du château de La Muette à la lisière du bois de Boulogne, il a traversé les Tuileries, perdu de l'altitude et s'est crashé sur la butte aux Cailles. C'est Alex qui lui a raconté tout ça : il est passionné par l'histoire du 13e arrondissement.

Anne est traversée par un sentiment étrange, elle aurait dû rentrer chez elle au lieu de se retrouver ici, à quelques mètres de l'endroit où vit Alex. Soudain, elle se souvient qu'Éric est toujours chez ses parents dans la Creuse. Elle éteint le moteur. La petite place est plongée dans l'obscurité. Au loin, les parallélépipèdes lumineux des tours de la place d'Italie se dressent comme une muraille infranchissable. Une pluie fine saisit Anne quand elle traverse le carrefour désert sur lequel un couple s'embrasse fougueusement devant une peinture murale de Miss Tic. La poétesse et artiste de l'art urbain y met en scène une brune sexy, toujours la même, qui s'exclame, sourire conquérant aux lèvres :

Pour le meilleur et pour l'empire de la poésie.

Anne retrouve le sourire. Elle aime le féminisme de l'artiste qui essaime ses graffs sur les façades du 13e.

Quelques instants plus tard, elle sonne chez Alex.

—Fais pas attention au bordel, s'excuse-t-il à demi, je n'avais plus prévu d'avoir de la visite ce soir.

Il affiche un sourire rayonnant. Plongeant dans son regard bleu, elle est envahie par une vague de désir.

—Le bordel ne me fait pas peur, c'est la vie, répond-elle en se glissant dans ses bras.

34

11 octobre 2021 : Studio d'Alex, place Verlaine, 13e arrondissement

Anne glisse son doigt le long de la colonne vertébrale d'Alex. Elle a toujours aimé le dos des hommes. *Peut-être est-ce là que* réside leur force, songe-t-elle, se souvenant du *David* de Michel-Ange dont elle a admiré la statue monumentale à Florence, il y a quelques années. Elle ferme les yeux et se remémore le dos si parfaitement sculpté où chaque muscle, chaque pli de la peau, synonyme de perfection dans le marbre blanc, réfléchit si bien la lumière… Alex se retourne, lui renvoie son regard malicieux qui la fait tant craquer.

—Que puis-je pour vous, chère commandante ?

Elle sourit en retour, s'apprête à poser ses lèvres sur son épaule quand le son du portable retentit, brisant le moment parfait. Elle s'en saisit, vaguement inquiète : elle donne rarement son numéro professionnel. À l'autre bout du fil, elle reconnaît la voix d'Ida Lemoine :

—Pardon de vous déranger à cette heure-ci. Mon vol a du retard, j'ai pas mal réfléchi depuis notre rencontre…

Anne sent une bonne dose de stress dans la voix de la jeune femme qui enchaîne :

—Je ne vous ai pas tout dit tout à l'heure, aussi, je vous prie de ne pas m'interrompre.

—Bien, allez-y. Je peux vous enregistrer ?

—Pas de problème !

Ida commence à raconter :

—Il y a vingt ans, au lycée Claude-Monet, il y avait une bande de garçons et aussi quelques filles qui trafiquaient avec eux… Ils s'étaient baptisés la bande des Têtes d'or. Pourquoi ? Je n'en sais rien, ce n'était sûrement pas une allusion à la pièce de Claudel… ajoute-t-elle avec un petit rire nerveux. Ils aimaient la provocation, les groupes hard metal et s'habillaient en noir gothique, piercings et compagnie. Ce n'étaient pas de vraies racailles comme à Gabriel-Fauré, non, c'étaient des fils et des filles des bourges bobos du quartier. Mais ils étaient pires. De vrais sadiques psychopathes.

Elle s'arrête un instant, puis reprend :

—Ils harcelaient les petits, les faibles, les dépouillaient de tout ce qui était monnayable : blousons, portables, walkmans… Ils étaient malins, se débrouillaient pour ne jamais se faire prendre, et envoyaient les filles faire le sale boulot. Un jour, un gamin s'est opposé à eux. Deux jours plus tard, il a eu un accident de scooter. Plusieurs mois d'hosto et de rééducation. Il a changé d'établissement scolaire ensuite. L'affaire a été étouffée. Pourquoi, comment… je n'en sais rien.

La voix d'Ida devient incertaine. Anne se redresse et attend, puis appuie sur la touche haut-parleur pour qu'Alex puisse entendre.

—Vous êtes toujours là ? questionne Ida.

—Oui.

—J'aimerais que vous coinciez ces ordures, chuchote-t-elle.

Lourd silence de l'autre côté de la ligne. Anne hésite à la relancer, craignant qu'Ida stoppe net sa confession. Mais la jeune femme reprend son récit :

—Leurs agressions ont duré jusqu'au moment où ils se sont fait pincer par Nathan Kavillas, le professeur d'arts plastiques. Il a menacé de les dénoncer aux flics. J'étais très amoureuse de lui, comme on peut l'être à quinze ans, ignorante et naïve. Je ne sais pas comment ils l'ont su… Ils ont balancé une rumeur disant que j'étais une pute qui couchait avec tout le collège, tout ça parce que j'avais refusé de sortir avec le leader de la bande. Ça a été une période très difficile pour moi. Ils nous ont fait du chantage et des trucs atroces dont je préfère ne pas parler ici.

—Vous êtes sûre ? demande Anne.

—Oui. Peut-être une autre fois. Après, ils s'en sont pris à Joan Verdier. Elle, elle était différente et osait leur tenir tête… Personnellement, je suis convaincue qu'ils l'ont poussé au suicide, je ne sais pas comment… Carmen Mazetti, la flic qui s'est occupée de l'enquête, était convaincue qu'il s'était passé quelque chose.

—Vous avez gardé en mémoire le nom de ces garçons ?

—Oui. Il y avait un Roche ou Rochas, Jenssen et Hernandez. Et aussi Manson, leur factotum, qui traînait tout le temps avec eux, un sale type au look gothique qui les fournissait en dope et autres substances. Dans mon souvenir, ce n'était pas son vrai nom, juste un surnom.

—Vous pouvez m'envoyer leurs noms et leurs prénoms par SMS ?

—Pas de problèmes, je vous envoie aussi ceux des deux groupies qui étaient fourrées avec eux. Celles-là, je m'en souviens bien.

—Une dernière question, vous avez revu Nathan Kavillas ? demande Lavelli.

Silence à l'autre bout du fil. Ida expire :

—Je l'ai revu il y a cinq ans. Il était venu me taper du fric. Il avait beaucoup changé. Il s'était clochardisé, faisait la manche et vivait plus ou moins à l'Armée du salut. Il voulait s'acheter des vêtements décents pour aller voir un des Têtes d'or. Il ne m'a pas dit lequel. J'ai juste compris qu'il y avait beaucoup d'argent à la clé. Était-ce un prétexte pour me soutirer du blé ? Peut-être… Je lui ai donné 50 euros et je l'ai mis dehors. Je ne l'ai plus jamais revu.

—Merci pour votre témoignage.

—Faut que je vous laisse, l'avion va décoller, je dois couper mon portable.

Anne et Alex s'observent.

—Un vrai coup de théâtre, dit-il en se levant. J'ai faim, je prépare des spaghettis ? Tu as le choix entre bolognaise ou… rien d'autre. Je n'ai pas eu le temps de faire les courses en arrivant à Paris.

Il va vers le frigo et sort une bouteille de Viognier, la débouche et leur sert deux verres.

—Santé… Tu as creusé du côté de la flic qui a mené l'enquête à l'époque ?

—Oui. Mais pour le moment, on ne l'a pas retrouvée.

—Son nom ?

—Elle s'appelle Carmen Mazetti.

Un sourire éclaire le visage d'Alex. Anne secoue la tête, interrogative, puis malicieuse :

—Non, ce n'est pas ce que tu crois, répond Alex qui cherche dans ses souvenirs.

—Carmen Mazetti, un nom difficile à oublier… Je suis à peu près sûr de l'avoir croisée au 36, au début des années 2000. Elle faisait un stage aux stups. Dans mon souvenir, ce n'était pas une ambitieuse mais plutôt une fille qui refusait de se laisser marcher sur les pieds par les mecs et qui voulait se faire sa place au soleil, toute seule comme une grande, sans promotion canapé. Qu'est-ce qu'elle est devenue ?

—Justement, je n'en sais rien.

Il s'approche d'Anne, la prend dans ses bras et lui murmure à l'oreille :

—Chère commissaire – pardon, commandante –, vous allez avoir besoin de mes services pour retrouver Carmen Mazetti.

Anne acquiesce mutine :

—Avec plaisir… Mais est-il très réglementaire de se faire aider par un ex-flic, auteur de polars à succès, qui n'a aucune légitimité à enquêter ?

—À toi de décider.

—Qu'est-ce que tu me donnes en échange ?

—Mon corps pour commencer… murmure Alex. Et ensuite, je me mets à la recherche de Carmen Mazetti. J'ai encore quelques amis chez les flics du 36…

35

Trois jours après la mort de Joan

Novembre 2001 : Dans le 13e arrondissement

Les jours qui suivirent le suicide de Joan, Margot fit un black-out complet sur les moments qui avaient précédé la mort de la fille qu'elle aimait. Durant cette période, elle ne croisa jamais Raphaël, il avait interdiction de monter au premier étage. Pour une fois, il ne chercha pas à transgresser l'ordre de leur père. Comme la dépression de leur fille s'aggravait, les parents l'emmenèrent aux urgences de l'hôpital Sainte-Anne. Le psychiatre diagnostiqua un épisode délirant et préconisa une séance d'électrochocs :

—Une méthode qui revient sur le devant de la scène. Au moins aussi efficace que les antidépresseurs, et moins addictive, expliqua-t-il.

Mais le père refusa. C'était trop barbare. On décida d'une hospitalisation avec cure de sommeil dans une clinique de la région parisienne. Au moment d'embarquer dans l'ambulance qui l'emmenait à Senlis, Margot surprit un coup de fil de son père. Il s'entretenait avec un proche de la famille de Joan. Elle comprit que l'enterrement aurait lieu à Saint-Brieuc, en Bretagne, d'où la famille était originaire. Elle supplia qu'on la laisse y aller :

—Je veux y aller, je veux lui dire au revoir, répétait-elle.

On l'embarqua de force. Elle partit à Senlis où elle dormit, puis obtint de retourner à Paris. Elle revint, déterminée à ne plus jamais retourner chez les fous, quoi qu'il arrive. Elle apprit à dissimuler ses angoisses et reprit ses études à Claude-Monet. Elle redevint la Margot d'avant. En apparence seulement, car la blessure d'avoir perdu Joan restait béante. Une souffrance qui la submergeait et lui grignotait les neurones.

*

Chaque jour en sortant des cours de Claude-Monet, Margot parcourt le parc de Choisy et s'arrête, tel un métronome près de l'arbre sous lequel Joan s'est donné la mort. L'arbre même près duquel elles ont accompli leur pacte de sang. Elle est à la fois fascinée et rebutée par le grand cèdre à l'écorce rugueuse dont racines s'enfoncent dans le sol comme des reptiles en colère. Que cherche-t-elle ? Elle n'en sait trop rien. Elle a juste envie de hurler. Mais aucun cri ne sort de sa gorge. De temps à autre, elle aperçoit, son frère et ses copains qui fument leurs pétards derrière la cabane des jardiniers. Depuis le suicide de Joan, ils semblent avoir un peu perdu de leur arrogance. Même leur violence semble plus contenue.

La surveillent-ils ? C'est plus que probable. Fred la suit à la sortie des cours. Sans même chercher à se planquer. Est-ce un avertissement de son frère pour signifier qu'elle n'a pas intérêt à lui faire d'entourloupe ou est-ce une simple parano de sa part ? Margot n'en sait rien, elle sait que Fred est amoureux d'elle depuis longtemps, aussi décide-t-elle de se rapprocher de lui pour le sonder.

Elle est convaincue qu'il pourra l'éclairer sur les circonstances du suicide de Joan…

Ils prennent l'habitude de se retrouver dans un bar tabac de l'avenue d'Italie, où les Têtes d'or ne mettent jamais les pieds. Trop prolo. Fred est soulagé d'y retrouver Margot, car lui aussi semble craindre la réaction de Raphaël : elle est sa chasse gardée. Interdiction de toucher à sa sœur. Au cours de leurs rencontres, Margot tente de le faire parler, mais il reste sur ses gardes, et élude dès qu'elle aborde le sujet de la mort de Joan. Pourtant, un soir l'occasion se présente. Elle est invitée à l'anniversaire d'une copine, chez qui elle sait que son frère n'ira pas. Elle propose à Fred de l'accompagner. Il accepte immédiatement. Margot qui connaît la cachette dans laquelle Raphaël planque sa dope, lui subtilise de l'herbe et quelques grammes de cocaïne. Au cours de la fête, elle s'applique à faire boire et fumer Fred plus que de mesure et s'improvise super allumeuse. Elle n'hésite pas à lui faire la danse des sept voiles. Il est aux anges et ne résiste pas. La maison est vaste, et les parents absents pour le week-end. Vers 3 heures du matin, il ne reste qu'une dizaine d'ados, trop ivres et défoncés pour rentrer chez eux.

Margot entraîne Fred dans une chambre au premier étage et s'enferme avec lui. Là, elle commence à se déshabiller comme elle a vu faire dans les films pornos de son frère. Au moment d'enlever son slip, elle se penche, aguicheuse, vers Fred… Qui tombe presque à la renverse sur le lit. Mais l'occasion est trop belle, il se reprend, défait son ceinturon, déboutonne son jean :

—Ouah… Tu déchires, Margot ! Putain…

Il l'attire à lui. Margot résiste pour la forme et murmure à son oreille :

—Je baise avec toi si tu me dis un truc.

—Quoi ?

—La vérité sur Joan ! Qu'est-ce que vous lui avez fait ? Dis-moi !

Fred la fixe, abasourdi, pupilles minuscules, narines irritées par la cocaïne.

—Qu'est-ce que tu imagines ? T'es con ou quoi !

Il agrippe violemment Margot par la taille, la retourne, la plaque sur le matelas, tout en lui maintenant les jambes en place. À califourchon sur elle, il attrape ses cuisses pour les écarter, tandis qu'elle commence à lui marteler le dos avec ses poings en hurlant. Il relâche un peu la pression pour introduire son sexe en elle, mais elle parvient à se retourner et lui balance un Kani Basami, qui consiste à saisir la jambe de l'adversaire, puis à effectuer une torsion avec un plaquage. Fred pousse un gémissement de douleur, tente d'échapper à la pression, mais il est trop défoncé pour espérer se libérer. Elle crie dans son oreille :

—Je suis ceinture marron, t'as aucune chance. Alors, tu dis la vérité, et après on baise si tu en as encore envie !

Il la fixe, hagard, en pleine descente, puis s'effondre en se tordant convulsivement sur le lit.

—Alors ?

Margot relâche légèrement la prise. Il la regarde comme un petit garçon, terrorisé par la douleur.

—Je peux te casser les jambes, Fred. Alors pas d'entourloupe. Raconte. Raconte ce qui s'est passé ! hurle-t-elle.

—Je ne peux pas, murmure Fred, terrorisé.

Le regard de Margot devient aussi tranchant qu'une lame de rasoir.

—Si, tu peux !

Elle resserre la prise. Il éclate en sanglots et bafouille :

—Je n'étais pas d'accord. Je te jure que je ne voulais pas. Ce n'est pas…

Margot devient livide.

—Ce n'est pas… ?

Elle commence à le secouer de plus en plus violemment jusqu'au moment où il murmure :

—On l'a violée !

Sidération de Margot qui lâche soudain prise. Fred en profite pour l'attraper par le cou, mais elle est plus rapide, se dégage et crie :

—Qui ? Qui ? Je veux les noms.

—Nous. Les Têtes d'or. Raphaël, Manson, Simon, et moi… les deux filles, Eva et Leslie, étaient là aussi.

Margot commence à hurler. Un cri primal qui sort de ses tripes, la submerge comme un tourbillon qui résonnera à jamais dans les tréfonds de son corps et de sa mémoire. Fred n'oubliera pas non plus. Dans ses pires cauchemars, il entendra toujours le cri de Margot.

*

Pendant près de quarante-huit heures, Margot reste calfeutrée dans sa chambre. Hagarde. Immobile sur son lit, à revivre en boucle la barbarie dont Joan a été victime. Désormais sa vie est foutue car elle se sait condamnée à vivre entre le remords de ne pas l'avoir sauvée et la rage éternelle contre ceux qui l'ont violée. Elle écoute en boucle *C'est une belle journée* de Mylène Farmer, dont les paroles sont un appel au suicide. Elle songe à se foutre en l'air comme Joan… mais peu à peu, une autre option se dessine dans son esprit : agir, réagir aux salauds qui ont brisé la vie de son amie… Ne pas laisser le crime de son frère et de ses sbires impuni. Ils doivent payer pour ce qu'ils ont fait.

Un matin, elle déverrouille la porte de sa chambre, visage déchiré par les larmes, mais regard déterminé. Elle est résolue à aller raconter toute l'histoire à la jeune inspectrice de police qui rôde autour de Claude-Monet, elle saura l'aider à faire la lumière sur ce qui s'est passé. Margot a désormais une mission… Sans un mot, elle contourne ses parents inquiets, enfile sa doudoune et sort. Au moment où elle s'apprête à franchir le hall d'entrée de l'immeuble, une voix qu'elle connaît bien susurre derrière son épaule :

—Personne ne te croira, Margot. Tu sors d'un séjour en hôpital psy pour délire paranoïaque et pétage de plombs aggravé par tous les médocs que tu gobes. Tu es *folle* !

Elle se retourne et se mesure à Raphaël :

—Laisse-moi passer, espèce de dégénéré ! Sinon je vais hurler !

Elle tente de le contourner, mais à chaque nouvel essai, il s'interpose, la bloque, finit par lui attraper le poignet, tout en le compressant. Son regard plein de commisération est celui qui précède un mauvais coup. Jamais elle n'a aperçu une telle une jouissance sadique dans les yeux de son frère.

Elle veut crier, mais aucun son ne traverse sa gorge. Tétanisée comme la proie devant le serpent, elle veut s'enfuir, mais il se penche vers elle, détachant soigneusement chaque syllabe :

—Sache que si tu t'avises de raconter une, seulement une de tes divagations, à qui que ce soit, tu subiras le même sort que la sorcière lesbienne. Comme elle, tu apprécieras de te faire sauter par quatre mecs qui te défonceront. Tu es assez cinglée pour aimer ce genre de sport !

Il ne la quitte pas du regard. Menaçant. Margot parvient enfin à se dégager… son poignet la brûle comme une blessure au fer rouge :

—Fous le camp ! Casse-toi, salaud de violeur !

Il la fixe de ses yeux gris, les mêmes que les siens :

—J'espère que tu as compris l'avertissement. N'oublie pas ce que je t'ai dit. Fais gaffe à ta gueule et à ton cul, petite sœur !

Il s'en va, les mains dans les poches, tout en sifflotant nonchalamment. Laissant Margot, tremblante et dévastée, s'effondrer sur les dalles de l'entrée.

36

Un mois après la mort de Joan

Novembre 2001 : Commissariat du 13ᵉ arrondissement

Carmen s'obstine. Pas question de lâcher l'enquête sur la mort de Joan. Malgré sa relation avec Yvan qui part inexorablement en vrille et les crises d'asthme qui l'assaillent, elle tient bon dans les sous-sols humides et poussiéreux du commissariat de police du 13ᵉ arrondissement. En fouinant dans de vieilles archives, elle tombe sur des mains courantes concernant des harcèlements, déposés par des parents ou des proches d'élèves scolarisés dans les établissements du quartier. Cependant aucune plainte n'a pour cadre le lycée Claude-Monet. Pas de trace non plus d'un Manson, ou d'un Manuel… Existe-t-il vraiment ou est-ce une chimère inventée par Loïc, le frère de Joan, pour qu'elle ne lâche pas l'enquête ?

Elle commence à désespérer, lorsqu'un procès-verbal retient son attention : il concerne Elsa Kübler, huit ans, scolarisée en CM1 à l'école primaire de la rue Vandrezanne, non loin de Claude-Monet. Début mars 1995, son père dépose une main courante pour harcèlement psychologique : moqueries, menaces, gestes et mots blessants à l'encontre de sa fille. Carmen sait que le harcèlement est un acte compliqué à prouver : il faut apporter la preuve des agissements et de leur caractère répété, ce qui est complexe car les enfants masquent souvent leurs propres souffrances pour ne pas blesser leurs proches. Une fois la plainte déposée, l'enfant peut continuer à être harcelé. Souvent, il se sent coupable et se renferme encore plus en lui-même jusqu'à devenir mutique.

Le père d'Elsa revient à la charge en novembre 1996, cette fois pour maltraitance physique lors de cours d'éducation physique et de séances de natation à la piscine de la butte aux Cailles. Pas de chance pour Carmen : toujours une plainte contre X. Elle retrouve facilement la trace de Jean Kübler, le père. Il s'est expatrié au Portugal. En poste à Lisbonne, il travaille à l'Alliance française comme coordinateur culturel. Elsa, sa fille, l'a accompagné, et poursuit ses études au lycée français Charles-Lepierre. Comme Carmen n'est plus officiellement en charge de l'affaire, elle décide de lui écrire en son nom personnel pour lui demander de la contacter, dès que possible.

Quand il l'apprend, Yvan l'engueule copieusement :

—Tu veux te faire virer, c'est ça ?

Carmen décide de la jouer cool, elle a appris à connaître les mouvements d'humeur de son compagnon. Parfois même, elle les redoute :

—J'ai l'intuition de tenir enfin une piste sérieuse.

Exaspéré, Yvan balance :

—L'intuition ! Ça n'existe pas, tu devrais le savoir. Pourquoi tu te focalises sur l'histoire de cette gamine ? Il s'agit d'un suicide, pas d'un crime.

—Ah oui ! L'incitation au suicide n'est pas un crime ?

—Trop compliqué à prouver. Surtout quand l'enquête est close. Tu n'as pas l'ombre d'une preuve. Alors stop, arrête ! Ça va, tu as bien fait ton boulot. Tu es irréprochable.

Mais Carmen demeure inflexible.

—Non. La recherche de la vérité est plus importante.

Yvan soupire :

—Des conneries. Je te rappelle ton inexpérience, ton manque de discernement, et pardon, ton côté obtus. Tu ferais bien de la mettre en sourdine si tu…

—Je ne céderai pas à tes injonctions, réplique Carmen qui court s'enfermer dans la salle de bains pour ne pas fondre en larmes devant lui.

Il commence à marteler la porte en lui ordonnant d'ouvrir. Elle reste sourde à ses menaces. Bientôt, elle entend la porte d'entrée claquer au loin. Son cœur se serre, elle aurait peut-être dû se montrer plus arrangeante. Mais soudain elle se souvient avoir acheté deux places pour *Les Monologues du vagin*, la pièce à laquelle elle s'apprêtait à inviter Yvan ce soir. Mais après leur dispute, elle préfère être seule pour réfléchir à leur relation.

Finalement, elle se rend au théâtre de Paris. En regardant le rideau se lever, elle constate qu'il n'y a aucun homme dans le public, rien que des femmes. De tous âges. Sur scène, les trois comédiennes expriment à tour de rôle la violence infligée au corps des femmes, leurs angoisses, leurs traumatismes, mais aussi leurs joies et leurs espoirs. Des témoignages souvent très crus qui interpellent Carmen. Finalement c'est une chance qu'elle se soit engueulée avec Yvan. Les Monologues du machin, comme il a surnommé la pièce, l'auraient fait bondir, et il aurait quitté la salle au bout de trente secondes. Elle se réjouit d'être seule : le passage sur la maltraitance la bouleverse et la ramène une fois de plus à l'affaire Joan Verdier. Quelles violences ont conduit l'adolescente au suicide ?

*

Cette nuit-là, elle s'endort sur le canapé Ikea du salon.

Le lendemain matin, au petit déjeuner, Carmen et Yvan s'évitent soigneusement dans un silence lourd. En regagnant son placard dans les sous-sols du commissariat, elle a l'idée de rapprocher les noms des élèves de l'école Vandrezanne et ceux de Claude-Monet pendant la période de la scolarité de Joan Verdier. Elle part du principe que ceux qui harcèlent Joan ont sans doute fait leur scolarité dans une primaire du même quartier. Elle isole une vingtaine de noms. Elle espère y trouver le dénommé Manson ou Manuel dont lui a parlé Paul, le frère de Joan. Mais aucun garçon ne répond à ce prénom. Elle décide de réinterroger Nathan Kavillas, le prof, qui a découvert le corps de Joan avec Ida Lemoine.

Carmen va le guetter à la sortie de Claude-Monet. Quand il l'aperçoit, il l'ignore et presse le pas. Mais elle ne le lâche pas. Finalement, il fait demi-tour :

—Qu'est-ce que vous voulez encore ?

—Vous parler.

Le professeur hausse les épaules :

—Vous n'êtes plus en charge de l'enquête !

Le sang de Carmen ne fait qu'un tour : Kavillas bluffe-t-il ou est-il au courant de sa disgrâce ? Et qui l'a averti ? Mais elle ne se démonte pas :

—Vous me dites ce que vous savez ou je vous colle une enquête pour détournement de mineur.

Il s'arrête, la scrute avec une moue sarcastique :

—Vous ne me faites pas peur, madame Mazetti, mais comme je n'ai rien à me reprocher, j'accepte d'avoir une dernière conversation avec vous.

Un peu plus tard… ils sont attablés à la Terrasse d'Italie, un bistrot de l'avenue du même nom.

—Je vous répète que je n'ai jamais eu d'aventure avec Ida, Joan, ou aucune autre de mes élèves. C'est la stricte vérité, insiste Nathan Kavillas.

Carmen le fixe, incrédule. Elle attend. Il comprend qu'elle ne lâchera pas. Il réfléchit :

—Écoutez, je me souviens d'un garçon. Il cherchait des noises à Joan Verdier, à la sortie de Claude-Monet. Ont-ils eu une histoire qui s'est mal terminée ? Je n'en sais rien, les ados sont souvent indéchiffrables…

—Quel est son nom de famille ?

—Aucune idée. Il y a plus de deux mille élèves ici et je ne l'ai jamais eu dans mes classes. Peut-être n'est-il même pas élève à Claude-Monet.

—Qu'est-ce que vous savez sur lui ?

—Pas grand-chose… sinon qu'il devait trafiquer, dealer du hasch et d'autres choses.

—Il fait partie d'une bande ?

—C'est vous le flic, non ?

Un sourire implacable se dessine sur les lèvres de Carmen.

—J'ai besoin de votre aide, monsieur Kavillas. Et vous allez faire ce que je vous demande. C'est non négociable.

37

Novembre 2001 : Une demi-heure plus tard, couloirs du lycée Claude-Monet

Une demi-heure plus tard, Carmen se fait ouvrir le casier de Yann Derteuil, alias Manson, dix-sept ans, élève en seconde E. Actuellement absent des murs, suite à un renvoi de huit jours, pour insultes à son professeur de mathématiques. Nathan Kavillas a fini par lâcher l'info. Le proviseur a accepté la requête de Carmen sans poser de questions. Il n'ignore pas les rumeurs qui courent sur la bande des Têtes d'or. Pour préserver la paix sociale et la réputation de son établissement, il n'a pas signalé les dégradations ni les forfaits de la bande, persuadé que les choses allaient s'arranger, plaide-t-il. Aussi accepte-t-il de donner un coup de main à Carmen contre l'assurance d'être couvert en cas d'éventuelles questions embarrassantes de la police ou du rectorat. Pilule qu'il a avalée sans difficulté.

Il déballe tout ce qu'il sait sur Yann Derteuil : suspicion de deal, vols doublés d'une attitude nihiliste et provocatrice avec les enseignants et ses échecs répétés pour le coincer. Carmen s'en veut de ne pas avoir fait plus rapidement le lien avec Marilyn Manson, leader du groupe de métal industriel, dont le nom de scène est une référence à Marilyn Monroe et au gourou meurtrier Charles Manson qui assassina Sharon Tate à Los Angeles en 1969. Yann Derteuil en est visiblement un admirateur.

Dans le casier, Carmen met la main sur une dizaine de petits paquets d'herbe destinés à la revente ainsi que sur plusieurs liasses de billets de 50 francs. Un trafic apparemment très lucratif. Elle n'est pas surprise de découvrir des affiches de Marilyn Manson ainsi que des cassettes de ses concerts. Plus préoccupant, des coupures de presse sur la tuerie de Colombine avec les photos des deux adolescents instigateurs du massacre, qui a fait douze morts et plus d'une vingtaine de blessés dans le lycée américain du Colorado, en avril 1999. Le proviseur est soudain pétri d'angoisse :

—Vous croyez que Yann Derteuil projetait une action du même type que le massacre de Colombine à Claude-Monet ?

—Je prends les choses en main, laissez-moi faire, le rassure Carmen.

Elle embarque un carnet de croquis, avec les initiales J. V. – à coup sûr, Joan Verdier –, calligraphiées sur la page de garde. Peut-être enfin le début d'une vraie piste !

Carmen s'est arrêtée au Bistrot du coin, à l'angle de l'avenue de Choisy et de la rue de Tolbiac. À travers les vitres, des enseignes en mandarin clignotent dans le crépuscule, annonçant la frontière avec le quartier chinois. Tout en buvant un café au comptoir, elle feuillette le carnet de croquis. Nul doute : il s'agit de celui de Joan Verdier. Sur les premières pages, des esquisses représentant une, puis deux guerrières, combattant des monstres ailés sur les toits de grandes tours d'une ville futuriste. Carmen est admirative : l'adolescente avait un sacré coup de crayon ! Quelques pages plus loin, des études de détails d'armures, épées lasers, boucliers. L'univers manga. Plus loin, des portraits de garçons. L'un d'eux a pour légende : « Manson, l'horrible démon du clan Gaki ». Sur les feuillets suivants, des figures féminines, pour la plupart des adolescentes avec des yeux immenses qui mangent leurs visages, accompagnées d'onomatopées incompréhensibles probablement du japonais… certaines pages sont rageusement biffées au feutre rouge, d'autres trouées, arrachées. Pourquoi Yann/Manson s'est-il escrimé à détruire le travail de Joan ?

Au milieu du chaos, un visage attire l'attention de Carmen… Elle reconnaît les traits de l'adolescente qui lui a parlé de Joan et de la bande qui la harcelait : Margot Jenssen. Elle verra plus tard comment la contacter. Pour le moment, elle a plus urgent à faire.

*

Carmen est en planque devant la cité Vergniaud située en bas du boulevard Blanqui, en face du métro Corvisart. Une barre d'immeubles à l'architecture dégradée des années 1970, posée devant une pelouse jaune et râpée. Ses collègues du commissariat du 13e surnomment le lieu le « réservoir à racailles » en raison des trafics divers, deals et délinquances, qui rongent la cité HLM, l'une des plus vastes de la capitale. C'est là que logent Yann Derteuil, alias Manson, et sa famille.

Tout en faisant les cent pas sous la pluie, elle récapitule les infos qu'elle a glanées sur lui. Élève moyen, aucun problème de discipline jusqu'en quatrième. Ensuite, quelques écarts, rien de grave jusqu'en seconde où il intègre la bande de Tête d'or. Famille recomposée : la mère, correctrice dans une maison d'édition, s'est remariée avec un agent de la RATP. Carmen s'interroge : ne devrait-elle pas avertir William Garrell de sa démarche ? Elle n'est absolument pas dans les clous… mais un policier ne doit-il faire parfois quelques écarts pour trouver la vérité ? Elle n'a pas le temps d'aller plus loin dans ses réflexions car elle aperçoit une silhouette d'ado poussé trop vite, sorte de grand oiseau noir, traverser la pelouse pelée et se diriger vers l'entrée de l'immeuble. Pas de doute, c'est lui, elle a vu une photo de lui chez le proviseur. Elle attend qu'il soit près d'elle pour l'intercepter.

—J'aimerais avoir une conversation avec vous, monsieur Derteuil.

Le garçon la nargue avec un sourire railleur :

—Je sais qui vous êtes. Une flic qui rôde autour du bahut pour me chercher des embrouilles.

Carmen est soufflée par l'aplomb du jeune qui continue :

—Je suis clean, je n'ai rien à me reprocher, alors laissez-moi passer.

Elle rétorque sèchement :

—Vous allez m'écouter attentivement. On vient de trouver plus de 300 grammes d'herbe dans votre casier à Claude-Monet, c'est plus que suffisant pour vous faire condamner. Comme vous avez plus de seize ans, ça va chercher dans les deux ans de prison. À moins que vous n'acceptiez de…

Yann est soudain pris de panique, recule, fait demi-tour, et détale. Il traverse le jardin, et court comme un dérаté en direction de la station Glacière, située sous les arches du métro aérien. Carmen s'élance à sa poursuite. Bien entraînée, elle gagne rapidement du terrain. Elle est sur le point de le rattraper quand il s'engage dans le couloir de bus du boulevard Blanqui. La pluie redouble de violence. Des voitures freinent pour éviter le fuyard quand une moto surgit sur la chaussée mouillée, le percutant de plein fouet. Yann fait un vol plané de plusieurs mètres avant d'atterrir sur le trottoir.

Carmen s'approche, tétanisée. Derrière elle, un type hurle qu'il faut prévenir les pompiers. Le motard accourt et se penche vers Yann, toujours immobile, face collée au bitume.

—Appelez les flics !

Un homme se retourne vers le groupe de badauds et lance :

—C'est une racaille de la cité Vergniaud.

—Je le connais aussi, dit une femme âgée qui s'approche.

Un autre s'adresse à Carmen :

—Il a fait un sale coup ?

Carmen s'avance :

—Je suis flic, je m'en occupe. Écartez-vous, s'il vous plaît.

À cet instant, elle comprend qu'elle vient de faire une grosse connerie. Elle risque de le payer très cher.

38

Vingt ans plus tard...

12 octobre 2021 : Place Paul-Verlaine

Ida Lemoine a tenu parole. Elle a fait parvenir à Anne Lavelli un SMS avec tous les noms de la bande des Têtes d'or :

Dans mon souvenir, ils étaient cinq ou six : Frédéric Rochas, Raphaël Jenssen, Manson (je n'ai jamais su son véritable nom), Eva Serverin et Leslie Guillou. Il y en avait peut-être d'autres, je ne me souviens plus. Bonne chance.

Est-ce enfin le début d'une piste sérieuse ? se demande Anne qui conduit à toute allure à travers les rues du 13e arrondissement, au son des *Variations Goldberg* interprétées par Glenn Gould, pour rejoindre son domicile de l'autre côté de la Seine. Éric est rentré plus tôt que prévu de son séjour dans la Creuse mais ne semble pas surpris par son absence. Il s'est habitué aux emplois du temps improbables d'Anne.

Elle vient de quitter Alex dont l'odeur imprègne encore sa peau. Pourquoi rentre-t-elle ? Elle se sent soudain prise au piège d'un mensonge qu'elle ne contrôlera pas longtemps. En a-t-elle seulement envie ? Elle l'ignore, quand elle se fait doubler par une voiture de police qui lui fait signe de s'arrêter :

—Papiers s'il vous plaît, madame, ordonne l'officier qui lui fait signe de baisser la vitre. Vous savez à quelle vitesse vous roulez ?

—Je suis de la maison, rétorque Anne, de méchante humeur.

—Vos papiers, s'il vous plaît, madame, répète le flic.

Manque de bol. Elle a oublié ses papiers d'identité chez Alex. Le flic demeure intraitable. Pas de passe-droit, direction la cellule de dégrisement.

Elle tente de joindre Alex sans succès, puis réveille Kim qui vient la récupérer au commissariat du 12e. Elle finit par rentrer chez elle à 4 heures du matin, la tête à l'envers, accueillie par Kubrick qui lui fait la fête. Quant à Éric, il dort à poings fermés comme un bienheureux. Tant mieux, elle n'aura rien à justifier pour cette nuit, et elle s'allonge sur le canapé du salon : il va falloir qu'elle réfléchisse sérieusement à sa vie, rumine-t-elle, avant de couler à pic dans les bras de Morphée.

*

Lorsqu'Anne se réveille, un rayon de lumière éclabousse les lattes du parquet de chêne de reflets dorés. Un instant de sérénité et de calme. Elle met quelques secondes pour ordonner dans son esprit les événements de la veille. La voix d'Éric retentit depuis la cuisine :

—Le petit déjeuner de madame est servi.

Elle se lève, s'approche de la baie vitrée : un vent puissant bouscule les nuages dans le ciel très bleu, faisant chanceler les cimes des marronniers. La pollution qui stagnait sur Paris depuis plusieurs jours s'est dissoute. Une sorte de miracle météorologique… Kubrick vient se coller à elle, réclame des caresses, poussant des soupirs mêlés de gémissements comme si le désarroi d'Anne lui était perceptible. Elle le caresse puis se précipite sous la douche pour s'extraire de sa torpeur nocturne et chasser l'inquiétude qu'elle sent monter en elle.

Quelques instants plus tard, elle rejoint Éric qui l'attend devant un copieux petit déjeuner. Elle n'absorbe qu'une tasse de thé noir, le regard rivé sur la crête des arbres qui ploient sous la tempête, tout en écoutant son mari lui raconter son séjour dans la Creuse. Il est rentré plus tôt, car il s'ennuyait d'elle. Il glisse sa main vers la sienne :

—Dis-moi Anne, si un jour on se sépare, qui aura la garde de Kubrick ? Toi ou moi ?

Anne manque de renverser sa tasse de thé. Elle sent une vague de colère monter en elle. Elle n'a jamais supporté les non-dits et les manœuvres hypocrites. Éric est un as en la matière lorsqu'il s'agit de dégommer des adversaires au poker ou à d'autres jeux. Mais jamais dans leur relation de couple.

—Pourquoi cette question ? demande-t-elle.

—Juste… pour te faire sortir de ta rêverie, ou de tes préoccupations de boulot… Nous n'avons pas d'enfant, mais il y a Kubrick ! ajoute-t-il avec un sourire mi-figue, mi-raisin.

—Eh bien, si cet événement venait à se présenter, je suppose qu'on devrait lui poser la question, non ? rétorque Anne en se penchant vers le berger allemand qui les regarde à tour de rôle, vaguement perplexe. Elle lui caresse le front, entre les deux oreilles, et se penche :

—Avec lequel d'entre nous aimerais-tu vivre, cher Kubrick ? Puis elle relève le regard vers Éric et poursuit : C'est comme ça que ça passe habituellement, non ?

—Il y a aussi la garde partagée, réplique-t-il. Compliquée nous concernant, toi avec tes horaires chaotiques et moi avec mes six mois en mer du Nord.

Anne décide de poursuivre sur un mode plus léger :

—Alors je propose qu'on fasse comme dans le film dont j'ai oublié le nom. On va au bois de Vincennes, on dit à Kubrick de rester sur place, et comme dans le film *Les Duellistes*, on s'écarte chacun dans une direction opposée, en comptant cinquante ou cent pas, je ne me souviens plus. À vérifier. Puis on se retourne, on l'appelle, et il décide vers lequel d'entre nous, il veut aller.

—Excellente idée… un peu cruelle pour le perdant, réplique Éric en se préparant un café.

—Évidemment je tricherai, poursuit Anne, avec un petit sourire en coin. J'aurai planqué quelques-unes des croquettes préférées de Kubrick dans le creux de ma main. Il n'hésitera pas un seul instant !

Éric éclate de rire.

—Tu es une sacrée filoute !

Elle lui sourit en retour. Ils finissent le petit déjeuner dans une atmosphère douce-amère, le chien couché à égale distance entre eux deux, l'œil allant de l'un à l'autre, interrogatif.

39

12 octobre 2021 : Bureaux de la CRMD

C'est une autre atmosphère, cette fois chargée d'électricité, qui règne dans les locaux, lorsqu'Anne pousse la porte de la salle de réunion. Deux paires d'yeux excédés se tournent vers elle : Kim et Inès l'attendent depuis plus d'une demi-heure pour leur point quotidien. Inès prend la parole :

—On avance, on avance, comme dit la chanson…

Anne aime le côté provoc de son adjointe. Ce matin, Inès a les cheveux bleu canard et arbore un tatouage frais sur le cou : un singe sautillant sur une branche qui s'insinue derrière son épaule. Militante écolo, elle se bat pour préserver la forêt amazonienne et ses populations amérindiennes du désastre de la déforestation. Une sorte de mutante climatique, dont Anne apprécie les côtés irrévérencieux, parfois chiants quand elle se lance dans ses discours altermondialistes qui peuvent durer des heures. Dans ces moments-là, Kim la compare à Fidel Castro…

—Je viens d'avoir un entretien très intéressant avec l'ex-proviseur de Claude-Monet, reprend Inès. Je me suis rappelé que ma mère avait été prof de musique là-bas et…

—On meurt d'envie d'apprendre ce que tu as pu glaner comme infos, coupe Kim qui supporte difficilement les digressions d'Inès.

Inès jette un petit sourire en coin à Kim, avant de se lancer :

—Frédéric Roche et Raphaël Jenssen ont quitté simultanément Claude-Monet à la fin du premier trimestre 2001. Ils ont poursuivi leur scolarité à Notre-Dame-de-Sion, une pension pour gosses de riches de la région parisienne. Ils y sont restés jusqu'au bac.

—Leur départ à la fin du premier trimestre pourrait-il être en corrélation avec la mort de Joan Verdier ? demande Anne Lavelli.

—À creuser, répond Inès qui poursuit : J'imagine que ça vous intéresse de savoir ce que sont devenus Roche et Jenssen !

Anne et Kim acquiescent.

—Eh bien, ces deux garçons qui étaient nés avec des cuillères en argent dans la bouche ont transmuté l'argent en or ! Jenssen a fait prospérer la joaillerie familiale et est devenu un des leaders de la bijouterie en ligne avec un chiffre d'affaires à faire pâlir les grands joailliers parisiens.

—Côté vie privée, tu as quelque chose ? interroge Kim.

—Marié à une héritière, deux enfants. Existence lisse, trop lisse. Je vais me faire le plaisir d'aller débusquer ses zones d'ombre. Passons à Frédéric Roche. Il a hérité des deux agences immobilières de son père, et est aujourd'hui à la tête d'un site de ventes de biens immobiliers en ligne. Une belle réussite, d'après le journal *Les Échos*. Amateur de soirées SM et échangistes assez trash, selon les collègues des Mœurs qui l'ont épinglé à plusieurs reprises dans des lieux improbables. Mais qui n'a pas de vices ? Je vais rapidement aller lui rendre une petite visite.

Les verdicts d'Inès sont toujours suivis de grandes sentences lyriques, aussi Anne décide-t-elle de l'interrompre. Mais Inès n'a pas terminé :

—Attendez, j'ai gardé le meilleur pour la fin. Le dénommé Manson, dont le pseudo est un hommage à Marilyn Manson, le chanteur provoc gothique, s'appelle en réalité Yann Derteuil, *dixit* le proviseur, copain de ma mère. Il se souvient bien de lui. Absences répétées, trafic de stupéfiants, rackets, etc. Il était dans le collimateur de Carmen Mazetti, la flic, qui avait enquêté sur le suicide de Joan Verdier à l'époque.

Anne et Kim se jettent un regard soulagé. Enfin une piste sérieuse. Inès continue :

—En vingt ans, le CV de Manson, alias Yann Derteuil, s'est pas mal alourdi : chantages, cambriolages… Il a purgé une peine de deux ans à Fleury pour trafic de coke et travaille actuellement comme serveur dans un bar à vins, tout en continuant de dealer pour arrondir ses fins de mois. Les copains des stups l'ont à l'œil.

—Bravo pour cette avancée Inès. Et toi, Kim ?

—Pour les filles, c'est moins glorieux. Eva Chapelier est morte dans un accident de plongée lors de vacances aux Seychelles, il y a deux ans. Leslie, elle, est mère de famille, sans emploi actuellement, et vit en banlieue parisienne.

Un coup de fil de Ferrière vient interrompre la réunion : Antoine Vanoni est sorti des soins intensifs.

—J'ai pu l'interroger, il nie toujours avoir assassiné Marina et le voisin qui l'a aperçu le soir du meurtre s'est rétracté. Il l'a confondu avec quelqu'un d'autre. Un type du même âge ayant la même silhouette.

—Ce qui l'innocenterait ?

—En principe, oui. J'ai aussi du nouveau du côté de la Scientifique : des traces ADN d'un type fiché ont été retrouvées dans l'appartement de Marina Ferguson. Devinez qui ? Un certain Yann Derteuil.

Anne a un mouvement de surprise :

—Tiens, tiens, le revoilà, lui… Chez Marina ! Intéressant…

—Les relevés téléphoniques indiquent qu'il a été en contact avec elle. J'ai très envie d'avoir une petite conversation avec lui. Tu te joins à moi ?

—Avec plaisir.

40

12 octobre 2021 : De Paris 13e jusqu'à l'île de la Cité

Anne Lavelli et Ferrière se pointent dans un synchronisme parfait devant Le Vin qui danse, rue Broca, le bar à vins où travaille Yann Derteuil. Ils pénètrent dans l'établissement aux murs tapissé d'anciens casiers à bouteilles ornés d'étiquettes de grand cru, essentiellement des Côtes-du-Rhône. Un décor convivial qui donne envie d'appuyer sur Pause pour déguster un bon cru conseillé par le patron. À l'image de son établissement, l'homme est jovial et ne semble pas surpris de les voir débarquer :

—J'ai engagé Yann *via* une association du Service pénitentiaire d'insertion et de probation. Ils s'occupent de placer des types qui sortent de zonzon.

—Vous avez averti le juge d'application des peines de sa disparition ?

—Non. J'ai voulu lui laisser une chance parce qu'il faut aider les gens qui sont à terre à se relever, non ? Mais ça fait plus de trois jours qu'il n'est pas apparu, alors vaut mieux pas qu'il se repointe ici.

—Il continuait son trafic ? interroge Ferrière.

—Je ne suis pas une balance. Je vous sers quelque chose ? Ne me dites pas que vous êtes en service.

Ferrière et Anne le remercient par la négative.

—D'autres questions ? demande le patron.

Oui, il peut leur donner son adresse, un foyer pour jeunes travailleurs où loge Yann, même s'il est persuadé que c'est du bidon. Finalement ce type est un dissimulateur doublé d'un malhonnête. Le portable d'Anne se met à vibrer. Un SMS d'Alex :

Rejoins-moi au Soleil d'or dans l'île de la Cité. Je viens de retrouver Yvan, l'ex-copain de Carmen Mazetti.

Anne se souvient, Le Soleil d'or, c'était le bistrot où tous les flics du 36 quai des Orfèvres se retrouvaient pour aller boire un coup après un interrogatoire difficile, fêter un anniversaire ou draguer une ou un collègue… Elle croit savoir qu'un ex-flic a racheté le fond quand le vieux patron a pris sa retraite.

Elle quitte Christian Ferrière qui se rend au foyer des jeunes travailleurs pour mettre la main sur Yann Derteuil. Ils se promettent de se tenir informés de leurs investigations respectives.

*

Si le boulevard du Palais est aujourd'hui déserté par les touristes, suite à l'incendie de la cathédrale Notre-Dame, le décor du Soleil d'or est resté inchangé depuis des lustres : le vieux comptoir en bois sombre, recouvert de zinc, est toujours là, la déco a été un peu rafraîchie côté luminaires, mais l'ambiance bistrot avec les chaises plastique, façon osier, et les tables en Formica rouge est toujours aussi accueillante. La cinquantaine svelte, Yvan, malgré son costume sombre et strict, a conservé l'allure d'un chef viking avec ses yeux bleu glacier. *Carmen avait bon goût question mecs*, constate Anne Lavelli en s'asseyant sur la banquette en moleskine rouge aux côtés d'Alex. Commandant à la Brigade de recherche et d'intervention depuis trois ans – un poste très convoité –, Yvan évoque sa liaison avec Carmen :

—J'ai connu Carmen à l'E.N.S.O.P quand elle était étudiante. C'étaient nos belles années. J'ai quitté ma femme pour elle… On a vécu quelques mois ensemble, mais ça n'a pas collé.

Il s'assombrit, peut-être un brin nostalgique, avant de poursuivre :

—On était trop différents. Elle me reprochait mon machisme, et moi – pour être honnête – son manque de diplomatie et de savoir-faire : si une femme voulait faire carrière, il y a vingt ans, et grimper les échelons, il ne fallait pas ruer en permanence dans les brancards ! Ce que Carmen refusait d'admettre.

Anne sait très bien de quoi parle Yvan. Comme Carmen, elle avait soif de sincérité et d'égalité, lorsque, jeune flic, elle est arrivée au 36 quai des Orfèvres au début des années 2000. Depuis sa création en 1913, le machisme et la misogynie sont les piliers fondateurs de la Grande Maison. Se revendiquer féministe à l'époque était synonyme d'emmerdeuse. Elle se souvient que son intransigeance et ses coups de gueule ont failli lui coûter cher, mais elle a renvoyé les coups et s'en est bien tirée… Après, heureusement, la féminisation des carrières et le mouvement MeToo ont contribué à changer les mentalités, et depuis les choses semblent évoluer dans la bonne direction, même chez les flics.

—Tu te souviens d'une gamine qui s'est suicidée au parc de Choisy ? demande Anne à Yvan.

Il acquiesce :

—Cette histoire a miné notre relation. Carmen a voulu se la jouer Superwoman : elle était convaincue que la petite avait été harcelée et qu'on l'avait poussée au suicide. À partir de là, rien d'autre ne comptait, c'était devenu une obsession. Malgré mes avertissements, elle n'a pas lâché.

—Pourquoi, d'après toi, s'est-elle focalisée sur cette affaire ? Tu as une idée ?

Yvan sourit :

—Pour plusieurs raisons, quand elle est arrivée au commissariat du 13e, elle a eu la malchance de tomber sur Pierre Le Dantec, un flic à l'ancienne, misogyne et obtus. À l'époque, il avait de grosses emmerdes avec les Bœufs Carottes – des histoires de flics ripoux avec violences exercées à l'encontre de prévenus, notamment un Maghrébin – et il l'a proprement ignorée. Elle s'est sentie humiliée. Pour couronner le tout, Carmen avait mauvais caractère… au moins aussi mauvais caractère que Le Dantec, ce qui a immédiatement pourri leurs relations. Elle a voulu la jouer cavalier seul, n'a pas mesuré les conséquences et s'est fait lourder. Une mise à pied, en réalité.

—Tu parles d'une mise à pied, dit Anne. C'est curieux, j'ai cru qu'elle avait demandé un congé sans solde.

—Je ne sais plus. La vérité, c'est que ça l'a minée, déstabilisée. C'est à ce moment-là que nous nous sommes séparés. Elle m'a laissé une lettre expliquant qu'elle avait besoin de se ressourcer loin des machos de flics qui lui pourrissaient la vie.

—Et après, tu as eu de ses nouvelles ?

—Non. J'avoue que je n'ai pas cherché à en avoir. Nous ne nous sommes pas quittés en très bons termes. J'ai entendu dire qu'elle avait pris un vol pour le Mexique, un pays où elle rêvait de retourner.

—Elle est restée longtemps là-bas ? demande Alex.

—C'est un véritable interrogatoire, ma parole ! dit-il en rigolant. J'en sais fichtre rien. Paraît qu'elle a envoyé quelques cartes postales d'Amérique latine à des collègues du 36. Un jour, on m'a dit – je ne sais plus qui – qu'elle s'était installée au Venezuela avec un peintre ou un sculpteur. Puis, plus rien. Pourquoi tu cherches à la contacter ?

—Je pense qu'elle pourrait m'éclairer sur le meurtre d'une amie cinéaste qui travaillait sur un film concernant le harcèlement scolaire. Parmi les trajectoires des victimes, il y a cette Joan Verdier dont le suicide avait tant intrigué Carmen Mazetti, à l'époque.

—Je ne peux malheureusement pas t'aider plus. Faudrait chercher du côté de sa famille, de ses proches.

C'est au tour d'Alex de prendre la parole :

—Le père est mort et sa mère est dans un Ehpad, Alzheimer précoce. Je lui ai rendu visite ce matin, mais elle est définitivement partie dans un autre monde.

Devant l'air désolé d'Anne, il sourit :

—J'ai une autre piste.

Yvan éclate de rire.

—Anne, tu as beaucoup de chance d'avoir un enquêteur hors pair comme Alex à ta… disposition. Profites-en, c'était le meilleur d'entre nous.

Il les regarde tous les deux avec un petit sourire entendu. Anne ne peut s'empêcher de penser que Carmen avait raison. Yvan, malgré ses yeux bleu glacier, était un vrai macho et il n'a guère changé.

41

12 octobre 2021 : Du quartier Saint-Michel à la place d'Italie

L'air glacé mord les joues d'Anne Lavelli, mais elle s'en moque, elle aime plutôt ça. Elle a passé ses bras autour des épaules d'Alex qui, aux commandes de sa Kawasaki, zigzague au milieu des embouteillages du pont de la Cité. Elle pose sa tête sur son épaule, avec la sensation d'avoir de nouveau vingt ans. Une insouciance retrouvée qu'elle goûte avec plaisir. Ils traversent le pont Saint-Michel puis remontent en direction du jardin du Luxembourg dont les arbres resplendissent sous les couleurs rousses de l'automne. Lorsqu'ils longent les grilles, Anne se souvient que c'est là que Marius rencontre Cosette dans *Les Misérables*, un livre qui a bercé son enfance. Elle ferme les yeux au moment où ils s'engagent dans le boulevard du Port-Royal. Elle aimerait que ce moment se prolonge.

Quelques instants plus tard… Alex dépose Anne devant l'entrée du commissariat du 13e arrondissement. Ils se retrouveront autour d'un débriefing, *via* zoom en fin de journée. En pénétrant dans l'hôtel de police à la façade aluminium de couleur bronze qui a remplacé le vétuste bâtiment ravagé par un incendie quelques années plus tôt, Anne s'interroge : après plus de vingt ans, quelqu'un se souviendra-t-il encore de Carmen Mazetti ?

Quelques instants plus tard, elle est introduite dans le bureau du commandant Roman Kangalski, qui l'attend :

—Que me vaut le plaisir de t'apercevoir, Anne ?

Il leur arrive de collaborer sur des affaires touchant des disparitions de mineurs et ils s'estiment mutuellement.

—Carmen Mazetti, ça te dit quelque chose ?

Kangalski secoue la tête, interrogatif. Anne poursuit :

—Une flic, à l'époque toute jeune inspectrice sortie de l'école. Elle a travaillé ici au début des années 2000.

—Vingt ans, c'est long, et tu sais comme moi que le turn-over est considérable dans les commissariats de la région parisienne.

Anne acquiesce :

—Il y a forcément des archives, des documents que je pourrais consulter.

Roman secoue à nouveau la tête, pessimiste.

—Tout a cramé dans l'incendie de 2012. Le commissariat en entier. Il n'est resté de l'ancien bâtiment que la structure en béton. À l'époque, une grande partie des documents, dossiers criminels, plaintes, mains courantes, procès-verbaux n'avaient pas encore été numérisés. Je crains que plus personne ici ne se souvienne de cette jeune femme. Tu es allée au fichier central ?

Anne acquiesce. Kangalski poursuit :

—J'ai reçu le listing que m'a envoyé Kim. Curieux, cette énumération de victimes et des maltraitances dont elles ont été l'objet. Qui t'a envoyé ça ?

—On cherche, répond Anne.

—Peut-être un flic qui aimerait soulager sa mauvaise conscience ou quelqu'un qui a eu accès aux dépôts de plainte avant 2012, date à laquelle les archives sont parties en fumée.

Anne se retourne vers la fenêtre du bureau qui donne sur le boulevard de l'Hôpital : en contrebas, les feux des véhicules scintillent dans la pénombre de la place d'Italie. Une symphonie de bruns et de noirs traversée par les illuminations multicolores de l'éclairage de ville et des enseignes lumineuses, soumises aux trois couleurs primaires : le rouge, le jaune et le bleu. Le tout dans un silence ouaté.

—Je peux t'aider, Anne ? demande Roman.

Une certitude effleure Anne Lavelli. Il y a vingt ans, Carmen Mazetti était ici, dans ce même bureau, peut-être devant cette même fenêtre. Avant sa mise à pied, contemplait-elle les files de voitures qui venaient s'agglutiner autour de la place d'Italie ? En vingt ans, la géographie urbaine n'a pas tant changé que cela. À quoi songeait-elle ? Qu'est-il arrivé à Carmen Mazetti pour qu'elle ait été oubliée à ce point ?

42

Vingt ans plus tôt

Octobre 2001 : Commissariat du 13e arrondissement

— Vous avez une chance de cocu, si je peux m'exprimer ainsi, mademoiselle Mazetti, grommelle Le Dantec, en insistant sur *mademoiselle*… Le jeune Yann Derteuil s'en est sorti avec quelques égratignures. Il a quitté l'hôpital ce matin et est rentré chez lui, dans sa famille, pour se reposer. Il ne portera pas plainte.

Apparemment plongé dans l'observation de la circulation du boulevard de l'Hôpital ou dans d'autres ruminations plus métaphysiques, Pierre Le Dantec mâchonne son éternel café crème à moitié éteint. L'odeur de fumée froide associée à celle du cigarillo fait tourner le cœur de Carmen qui serre les dents pour ne pas rendre son estomac sur la vieille moquette auréolée de taches sombres. Un symptôme de femme enceinte… Elle balaie cette idée saugrenue et glisse un coup d'œil à William Garrel. Il ne la quitte pas des yeux, tout en jouant négligemment avec l'accoudoir du fauteuil, l'air guilleret : « Ne t'en fais pas, chérie, je vais te sauver la mise. » Ce qu'il ne manque pas de faire :

—Je lui avais pourtant répété de cesser ses investigations, mais Carmen est jeune, inexpérimentée et fougueuse, dit-il à Le Dantec.

Fougueuse ! Carmen se crispe. *Quel hypocrite, ce macho de mes deux* ! Certes, elle reconnaît avoir eu tort de se lancer dans ce défi irraisonné, mais elle s'en veut surtout de ne pas avoir maîtrisé la situation. Pourtant, quel flic ne franchit jamais la ligne jaune ? Et ce misogyne de Garrell qui ne cesse de lui mater le cul depuis des semaines comme un gros dégueulasse… en plus, il veut lui faire la leçon ! Insupportable !

Le Dantec se retourne, la dévisage, puis écrase son cigarillo dans le cendrier plein à ras bord, avant de s'asseoir. La seule fois, où elle a eu le privilège de croiser le boss, elle s'est posé la même question : comment un costume aussi large peut-il bâiller sur une silhouette aussi corpulente ? Si elle devait l'associer à un animal, ce serait une grosse baleine… Cet aparté la détend et la fait presque sourire. La voix éraillée de Le Dantec la ramène au présent :

—Je me suis arrangé pour vous éviter la commission disciplinaire.

Cette fois décidée à ne pas se laisser intimider, Carmen le toise froidement :

—Vous pouvez m'expliquer pourquoi j'aurais droit à un traitement de faveur, monsieur le commissaire ?

—Vous me comprenez très bien.

—Ce n'est pas parce que je suis la fille de… ou que je baise avec Pierre ou Paul.

Le Dantec réprime quelque chose qui ressemble à un léger sourire, serre ses poings qui rougissent sous la compression. Il rallume un cigarillo :

—Inspecteur Mazetti, j'ai tenu personnellement à vous éviter le conseil de discipline. Pour ne pas avoir d'ennuis administratifs, vous demanderez un congé sans solde pour une durée d'un mois. D'ici là, reposez-vous, allez au cinéma ou envoyez-vous en l'air avec qui vous voulez. Un dernier conseil, faites-vous oublier et revenez-nous plus à l'écoute, plus disciplinée aussi, mademoiselle. Et tout se passera bien dans votre future carrière. Vous pouvez disposer.

« Plus à l'écoute, plus disciplinée » en réalité, plus soumise… C'est ce qu'a voulu lui dire Le Dantec, songe Carmen en ramassant ses affaires. En quittant son bureau, elle a la désagréable sensation que les collègues la dévisagent avec un mélange de pitié et de commisération ; même Melissa, la sympathique fille de l'accueil avec laquelle elle a déjeuné plusieurs fois, plonge le nez dans son guichet quand elle pousse la porte du commissariat…

Dehors flotte une atmosphère étrange, comme souvent quand les situations les plus tordues trouvent enfin leur dénouement ; une sorte de décompression qui oblige Carmen à marquer un temps d'arrêt : aurait-elle imaginé un revers aussi cuisant, il y a trois mois, quand elle est sortie major de la promotion de l'Ensop ? *Quelle Bérézina*, songe-t-elle en ravalant les larmes qui lui montent à la gorge.

*

En rentrant chez elle, elle trouve un message vocal sur son répondeur téléphonique :

Bonjour Carmen, c'est Yvan. Je crois qu'il vaut mieux que nous prenions un peu de distance l'un et l'autre, vu les circonstances. Dis-moi quand je peux venir chercher mes affaires…

On ne peut pas faire plus laconique, constate Carmen qui ressent du soulagement à l'idée de ne pas avoir à s'expliquer, pour le moment. Elle doit se rendre à l'évidence : sa vie avec Yvan bat de l'aile, il vaut mieux qu'ils se séparent « momentanément ». Pour l'instant, leur vie de couple tient du vide sidéral.

Elle se pelotonne sur le canapé deux places Ikea, tente de faire le vide, mais un sentiment de fiasco l'en empêche et lui noue les tripes. Pour ne pas s'apitoyer sur son propre sort, elle se projette dans un ailleurs plus coloré à 8 000 kilomètres de là. Et si elle repartait en Amérique latine ? Depuis son premier voyage, elle rêve de retourner au Mexique visiter les pyramides de Kukulcan, l'une des sept nouvelles merveilles du monde, qu'elle n'a eu le temps d'explorer. Elle a lu dans un guide touristique qu'à chaque équinoxe, le coin de la pyramide projette l'ombre du fameux « Serpent à plumes » – une divinité toltèque –, à la fois rattaché à la terre par le serpent, et au ciel par les plumes de l'oiseau. Une expérience inoubliable qu'elle rêvait de partager avec Yvan. Comme de l'emmener à Puerto Escondido, un petit port sur la côte pacifique, loin de Cancun et des circuits touristiques, qui abrite un paradis pour surfeurs, amateurs de tortues et baleines à bosse. Un lieu où elle s'est sentie merveilleusement bien, lors de son premier séjour mexicain.

Elle chasse cette idée folle : Yvan n'a aucun goût pour les voyages lointains, il est rivé à Paris et à son 36 quai des Orfèvres, l'épicentre de son univers et de ses ambitions. Malgré l'image du cow-boy désintéressé, du protecteur de la veuve et de l'orphelin, Yvan est ambitieux, très ambitieux. Il brigue le poste de commissaire aux Stups, et il aimerait monter plus haut. Elle tente de se raisonner : mieux vaut oublier son romantique projet de voyage mexicain… quand elle aperçoit le carnet de croquis de Joan Verdier sur la table basse.

Carmen prend la décision de le remettre à Paul, le frère de Joan Verdier, lors de son prochain passage à Paris. Au moment de le glisser dans une enveloppe, elle le feuillette une dernière fois comme pour mettre un terme à une histoire qui l'a obsédée pendant plusieurs semaines. L'univers japonisant de l'adolescente – et son goût pour les mangas – l'intrigue toujours autant. Sur les dernières pages, elle tombe sur le portrait d'une jeune fille dont le visage ne lui est pas inconnu. En cherchant, elle reconnaît l'amie de Joan Verdier, rencontrée à la sortie de Claude-Monet, et qui a soulevé la question du harcèlement. Plus loin des dessins de la même fille, allongée sur une pelouse, un walkman sur les oreilles, souriante, avec un air mutin et les yeux brillants… Puis d'autres esquisses d'elle, nue dans un lit aux draps défaits. Des dessins suggestifs, indiscutablement exécutés par quelqu'un d'amoureux. Les deux filles vivaient-elles une histoire d'amour ?

Carmen est soudain prise d'un désir irrésistible de la retrouver. Elle se souvient de son prénom : Margot. Et avoir été en contact avec son père, le joaillier, Pierre Jenssen. Elle l'appelle, prétexte un dernier point à éclaircir concernant le suicide de Joan Verdier et obtient les coordonnées de la pension dans laquelle se trouve désormais sa fille.

Le lendemain matin, Carmen pénètre dans le hall de la gare de Lyon, sac à dos sur l'épaule. Elle a prévu de rester quarante-huit heures dans la région pour faire une balade dans les gorges du Verdon qu'elle ne connaît pas. Rien de mieux que marcher en pleine nature pour se vider la tête et se remettre les idées en place. Un long voyage l'attend jusqu'à Castellane où étudie désormais Margot. Impossible de rester sur un échec personnel pour sa première enquête : Margot possède la clé de l'énigme de la mort de Joan.

En s'installant dans le compartiment, elle a la curieuse sensation d'être suivie, mais elle balaie cette idée saugrenue avant de se plonger dans le journal *Libération* qu'elle vient d'acheter et qui titre : « Poutine à New York sur les lieux de l'attentat du 11 septembre ».

Avant de commencer sa lecture, elle appuie sur la touche On de son walkman : les premières mesures de *Clandestino*, de Manu Chao, résonnent dans les écouteurs. Est-ce le rythme combiné aux accents latino qui la détend et la fait sourire ? Même les paysages moroses de la banlieue qui défilent semblent plus colorés, plus joyeux, au son de la musique. Elle ferme les yeux et lâche prise.

43

Vingt ans plus tard

13 octobre 2021 : Bureaux de la CRMD

Mail de Jean-Louis Ferrière à Anne Lavelli, le 14 octobre à 15 h 03

Yann Derteuil n'a pas remis les pieds dans son foyer depuis 48 heures. J'ai averti le juge d'application des peines et il a lancé un avis de recherche. Ci-joint, en copie, le décryptage de la boîte e-mail de Marina Ferguson que je viens de recevoir de la police scientifique. Bien cordialement.

Anne Lavelli apprécie la transparence de Ferrière, il joue franc-jeu avec elle, une attitude assez rare chez les flics de la Crim qui adorent glisser toutes sortes de peaux de banane aux collègues pour revendiquer le succès d'une enquête. Elle clique sur la pièce jointe au message. L'écran affiche l'historique du documentaire de la cinéaste. Le premier texte a été mis en ligne le 10 juin 2021 : il s'agit de l'appel à témoins rédigé par Marina.

À l'occasion de la journée nationale de lutte contre le harcèlement à l'école, qui aura lieu le 8 novembre 2021 et qui cible le cyber-harcèlement à caractère raciste et sexuel, le journal Libération associé à Media Plus vous propose de témoigner de ce que vous avez pu vivre et de la manière dont vous avez réagi pour faire cesser le problème.

Contactez Marina Ferguson à l'adresse suivante : m.ferguson@me.com.

Dès le lendemain, des dizaines de témoignages et de candidatures spontanées parviennent au quotidien. Une semaine plus tard, Marina retient celles de Jean Zeller, Valérie Petroni et Élodie Behm. Suivent des échanges entre des parents et des témoins avec la cinéaste. La plupart souhaitent témoigner des harcèlements et des maltraitances qui ont conduit leurs enfants à la mort. Quelques jours plus tard, Marina les rencontre et elle commence à enregistrer les interviews début juillet.

Pendant cette période, aucune mention n'est faite de Joan Verdier. Jusqu'à un e-mail daté du 15 juillet 2020, en provenance d'une certaine Mieko. Le prénom à consonance japonaise intrigue Anne Lavelli qui se plonge dans la correspondance entre les deux femmes :

J'ai lu votre annonce concernant votre appel à témoins sur le harcèlement scolaire. Je serais intéressée pour en savoir plus. Merci de me répondre. Cordialement. Mieko.

Réponse de Marina le lendemain :

... Il s'agit d'un projet de film documentaire. Je recherche des témoins, qu'ils soient victimes, spectateurs ou même harceleurs. Pourriez-vous m'indiquer en quelques lignes pourquoi vous souhaiteriez témoigner ? Ensuite, nous nous rencontrerons.

Plusieurs jours passent. Mieko répond le 20 juillet :

Bonjour, j'ai été témoin, lors de ma scolarité au lycée Claude-Monet à Paris, de plusieurs cas de harcèlements. J'aimerais en parler.

Marina répond le soir même :

Pouvons-nous nous rencontrer ? À l'endroit qui vous conviendra ? Cordialement.

De nouveau une interruption de plusieurs jours dans la correspondance des deux femmes… Puis un nouvel e-mail de Marina le 30 juillet :

Chère Mieko, j'ai été ravie de faire votre connaissance. J'aimerais beaucoup vous interviewer pour ce projet qui me tient à cœur. Dites-moi vos libertés.

Réponse de Mieko :

Finalement, je ne sais pas si c'est une très bonne idée...

Nouvel échange. Marina insiste, Mieko répond :

J'aimerais savoir pourquoi vous vous intéressez précisément à Joan Verdier.

Marina s'explique :

Il n'y a aucun dessein caché, mais une envie de retracer le parcours de cette amie qui vous est chère. Vous avez évoqué avec sensibilité et sincérité sa personnalité et vous m'avez convaincue. J'aimerais que Joan Verdier soit le fil rouge entre une époque où les réseaux sociaux n'existaient pas encore et le cyber-harcèlement qui envahit le Net aujourd'hui.

Mieko semble partagée entre son désir de témoigner et une peur pathologique de se lancer dans l'aventure du film, mais un rapport de confiance naît peu à peu entre les deux femmes. Au fil de leur correspondance, Mieko écrit à Marina :

Pourquoi la parole des femmes n'est-elle jamais entendue ?

Se pourrait-il que la mystérieuse Mieko soit l'amie de Joan Verdier qui avait commencé à témoigner sans donner sa véritable identité à la caméra de Marina ? Anne Lavelli est persuadée qu'il s'agit de la même personne. Le pseudo japonisant n'est pas une coïncidence mais une référence à la passion de Joan pour le Japon et ses mangas. L'hypothèse appelle une autre question : qu'avait trouvé Marina de compromettant sur la mort de Joan Verdier ? Elle est interrompue dans ses réflexions par Kim qui passe la tête à la porte de son bureau :

—Je viens de recevoir un coup de fil d'Elena, la mère de Laure Delmas.

À la mine soucieuse de Kim, Anne pressent une mauvaise nouvelle.

—Laure n'est pas allée en cours ce matin et ne répond pas aux messages de sa mère. Elle est inquiète et nous demande qui elle doit avertir pour lancer des recherches.

Anne Lavelli compose le téléphone d'Elena qui répond immédiatement :

—Ma fille était déprimée après sa mésaventure *Witch Game*, mais elle n'était pas du genre à partir sans explication, à disparaître, et surtout à ne pas donner de nouvelles.

—Vous avez fait le tour de ses amies et des professeurs ?

—Oui. Personne ne l'a vue depuis hier soir. Elle avait pris ses affaires pour aller dormir chez sa copine Élodie. D'habitude, elle m'appelle le matin pour me dire que tout va bien. C'est notre accord. Je reviens de chez le proviseur.

—Et son père ?

—Non plus. Il ne s'agit pas d'une fugue. Depuis quelques jours, on se parlait, Laure et moi. Elle a été enlevée, j'en suis persuadée.

—Qu'est-ce qui vous fait dire cela ? demande Anne Lavelli en songeant à la gamine fragile qu'elle a vue à l'hôpital, puis à l'étrange visite de son père, Simon Delmas.

—Je connais ma fille, rétorque Elena d'une voix dure. Je vous répète qu'elle n'est pas du genre à fuguer.

Anne se retient, il faut être devin pour connaître les pensées et les aspirations de ses enfants à l'adolescence. Mais elle ne veut pas faire courir le moindre risque à Laure : il faut agir rapidement car les premières vingt-quatre heures sont décisives lors de la disparition d'un mineur.

—Alors vous m'aidez ou je vais sonner ailleurs ? réitère Elena à l'autre bout du fil.

Anne réfléchit, pour déclencher « Alerte enlèvements », il doit s'agir d'un enlèvement avéré, ce dont elle n'a pas la preuve pour le moment. C'est un dispositif très lourd car la décision finale est prise par le procureur de la République, après consultation du ministère de la Justice.

—Madame, je vous rejoins tout de suite chez vous. En attendant, j'ai besoin d'avoir l'accord des deux parents pour lancer un avis de recherche. Appelez votre ex-mari s'il vous plaît.

Elle se tourne vers Kim :

—Secoue la Scientifique : je veux savoir s'ils ont trouvé quelque chose dans l'ordi de la petite. Et puis va faire un tour à Claude-Monet, essaie de trouver des copains ou copines de Laure et interroge ses profs. Ils ont peut-être une piste, une idée. Où est Inès ?

—Partie rendre une petite visite à Frédéric Roche près de Versailles.

—Appelle-la, on va avoir besoin d'elle.

44

13 octobre 2021 : 7e arrondissement,
à deux pas du Champ-de-Mars

Margot s'installe à la terrasse chauffée d'une brasserie non loin de la tour Eiffel avec vue sur le pont d'Iéna qui enjambe la Seine jusqu'aux jardins du Trocadéro. La visite au musée des Arts premiers n'a pas calmé son inquiétude même si les peintures des aborigènes australiens l'ont transportée dans la parenthèse du « temps du rêve ». Avec leurs teintes solaires, leurs ocres mimétiques et leurs explosions de couleurs pointillistes, elles racontent l'ère où des êtres mythiques sortirent de la Terre sous une apparence humaine, animale ou végétale, pour instaurer le cycle de la vie… Ils peignirent les premiers signes qu'ils révélèrent ensuite aux hommes dans leurs Rêves. En héritant d'un Rêve, chaque individu devient également le « gardien » d'un site spécifique associé à ce Rêve. Depuis son immersion au sein de la communauté des peintres aborigènes qui l'ont accueillie dans le désert aride de Papuniya, au centre de l'Australie, elle est devenue la gardienne des Eucalyptus géants, une belle distinction pour une Occidentale…

Son sauvetage.

Après toutes ces années passées à errer de petit boulot en petit boulot et de fille en fille, elle a enfin trouvé une sorte d'apaisement. Ses voyages toujours plus à l'Est lui ont permis de s'alléger. Une sorte d'ascèse revendiquée quand le monde qui vous entoure devient un corps sans gras. Un équilibre très incertain où il faut être forte, ruser pour le fric, le boulot, et pour mille conneries. Il y a ceux qui tiennent, ceux qui s'effondrent, ceux qui picolent ou qui se shootent et finissent en taule ou à l'hosto psy. Elle a tenu bon.

Son premier grand périple a été le Japon, où elle s'était rendue par fidélité à Joan. Elle y était restée quelques années… elle avait commencé à y apprendre la langue, mais elle n'avait jamais rien compris aux rites sociaux. Le voulait-elle seulement ? Elle s'y était toujours sentie si étrangère… Puis, elle avait embarqué vers la Nouvelle-Zélande, la Terra Incognita. Elle y avait cueilli des pommes, gardé des moutons, travaillé comme serveuse et rencontré une geek dont elle était tombée sous le charme, Nina : une lanceuse d'alerte qui militait contre la surveillance de masse et contre les comportements jugés déviants, à l'image des communautés homosexuelles dans certaines dictatures. Elle l'avait initiée à l'informatique et Margot avait été une excellente élève. Au bout de six mois, elle créait des sites internet, naviguait en experte sur les réseaux sociaux, notamment sur le DarkNet où elle avait appris à se mouvoir sans laisser de traces. Puis elle s'était lassée de la geek et des lacs trop bleus de l'île du Nord et avait pris un cargo pour l'Australie.

Lors de l'un de ses périples à l'intérieur du pays, dans le désert aride, à Papunya, un village improbable balayé par les vents de sable, situé à quelques centaines de kilomètres de Palm Springs, elle avait été abordée dans la rue, bordée de baraques en tôles, par un vieux Maori à la crinière grise. Il l'avait regardé longuement. Il lui avait dit qu'elle avait le don de peindre dans ses doigts.

Elle avait été troublée puis s'était mise à rire, pour répliquer qu'il se trompait, elle savait à peine tenir un crayon, alors un pinceau… ! Il avait ri à son tour et lui avait fait signe de le suivre. Elle avait hésité, puis lui avait emboîté le pas. Intriguée, Margot l'avait suivi jusqu'à une sorte de hangar derrière laquelle une dizaine d'hommes et de femmes agenouillés à même le sol poussiéreux dessinaient et peignaient des motifs pointillistes représentant des animaux fantastiques ou peut-être d'autres choses. Elle avait été éblouie par les mélanges de couleurs aux teintes solaires et s'était assise près d'eux pour les observer. C'est ainsi que son histoire avait commencé.

Elle avait posé son sac à dos, trouvé à se loger chez une des femmes du village. Au contact de ses étranges compagnons, entre la peur et l'émerveillement, elle avait appris à regarder autrement ceux qui l'entouraient. Peu à peu elle, avait oublié son stress et ses pensées noires. Quelques semaines après, elle avait pris un pinceau et commencé à peindre à son tour, tentant de représenter les arbres de son imaginaire… Ils ne ressemblaient pas à ceux du bush australien qui étaient tout secs et rabougris. Les siens étaient plus forts, plus vigoureux, leurs racines s'enchevêtraient dans le sol et leurs cimes accrochaient les cieux. Au fil des jours, toutes sortes d'oiseaux multicolores étaient venus s'y percher ainsi que d'autres créatures imaginaires.

Elle est interrompue par la serveuse qui vient prendre la commande. Elle lui renvoie un sourire, allume une cigarette. Elle a bien essayé d'arrêter mais c'est impossible, la nicotine l'aide à penser quand sa mémoire s'effiloche…

Une insondable tristesse s'empare d'elle quand elle aperçoit deux petites filles qui jouent à se poursuivre sur le trottoir. Peut-être n'aurait-elle jamais dû revenir en France régler l'héritage de ses parents, après tant d'années passées à l'étranger ? Mais elle se rassure : elle est ici pour clore une histoire et mettre fin aux relents nauséabonds de son ancienne vie. Après, elle sera comme neuve. Et elle aura accompli la promesse qu'elles se sont faite, Joan et elle, il y a plus de vingt ans. Elles seront quittes. Dans quarante-huit heures, elle sera de retour dans le bush australien où elle sera à nouveau auprès des siens, comme elle les appelle maintenant.

Quoi qu'il arrive, son départ est prévu pour le lendemain, en début de soirée, après l'enterrement de Marina Ferguson. Ce matin, en feuilletant *Le Monde* – une habitude prise depuis qu'elle vit à l'étranger –, elle a découvert l'annonce de la mort de la cinéaste. Le faire-part indique la célébration d'une cérémonie au funérarium du Père-Lachaise le lendemain du matin. Elle a décidé de s'y rendre avant de s'envoler pour l'Australie. Discrètement. Elle est experte en métamorphoses. Elle veut porter un dernier hommage à cette femme dont l'écoute et la bienveillance lui ont permis de formuler des mots et des émotions restées paralysées chez elle depuis l'adolescence. Malgré des thérapies chez toutes sortes de *shrink*, marabouts, divers mages et sorciers croisés lors de ses périples, elle n'avait jamais réussi à extirper de sa conscience ces cauchemars qui la tourmentaient.

L'avant-veille, la cinéaste lui avait laissé les clés de chez elle, au cas où elle serait en retard pour leur rendez-vous de tournage. Elle avait enfin décidé de se mettre à nu et de raconter à la caméra de Marina tout ce qu'elle savait de son histoire avec Joan jusqu'à son suicide. En entrant dans l'appartement, elle avait été saisie d'une curieuse appréhension qui s'était transformée en effroi quand elle avait découvert le corps sans vie de Marina sur le sol. Le visage en sang, l'œil explosé. Apparemment, elle avait chuté d'un escabeau en voulant remettre un store en place. Elle avait dû se traîner vers son portable pour appeler des secours car il y avait des traînées de sang encore humide sur le parquet. Un accident ou… peut-être un meurtre, s'était-elle immédiatement demandé. Jamais elle n'avait ressenti une telle violence devant ce qui ressemblait plus à une mise à mort qu'à un accident domestique. Mais peut-être n'était-ce qu'un mauvais tour de son imagination ?

Après un moment de sidération, Margot avait senti le danger s'immiscer autour d'elle. Comme une menace palpable. Quelqu'un était encore dans les lieux et la guettait. Le bruit lointain d'une porte qui se referme. Elle avait surmonté sa peur et avait prudemment fait le tour de l'appartement. Personne. Les fenêtres et la porte d'entrée étaient closes.

Avait-elle rêvé ?

Elle avait subtilisé l'ordinateur de la cinéaste et effacé toutes les traces de son passage. Un geste de survie, au cas où…

De retour dans sa chambre d'hôtel en face de la gare d'Austerlitz, elle était entrée dans le disque dur et les boîtes e-mail de Marina, ne sachant pas très bien ce qu'elle y cherchait. Elle avait bien fait car elle y avait trouvé des preuves qui inculperaient les Têtes d'or. Elle les avait copiées et ajoutées au dossier qu'elle avait constitué sur ceux qui avaient poussé Joan au suicide.

Ce n'est plus qu'une question d'heures. Le plan semble fonctionner. Il lui reste deux choses à exécuter : faire parvenir l'enregistrement et le dossier à qui de droit et remettre l'ordinateur de Marina à sa sœur Julie. Elle a prévu de le lui faire livrer par coursier.

Son portable se met à vibrer. Un nouveau message de Jessica :

Je viens de t'envoyer un nouveau Memento sur W.
À renvoyer à qui tu sais si tu es OK.
J'attends ta réponse.

Elle clique sur sa messagerie Whatsapp et agrandit l'image. Toujours la même adolescente à la peau trop blanche et au visage vide, sans traits. Ni yeux, ni bouche, ni menton. Pas finie, diraient certains psys. Cette fois, l'adolescente s'enfonce entre les racines mouvantes d'un arbre qui l'emprisonne et l'aspire vers le bas. Des jets de sang plus vrais que nature jaillissent autour d'elle, et elle se tord de douleur. Un *Memento mori*, dont la calligraphie en italique couleur rouge sang surgit au rythme des pulsations d'un cœur qui bat en surimpression sur l'image, au rythme des accords d'une guitare basse qui percute et se réverbère en une multitude d'échos déchirants. *De plus en plus gores, les dessins de Jess*, constate-t-elle. Elle a un véritable don pour susciter la culpabilité, la crainte et la répulsion chez ceux qui se retrouvent face à ses compositions oniriques, ou plutôt ses tableaux vivants !

Il y a aussi un post-scriptum accompagné d'une seconde vignette. Elle clique dessus et découvre une petite fille terrorisée dont le visage en gros plan est maintenu sous l'eau par une main griffue qui vous fixe avec des yeux exorbités, suppliant :

Délivrez-moi, je ne peux plus respirer.
Je vais me noyer...

Les bulles d'air se font plus rares. L'enfant est aspirée vers le fond puis disparaît dans l'eau bleue de la piscine. Une question s'inscrit en surimpression :

Qu'en penses-tu ?
Tu lui envoies ?

C'est parfait. Je l'envoie dès
que tu me le demandes.

Margot a répondu immédiatement car elle a reconnu dans la noyée le visage d'Elsa Kübler, la sœur de Jess, la première victime de Raphaël Jenssen.

45

13 octobre 2021 : Avenue de Choisy et aux alentours de Paris

Les choses se passent rarement comme prévu, encore moins quand vous êtes flic. Lorsqu'Anne débarque dans l'appartement de la mère de Laure Delmas, elle reçoit un appel urgent d'Inès, son assistante :

—Je viens d'arriver devant la baraque de Frédéric Roche, c'est le branle-bas de combat.

—Excuse-moi. Je n'ai pas le temps, là ! réplique Anne.

—Si, tu vas l'avoir, rétorque Inès. Parce qu'on vient de découvrir son cadavre en train de flotter dans la piscine. Les flics du SRPJ de Versailles sont en route. La police judiciaire. Je te conseille de venir. Rapidos !

Anne ne tergiverse pas. Après avoir mis en place l'alerte « Disparition de mineur », elle s'engage sur l'autoroute en direction de Louveciennes, un patelin de la bourgeoisie friquée, situé dans la banlieue ouest de Paris.

Entre-temps, elle s'est entretenue avec la brigade des mineurs. Avec leur mission d'enquête sur les infractions dont sont victimes les enfants (viols, agressions sexuelles, mauvais traitements, proxénétisme, pédophilie…), ils complètent l'unité d'Anne, spécialisée dans les disparitions d'enfants ainsi que dans les *cold case* les impliquant. En France, cinquante mille mineurs fuguent chaque année. Heureusement, la plupart d'entre eux sont retrouvés sains et saufs et reviennent à la maison dans les soixante-douze heures. Il y a aussi les disparitions inquiétantes, et les enlèvements parentaux. Des affaires criminelles plus obscures et préoccupantes.

Dans le cas de Laure, Anne ne sait que penser : elle ne parvient pas à cerner le profil de l'adolescente. Quel élément a déclenché sa disparition ? Est-elle à nouveau sous l'emprise de *Witch Game*, de Caro ou d'une autre manipulatrice ? Et où se trouve-t-elle en ce moment ? Elle ne répond ni aux messages que lui envoie sa mère, ni à ceux de la police. Inquiétude maximale. Lavelli attend avec impatience les résultats de la triangulation du portable de l'adolescente qui permettra de la localiser. S'il s'agit d'une fugue, les ados s'accrochent en général à leur téléphone comme à un radeau de survie, contrairement aux terroristes et aux malfrats qui, une fois leur crime accompli, s'en débarrassent pour ne pas être repérés.

En sourdine, les *Suites* de Bach interprétées par Jean-Guihen Queyras l'accompagnent sur le périphérique. Un hommage à Marina qui jouait du violoncelle en amateur. Anne l'écoute souvent depuis la mort de son amie. L'archet vibrant et les phrasés solaires du musicien l'aident à se concentrer sur cette étrange enquête à tiroirs dont elle ne parvient pas à démêler les fils. La pluie redouble sur le pare-brise. *Novembre, le mois le plus triste de l'année*, songe-t-elle en activant les essuie-glaces.

Comme elle s'engage sur l'autoroute de l'Ouest, elle reçoit un appel de Kim :

—Je viens d'interroger les camarades de classe de Laure Delmas, ils n'ont rien remarqué d'anormal depuis son retour à Claude-Monet, lui dit-il.

Anne n'est pas surprise : la parole des enfants n'est pas toujours fiable lorsqu'elle est confrontée à des représentants de l'ordre public. Dès son retour à Paris, elle ira les entendre à nouveau, avec plus de résultats, espère-t-elle.

Kim poursuit :

—Je n'ai pas encore pu parler au père qui se trouve dans un avion de retour de Londres.

Anne soupire : où a-t-elle merdé ? Elle s'en veut : au lieu de se focaliser sur le meurtre de Marina et le suicide de Joan Verdier, elle aurait dû se montrer plus vigilante et accompagner Laure à sa sortie de l'hôpital. Mais elle se rebiffe : elle ne peut porter le poids de chaque affaire sur ses épaules. Elle n'est pas Mère Teresa, elle n'est qu'un policier parmi tant d'autres. Mais un goût amer envahit son palais.

Où est passée Laure ?

46

Cinq jours plus tôt

13 octobre 2021 : Quelque part dans le cœur du vieux Paris

Ils doivent tous mourir, c'est inéluctable... susurre la voix dans son épaule.

Jess lui fait signe de lui foutre la paix puis se lève et s'approche de la fenêtre : un brouillard épais noie les contours des choses qui disparaissent dans un flou livide. *Il y a des moments où le langage est inutile*, se dit-elle. Les arêtes grises des toits en zinc sont à peine visibles. Il n'y aura plus d'envols d'hirondelles pour rompre la monotonie de la vue, c'est la fin de l'automne, elles ont déjà migré vers le sud. Une fine bruine accentue l'impression de mélancolie. Heureusement, la 6e de Beethoven l'empêche de sombrer complètement dans un ailleurs lugubre. La musique, une clé sur l'inexprimable… une émotion qui la maintient en vie quand elle est en crise.

Jess retourne à son ordinateur, se remet au travail. Mais ses doigts restent paralysés, incapables d'imprimer le moindre mouvement sur la palette graphique. La page blanche… L'angoisse maximum ! Le manager du groupe attend la maquette de la pochette de *Dark Memories* pour la fin de la semaine. Mais son imagination est au point mort. C'est sa première panne sèche. Jusqu'à présent, elle a toujours rempli ses contrats en temps et en heure.

Son travail d'infographiste l'a propulsée au sommet en quelques années. Elle est aujourd'hui l'une des artistes les mieux payées de la planète musique. On fait appel à elle pour des clips, des pubs, des scénographies, des concerts et toutes sortes de happenings jusqu'au Japon. Son aura est immense, mais elle s'en fiche. Elle n'a jamais été sensible ni à la reconnaissance, ni à l'argent. Un message s'affiche sur sa messagerie Whatsapp :

Frédéric Roche a été découvert noyé dans la piscine de sa maison de Louveciennes.

Le message n'est pas signé. Peu importe, elle en connaît l'émettrice. Elle s'étonne de ne ressentir aucune émotion. Elle a juste donné un léger coup de pouce au destin… elle se reprend, non : *ELLES… ONT…* Jess se remémore leur soirée, quelques jours plus tôt dans une villa de la banlieue de l'Ouest parisien. Une fête libertine – en réalité une orgie – pompeusement surnommée « L'embarquement à Cythère », pour l'anniversaire de l'un d'entre eux : celui de Frédéric Roche, le jeune entrepreneur *successful* de l'immobilier en ligne qui s'apprête à investir dans d'autres secteurs, notamment celui des médias internet. Exceptionnellement, elle a décidé de sortir de son atelier pour cette occasion.

Elle veut les voir en chair et en os.

Savoir à quoi ils ressemblent, appréhender le son de leurs voix pour ne jamais les oublier quand elle sera très âgée.

Quand les traces de cette histoire ne seront plus que des empreintes d'oiseau sur la neige…

Pour l'occasion, elle s'est bourrée d'anxiolytiques. Elle a aussi enfermé la « voix » dans un des tiroirs de son bureau avant de sortir. *Pas question que tu m'emmerdes ce soir*... lui a-t-elle intimé, en tournant la clé à double tour. Elle ne veut pas être dérangée par ses commentaires intrusifs et ses digressions sur tout et n'importe quoi. Pour une fois, la voix s'est tue.

Elle l'attendait dans un Uber, garé en bas de chez elle. En ouvrant la portière, elle éprouva une drôle d'impression de la découvrir en chair et en os : ELLE, alias Mieko, sa correspondante virtuelle depuis presque deux ans. Elles échangeaient *via* Whatsapp, c'était pratique, car crypté. Elles s'étaient aperçues une unique fois *via* écrans interposés : Mieko, avec son visage de chat, aux yeux gris en amande, n'avait strictement rien de japonais. Ses cheveux courts presque blancs lui donnaient une allure androgyne et glamour et un petit air de Marie Fredriksson, la rockeuse du groupe suédois Roxette des années 1990.

Mieko l'attendait sur la banquette arrière, déjà revêtue d'une robe à paniers au corset brodé d'oiseaux luxuriants et aux manches serties de dentelles. Était-ce sa perruque grise teintée de violet pâle ou son maquillage cérusé de marquise du XVIIIe siècle qui lui donnait cet air à la fois diaphane et crayeux typique des films vampires ? Elle en était presque effrayante, se dit Jess. Mieko lui tendit un grand sac plastique sur lequel on pouvait lire :

Académie du bal masqué.
Locations de costumes.

—Voici ta commande, Jess. Un justaucorps bleu nuit avec un jabot, des culottes courtes, des bas blancs et des chaussures plates vernies. Taille 38 et demi. L'illusion sera parfaite avec la perruque, dit-elle, en l'examinant.

—J'espère bien faire un petit marquis très présentable ! répondit-elle, lui adressant un sourire complice.

Elles se dévisagèrent, puis éclatèrent de rire comme deux collégiennes qui s'apprêtent à fomenter une énième mauvaise blague.

—La perruque blanche est évidemment assortie d'un loup noir pour te dissimuler au cas où… À mon avis, tu n'as rien à craindre, tu es une complète inconnue pour ces gens-là. Tu te changeras dans la voiture, à l'arrivée. Tu as l'invitation ?

Jess acquiesça :

—Le mot de passe, c'est « Danemark », sans doute un hommage à *Eyes Wide Shut* !

—Pas très original, remarqua Mieko.

Elles roulèrent en silence, absorbées dans leurs réflexions. C'était la première fois qu'elles se rencontraient physiquement. Ce serait probablement la dernière. Ensuite, elles poursuivraient leurs jeux de massacre jusqu'à l'extinction du dernier des Têtes d'or, c'était leur accord. Après, elles n'entendraient plus jamais parler l'une de l'autre.

En se laissant bercer par les paysages urbains noyés par les brillances colorées du périphérique, Jess songea à la façon dont elles avaient fait connaissance. Ça s'était passé à travers les sites Copains d'avant et Photos de classe qui permettaient à d'anciens élèves d'un même établissement scolaire de renouer, si affinités… Jess recherchait des infos concernant un individu qui avait partagé les classes de l'école primaire de la rue Vandrezanne avec Elsa Kübler au début des années 1990. Elsa était sa demi-sœur, née du premier mariage de sa mère. Elles n'avaient jamais vécu ensemble, mais elles s'aimaient profondément. Cinq ans plus tôt, Elsa s'était jetée du balcon du cinquième étage et s'était disloquée sur le toit d'un 4 × 4 garé en bas de chez elle. Morte sur le coup. À part les quelques secondes qu'avait duré sa chute, sa mort avait été bien programmée.

Son adolescence avait été rythmée par des crises d'anxiété que les psys n'avaient pas réussi à endiguer. Peu à peu, elle s'était murée dans une négation totale de la vie. Elle avait découvert la sensation lancinante de la faim associée au vertige. Quand elle succombait à des crises de boulimie, elle se faisait vomir dans les toilettes, n'importe où. Ses cheveux avaient commencé à tomber, sa tension était proche de zéro. Elle avait aussi essayé les laxatifs, et senti que c'était son propre intestin qu'elle rejetait. Cela lui avait valu une hospitalisation, la première d'une longue série. Puis elle était tombée dans le coma et on l'avait sauvée à coups de perfusions.

Elle était revenue à la raison, tout du moins en apparence. Ses os saillants, des bleus qui parsemaient sa peau translucide… elle avait refusé le reflet de son corps dans le miroir qu'on lui avait tendu à l'hôpital. Alors à coups de Nutella et autres cochonneries calorifiques, elle avait retrouvé son corps d'origine. Des seins, un ventre et des fesses avenantes. Ses règles étaient revenues. Elle était devenue désirable, des hommes avaient commencé à lui tourner autour. Un mélange de drague flatteuse et de menace destructrice car la découverte du sexe avait été ponctuée d'épisodes d'automutilation, puis de tentatives de suicides à l'âge adulte. Malgré d'innombrables séances psy, Elsa n'avait jamais surmonté les années de harcèlement dont elle avait été victime à l'école primaire. Curieusement, elle n'avait jamais lâché le nom de son agresseur, considérant que cela ne servirait à rien. Le mal était déjà en elle, disait-elle.

Peu après sa mort, Jess avait trouvé le journal intime de sa sœur en déménageant le studio qu'elle occupait. Le nom de son agresseur remplissait chacune des pages. Des centaines, des milliers de « Raphaël », rayés, raturés pour échapper à une malédiction. Un recours à la pensée magique, comme si écrire le nom de son harceleur et ensuite le rayer la délivrerait de toutes ses angoisses, mais ça n'avait pas été le cas. Elsa s'était foutue en l'air.

Jess s'était mis en tête de retrouver celui qui avait ruiné la vie de sa sœur afin de le mettre au pied du mur : il était responsable de sa dérive suicidaire, il fallait qu'il rende des comptes. Il y avait une autre raison : elle voulait aussi sauver sa propre peau car depuis la mort d'Elsa, elle était poursuivie par une voix qui se manifestait à n'importe quelle heure du jour ou de la nuit. Elle la suivait, se faufilait partout dans son corps et la regardait comme un livre d'anatomie. Ce qui était très désagréable. Souvent, la voix la réveillait au beau milieu de la nuit, lui parlait, la surveillait, commentait ses actions, lui donnait des ordres et s'abîmait dans des considérations négatives sur son travail artistique. Difficile de continuer à créer, travailler et survivre dans un tel stress !

Elle avait consulté et fait partie d'une étude scientifique avec un groupe de patients qui, comme elle, entendaient des voix. Ce phénomène, avait-elle appris, touchait 10 % de la population française mais on n'en connaissait pas bien les causes. On avait pratiqué une IRM à haute résolution sur son cerveau ainsi qu'une batterie d'examens neurologiques ; le corps médical avait détecté des hallucinations acoustico-verbales. Certains psychiatres avaient diagnostiqué un trouble typique de la schizophrénie, d'autres, émis un avis opposé. D'après ces derniers, il s'agissait d'une distorsion des perceptions due au choc traumatique consécutif à la disparition de sa sœur. En fait, personne ne savait…

On lui donna des cachets pour « masquer la voix ». Mais elle était toujours là. Elle était de plus en plus déterminée et lui disait : *Je sais qui tu es* ou : *On va arrêter les médicaments*. Peu à peu elle avait appris à vivre avec, elle avait même tenté de l'apprivoiser, réussi à la neutraliser pendant quelque temps, mais elle revenait toujours et toujours. Peu à peu, elle avait acquis la conviction que pour la faire taire et s'en débarrasser définitivement, il fallait qu'elle éradique définitivement le ou les harceleurs de sa sœur.

Mieko, quant à elle, recherchait des témoins concernant les exactions commises par son frère et sa bande des Têtes d'or lors de leur passage à Claude-Monet. Persuadée qu'il existait d'autres victimes que Joan Verdier à leur funeste tableau de chasse, elle ne s'était pas trompée. Elsa Kübler en était une. Peu à peu, Jess et Mieko avaient lié connaissance à travers leurs échanges sur Internet. Un plan s'était esquissé rapidement : traduire Raphaël Jenssen devant la justice et le faire condamner pour les suicides de Joan et d'Elsa. Mieko avait contacté le frère de Joan, Loïc Verdier, devenu avocat spécialisé dans les cas de maltraitance et de harcèlement en entreprise. Elle ne s'était pas présentée comme la sœur de Raphaël Jenssen, mais comme une cliente lambda qui voulait des renseignements pour une amie, dont la fille avait été victime de harcèlement scolaire. L'entretien avait eu lieu par visioconférence : Loïc Verdier s'était montré intéressé. Mais il avait décliné, faute de preuves, avait-il dit.

—Quelles sortes de preuves ? lui avait demandé Mieko.

—Des témoins qui acceptent de parler, de s'engager. Ne pensez pas que je recule, mais cette histoire date de plus de vingt ans, c'est compliqué d'un point de vue juridique. D'autant que les faits sont prescrits… à moins qu'un nouvel élément n'apparaisse… À l'époque, la problématique du harcèlement n'avait pas le même poids qu'aujourd'hui.

Mieko avait été extrêmement déçue. Quand elle avait retrouvé Jess sur Messenger, elle lui avait raconté son entrevue avec Loïc Verdier. En attendant de réunir des preuves et de trouver un avocat plus à l'écoute, elles avaient décidé de déstabiliser les Têtes d'or en leur administrant quelques piqûres de rappel concernant leurs crimes.

Ça avait été le début des *Memento mori*. Jess dessinerait et Mieko se chargerait de leur faire parvenir ses dessins *via* des adresses e-mail à chaque fois différentes, pour ne pas se faire repérer, ni par eux, ni par les flics au cas où ils porteraient plainte. Mieko possédait des connaissances assez approfondies en informatique et savait circuler sur les autoroutes du Net et du Dark Web, sans laisser de traces.

Elles avaient établi une liste de six noms : Raphaël Jenssen, Frédérique Roche, Yann Derteuil et Simon Fernandez. Elles n'avaient pas oublié les deux filles : Eva et Leslie qui avaient assisté au viol de Joan.

Elles aussi allaient payer…

47

Cinq jours plus tôt... Suite

7 octobre 2021 : Une banlieue huppée dans la région parisienne

Vers 23 heures, le même jour, la voiture qui emmenait Jess et Mieko s'arrêta devant la villa Blanche-Neige sur le chemin du village de Louveciennes. Le chauffeur Uber accepta, moyennant un confortable pourboire, de les attendre au coin de l'impasse pour les ramener à Paris. Après avoir énoncé le mot de passe : « Danemark », elles franchirent le portail qui s'ouvrit sur un grand parc illuminé où des silhouettes masquées glissaient dans la pénombre trouée par les halos des projecteurs dissimulés dans les bosquets. Le côté irréel du ballet qu'elles découvrirent était accentué par l'air de *Carmen* qui retentissait d'une façon mélodramatique dans la nuit humide d'automne.

En s'approchant, elles découvrirent des amateurs de SM mimant des scènes de domination ou de soumission : momies bandées, religieuses en corset Latex style Clovis Trouille, ou vieux messieurs marchant à quatre pattes, tenus en laisse par des maîtresses travesties en panthères. Un spectacle incongru pour une soirée très particulière dont les invités étaient triés sur le volet. Jess avait obtenu l'invitation *via* un ami caricaturiste qui fréquentait les soirées sadomaso pour s'inspirer, disait-il. Elles continuèrent leur chemin, s'approchèrent de la piscine à débordement, cherchant Raphaël ou Fred du regard. Sur leur chemin, un tas d'individus plus ou moins délirants leur proposèrent des jeux érotiques allant de l'échangisme à des trucs beaucoup plus hard. Elles déclinèrent en se dirigeant vers les grandes baies illuminées du manoir.

Elles entrèrent dans la villa, traversèrent le vaste hall transformé en décor néogothique où des écrans vidéo transmettaient des scènes de bondage à l'érotisme morbide. Près d'une des portes-fenêtres, une Japonaise nue et ronde se faisait ligoter la tête en bas, tout en se tortillant, gémissant de douleur ou de plaisir, évoquant une chenille saucissonnée. Une débauche de spectacle grand-guignolesque, songea Mieko.

Un peu plus loin, d'autres écrans diffusaient des opérations chirurgicales pour les adeptes du fétichisme médical. Du sanguinolent pur et dur. Elles eurent la chair de poule et s'interrogèrent du regard. Ni l'une ni l'autre n'avaient une quelconque envie de participer à ce genre de soirées prisées par les amateurs de Sade ou de Bataille. Mieko eut soudain la sensation qu'elles allaient se jeter dans la gueule du loup. Que faisaient-elles au milieu de ces tarés ? Ne feraient-elles mieux de se barrer rapidos ? Mais Jess ne voulut rien entendre :

—Je veux voir à quoi ressemble ce fils de pute de Raphaël Jenssen. Rentre à Paris, si tu veux…

—Pas envie de te laisser seule.

Une main se posa sur l'épaule de Jess :

—Maya ?

Jess se retourna, surprise. Un homme masqué, revêtu d'une cape noire, leur fit signe de le suivre. Ils grimpèrent l'escalier de marbre rose puis franchirent une série d'alcôves où des hommes et des femmes corsetés de Latex noir, harnachés, ligotés, menottés jouaient à des jeux de soumission devant des caméras manipulées par des voyeurs qui leur dictaient des mises en scène. Plus loin, une jeune femme était écorchée vive par deux gladiateurs bandés de lanières de cuir. À quelques mètres de là, un jeune garçon muselé façon « masque de fer » se faisait fouetter par deux hommes en uniforme nazi. Son dos strié par les blessures n'était plus qu'une bouillie sanglante. Il poussait des petits cris stridents. Impossible de dire si ces atrocités étaient simulées ou réelles. Même si tout ce qu'elle voyait n'était que mise en scène, Mieko frissonna, tout en éprouvant une réelle fascination pour ces clients qui payaient très cher afin de satisfaire leurs pulsions les plus perverses et dépravées.

Toujours aucune trace de Raphaël Jenssen ou de Frédéric Roche. Elles avaient sans doute fait fausse route. Devant elles, l'homme masqué s'engouffra dans un couloir éclairé de fausses torches où pendaient des crocs de boucher. Une musique aux sonorités funk déchira soudain l'espace. Il s'arrêta devant une porte, l'ouvrit et leur fit signe d'entrer. Au fond de la pièce, une femme nue, crucifiée à la façon du Christ d'un retable de Jean Van Eyck. Un photographe tournait autour d'elle en prenant des clichés. Le corps entier de la suppliciée était hérissé de clous, de tessons de bouteilles et de centaines de petits miroirs qui reflétaient la boule tango tournant au plafond, façon kaléidoscope. Ses poignets troués par des clous saignaient abondamment sur un tas de chaînes, de menottes et de dagues posées à ses pieds. La performance était en cours. Un autre homme masqué, vêtu d'un costume de coupe classique, s'avança vers les deux jeunes femmes :

—À votre tour, mesdames…

Les deux filles se regardèrent, interloquées.

—Vous pensiez rester incognito ? Eh bien, c'est raté ! répliqua leur hôte.

Mieko réprima un sursaut. Cette voix, elle l'aurait reconnue entre toutes. C'était celle de Fred. Fred Roche.

—Vous faites erreur… nous ne sommes pas les bonnes personnes, répliqua Jess, en reculant.

—Pourtant, on m'avait promis une marquise et un petit marquis expert en toutes sortes de jeux… et vous voilà !

—Eh bien, vous avez tout faux, jeta Mieko, d'une voix volontairement fluette.

Fred éclata de rire, ravi de cette joute inattendue. Il s'approcha, titubant, son masque glissa, découvrant ses yeux explosés et ses narines poudrées de blanc, tandis que Jess reculait en direction de la porte :

—On vous abandonne, monsieur. Nous n'avons pas les mêmes goûts ce soir, dit-elle, tout en serrant fort la main de Mieko pour l'entraîner. Sans regret…

—Vous me rappelez quelqu'un, dit Fred, en s'avançant vers elles à mesure qu'elles gagnaient la porte d'entrée à reculons.

—Navrée, vous me confondez certainement avec… jeta Mieko.

—Je ne crois pas, retentit une voix dans son dos.

Elle aussi, elle l'aurait reconnue entre mille. Raphaël Jenssen, son frère, était là, derrière elle. Sa respiration brûlante courait par vagues sur sa nuque, comme une menace sourde.

—Casse-toi… vite, souffla-t-elle à l'oreille de Jess. Je me démerde.

Il y eut un étrange ballet où Jess recula jusqu'à la porte et où Margot eut tout juste le temps de la voir disparaître de son champ de vision quand son frère lui attrapa le menton pour la dévisager. *Lui exploser la tronche* ! Pour ensuite prendre les jambes à son cou… Margot n'eut que cette pensée en tête en se retrouvant face à lui.

—Ravie de te revoir enfin… ma chère Margot, jubila-t-il. Depuis combien d'années, nous ne nous sommes pas vus ? Dix, douze ans ? Tu n'as pas trop changé.

Raphaël lui arracha la perruque, détaillant son visage comme un entomologiste capturant enfin l'insecte de ses rêves. La seconde qui s'écoula fut irréelle. Elle sut qu'il ne la lâcherait pas. Elle croisa son regard. La même lueur diabolique étincelait dans ses yeux gris. Il n'avait pas changé. Il était toujours le prédateur, celui qui se réjouissait de faire le mal. Si elle voulait lui échapper, il fallait qu'elle saisisse l'une des chaînes qui reposaient aux pieds de la femme crucifiée. Malgré sa longue pratique du taekwondo, elle sut qu'elle ne s'en sortirait pas sans arme. En un quart de seconde, elle saisit le bras de Raphaël, le tordit violemment, tout en lui assenant un coup de genou fulgurant au milieu de l'entrejambe.

Il hurla, se tordit de douleur, voulut l'attraper, mais elle fut plus rapide, saisit la chaîne au bout de laquelle pendait un lourd cadenas. Détendit son bras et le lui balança de toutes ses forces dans le plexus. Raphaël s'arc-bouta, partit en arrière en gueulant tandis que Fred s'avançait dans son dos pour l'empoigner. Elle eut tout juste le temps de se retourner et lui balança un nouveau coup de chaîne dans le torse. Il s'effondra en gémissant. Ses deux agresseurs à terre, Margot s'enfuit comme une dératée, bousculant les zombies de la fête, trop défoncés pour réagir. Elle sentit une présence qui se rapprochait, elle parvint à défaire les crochets qui maintenaient sa jupe à panier, l'arracha, la jeta sur son poursuivant, elle entendit un cri puis une chute. Elle dévala l'escalier, traversa le parc à toute allure, courut jusqu'aux hauts murs de l'enceinte où elle eut la chance de profiter de l'arrivée de nouveaux invités pour franchir le portail de la villa Blanche-Neige.

Quelques mètres plus loin, Jess l'attendait sur la banquette arrière de leur Uber. Elle fonça à l'intérieur, claqua la portière. Le véhicule démarra sur les chapeaux de roues. Elle se retourna, comme aimantée. À travers la vitre arrière, elle aperçut la silhouette de son frère qui se détachait devant le portail. Il lui adressa un signe menaçant. Elle lui répondit par un doigt d'honneur.

48

14 octobre 2021 : Villa Blanche-Neige, aux environs de Louveciennes, banlieue ouest

En s'engageant sur la route détrempée qui serpente au milieu d'un ancien chemin de halage bordé de petits manoirs bien entretenus, Anne Lavelli est surprise par le côté paisible et presque irréel du lieu. Louveciennes, situé à seulement 10 kilomètres de Paris, demeure un paradis intact dédié à la vieille bourgeoisie et à l'aristocratie française, où Frédéric Roche vient de se domicilier en achetant la magnifique villa Blanche-Neige. Une propriété qui a été celle d'un grand nom de la haute couture française pendant les dernières décennies du siècle précédent.

En traversant la place du village qui évoque une carte postale surannée, elle note que l'église romane mériterait un bon rafraîchissement. Le GPS la conduit en direction d'une étroite impasse cernée de hauts murs dans laquelle une camionnette du Samu s'apprête à quitter les lieux. Plus loin, des pompiers s'affairent devant un grand portail ouvert près duquel Anne Lavelli se gare. Elle pénètre dans un parc aux chênes et hêtres centenaires où sont disséminées de curieuses statues aux formes oblongues et aux couleurs vermillon flashy et bleu cobalt. Puis elle remonte l'allée bordée de hêtres qui mène à l'entrée de la villa, une gentilhommière au style anglo-normand, à l'allure kitsch et prétentieuse avec ses fenêtres à meneaux et ses toits vernissés. « Villa Blanche-Neige », déchiffre-t-elle sur une plaque apposée sur la façade en céramique style Art nouveau.

En contrebas, une grande piscine à débordement avec une annexe vitrée où s'affairent les silhouettes des officiers de police judiciaire, les OPS, vêtues de leurs combinaisons blanches. Deux officiers de la police scientifique sécurisent les alentours avec des Rubalises. L'un d'eux lui fait signe de s'arrêter, Anne Lavelli sort sa carte de police, sourit à la jeune femme, puis s'avance vers les deux secouristes qui s'affairent à extraire un corps de l'eau. Pourquoi revoit-elle soudain les premières images de *Sunset Boulevard*, le film de Billy Wilder, qu'elle a découvert il y a vingt ans à la cinémathèque lors de ses études de cinéma ? Est-ce le cadavre qui flotte sur le ventre dans la piscine squattée par les rats, ou la demeure hors du temps de Gloria Swanson, la vieille star du muet, qui lui fait penser à la villa Blanche-Neige de Louveciennes ?

Pour Anne Lavelli, les scènes de crime sont souvent le lieu d'associations d'idées singulières. Elle n'a jamais bien compris pourquoi… Les scènes du début de *Sunset Boulevard* lui reviennent en cascade : c'est le mort lui-même – un scénariste – qui raconte, en flash-back, comment il est entré par hasard dans une demeure qu'il croyait abandonnée et où vit une vieille actrice, gloire déchue du cinéma muet, en compagnie d'un majordome énigmatique, Éric von Stroheim. *Si seulement les morts pouvaient parler comme dans le film de Billy Wilder, les enquêtes se résoudraient en un claquement de doigts*, songe-t-elle en s'approchant du rebord de la piscine où les pompiers s'apprêtent à déposer le cadavre sur le brancard.

Il s'agit d'un noyé « bleu » qui n'a pas séjourné plus de quarante-huit heures dans l'eau, analyse-t-elle d'un rapide coup d'œil. Visage cyanosé, langue coincée entre les dents, œil de poisson, yeux exorbités. Une plaie de plusieurs centimètres lui barre le front. Accident ? Suicide ? Homicide ? Impossible à savoir pour le moment. Non loin de là, des transats autour d'une table basse avec une bouteille de gin, à moitié vide, pas de verre… Un homme, visiblement un médecin du Samu, se penche vers le mort. Anne se présente puis demande :

—La blessure est-elle post ou ante mortem ?

—Trop tôt pour le dire.

Il désigne le rebord de la piscine où des taches brunâtres sont visibles.

—Apparemment, il s'est blessé en tombant à l'eau… Mais de quoi est-il mort, je n'en sais rien, seul le légiste pourra déterminer la cause.

Anne Lavelli n'ignore pas que la noyade est l'un des diagnostics les plus difficiles à établir en médecine légale, du fait de l'absence de signes caractéristiques, qu'elle soit accidentelle, criminelle ou suicidaire.

Des flashs crépitent. Prises de clichés du corps allongé sur le sol avant qu'il ne soit glissé dans la rituelle housse de plastique. Parmi les techniciens de la Scientifique en combinaison blanche, une femme sobre et classe, cheveux cendrés réunis en un chignon élégant, surgit, s'agenouille près du corps, le détaille un court instant, puis se relève brusquement. Elle semble chercher quelqu'un parmi les visages présents. Une femme blonde, massive, la cinquantaine, s'avance et la prend dans ses bras. Anne parvient à saisir quelques mots de leur échange : « alcool », « cocaïne », « médocs »… quand une main se pose sur son épaule et l'interpelle :

—Que me vaut le plaisir de te revoir parmi nous, Anne Lavelli ?

Mathieu Campana, commandant du SRPJ de Versailles, se tient devant elle, un petit air goguenard au coin des lèvres. Une réputation de bon flic perspicace, avec une grande aptitude à jouer les couleuvres, qui n'hésite pas à servir ses propres intérêts d'abord. Ils se connaissent depuis vingt ans, sont de la même promo de l'Ensop et ont même été amants une fois ou deux quand ils étaient étudiants. Il a tenté de la doubler lors d'une de ses enquêtes précédentes et Anne lui en garde une certaine rancune.

—Tu es chargé de l'affaire ? demande Anne.

—Tant que le légiste n'aura pas déterminé la cause du décès, je suis ici incognito. Valeria, l'ex-femme de Frédéric Roche, est une amie de Jasmine, mon épouse. Elle m'a appelé quand elle l'a découvert. Et toi ?

—Je suis venue interroger Frédéric Roche au sujet d'une histoire qui remonte aux années 2000.

—Tu fais dans les *cold case* maintenant ? lance-t-il, un brin moqueur.

Anne ne relève pas.

—Je t'invite à assister à l'autopsie, si le cœur t'en dit, lance-t-il, quand la femme aux cheveux cendrés surgit, le visage ravagé par la colère :

—Pourquoi il s'est foutu en l'air ? Il aurait pu penser aux enfants, ce con !

49

14 octobre 2021 : Villa Blanche-Neige

— Malgré le divorce, nous avions gardé de bonnes relations. À cause des enfants. Je voulais qu'ils aient un père, Frédéric aussi. Ce matin vers 9 heures, Oksana, la femme de ménage, m'a appelée, paniquée. J'ai sauté dans ma voiture, j'habite à côté, à Versailles, et je suis arrivée. Quand je l'ai découvert en train de flotter dans la piscine, j'ai, je vous jure, prié… prié pour que ce ne soit pas lui… mais… c'était lui, conclut-elle.

Mince, grands yeux ovales améthyste, dans un visage en longueur à la Modigliani, Valeria prononce les derniers mots avec une douceur presque féroce. Elle ne semble ni bouleversée ni terrifiée par la mort de son ex-mari. Juste un peu ennuyée, constate Anne qui ne se souvient pas d'avoir vu ce type de réaction à la mort violente d'un proche.

Campana et Anne Lavelli sont chacun à un angle de l'immense canapé en cuir anthracite où la veuve leur fait face, assise sur une méridienne vermillon, façon fausse peau de crocodile. Frédéric Roche, le propriétaire des lieux, avait un goût prononcé pour l'art plus que contemporain, constate Anne Lavelli, en balayant du regard le grand salon au design minimaliste qui tranche avec l'extérieur presque kitsch de la Villa Blanche-Neige. Dehors, des officiers de la police scientifique finissent de vider la piscine pour y opérer leurs prélèvements. Valeria les observe à tour de rôle :

—Que puis-je faire pour vous aider ?

Sa voix teintée d'un léger accent italien ajoute un supplément de « chic sexy » à son personnage. Campana, visiblement sous le charme, prend la parole :

—C'est à toi, Valeria, qu'il faut poser la question. Avant d'évoquer la mort de ton mari, je te présente le commandant Anne Lavelli de la CRMD qui souhaitait parler à Frédéric d'une vieille histoire.

—J'enquête sur la mort d'une cinéaste, Marina Ferguson.

Valeria soulève ses sourcils arqués dans un signe d'incompréhension. Anne continue :

—Votre mari a fait ses études au lycée Claude-Monet de Paris ?

—Oui, je crois. Mais il me parlait rarement du passé.

—Joan Verdier, ce nom évoque quelque chose pour vous ?

Valeria secoue la tête, interrogative.

—Et Raphaël Jenssen ?

—Bien sûr, c'est un ami d'enfance de mon ex-mari. Vous vous voulez ses coordonnées ?

Sans attendre, elle sort son portable et commence à pianoter sur l'écran quand Oksana, s'approche, un plateau à la main, avec des tasses de café. C'est la femme blonde, au visage lisse de poupée russe avec laquelle Valeria a échangé quelques mots près du cadavre de son mari. Campana jette un coup d'œil rapide vers Oksana, puis embraye :

—C'est vous qui avez découvert le corps de Frédéric Roche ?

—Oui, c'est moi.

Elle a un fort accent slave, ukrainien ou russe. Difficile à déterminer tant ils sont proches. Valeria lui fait signe d'approcher :

—Assieds-toi, Oksana et raconte ce que tu as vu en arrivant ce matin. Mathieu est un ami. Tu ne crains rien, je te le promets.

Oksana esquisse une mimique apeurée, puis raconte dans un français hésitant :

—Quand je suis arrivée, la maison était vide, je suis allée dans la cuisine – je commence toujours par là. Quand monsieur a les enfants, je range et je branche les machines à laver. Après je commence le ménage. Je suis sortie sur la terrasse, il y avait des verres et des bouteilles, j'ai tout mis dans le lave-vaisselle. Il a commencé à pleuvoir, je suis allée fermer la baie vitrée qui donne sur la piscine et c'est là que j'ai vu quelque chose de sombre dans la piscine. Je me suis approchée… et j'ai vu monsieur qui flottait.

Elle commence à trembler nerveusement puis tourne les talons et s'enfuit vers la cuisine. Valeria a un geste d'impuissance :

—Elle a peur de la police, elle n'a pas encore son permis de séjour. Pour en revenir à Frédéric, je ne comprends pas pourquoi il n'avait toujours pas fait changer les carreaux de la terrasse. Quel con ! On glissait tous dessus, lui, moi, les enfants, tout le monde. C'était un vrai danger, ces plaques de marbre de Carrare…

Campana la coupe :

—L'autopsie déterminera s'il s'agit d'un accident ou d'un suicide. Comment se sentait-il, ces derniers temps ?

—Bien. Très bien. Il n'a jamais eu à se plaindre, ça marchait très bien. L'immobilier de luxe ne s'est pas arrêté avec la crise.

—Des préoccupations ?

Valeria secoue la tête :

—Il y a quelques jours, il m'a appelée pour me demander si j'avais reçu des menaces. Il était un peu… ivre. J'ai mis ça sur le compte de l'alcool.

Elle baisse les yeux, confuse. Campana et Anne Lavelli attendent qu'elle poursuive :

—Il buvait trop. Frédéric était un alcoolique mondain. Je lui ai demandé plusieurs fois d'aller consulter.

—Revenons aux menaces, dit Campana.

—Il me parlait de dessins bizarres qu'il recevait sur son portable et son téléphone. Il appelait ça des *Memento mori* : « Souviens-toi que tu dois mourir », me disait-il.

—Il te les a montrés ?

—Non, et je ne lui ai pas demandé. Frédéric vivait sa vie, il fréquentait pas mal les soirées SM et les clubs porno… Je me suis dit que ça faisait partie de leurs jeux transgressifs à la con, à lui et ses putes dominatrices !

—Votre ex-mari était-il l'objet d'un chantage ? demande Anne.

—Pas à ma connaissance.

—Il avait des ennemis ?

—Je ne crois pas. Je vous dis qu'il a glissé, ce con ! Il avait encore trop bu, ou sniffé sa coke de merde, ou sûrement les deux ! C'était fatal. Comment je vais dire ça aux enfants ? dit-elle, les yeux soudain embués de larmes.

Anne Lavelli n'est pas inquiète pour Valeria. C'est une femme à la tête froide, bien faite, maîtresse d'elle-même, qui joue à merveille la comédie, c'est une tragédienne qui saura trouver les mots qu'il faut.

50

14 octobre 2021 : Salon de la villa Blanche-Neige

Quelques instants plus tard… Campana et Anne Lavelli découvrent le dernier *Memento mori* reçu par le mort. Les contours noir et blanc d'une jeune fille nue, recroquevillée sur elle-même, se dessinent progressivement sur l'écran 27 pouces de feu Frédéric Roche. Son visage recouvert d'une épaisse chevelure sombre s'agite, telle une mer déchaînée par une violente tempête. Elle gît au milieu des racines sinueuses d'un arbre immense, comme si elles allaient la dévorer.

Anne songe immédiatement à Aokigahara, la forêt de sinistre réputation où des centaines de jeunes Japonais se suicident. Mêmes reliefs accidentés, mêmes arbres tourmentés, mêmes racines reptiliennes qui engloutissent les candidats au suicide. Le dessinateur du *Memento mori* s'en est-il inspiré ? Anne ne croit pas aux coïncidences et pourtant… Une basket blanche posée au milieu de broussailles ajoute un aspect incongru au tableau. Entre les jambes nues, une tache rouge jaillit, se dresse et éclabousse l'écran d'une multitude de gouttelettes qui éclatent et glissent sur la paroi vitrée comme une pluie de larmes. L'effet 3D est saisissant de réalisme. Ce qui semble être du sang envahit progressivement la page de l'ordinateur avec une légende qui s'inscrit en lettres italiques :

Memento mori…

Un coup d'archet grinçant retentit sur une déferlante qui s'empare du corps de la jeune femme, l'enrobe, la recouvre puis l'anéantit. L'image se fissure et vole en éclats avant de disparaître dans un fondu au noir.

—Qui peut envoyer ce genre de conneries macabres ? lance Campana.

Anne ne peut s'empêcher de songer à la petite Laure Delmas, retrouvée au pied d'un arbre en plein Paris et dont elle est toujours sans nouvelles. Elle frissonne, jette un coup d'œil à la messagerie de son téléphone. Toujours rien concernant l'adolescente. Puis elle se penche vers l'écran pour déchiffrer l'adresse de l'envoyeur.

—Je reconnais l'adresse e-mail de la société de Frédéric, annonce Valeria, perplexe. Ce n'est quand même pas lui qui s'envoie ces trucs de barge ? Ou alors, il a vraiment pété un câble, ce… !

—On va examiner l'ordinateur de ton mari, l'interrompt Campana.

Valeria acquiesce. Visiblement, elle s'en fout royalement.

—Des problèmes au sein de son entreprise ?

—Je n'en sais rien. Comme je te l'ai dit, on se voyait peu, seulement pour les enfants.

Elle poursuit d'une voix tranchante :

—Je vous répète que la vie de Frédéric, ses fantasmes, le SM, ses soirées échangistes porno, et je ne parle pas du reste, ce n'était pas ma tasse de thé.

Son téléphone sonne. Valeria jette un coup d'œil :

—Excusez-moi. La baby-sitter…

Elle se déplace vers la baie vitrée où les gars de la Scientifique commencent à plier bagage. Campana se tourne vers Anne Lavelli :

—Tu as une idée de ce que signifie précisément *Memento mori* ?

—Plus ou moins… Dans mon souvenir, il s'agit d'une expression qui remonte à la Rome antique : derrière le général victorieux, un serviteur, généralement un esclave, devait lui rappeler que, malgré son succès, il était mortel. *Memento mori*, lui répétait-il. Je crois qu'il existe une autre version qui dit : « N'oublie pas que tu vas mourir » et non : « Prépare-toi à mourir. » À vérifier.

Campana acquiesce, puis clique sur la boîte e-mail et remonte l'historique des *Memento mori*. Le premier remonte à juin 2019. Il est beaucoup moins abouti dans son graphisme et son animation. Toujours le même corps au premier plan… avec toujours la même tache de sang qui envahit l'image. Mais à chaque envoi, l'animation diffère : parfois le corps sanguinolent est avalé par les racines, d'autres fois, il explose en vol ou bien la chevelure de la morte se métamorphose en serpents qui envahissent l'image… Les envois semblent réguliers dans leur fréquence, environ toutes les deux ou trois semaines. À chaque fois, l'adresse de l'envoyeur est différente pour brouiller les pistes.

Pourquoi Frédéric Roche recevait-il ces curieux *Memento mori* ? À quoi se référaient-ils ? Et que signifie ce corps de femme qui saigne ? *Frédéric Roche en connaissait certainement la signification*, songe Anne. Et à coup sûr, il n'y était pas insensible. Un travail de sape et d'usure qui, sur plus d'une année, en déstabiliserait plus d'un.

—À moins qu'il s'agisse d'un rituel entre adeptes des parties SM de Roche ? suggère Campana.

—Et si Roche avait été assassiné ? réplique Lavelli.

Campana hausse les épaules.

—Une idée farfelue.

Anne Lavelli ne lâche pas, et décide de s'intéresser au système vidéo de la villa. Peut-être les OPS ont-ils récupéré des images ? Là aussi, mauvaise nouvelle. Les caméras de surveillance ont été désactivées depuis plusieurs mois à la demande du propriétaire, explique le technicien qui ajoute :

—Sans doute en raison des fêtes échangistes que donnait Frédéric Roche à la villa Blanche-Neige. Pour vivre heureux, vivons cachés, conclut le flic.

Lavelli réprime un soupir agacé, puis se met à la recherche d'Oksana, la femme de ménage. Elle veut l'interroger sur le nombre de verres qu'elle a mis à laver. Pourquoi a-t-elle l'intuition que Roche n'était pas seul dans les moments qui ont précédé sa mort ? Mais l'employée ne se souvient plus. Quatre, cinq verres… peut-être. La machine à laver la vaisselle était quasi pleine lorsqu'elle a commencé ce matin. C'est souvent le désordre quand elle arrive. Quand monsieur fait des fêtes, il fait appel à une société de nettoyage. Peut-être que madame connaît le nom…

Soudain le portable d'Anne se met à vibrer. Un numéro inconnu s'affiche. Elle prend l'appel. Un silence… puis une petite voix fluette à l'autre bout du fil :

—J'aimerais parler… à…

Anne reconnaît immédiatement Laure Delmas.

51

14 octobre 2021 : Dans le 13e arrondissement

En traversant le pont de Tolbiac au volant de sa Kawasaki, Alex sent l'adrénaline se propager jusqu'à l'extrémité de ses doigts, grisé par une sensation qu'il n'a plus ressentie depuis son départ du 36 quai des Orfèvres, il y a six ans. Son cœur cavale à toute allure dans sa poitrine, comme si on venait de lui administrer un shoot de coke. Il se laisse aller, enivré. Accélère. La vitesse le plaque contre le réservoir. Autour de lui, une bise hostile fait tournoyer des papiers et des feuilles mortes qui finiront dans le fleuve couleur de plomb. Les flots de la Seine lui rappellent Léo Malet, l'auteur de *Brouillard au pont de Tolbiac* qui, à travers son détective Nestor Burma, a si bien traduit l'atmosphère du 13e arrondissement du siècle dernier. Avec ses lieux de misère où le petit peuple, les prostituées au grand cœur, les immigrés et anarchistes de tout poil se réfugiaient. Alex décide que son prochain roman aura pour cadre le 13e. Il aime ce quartier cosmopolite à l'architecture brouillonne et inattendue.

Il s'engage dans l'avenue de France, longe les façades rutilantes des cinémas MK2 derrière lesquels se profilent les quatre livres ouverts de la BNF, remonte la rue de Tolbiac vers le centre de La Mie de pain où il l'attend Jeremy, un indic, de ses connaissances d'avant. Devant le portail encore clos, un attroupement de SDF et de clodos attend l'ouverture du centre d'hébergement. Un groupe disparate dont certains présentent des signes de pauvreté extrême, vêtements crasseux, cheveux ternes et barbes hirsutes, et d'autres qui pourraient passer inaperçus dans les rues de la capitale, ne serait-ce la lueur morne et épuisée de leurs regards qui ne trompe pas.

Alex gare la Kawasaki sur le trottoir d'en face. Il ôte son casque et traverse la rue sous les regards, pour certains curieux et d'autres hostiles. Jeremy lui fait signe. Avec ses traits émaciés et sa barbe qui n'a pas été taillée depuis plusieurs jours, il semble tout droit sorti d'un roman de Dickens. Une excellente couverture quand il s'agit de jouer à l'indic dans les bas-fonds de Paris, la ville lumière où la misère la plus atroce côtoie des richesses faramineuses. Un homme, sans âge, au visage patibulaire, s'avance vers eux. Dans son sillage, l'odeur de tabac froid, d'alcool et de misère. Il s'appelle Denis, ce n'est sans doute qu'un pseudo, mais peu importe… Il scrute longuement la photo que lui présente Jeremy, relève le regard et acquiesce. C'est bien lui. Nat… Nathan.

—Il était beau, mon pote ! Je n'ai jamais su son nom de famille. Dans la rue, la discrétion est la règle, ajoute-t-il, d'une voix éraillée.

Quelques instants plus tard, ils trouvent refuge dans un café de la rue de la Butte-aux-Cailles, situé près d'une boutique qui vend des miels bio. Alex note que le 13e est décidément un arrondissement où toutes sortes de courants se croisent. Un monde qu'il apprécie pour sa diversité et son ouverture. Après une âpre négo, le dénommé Denis, son demi bien entamé, commence à raconter le dernier acte de l'histoire de Nat, alias Nathan Kavillas.

—On s'est connus sur les quais, sous le pont de Tolbiac, on avait nos tentes là, sous les arches. C'était cool jusqu'à l'arrivée des Russkofs et des Uks qui cherchaient la castagne pour un oui ou pour un non. Le problème, c'est que Nat jouait à l'instit pour leur faire arrêter leurs bagarres, et s'en prenait plein la gueule. Dimitri ne l'aimait pas. Il avait repéré la valise que Nat gardait toujours comme son trésor. Une nuit, lui et ses potes ont foutu le feu à sa tente pour le faire sortir et le dépouiller. Je me suis pointé avec Castor et Pollux pour le défendre. Ils ont tout de suite arrêté leurs conneries, ils savaient que mes clebs les auraient bouffés vivants.

—Nat vous a dit ce qu'il y avait dans la valise ?

—Non. On trimballe chacun des tas de trucs personnels. On a passé deux hivers et deux étés là, et puis les Russkofs se sont barrés, c'était plus tranquille.

Denis s'arrête un instant puis replonge dans le passé… il reprend :

—Un jour, Nat est revenu avec un costume neuf, je ne sais pas où il l'avait pêché, il s'était lavé aux bains douches. C'était plus le même, il était chic, beau. Il m'a demandé de couper ses cheveux. Normal, avant… j'étais coiffeur. Je lui ai fait une belle coupe. Et…

Il finit son verre.

—Et, il m'a expliqué qu'il était sur un coup qui lui rapporterait pas mal de fric. Alors il fallait qu'il soit présentable. On a bu un peu, il voulait rester clean. Je n'ai pas posé de questions.

Ida Lemoine n'a pas menti, songe Alex.

—Et après, vous l'avez revu ?

Denis soupire, désigne son verre vide. Alex fait signe au serveur.

—Non… Il n’est pas revenu. Quelques jours après, une nuit, des SDF se sont pointés en traînant un type derrière les Algecos du quai. Ils ont commencé à se hurler dessus et à se cogner. Une bagarre entre clodos, c’est fréquent. Dans la rue, on ne se mêle pas des histoires des autres. Je ne pouvais pas apercevoir grand-chose de là où j’étais. De temps en temps, les phares des bagnoles qui passaient sur le boulevard, là-haut, les éclairaient. Ils étaient peut-être trois ou quatre. Ils se tabassaient en hurlant et balançaient le mec sur le tronc d’un des arbres comme un ballon de rugby. Il leur servait carrément de punching-ball. Puis ils se sont barrés.

—Et puis…

—Au petit matin, je suis allé voir. C’est là que j’ai découvert Nat. Enfin, ce qui restait de lui. Il avait le crâne explosé, le visage détruit par les coups, les yeux cernés d’hématomes violacés. Jamais vu un truc pareil. On lui avait cassé les dents, la mâchoire et les côtes. Son costume neuf était plein de sang et de merde. Il était raide comme un bout de bois et surtout il puait comme s’il était mort depuis plusieurs jours.

Denis s’arrête pour ménager ses effets.

—Les autres mecs du quai ont rappliqué pour voir le spectacle. On s’est concertés. Personne ne voulait d’ennuis avec les flics. Alors on a attendu la nuit, on l’a lesté avec des pierres et on l’a balancé dans la Seine un peu plus haut en direction d’Ivry. Je ne suis pas très fier de moi, mais le carré des indigents ou le fleuve, c’est pareil pour un macchabée.

—Il avait ses papiers sur lui ? demande Alex.

—Non. Les mecs qui l'avaient ramené les avaient embarqués ou il les avait peut-être perdus avant. Il n'y a pas d'autre explication.

—Je ne comprends pas : pourquoi l'avoir ramené mort sous le pont de Tolbiac ? questionne Jeremy.

—Pour ne pas susciter de recherches sur son identité, réplique Alex. On ne mobilise pas la Criminelle pour le meurtre d'un vagabond sans papiers, on classe l'affaire au plus vite, d'autant que personne n'a réclamé le corps.

—Et ses affaires, la valise ?

Denis secoue la tête :

—Je l'ai vendue, mais les papiers sont là. Comme convenu, lance-t-il d'un œil suspicieux.

Il extrait d'un sac à dos crasseux un dossier cartonné contenant des dizaines de coupures de presse, collées entre elles par l'humidité. Une série d'articles avec des noms stabilotés : ceux de Raphaël Jenssen et de Frédéric Roche. Sur une période de dix ans, il y a les parcours des deux jeunes entrepreneurs dans des journaux économiques. Le premier dans la joaillerie de luxe low cost, et l'autre dans l'immobilier en ligne. Deux réussites spectaculaires. Plus loin, un entrefilet du *Parisien* sur le démantèlement d'un trafic de stupéfiants entre l'Espagne et la France, où apparaît le nom de Yann Derteuil, ainsi qu'un reportage sur Lorène Gautier, « la successful productrice de Télé média ». Étrange… note Alex : quel peut être le lien entre Lorène et Nathan ? Un point à éclaircir…

Ensuite, scotchée sur le carton, une liste avec des noms et des numéros de téléphone écrits à la main, dont celui d'Ida Lemoine. Puis une série de notes concernant Loïc Verdier, un jeune avocat très investi dans les affaires de maltraitance et de harcèlement moral en entreprise.

Sans doute le frère de Joan Verdier… Accompagné du témoignage d'une certaine Julie Dasté qui prétend avoir été victime de harcèlement de la part de son boss, Raphaël Jenssen, lors de sa période d'essai au siège parisien de la joaillerie Jenssen.

Alex réfléchit. Pourquoi Nathan Kavillas conservait-il ces documents ? Pour faire chanter la bande des Têtes d'or ? Ou pour les coincer ? Sont-ils mêlés à sa mort ? Si oui, comment prouver leur implication dans un meurtre vieux de cinq ans, sans cadavre ni témoin ?

52

14 octobre 2021 : Bureaux de la CRMD

Des trombes d'eau se déversent sur le pare-brise malgré les essuie-glaces qui balaient à plein régime. Anne Lavelli revient à Paris sous une tempête cinglante. Elle ne voit pas grand-chose, roule vite, soucieuse, car lors de son appel, Laure a refusé de lui raconter pourquoi elle a fugué. Elle a également refusé de lui dire où elle se trouve.

—Je veux vous voir… pas vous parler au téléphone, a-t-elle soufflé comme si elle était surveillée.

—Où ?

Puis la communication s'est brusquement interrompue. Lavelli a tenté de la rappeler… en vain. Est-ce un appel au secours, un piège, ou a-t-elle été enlevée comme le prétend sa mère ? Difficile de savoir. La géolocalisation vient de repérer l'adolescente dans le 13e arrondissement quand un appel d'Alex s'affiche sur son portable. Elle ne répond pas. Elle craint de ne pas être disponible si Laure la rappelle.

*

Après s'être garée devant la CRMD, Anne Lavelli se précipite vers l'entrée quand une petite voix l'interpelle au moment où elle traverse le hall. Laure sort de l'ombre tel un lutin, avec son bonnet rouge qui lui mange le visage. Les traits creusés, et encore plus pâle que la dernière fois à La Salpêtrière. Quelques instants plus tard… Laure est installée dans le bureau d'Anne, en train de boire un chocolat chaud. En entrant, elle a longuement scruté les visages des enfants et des ados sur les avis de recherche épinglés aux murs. Elle s'est ensuite arrêtée devant sa propre photo ainsi que devant celles des deux autres victimes de *Witch Game*. Puis elle s'est retournée pour sonder Anne Lavelli du regard, avant de s'asseoir. Elle croise et décroise ses jambes, avant de briser le silence d'un ton buté :

—J'ai tout fait foirer… Jamais elles ne me pardonneront. Jamais.

—Ce n'est pas à elles de te pardonner Laure, c'est toi la victime. Aucun jeu, aucun défi ne mérite qu'on risque sa vie et qu'on mette en jeu une vie, la tienne…

Laure hausse les épaules, exaspérée. Lavelli continue :

—Si tu acceptes de parler, je pourrai t'aider à…

De plus en plus irritée, Laure explose :

—Personne peut m'aider. On me traite de bouffonne, de traîtresse et même de super pute. Au bahut, tout le monde a vu le clip où je me fais décapiter habillée en sorcière et tout le monde se moque…

—Et toi, tu as vu le clip ?

L'ado baisse les yeux, mal à l'aise.

—Oui… hier, on me l'a envoyé cent soixante-trois fois, j'ai compté. En capture d'écran parce que la vidéo a été supprimée sur TikTok. Maintenant, j'ai… peur.

Anne Lavelli se demande comment arrêter les vagues des cyber-harcèlement qui déferlent sur réseaux sociaux, quand même la Cnil n'y parvient pas. En supprimant les posts vengeurs ? Ils refont toujours surface à un moment ou à un autre, tels des démons qui ne vous laissent jamais en paix.

—Laure, tu vis dans un État de droit, ce qui signifie que tu es libre de quitter un jeu qui ne te plaît plus, quand tu veux.

L'ado hausse les épaules et elle se replie à nouveau dans sa coquille. Injoignable. Pour réamorcer le dialogue, Anne change de sujet.

—Raconte-moi, comment tu es entrée dans *Witch Game* ?

L'ado n'est pas dupe, mais elle se détend et a soudain envie de se confier :

—J'ai commencé par me créer un avatar, je suis devenue Samantha, l'héroïne de *Ma sorcière bien-aimée*, j'adore cette vieille série télé.

Ses yeux s'illuminent. Elle poursuit :

—Jouer me plaisait parce que les premiers défis étaient super cool. Décalquer une sorcière sur le carnet de correspondance du bahut, dessiner un chat noir sur ma main en répétant des formules magiques, m'enfermer dans un placard avec une bougie allumée et écouter de la musique triste, c'était... cool. À chaque nouveau défi, je devais poster une photo ou une vidéo à Caro pour prouver que je l'avais bien accompli. Après, c'est devenu plus dur, plus...

Le visage de Laure se contracte, elle poursuit :

—Fallait voir des thrillers ultra-angoissants qui font peur, comme *Nerve*.

—Je connais, dit Anne. Un film où les adolescents sont à la fois acteurs et voyeurs et où ils s'imposent des défis de plus en plus sordides dans la lignée de *Hunger Games*. Les joueurs sont pris au piège, s'ils s'arrêtent, on leur vole leur identité et on s'en prend à leurs familles.

Et si nous devenions nous aussi prisonniers des technologies que nous avons embrassées ? Laure interrompt les ruminations d'Anne Lavelli :

—Puis, j'ai dû me scarifier la jambe avec un cutter. Trois traits, puis six, puis tracer 666, le chiffre du diable. Je n'aimais pas trop…

Le parcours classique d'un conditionnement identique à celui du *Blue Whale Challenge*, un jeu en ligne soupçonné d'être à l'origine d'accidents et de tentatives de suicide en Russie et en Europe, notamment chez des jeunes au profil fragile, dont le dernier défi est le suicide. Anne Lavelli poursuit :

—Tu connais les organisateurs ? Les organisatrices… puisque vous n'êtes que des filles dans ce jeu ?

—Je devais les rencontrer pour la première fois le soir de la fête d'Halloween. Mais j'ai eu les boules et j'ai dit à Caro que je voulais quitter le jeu quand on s'est vues sous l'abribus. Elle m'a dit qu'elle respectait mon choix mais qu'avant, il fallait boire la potion magique pour me délivrer des chaînes qui me liaient aux sorcières du jeu. Enfin, quelque chose comme ça…

Anne acquiesce. Laure poursuit :

—Les sorcières se transmettent leurs pouvoirs de génération en génération, celles qui veulent rompre le pacte doivent accomplir un rituel de purification pour éloigner la colère de leurs sœurs ou de leurs ancêtres.

—Évidemment, tu l'as cru ! Dis-moi Laure, que s'est-il passé hier pour que tu aies envie de fuguer ?

—J'ai la trouille ! *La trouille*, répète-t-elle… Je me fais moquer, insulter au bahut. On me traite de sale sorcière dans la cour, on me fait des croche-pieds dans la queue au self de la cantine. Ce matin pendant le cours de natation à la piscine, deux filles m'ont attrapé les jambes et m'ont tirée sous l'eau jusqu'au fond. Je n'arrivais plus à respirer, j'ai eu la panique de ma vie. J'ai cru mourir asphyxiée. Je ne veux plus retourner à Claude-Monet. Jamais. Jamais…

—Tu veux bien me donner le nom des filles qui t'ont agressée ?

—Non… je ne les ai pas vues. Je vous jure, je ne sais pas qui c'est.

—Très bien, soupire Anne qui ne croit pas un mot de ce que Laure vient d'affirmer.

Mais elle sait qu'il est trop tôt pour bousculer Laure. Elle est trop fragile.

—J'ai tellement honte de ne pas être allée jusqu'au bout du *Witch Game*. Je suis si lâche… Lâche ! hurle Laure, avant de se recroqueviller en sanglotant dans le fauteuil.

Lavelli comprend : elle ne dira plus rien.

*

Anne a jugé important de réunir Laure et ses parents dans son bureau afin qu'ils entendent tous les trois ce qu'elle a à leur dire.

—L'enquête concernant *Witch Game* se poursuit. La cellule de cybercriminalité de Nanterre est sur la piste des hackers qui ont piraté le jeu pour mettre en danger les participantes à travers des défis mortifères. Nous espérons des résultats rapidement. Je vous tiendrai informés en premier lieu. Maintenant, revenons à la fugue de Laure.

Simon Delmas sort soudain de sa réserve et se tourne vers sa fille :

—J'ai fait faire des recherches par un geek de ma boîte. Il a analysé les échanges entre toi et cette Caro qui t'a entraînée dans cette…

—Comment ça, analysé ? s'écrie-t-elle, offusquée.

—Oui. Il est entré dans ton ordi grâce au numéro IP. Souviens-toi, c'est moi qui l'ai configuré quand je l'ai acheté…

—Comment tu as pu faire une chose pareille papa ? s'exclame Laure. Je ne pourrai jamais plus avoir confiance en toi !

C'est au tour d'Elena, sa femme, de monter sur ses grands chevaux.

—Je n'aurais jamais cru ça de toi !

Anne tente de calmer la dispute qui prend corps, mais Delmas ne lui en laisse pas l'occasion :

—Cette Caro n'existe pas. C'est un leurre, un avatar créé par ceux qui veulent ma peau et me déstabiliser au sein de l'entreprise.

—Calme-toi, jette Elena.

—Si vous continuez de vous engueuler, je m'en vais ! Tout de suite ! lance Laure, en se levant.

—On se calme, réplique Lavelli. Expliquez-vous, monsieur Delmas.

Le père retrouve un semblant de calme.

—Je suis la cible d'une campagne de diffamation sur les réseaux sociaux, m'accusant, ainsi que d'autres cadres de la boîte, d'être à l'origine de harcèlements envers certains employés.

—Je lis la presse, réplique Lavelli. Si j'ai bien compris, cette campagne serait orchestrée par NetView, un géant du Net chinois qui veut absorber GamePlus, l'entreprise pour laquelle vous travaillez ?

Simon Delmas acquiesce. Lavelli poursuit :

—D'après vous, ils auraient enlevé votre fille Laure pour faire plier votre boss et l'obliger à vendre ? C'est un scénario un peu rocambolesque, non ?

—NetView n'hésite pas à employer des méthodes maffieuses pour arriver à ses fins ! Je veux que vous protégiez Laure, vous êtes flics, c'est votre boulot, merde…

Anne Lavelli coupe court :

—Une dernière recommandation, cessez de doubler le travail de la police scientifique et nous mettrons la main sur celle ou ceux qui ont joué ce sale tour à votre fille.

Simon Delmas ricane. Anne Lavelli décide de mettre fin à la dispute familiale, en tout cas en sa présence :

—Revenons à la fugue de Laure. La loi punit le harcèlement scolaire, dont votre fille a été victime depuis son retour au lycée.

Laure acquiesce. Lavelli continue :

—Vous pouvez demander à la justice de condamner pénalement l'auteur du harcèlement et de réparer le préjudice. Seulement dans le cas de Laure, il n'y a pas de meneur ou de meneuse mais une action de groupe, opaque, conséquente à un cyber-harcèlement. Ce sera long et difficile à prouver mais je ne lâcherai pas.

Mines offusquées des parents.

—J'ai parlé avec Laure. En attendant, je vous conseille de la changer d'établissement scolaire. Laure sera prioritaire, explique Anne Lavelli. Si vous êtes d'accord, je contacte immédiatement l'assistante sociale qui lui permettra de bénéficier d'un projet d'accueil individualisé.

—Je ne suis pas d'accord, réplique Simon Delmas. Pourquoi ma fille doit-elle fuir ses agresseurs ? Elle est belle, la police qui est censée nous protéger !

Elena tente de calmer le jeu.

—Est-ce vraiment la bonne solution ?

La chose la plus précieuse, c'est la patience et le temps, songe Anne Lavelli avant d'entamer la bagarre…

*

22 heures… Lavelli est seule chez elle en compagnie de Kubrick, le berger allemand, lové à ses pieds. Tout en dégustant un verre de Viognier, allongée sur son canapé, elle revendique fermement sa solitude, en se comparant à un vieux loup solitaire et misanthrope. Dans ces moments-là, elle a besoin d'évacuer sa haine envers les agresseurs d'enfants, les psychopathes, les criminels de tout bord et les cons qui lui coupent l'herbe sous le pied pendant ses enquêtes. Et ils sont légion… Elle chasse ses ressentiments et se focalise à nouveau sur Laure Delmas et ses parents. Une famille dysfonctionnelle caractérisée par un manque d'empathie évident face aux émotions de leur fille. Ils ont finalement accepté qu'elle quitte Claude-Monet pour un autre établissement scolaire. Anne se promet d'accompagner attentivement Laure. À la moindre suspicion de harcèlement, elle demandera une prise en charge de l'adolescente à un centre spécialisé dans les maltraitances infantiles.

Pendant ses ruminations, Éric puis Alex l'ont appelée l'un après l'autre dans une synchronicité presque parfaite. Le premier pour lui proposer de déguster un plateau de fruits de mer à la brasserie Le Zeyer, place d'Alésia, avec une bande d'amis de sa boîte, le second pour l'inviter à le rejoindre chez lui dans le 13e – un trip moins glamour, mais plus tendresse et cul.

Alex a aussi des révélations à partager avec Anne. Il lui confirme de la mort de Nathan Kavillas, il y a environ cinq ans, suite à une bagarre entre SDF. Conséquence probable du chantage exercé envers la bande des Têtes d'or, comme l'a suggéré Ida Lemoine. Une hypothèse qui tient la route, mais difficile à prouver sans scène de crime et sans cadavre. Celui-ci s'est probablement dissous dans les eaux de la Seine. À moins qu'il ait été répertorié parmi les morts non identifiés avant d'être enterré dans la fosse commune de Thiais, comme le sont les corps non réclamés par les familles. Il promet de poursuivre ses recherches.

—Je t'envoie aussi le scan d'une liste de noms et de numéros de téléphone conservés par une connaissance de Nathan Kavillas après sa disparition. Tu y trouveras celui d'Ida Lemoine. Puis une série de notes concernant Loïc Verdier. Je donne ma main à couper qu'il s'agit du frère de Joan Verdier. Je me suis renseigné sur lui. Il s'agit d'un jeune avocat très investi dans les affaires de maltraitance et de harcèlement moral en entreprise. Il y a aussi le témoignage d'une certaine Julie Dasté qui prétend avoir été victime de harcèlement de la part de son boss Raphaël Jenssen, lors de sa période de stage au siège parisien de la joaillerie Jenssen.

—Raphaël Jenssen, c'est un nom qui revient souvent ces derniers temps, constate Anne, pensive.

—Oui. J'ai l'intuition que cette histoire tourne autour de lui. As-tu pensé à contacter Loïc Verdier, le frère de Joan, la gamine qui s'est suicidée il y a vingt ans ? demande-t-il à Anne.

—Non. Tu as raison, c'est un maillon intéressant que j'ai complètement zappé.

Ce soir, Anne préfère rester seule chez elle à faire des plans sur la comète. Traduction : désosser les convergences entre l'affaire Laure Delmas, le meurtre de Marina Ferguson et le suicide de Joan Verdier. Si toutefois, il y en a…

Anne Lavelli est dans un état d'esprit spécial comme à chaque fois qu'une enquête la submerge et qu'elle n'a pas encore dénoué le ou les fils qui la conduiront à sa résolution. Dans ces moments suspendus, elle aime se confier à Kubrick, le berger allemand, qui écoute en approuvant de la tête ses théories les plus hasardeuses. Il la suit du regard avec une patience infinie. Il sait que pour arriver au coupable, sa maîtresse a besoin de déployer toutes sortes de stratagèmes surprenants.

Soit elle fait les cent pas en long et en large dans le salon de l'appartement en échafaudant un tas d'hypothèses biscornues, soit elle reste vissée à son ordinateur, relisant chaque témoignage jusqu'à plus d'heure, soit elle se met en position de lotus sur le canapé pour lâcher prise et laisser venir à elle les suggestions les plus bizarres. Mais quoi qu'il en soit, sa maîtresse a toujours raison…

53

15 octobre 2021 : Cimetière du Père-Lachaise, 11e arrondissement

Le soleil d'automne inonde subitement le parterre, donnant sa bénédiction à la cérémonie, illuminant la voûte bleue byzantine parsemée d'étoiles. Un miracle éphémère, appelé « fausse teinte » en langage cinématographique, en synchronie parfaite avec les premières mesures de *Tu vas me manquer*, la chanson de Selif Keïta, le prince des musiciens du Mali. Un chœur des jeunes chanteuses maliennes s'élève et envahit avec force la grande salle de la coupole du funérarium. La célébration est à l'image de Marina : colorée, joyeuse et bruyante, note Anne Lavelli, le cœur noué par l'émotion et la tristesse. La salle est comble. Certains n'ont pas trouvé de place assise et se sont agglutinés dans l'allée centrale ainsi qu'autour du lourd portail métallique. Des amis et des relations de la cinéaste croisés à Paris et à l'étranger lors de ses tournages. Parmi eux, beaucoup d'Africains dans leurs costumes chatoyants, venus rendre un dernier hommage à la cinéaste qui a tourné plusieurs films dans la région de Bamako. C'est maintenant au tour d'une musicienne à l'allure racée qui s'installe avec sa *kora*, une sorte de harpe-luth en forme de calebasse, réservée à la caste des griots en Afrique de l'Ouest. Ses doigts commencent à courir sur les cordes avec une douceur inouïe…

L'instinct de flic d'Anne Lavelli est en alerte. Elle détaille attentivement les invités au moment des discours qui célèbrent Marina. Les romans policiers ne disent-ils pas qu'un enterrement est le lieu idéal où croiser le meurtrier de celui qu'on porte en terre ? Elle s'autorise un sourire, *Ne rêve pas,* ça *se passe uniquement dans les romans d'Agatha Christie, jamais dans la réalité...* Néanmoins, elle poursuit son tour d'horizon. Au premier rang, Julie, la sœur de Marina, tient la main d'une femme âgée, sa mère, le profil chaviré par la douleur. Puis, assis en rang d'oignon, les jeunes neveux de Marina, impressionnés par la cérémonie. À quelques encablures, Antoine Vanoni, l'ex-compagnon au regard perdu.

Lavelli continue de balayer l'assistance. Elle reconnaît les sempiternels flics en civil dépêchés par la Crim. Son regard s'arrête sur Lorène Gautier. Elle est là, au deuxième rang, entourée de deux assistants qui ont en commun le look école de commerce, les mêmes costumes noirs, les yeux discrètement scotchés à leur iPhone. Un clonage parfait de tous ces jeunes crétins aux commandes du néolibéralisme. Lorène adresse un petit sourire complice à Anne Lavelli, l'air de dire : « Nous sommes là pour Marina… ». Anne étouffe une grimace, elle n'est pas dupe de l'hypocrisie de la productrice. Celle-ci excelle à se faire voir dans toutes sortes de lieux people, histoire de soigner son image. Elle lui renvoie un signe poli, se détourne, détaillant à nouveau ses voisins. Se pourrait-il que la mystérieuse jeune femme interviewée par Marina soit dans l'assistance ?

Après avoir passé en revue les autres rangées d'invités, son regard s'arrête sur le visage diaphane d'une jeune femme brune à la coupe au carré, lunettée de verres noirs fumés et à la bouche vermillon. Le stéréotype parfait de l'héroïne des films noirs américains de Quentin Tarantino ou David Lynch. À qui, de Uma Thurman ou Naomi Watts, l'inconnue s'évertue-t-elle à ressembler ? s'interroge Anne Lavelli. Visiblement elle n'a pas envie d'être reconnue… Est-ce parce qu'elle se sent observée ou est-ce pour trouver une position plus confortable ? La jeune femme décroise les jambes et se penche en arrière, disparaissant derrière la silhouette massive de son voisin. En qui Anne Lavelli reconnaît Christian Ferrière de la Crim, qui lui fait un signe amical de la main. Ils se verront à la sortie.

Le destin vous réserve parfois de bien curieuses surprises, songe Margot Jenssen, alias Mieko, tout en se planquant derrière celui qui a tout l'air d'être un flic. Elle a immédiatement reconnu Anne Lavelli, l'amie de fac de Marina. Sa grande mèche blanche qui barre sa chevelure auburn est facilement identifiable, même lorsqu'on ne l'a jamais croisée. Un détail qui ne s'oublie pas. Plus d'une fois, pendant leurs entrevues, Marina a évoqué leur amitié et comment la chevelure de sa copine de fac avait blanchi en une nuit après sa première scène de crime. *Il va falloir la jouer serré*, constate Margot. Elle n'a aucune envie de tomber dans les mains de la police.

Trois rangs plus loin, Lavelli se lève, tente de se rapprocher de la jeune femme quand elle se fait rabrouer par son voisin qui refuse de la laisser passer. « On respecte les morts », siffle-t-il entre ses dents. Elle prend son portable, envoie un SMS pour prévenir Ferrière qui n'entend pas le signal.

La cérémonie s'achève. C'est le moment de se recueillir devant le cercueil et d'y déposer une rose. Anne Lavelli se lève, s'avance dans la file, cherchant la jeune femme du regard au milieu de la foule compacte, mais ne l'aperçoit pas. Pourtant, elle n'a pu filer car le lourd portail métallique de l'entrée est toujours clos. Peu importe, elle la retrouvera à la sortie.

*

Anne Lavelli ressort à la lumière du jour sur le parvis du funérarium à l'architecture byzantine au milieu de la foule d'amis, de cinéastes, et d'intermittents du spectacle, venus rendre un dernier hommage à Marina. Chacun a une anecdote, un souvenir à partager à propos de la défunte. *Beaucoup d'hypocrisie*, songe Anne Lavelli qui a en horreur les enterrements et joue des coudes pour mettre la main sur l'inconnue, en vain… Elle s'est évaporée. Disparue…

Elle enrage de l'avoir perdue. *C'est le début des emmerdes*, soupire-t-elle. Quelques instants plus tard, elle coince Ferrière et l'interroge sur sa voisine.

—Rarement vu une nana aussi canon…

—Il s'agit vraisemblablement de la fille qu'on recherche, réplique-t-elle durement.

—Oh *sheet* ! s'exclame Ferrière. Pourquoi tu ne m'as rien dit ?

Anne hausse les épaules, excédée. Ferrière ne perd pas de temps, il avertit immédiatement ses adjoints en leur donnant le signalement de la jeune femme. Puis il fait un point avec Anne sur l'avancement de l'enquête concernant le meurtre de Marina. Toujours aucune trace de Yann Derteuil. Mais il ne saurait leur échapper encore longtemps.

Un autre détail le tracasse : d'après l'analyse des fadettes, Marina recevait des menaces de mort depuis plusieurs mois. Sans doute parce qu'elle était devenue une porte-parole active de la lutte contre l'excision en Afrique, ce qui indisposait particulièrement les Shebabs, ces islamistes somaliens, proches d'Al-Qaïda, qui sèment la terreur en Afrique subsaharienne. Il a prévenu la Direction générale de la sécurité extérieure, la DGSE, qui a pris la menace au sérieux. Anne Lavelli secoue la tête : elle ne croit pas un seul instant à cette nouvelle hypothèse.

54

15 octobre 2021 : Cimetière du Père-Lachaise

Au même moment, une silhouette menue traverse « l'allée des combattants étrangers morts pour la France » et se hâte vers la sortie du cimetière. Margot est tête nue sous le pâle soleil d'automne qui dessine un halo autour de son visage aux cheveux très courts. Elle vient de se débarrasser de sa perruque type *Pulp Fiction* derrière la tombe de Marcel Proust. Un détour accidentel dû à une erreur de géolocalisation du GPS de son téléphone et aussi un hommage imprévu au grand écrivain qui lui rappelle les recommandations de sa professeure de français : « Prenez le temps de lire *À la recherche du temps perdu* avant d'être six pieds sous terre. » *Un conseil de circonstance*, se dit-elle, en se promettant d'en commencer la lecture. En s'éloignant, elle jette un dernier regard à la stèle de marbre noir du grand écrivain, si sobre au milieu des caveaux à l'architecture souvent kitsch, tout en ramenant sa capuche sur sa tête. En se dirigeant vers la sortie du cimetière, elle fait le point. Légère.

Elle aura réalisé la mission qu'elle est venue accomplir à Paris. Dans quelques heures, Loïc Verdier aura reçu le dossier qui implique la bande des Têtes d'or dans le suicide de Joan Verdier, d'Elsa Kübler, et dans l'accident de Tom Hansen. Il saura en tirer parti et les faire condamner, espère-t-elle. Elle le lui a envoyé en version numérique ainsi qu'en version papier par la poste ce matin. Quoi qu'il arrive, Jess prendra contact avec lui et la tiendra informée. Si tout se passe comme prévu, dans moins de vingt-quatre heures, elle sera de retour chez elle à Palm Springs, en Australie. Ça lui fait drôle de penser « chez moi », elle qui n'a cessé de sillonner la planète. À la recherche… de quoi ? Il est grand temps pour elle de se poser quelque part un moment.

En franchissant le grand portail en bronze de la porte Gambetta, Margot ne prête pas attention à l'homme cagoulé qui la prend en filature avenue du Père-Lachaise, lieu peu fréquenté à cette heure de la matinée. Elle, d'habitude si attentive, limite paranoïaque, n'y prête pas attention, absorbée par l'écriture d'un SMS à Jess :

Cérémonie accomplie.
Envoie-moi…

Soudain quelque chose qui ressemble à une menace s'immisce derrière elle. Alerte danger. Margot cesse de pianoter sur son portable. Des pas se rapprochent dans son dos. Puis une voiture surgit à toute allure, éclaboussant le trottoir. Margot sent le piège qui se referme sur elle, quand la berline fonce et pile à son niveau dans un crissement de pneus. Elle cherche une ruse pour s'enfuir, s'élance vers l'entrée du Père-Lachaise bourré de flics, où elle pourra se réfugier. Mais son poursuivant agrippe son bras et l'attire à lui.

Yann Derteuil la fixe d'un air mauvais. Elle tente de lui échapper mais ses doigts s'impriment dans sa chair comme les serres d'un oiseau de proie. Elle tente un kickboxing, mais son coup de pied dévie. Derteuil l'évite, la frappe violemment à la tête en lui plaquant un masque sur le visage. Une odeur écœurante la submerge. Elle se débat avec l'énergie du désespoir, la tête lui tourne. Elle donne une dernière ruade mais l'étreinte de son agresseur ne faiblit pas. Margot hurle, appelle au secours. En vain…

En ce début de matinée, l'avenue est déserte. Le sang lui bat aux oreilles, ses jambes l'abandonnent. Elle suffoque sous l'effet du chloroforme tout en gémissant contre sa défaite. Elle aurait dû être vigilante. Son agresseur l'entraîne et la pousse vers la portière du véhicule qui s'ouvre à la volée. Un voile noir s'abat sur elle… Elle est embarquée dans le véhicule qui part sur les chapeaux de roues, soulevant une gerbe d'eau sur un vieil homme qui promène son chien.

Il a assisté à la fin de la scène, sort son portable et compose le numéro de la police. Explique qu'il vient d'assister à un enlèvement en pleine rue. On lui répond de se rendre au commissariat le plus proche pour effectuer un signalement. L'homme insiste, mais la communication se perd dans les limbes. Exaspéré, il compose rapidement un autre numéro sur son portable :

—Que puis-je faire pour vous, commandant ?

—Notez le numéro d'immatriculation que je vais vous donner. Il s'agit d'un enlèvement.

À l'autre bout du fil, la voix retient un soupir d'agacement mais le badaud poursuit :

—La victime est une jeune femme aux cheveux courts blond clair, sans doute décolorés. Vêtue d'un tailleur noir, jupe courte, noire aussi. Tenez-moi au courant, dit le commandant. Ah… Et faites lire les caméras de surveillance de la rue. Elles ont certainement imprimé quelque chose… Tenez-moi au courant.

55

15 octobre 2021 : Quelque part dans Paris, à quelques rues du cimetière du Père-Lachaise

Manson, alias Yann Derteuil, a fait une grave erreur… celle d'utiliser du chloroforme, songe Margot, plongée dans un brouillard cotonneux. Elle a lu suffisamment de polars pour savoir que ce gaz anesthésiant est un cliché suremployé par les auteurs de romans policiers. Agatha Christie a été la première à l'utiliser, dans *La Maison biscornue*. Très volatil, il n'a guère un effet durable. Il faut en renouveler la dose régulièrement pour maintenir le patient inconscient. Peut-être un tout petit espoir dans la situation calamiteuse dans laquelle elle se trouve. Kidnappée par l'homme de main de son pire ennemi, Raphaël Jenssen, son frère. Les paupières closes, elle tente de s'agripper à tout ce qui bouge pour ne pas sombrer, tout en simulant l'évanouissement… Pour ne pas éveiller l'attention, elle contrôle son souffle afin qu'il soit le plus régulier possible. Autre chance, elle est seule sur la banquette arrière. De temps en temps, Derteuil, assis à la place du passager, se retourne pour vérifier qu'elle est toujours assoupie.

—Ça va. Elle est sonnée. Magne-toi le cul, on fait pas du tourisme !

—Tu veux qu'on se fasse coincer par les flics ?

Soulagement pour Margot. Le conducteur n'est pas son frère. Ne pas bouger d'un millimètre. Elle risque un regard vers la porte du véhicule. Verrouillée. Un vieux modèle d'après le bruit du moteur. À ce moment, le conducteur tourne la tête et l'observe attentivement le temps du feu rouge. Une minute trente, c'est long. Puis le son sec d'un flacon qu'on déverrouille, le coton qui s'imprègne… l'odeur âcre qui envahit l'habitacle. Le tampon que Derteuil applique violemment sur son nez. Histoire de ne pas en perdre une goutte. Bloquer sa respiration le plus longtemps possible. En inspirer le moins possible pour ne pas imbiber ses poumons. Les brumes s'opacifient à nouveau. Elle sent le vide s'ouvrir, l'aspirer. Arrêt sur image.

Elle demeure immobile, la trachée bloquée. Elle étouffe, ne parvient pas à laisser échapper quelques toussotements. La voiture redémarre au ralenti, s'arrête, première, seconde, repremière… Les embouteillages parisiens de la mi-journée. Klaxons. Puis les sirènes d'une ambulance qui se rapprochent. Manson se plaint du conducteur. Pourquoi ne prend-il pas la bande d'arrêt d'urgence ? Engueulade entre les deux.

Un plan se dessine dans l'esprit de Margot. Si elle parvient à déverrouiller la portière arrière, elle aura peut-être l'opportunité de s'enfuir. Elle disposera de dix secondes maximum pour actionner le loquet de sécurité, ouvrir la portière et se projeter sur la chaussée à la fin d'un feu. Elle veut parier que ses assaillants hésiteront à la rattraper en plein milieu d'un carrefour s'il est noir de monde. C'est sa dernière chance. Lorsque ses kidnappeurs s'engageront sur le périphérique, elle sera pour toujours entre leurs griffes.

La sonnerie d'un téléphone retentit dans l'habitacle. Elle comprend qu'il s'agit du commanditaire de son enlèvement. Il leur envoie un itinéraire par SMS.

Manson rétorque qu'ils seront sur le périph dans moins de cinq minutes. Qu'il leur foute la paix ! Le véhicule ralentit à nouveau. Dans un semi-brouillard, Margot enregistre qu'un camion de livraison bloque la voie. C'est sa dernière chance. Elle décide de mettre son plan en action. Elle profite du tintamarre des klaxons pour hisser son bras jusqu'au levier de sécurité. Elle l'actionne, le bruit est couvert par les invectives du chauffeur qui insulte le camionneur. Sa main descend vers la poignée, tire doucement… Elle ramène ses genoux vers sa poitrine, se recroqueville tant qu'elle peut, pousse la portière d'un coup d'épaule. Prend son élan, plonge, culbute sur la chaussée et se fracasse le crâne contre l'arête du trottoir.

La voiture redémarre.

Un cri au loin…

—Putain, fais marche arrière, vite. La connasse s'est barrée !

De nouveau des crissements de pneus, des pas et un océan de voix autour d'elle.

Et puis plus rien…

Le noir, de plus en plus noir… Opaque comme le pire des cauchemars.

56

15 octobre 2021 : Sur l'autoroute A6

Dans le taxi qui le ramène d'Orly à Paris, Raphaël Jenssen pianote sur sa messagerie. Sur l'écran de l'iPhone s'affichent les photos de Charlotte et Jules, ses jumeaux. Il s'est promis de les rendre heureux et de les protéger du mal. Jamais il n'aurait cru être touché par ses enfants, contrairement à son propre père qui le haïssait. Heureusement, sa mère a largement compensé ce désamour. Elle l'a protégé et l'a mis dans la lumière. Il était le plus beau, le plus parfait des fils, ne cessait-elle de répéter à qui voulait l'entendre, elle était fière de lui. Un psychanalyste lui a parlé du père en tant que tiers séparateur avec la mère. Il n'a pas poursuivi les séances, cela ne l'intéressait pas. C'était trop tard, et de plus il méprisait ce père qui manquait d'ambition.

Apparaît un SMS de Georges Fagerman, son nouveau partenaire suisse qui lui souhaite un bon retour à Paris. Un deal rondement mené à Amsterdam. L'augmentation de capital avec le groupe basé à Zurich n'est plus qu'une simple formalité, constate-t-il avec satisfaction. Les bijoux Jenssen sortiront indemnes de la crise occasionnée par la pandémie qui secoue la planète depuis plus de deux ans. Terminé les délocalisations en Inde, en Asie ou ailleurs. Le nouveau marketing du groupe devra associer éthique et esthétique et gagnera en visibilité avec le retour de la fabrication des bijoux sur le vieux continent, dans leurs usines des Vosges. Ainsi en ont décidé ses futurs associés. Ils ont une exigence supplémentaire : l'extraction des métaux, précieux principalement l'or et l'argent – dont on parle moins que des « diamants des conflits » –, sera dorénavant effectuée par des entreprises artisanales respectueuses de leur environnement et de leurs employés. Raphaël ricane : le greenwashing, une sacrée foutaise, comme l'éco-blanchiment ; le nouveau grand bluff du néolibéralisme.

Puis deux messages Whatsapp de Valeria, l'ex-femme de Frédéric Roche. Un appel urgent à l'aide. Depuis la mort de Fred, elle ne cesse de se manifester à lui. Les associés de son ex-mari ont commencé leur danse de vautours auprès des banques. Elle implore son soutien dans ces moments difficiles. Ils ont été amants, il y a quelques années, au début de son mariage avec Fred. Un rituel qui se poursuivait : il avait baisé toutes les petites copines de la bande des Têtes d'or pendant leur adolescence et après, il a continué. Valeria est une fille froide, calculatrice. Il ne se fait pas de souci pour elle. Elle saura toujours se tirer d'affaire, d'autant que Fred a souscrit une assurance vie importante pour elle et ses enfants. Une vraie pute, encore plus rapiat que celles des vitrines de Red Light, le quartier rouge d'Amsterdam. Il préfère celles d'Anvers dans le quartier des Marins, beaucoup moins touristique. La veille, à Amsterdam, après un dîner d'affaire au BordEau, un restaurant étoilé avec vue sur la rivière Amstel, en compagnie de Fagerman et de son épouse, il a loué une voiture pour faire un tour à Anvers.

Il l'a repérée dans une ruelle sombre d'Anvers, près du port. Une fille à la fine silhouette d'adolescente et aux cheveux blonds peroxydés, très courts. Hongroise, serbe ou peut-être roumaine. Vingt-cinq, trente ans. Difficile de savoir, tant sa peau et ses neurones étaient cramés par la came bon marché. Elle avait dû être belle, il y a longtemps. Il l'a choisie à cause de ses yeux gris qui lui rappelaient d'autres yeux gris… La fille était une junkie dont personne ne se souviendrait. Pour 500 euros, il l'a donnée en pâture à un groupe de SDF alcoolisés dans un parc de la ville. Une vengeance dont il allait se repaître. Déception. Elle ne s'est même pas débattue, ne sachant pas ce qui lui arrivait ; ou peut-être s'en foutait-elle, tout simplement ! La performance a duré une heure. Elle a récupéré ses affaires puis est venue le retrouver dans la voiture de location, le visage gonflé et rougi par les violences subies, le regard néanmoins fier et méprisant.

—Et toi, tu veux quoi maintenant ? Je te préviens, ce sera très cher ! a-t-elle lancé avec son accent chantant de l'Est.

—Tu ne craques jamais ? a-t-il demandé.

Elle l'a considéré avec un sourire moqueur, sa lèvre fendue la faisait ressembler à un vampire.

—Qui est le plus à plaindre ? Pas moi en tout cas, a-t-elle jeté, sarcastique. Toi, tu es déjà mort !

Il s'est retenu de lui balancer un coup de poing et de l'étrangler… Elle l'a contemplé avec une telle indifférence que la force lui a manqué. Il s'est soudain senti affreusement démuni, envahi par une sorte d'impuissance qui l'a paralysé. Comme s'il n'avait plus envie de jouer aux jeux mortifères qui l'excitaient tant quand il était gamin. Il lui a glissé ce qu'il lui devait, et a repris le volant pour Amsterdam d'où il est reparti le lendemain à l'aube.

Une nouvelle alerte… Un SMS doublé d'un e-mail. Impossible à supprimer. Son cœur s'emballe. En découvrant l'adresse inconnue, il sait ce qu'il va trouver : un énième *Memento mori* figurant une fille nue baignant dans une flaque de sang, rivée aux racines d'un arbre. Mais c'est une autre image qu'il découvre : une petite fille terrorisée dont le visage en gros plan est maintenu sous l'eau turquoise d'une piscine par une main griffue. À travers l'écran de l'ordinateur, elle le fixe avec des yeux exorbités : « Délivre-moi », supplie-t-elle.

Elle cherche à remonter à la surface que des bulles d'oxygène crèvent. La main la repousse violemment, elle sombre à nouveau… Les flots ondulent autour d'elle comme ses cheveux châtains qui dessinent des serpents de mer. Ses traits deviennent incertains. Dans la transparence de l'eau, sa bouche s'ouvre sur un cri animal qui retentit sur un coup d'archet répété en écho. La main griffue pénètre à nouveau dans le cadre et repousse la tête de la petite fille vers les profondeurs.

Accalmie.

Mais soudain, la petite fille remonte telle une flèche, crevant la surface de l'eau comme un obus, et plante ses crocs dans la main qui se débat et veut lui échapper. Mais elle ne lâche pas sa proie et l'immobilise. Une traînée de sang se répand, telle une nébuleuse en expansion. En surimpression, on peut lire :

Memento mori
N'oublie pas que tu dois mourir…

Malgré la mise en scène gore, quelque chose l'interpelle dans ses souvenirs. Il ne sait pas bien quoi. Un nouvel avertissement ?

Qui cette fois-ci ?

Cette salope de Margot ?

Ou la sœur d'Elsa Kübler ?

Ou ce connard de Loïc Verdier ?

Il soupire, excédé. Personne ne remettra en cause l'homme et le père qu'il est devenu. Bientôt tout sera en ordre. Ce soir, il se retrouvera enfin face à cette salope de Margot et lui fera payer ce qu'elle lui fait endurer depuis qu'elle est née.

57

15 octobre 2021 : Bureaux de la CRMD

Anne Lavelli fulmine. Elle vient de terminer la lecture du rapport d'autopsie de Frédéric Roche.

Décès accidentel par noyade, dû à un taux élevé d'alcool dans le sang, ainsi qu'à l'usage de plusieurs grammes de cocaïne, ayant provoqué des problèmes cardiaques. Ces facteurs ont engendré sa noyade et contribué à sa mort.

Les analyses toxicologiques accusent également la présence de diverses substances, notamment de la marijuana et du Xanax. En revanche, ces dernières n'ont pas contribué à sa mort. L'examen externe révèle une blessure de plusieurs centimètres au niveau du front, due à la chute de la victime sur le rebord de la piscine, mais ne décèle aucune fracture ni contusion, si ce n'est des traces de compression au niveau des phalanges de sa main droite, conséquence probable d'un accident antérieur. Personne n'est intervenu, ce qui signifie que Roche est mort noyé de sa belle mort, ou précisément de sa belle noyade, conclut Anne Lavelli avec amertume.

Quelques instants plus tard, elle retrouve Campana, du SRPJ de Versailles, en visioconférence. Quelque chose cloche dans cette histoire, lui répète-t-elle. Le flic soupire et lui propose de s'entretenir avec le légiste qui a pratiqué l'autopsie. De méchante humeur, Lavelli réplique :

—Et les phalanges brisées ?

—Tu as lu le rapport du légiste. Elles ne sont pas brisées, seulement compressées. Un accident sans doute dû à sa chute dans la piscine.

—Et les *Memento mori* ?

—Envoyés de diverses boîtes e-mails piratées *via* Tor, un navigateur du DarkNet, répond Campana. Un harcèlement consécutif aux soirées SM de Roche, le jeu classique de dominant /dominé. J'ai transmis le dossier à la Cyber de Nanterre, mais sans grand espoir.

S'ensuit un bref silence où Lavelli et Campana s'observent en chiens de faïence, à travers leurs écrans interposés.

—Ça ne va pas te plaire, mais je clos l'enquête sur le décès de Frédéric Roche, lance-t-il.

Lavelli a du mal à se contenir. Elle connaît les arrangements de Campana, sa propension à faire le dos rond en toutes circonstances pour éviter les vagues. Elle attaque :

—Frédéric Roche était un des témoins de la mort de Joan Verdier. Mort sur laquelle enquêtait Marina Ferguson qui, elle-même, a été assassinée il y a quelques jours et dont le meurtrier court toujours.

—Tu as des preuves ?

—Non. Mais il existe un large faisceau de présomptions. Tu ne peux pas clore l'enquête.

—Anne, j'ai beaucoup d'estime pour toi, mais là, tu m'emmerdes, j'ai d'autres chats à fouetter.

Le déclic d'une communication qu'on coupe. Anne explose :

—Je me demande bien lesquels… Quel con, ce type !

Kim et Inès esquissent un demi-sourire, mi-amusé, mi-ennuyé. Ils connaissent le caractère entier de la tôlière. Inès s'avance, une clé USB à la main :

—J'ai des news… au sujet de la boîte qui a organisé la fête, ou plus exactement le bal masqué de Roche. Tu veux voir ?

Autant le bureau de Kim est clean, dans un ordre quasi maniaque, autant celui d'Inès est l'objet de toutes les fantaisies. Son ordinateur peint de couleurs acryliques flashy rouge et bleu, hommage à Joan Miro – un peintre qu'elle place au-dessus de tout –, ressemble à un phare joyeux, au milieu d'un tas de dossiers en équilibre et de barres de céréales bio. Lavelli, fixe l'écran où des images de la fête défilent à toute allure, commentées par Inès.

—Si Roche voulait faire chanter tout ce beau monde, il ne s'y serait pas pris autrement. Contractuellement, la boîte doit effacer les images. Officieusement, Roche avait un accord avec elle, il pouvait récupérer certaines performances de ses soirées porno SM, quand il le souhaitait.

—Comment tu as fait pour les faire cracher ? demande Kim.

—Je leur ai foutu les jetons ! ricane-t-elle en se penchant vers l'écran.

—Ah voilà, à partir d'ici, regardez, je ne pense pas que ce soit uniquement de la mise en scène…

Elle pianote sur le clavier, le film ralentit, on distingue un photographe qui tourne autour d'une femme crucifiée au corps hérissé de clous, et de miroirs reflétant des éclats de lumière, à la manière d'un kaléidoscope. Puis entre dans le champ, une femme perruquée, accompagnée d'un marquis très efféminé, en costume Louis XV. Un homme masqué s'avance vers eux.

—Je pense qu'il s'agit de Frédéric Roche, commente Inès. Le son est très mauvais.

Discussion inaudible. Le masque de l'homme glisse, découvrant des yeux explosés et ses narines blanches.

—C'est bien lui, confirme Anne Lavelli.

La vidéo fait état d'un nouvel échange, où la femme et le marquis reculent en direction de la porte quand un troisième personnage masqué apparaît derrière la femme, qu'il empoigne tout en lui arrachant la perruque.

—Le nouvel arrivant dit quelque chose : « Ravi de te voir… Marie Manon ou Margot », dit Inès. Je ne suis pas experte en lecture sur les lèvres.

Puis tout va très vite. La femme saisit une chaîne aux pieds de la crucifiée et la balance de toutes ses forces dans le plexus de son agresseur. Roche s'avance, mais elle pivote sur elle-même et lui balance un nouveau coup de chaîne dans le torse. Il s'effondre en hurlant. La femme s'enfuit. Le premier homme à terre se relève et sort du champ.

—Il y avait deux caméras, toutes les deux en commande automatique. L'une en plan serré sur la crucifiée, l'autre en plan plus large. C'est celle-là que nous venons de voir. La seconde n'a pas d'intérêt.

Un sourire de victoire se dessine sur le visage d'Anne Lavelli.

—Inès, reviens en arrière, au moment où le type arrache la perruque. J'aimerais revoir la scène au ralenti. Et en gros plan, si tu parviens à zoomer dedans.

Elle repasse les images jusqu'au visage de la marquise qui se fige en plan rapproché sur l'écran.

—Je mettrais ma main au feu qu'il s'agit de la jeune femme que Marina Ferguson a interviewée et dont nous recherchons l'identité depuis plusieurs jours, note Lavelli.

—Pourrait-il s'agir de Leslie, la deuxième groupie des Têtes d'or ? demande Inès.

Kim secoue la tête.

—Non, ce n'est pas elle, j'ai vu sa photo l'autre jour.

—Alors qui ? interroge Anne Lavelli. Marie, Margot ou… il faut la retrouver de toute urgence, se pencher à nouveau sur les anciens élèves de Claude-Monet présents à l'époque du suicide de Joan Verdier.

Elle s'arrête puis :

—Il y a deux autres questions tout aussi importantes. Qui est l'agresseur de l'inconnue dans le film ? Et qui est le type ou la fille qui l'accompagnait ?

Une alerte enlèvement apparaît sur l'écran d'Inès. Il s'agit d'une note de service interne destinée aux services de police de la région Île de France. Elle clique dessus. *Heureusement, il ne s'agit pas d'un mineur*, constate Anne Lavelli, en lisant le descriptif du message. Une femme a été enlevée en pleine rue, à la porte du cimetière du Père-Lachaise par deux hommes au volant d'une Honda noire. La trentaine, type caucasien, mince, cheveux courts clairs, tailleur sombre. On ne connaît pas son identité. Le signalement a été donné par un ancien officier de police de la maison qui était sur place et ne souhaite pas révéler son identité.

—Quelqu'un de la DGSE ? demande immédiatement Kim.

—Probable… répond Anne Lavelli en se souvenant de l'inconnue qui assistait à l'enterrement de Marina

Ferguson aux côtés de Ferrière. Pourtant, elle n'avait pas les cheveux courts…

Elle saisit son portable et compose immédiatement le numéro de Christian Ferrière : peut-être que ses hommes qui étaient présents à l'enterrement de Marina ont glané des renseignements sur sa mystérieuse voisine ?

58

15 octobre 2021 : Au même moment, sur l'autoroute A4

Au volant de sa Kawasaki, Alex trace la route en direction de Paris. En accord avec Anne, il a décidé d'explorer les pistes laissées par Nathan Kavillas dans ses feuillets. Il a commencé par Julie Dasté. Grâce à ses amitiés chez d'anciens collègues, il a pu accéder aux fichiers du Traitement des antécédents judiciaires et retrouver une main courante déposée au nom de la jeune femme, il y a six ans. Elle faisait état d'un harcèlement dont elle aurait été victime lors de son stage de fin d'étude au siège des joailleries Jenssen. Le procès-verbal mentionne une plainte contre X, rien de plus.

Alex vient de rencontrer Julie Dasté chez Viamax, une start-up pharmaceutique où elle occupe le poste de chef de projet marketing. Le regard ouvert, elle se montre sympathique jusqu'au moment où il évoque la plainte. D'un revers de la main, elle esquive : un malentendu dû à une mauvaise interprétation de sa part, une erreur de jeunesse, « comme on en fait tous », explique-t-elle. Elle n'en dira pas plus, ni sur Nathan Kavillas, dont le nom ne lui dit rien, ni sur Loïc Verdier dont elle affirme ne garder aucun souvenir. Alex insiste. Soudain, elle perd son calme, elle n'a pas de temps à perdre avec un fouilleur de merde. Qui est-il pour vouloir remuer le passé, son passé ? Qu'il dégage, ou elle appelle la sécurité !

Chou blanc, constate Alex quelques instants plus tard, au volant de sa Kawasaki. En s'engageant sur le périphérique, Alex songe qu'il est confronté à une double contrainte : en tant qu'auteur de polars, il n'a plus aucune légitimité à mener une enquête ; par ailleurs, il est en train de se mettre à dos l'équipe d'Anne qui le considère comme un dangereux intrus labourant leurs plates-bandes et s'appropriant leur cheffe. Pourtant l'adrénaline de l'enquêteur ne l'a jamais quitté, il la retrouve avec le même plaisir et la même curiosité.

Quelques instants plus tard, il est sagement assis dans la salle d'attente du cabinet de maîtres Moinot et Verdier. Un bureau spécialisé dans le droit au travail, les violences conjugales et les maltraitances familiales, situé dans un imposant immeuble Haussmannien du 9e arrondissement. Déco cosy passe-partout, canapés Maisons du monde, magazines d'art empilés au millimètre près sur la table basse, gravures du Paris des années 1900. En revanche, sur le mur opposé, des affiches témoignent de l'engagement des avocats.

Stop aux violences faites aux femmes.
Osez en parler, contactez le 3919.

À côté, une autre, dont le texte en noir et blanc rayonne autour d'une jeune fille au visage meurtri par les coups :

Brutalité, coups, mariage forcé, viols, abus de pouvoir, brimades, sexisme...
Accueil SOS violences conjugales.

En Occident, une femme sur trois est victime de violences au cours de son existence, songe Alex qui est interrompu par l'arrivée de Loïc Verdier. Grand, l'allure sportive et l'œil placide, il ne semble aucunement surpris par la demande d'Alex qui prétend enquêter pour le compte d'une entreprise anversoise souhaitant entrer au capital des bijoux Jenssen.

—Mon client veut être sûr de la probité de son futur associé, explique Alex.

—Aujourd'hui, tout le monde enquête sur tout le monde, particulièrement les investisseurs, réplique Loïc Verdier en emmenant Alex vers la salle de réunion.

Loïc Verdier se souvient de Julie Dasté, une jeune femme qui terminait ses études en école de commerce. Elle est venue le consulter pour un conseil concernant un harcèlement dont elle était l'objet dans le sein de l'entreprise Jenssen, lors de son stage de fin d'études. L'individu la poursuivait jusque chez elle, la harcelait avec ses coups de fil et la menaçait de toutes sortes de sévices si elle ne se soumettait pas à ses volontés. Elle ne lui avait jamais expliqué lesquelles et avait refusé de donner l'identité du persécuteur. Il ajoute que c'est souvent le cas au début des affaires de harcèlement : les plaignants ont des difficultés à dénoncer leurs agresseurs. Honte, humiliation, peur… Quelques jours plus tard, Julie Dasté l'avait rappelé, l'informant qu'elle abandonnait sa plainte et son action en justice.

—Pourquoi ? demande Alex.

—Ce n'est pas un cas isolé, malheureusement. Y a-t-il eu arrangement entre eux ou Jenssen lui a-t-il fait peur ?

—Pourquoi pensez-vous à lui précisément ?

L'avocat se laisse aller.

—Je l'ai dans le viseur depuis longtemps. Un jour, il finira forcément par se faire coincer.

Alex essaie d'en savoir plus mais Verdier se ferme aussitôt et ajoute avec un petit sourire narquois :

—Si vous y faites allusion dans votre rapport, je nierai tout, évidemment. Il se lève. Navré, de ne pas pouvoir vous éclairer plus, je vous souhaite bonne chance pour vos investigations.

Alex tente une dernière question :

—Le nom de Nathan Kavillas vous dit quelque chose ?

—Non pourquoi ? Je devrais ? rétorque l'avocat, une lueur intriguée dans le regard.

—Vous avez mes coordonnées au cas où quelque chose vous reviendrait.

Loïc Verdier s'arrête et jauge Alex :

—Vous êtes qui ?

—Un enquêteur missionné par…

Verdier secoue la tête, dubitatif.

—Que cherchez-vous exactement ?

Alex sait qu'il est en pleine ligne de mire, mais il en a assez de jouer la comédie…

—La vérité sur la mort de Joan Verdier.

L'avocat retient une imperceptible contraction des mâchoires et assène, glacial :

—Quelle vérité ?

—Je pense qu'elle est liée à l'assassinat d'une amie, Marina Ferguson.

—Connais pas. Pourquoi ?

—Elle faisait un documentaire sur le harcèlement scolaire.

Verdier encaisse en silence puis :

—La vérité éclatera bientôt… Je m'en charge. Au revoir, monsieur.

Brusquement, il fait demi-tour et s'enferme dans son bureau. En descendant l'escalier du cabinet, Alex décide de creuser la piste Raphaël Jenssen.

59

15 octobre 2021 : Bureaux de la CRMD

Ferrière vient d'apprendre à Anne Lavelli que ses hommes ont retrouvé la trace de sa mystérieuse voisine, présente aux funérailles de Marina Ferguson. Ils ont découvert une perruque brune coupée au carré qui correspondrait à son signalement, derrière la stèle de Marcel Proust. *Serait-ce un signe* ? s'interroge Ferrière, un brin déstabilisé, lui qui n'a jamais terminé À l*a recherche du temps perdu*. Il ne l'a même jamais commencé, pour être tout à fait franc… Curieux comme l'œuvre de Proust suscite toutes sortes de questionnements coupables, songe Anne. Il ajoute avoir de fortes présomptions qu'il s'agisse de la même jeune femme qui a été enlevée quelques instants plus tard, avenue du Père-Lachaise. Les caméras de surveillance qui ont enregistré son kidnapping sont en train d'être disséquées par la Scientifique. Il conclut :

—Je viens de recevoir une vidéo qui va t'intéresser. J'attends ton retour au plus vite.

Lavelli clique sur le lien. Une jeune femme apparaît à l'écran. Elle la reconnaît immédiatement, il s'agit de la jeune femme qu'a interviewée Marina. Cadrée en plan américain, sa frêle silhouette vêtue d'un tee-shirt blanc se découpe sur un papier peint anonyme aux couleurs pastel, peut-être celui d'une chambre d'hôtel, analyse

Anne. Ses yeux gris en amande regardent droit vers l'objectif de la caméra avec une extrême dureté. Elle respire profondément avant de prendre la parole, détachant soigneusement chaque syllabe :

—Je m'appelle Margot Jenssen, j'ai trente-cinq ans, je vis actuellement en Australie et je suis de passage en France pour des raisons personnelles. Au cours de mon séjour à Paris, j'ai pris contact avec la cinéaste Marina Ferguson qui préparait un film sur le harcèlement scolaire dans le but de témoigner…

Elle marque un temps.

—… sur un événement de ma vie qui me tient particulièrement à cœur. Cette confession ou témoignage, appelez ça comme vous voulez… est la suite et fin de l'interview commencée il y a deux semaines avec la cinéaste Marina Ferguson, qui n'est malheureusement plus de ce monde.

On devine l'émotion dans les yeux de la jeune femme.

—Il y a vingt ans, lors de ma scolarité au lycée Claude-Monet, j'ai fait la connaissance de Joan… Elle s'appelait Joan Verdier. Nous venions toutes les deux d'avoir quinze ans. Comme je l'ai dit lors de ma première interview, elle était différente. Elle rêvait de dessiner des mangas et de partir au Japon, ce qui, à l'époque, était très inhabituel, pour une fille. Ce qui a d'abord été une amitié s'est rapidement transformé en… en une histoire d'amour. Je dis le mot « amour » aujourd'hui, même si, à l'époque, c'était complètement tabou, on n'en parlait pas. Et puis c'est effrayant, l'amour, quand on est ado, ajoute-t-elle avant d'esquisser un sourire nostalgique : Je vais tenter de raconter les événements tels qu'ils se sont déroulés et qui ont conduit à… au suicide de Joan Verdier.

Elle s'arrête un court moment puis reprend :

—Joan était à part, c'était une solitaire qui ne se mêlait pas aux autres garçons et filles. Elle était dans son monde, un monde de BD et de mangas. C'était une rebelle, elle ne craignait pas les Têtes d'or, une bande qui rackettait et semait la terreur à Claude-Monet. Ils ont commencé à lui chercher des poux quand ils ont compris qu'on était devenues proches. Mon frère était le chef de la bande, c'était un sale type qui n'acceptait pas que je puisse aimer une fille… plus exactement que deux filles puissent s'aimer. Il a commencé à emmerder Joan, elle a répliqué en les narguant, lui et ses valets.

Ils ont continué à la harceler jusqu'au jour, où ils l'ont agressée dans les toilettes du bahut. Ils l'ont enfermé et ont tatoué au feutre noir sur son ventre : « pute », « sorcière » et… « sale lesbienne ». Elle a vécu cette violence comme une terrible humiliation, avec une sorte d'effroi. Puis elle s'est repliée sur elle-même. J'ai essayé de la sortir de cette mauvaise passe… mais elle n'était plus comme avant et ne sortait plus de chez elle. Elle refusait de me voir.

Et puis un matin de novembre, on l'a retrouvée au pied d'un arbre du parc de Choisy, en face du lycée. Morte. Elle s'était suicidée. J'ai ressenti une énorme, une gigantesque culpabilité qui me ronge toujours. Après la mort de Joan, j'ai été malade. J'ai… pété un câble, j'ai fait un séjour à Sainte-Anne, puis dans une clinique de la région parisienne. Ensuite, je suis retournée au bahut avec un objectif : connaître la vérité. Peu à peu, j'ai acquis la conviction qu'il s'était passé quelque chose de bien pire après l'agression dont elle avait été victime dans les toilettes du lycée.

Elle serre les dents, déglutit :

—Ça s'est passé dans un appartement du 13e arrondissement. L'un d'eux, dont le père avait une agence immobilière, avait piqué les clés d'un logement à vendre dans le quartier. Un appartement de la rue de Tolbiac. Ces ordures ont donné rendez-vous à Joan, prétextant que je voulais la voir sans que personne ne puisse nous pister. Elle y a cru, y est allée et s'est jetée dans la gueule du loup. Ils l'ont violée, à tour de rôle. Aujourd'hui, on appelle ça une tournante ou un viol en réunion. Quand ça a été fini, ils lui ont dit : « Premier avertissement, tu arrêtes de toucher à Margot, tu disparais de sa vie, sinon on recommencera jusqu'à ce que tu comprennes, sale pute de lesbienne ! » Ce sont les mots qu'ils ont dits à Joan, après l'avoir violée.

L'image se fige sur le visage bouleversé de la jeune femme qui disparaît dans un fondu au noir. Anne Lavelli comprime son poing de rage et de déception :

—Merde… Pas de chance.

Mais quelques secondes plus tard, le témoignage reprend :

—Je tiens à ajouter que deux filles étaient présentes et ont assisté au viol de Joan. Il s'agit d'Eva Guillou et de Leslie Serverin, les deux groupies de la bande, elles sont aussi coupables que les autres.

Margot ne regarde plus la caméra, elle se souvient :

—Je veux aussi parler d'une jeune femme flic qui est venue enquêter au lycée. Elle s'appelait Marchetti ou Mazetti, quelque chose comme ça. Elle posait beaucoup de questions sur Joan et voulait savoir pourquoi elle s'était suicidée. J'ai voulu lui révéler la vérité mais mon frère m'a menacée de me faire subir le même sort que Joan si je parlais à la police. J'ai honte de le dire mais je me suis tue. Je le regrette aujourd'hui, si j'avais eu le courage de parler… les choses n'en seraient certainement pas là. Grâce à ma rencontre avec Marina Ferguson, à son écoute et à sa bienveillance, j'ai fini par briser la chape de plomb qui entoure la mort de Joan. Je suis enfin prête à témoigner sur les maltraitances et le viol dont Joan a été victime. Les Têtes d'or ne m'effraient plus. Je suis enfin prête à les affronter. Mon témoignage s'arrête là.

Ils restent un long moment, les yeux dans le vague. Chacun est absorbé par la violence des faits et la barbarie vécue par Joan. Comme s'ils pouvaient entendre ses cris, imaginer son visage tordu par la douleur, cherchant à échapper aux mains qui la fouillaient et aux sexes qui la déchiraient. Hurlant à l'aide… puis se recroquevillant, tel un animal qui chercherait à faire disparaître les traces de souillures… la honte, la douleur, l'effroi. Inès est la première à rompre le silence :

—Nous avons maintenant la réponse à certaines questions concernant la cause du suicide de Joan Verdier. Mais d'autres demeurent : où se trouve Margot Jenssen à l'heure qu'il est ? Et qui l'a enlevée ?

—Celui ou ceux qui veulent la faire taire, enchaîne Kim.

Inès poursuit :

—Ma main au feu qu'il s'agit de la bande des Têtes d'or : Yann Derteuil, Raphaël Jenssen, Fred Roche et peut-être d'autres. Je suis aussi sur la piste d'un quatrième gus.

—Quel est le lien entre Margot et les *Memento mori* reçus par Fred ? interroge Kim.

—Une vengeance tardive ? propose Inès. Il faudrait savoir si d'autres que Roche en ont reçu.

Anne acquiesce.

—Allez-y et lancez une recherche sur Margot Jenssen et son frère, dit-elle. Je file au Bastion retrouver Ferrière qui a convoqué Raphaël Jenssen.

60

15 octobre 2021 : Le Bastion, 36 rue du Bastion, 17e arrondissement

En observant Raphaël Jenssen à travers la glace sans tain, Anne Lavelli est interpellée par son extrême affabilité. Trente-huit ans, vient-elle de lire sur la fiche. Grand, beaucoup d'allure, à la limite de l'arrogance, cheveux blonds avec des boucles au désordre maîtrisé que beaucoup de femmes qualifieraient de charmant. Son regard gris captive, il est identique à celui de sa sœur, note Lavelli, traversée par un étrange pressentiment. Peut-être sont-ils aussi cinglés l'un que l'autre ? Lui, en harceleur violeur et elle, en mythomane pathologique… appréhension qu'elle ne parvient pas à chasser de son esprit.

Qui a envoyé la vidéo de Margot Jenssen à la police ? Elle n'a toujours pas la réponse car elle n'a pas encore eu le temps de s'entretenir en tête à tête avec Christian Ferrière qui est occupé à interroger Raphaël derrière la vitre. Ce dernier décroise les jambes avec une mine ennuyée :

—J'aimerais pouvoir vous aider, malheureusement j'ignore où se trouve Yann Derteuil. Pourquoi, il a encore disparu ? jette-t-il, soudain agacé.

—À quand remonte votre dernière conversation avec lui, M. Jenssen ?

Jenssen réfléchit, sort son iPhone :

—Il m'a appelé il y a quelques jours. Vendredi dernier pour être précis. Il voulait me demander de l'argent. Depuis sa sortie de prison, Fred et moi, on essaie de l'aider pour qu'il ne replonge pas. Il a trouvé un boulot dans un bar à vins mais je ne suis pas persuadé que ce soit le genre d'activité qui lui convienne…

Il dit ça avec une mine ennuyée.

—Vous a-t-il parlé de Marina Ferguson ? coupe Ferrière.

—Non. Qui est-ce ?

—Une cinéaste qui a été assassinée il y a quelques jours à son domicile parisien.

Son étonnement ne semble pas feint, constate Anne Lavelli de l'autre côté de la vitre. Il est grand temps pour elle de se retrouver face à Raphaël Jenssen, que sa sœur accuse du viol de Joan Verdier. Quand elle pénètre dans la salle d'audition, son expérience de l'âme humaine l'avertit que l'homme qui est devant elle renferme un gouffre.

—Je vous présente la commandante Anne Lavelli, en charge de l'enquête concernant la mort de Marina Ferguson, annonce Ferrière, à son entrée.

—Navré, jamais vu ni entendu parler de Marina Ferguson, réplique Jenssen. Yann cloisonnait beaucoup et je n'étais pas très disponible pour côtoyer… ses fréquentations.

—Avez-vous une idée de l'endroit où il pourrait se trouver actuellement ?

—Non… Essayez dans le foyer de travailleurs où il loge.

C'est au tour d'Anne Lavelli d'intervenir :

—Vous étiez très lié à Frédéric Roche.

Une ombre fugace traverse le visage de Jenssen.

—Oui. Je suis très… touché par sa mort tragique. Un accident stupide, lié à l'alcool, m'a appris sa femme.

—Et à une overdose de cocaïne. Est-ce Yann Derteuil qui le fournissait ?

—Possible. Je n'ai jamais été amateur de ce genre substances. Ils réglaient ça entre eux.

—Vous étiez présent, je crois, à la fête costumée qu'il a donnée quelques jours avant son décès.

—Oui, j'y suis passé brièvement, ce ne sont pas exactement le genre de réjouissances dans lesquelles j'aime m'exhiber. Mais c'était l'anniversaire de Fred ; nous étions très liés, adolescents, et le sommes restés.

—Vous ne l'avez pas revu ensuite.

—Non.

—Où étiez-vous le jour de son décès ?

Jenssen réfléchit un court instant :

—En route vers Amsterdam. J'avais une entrevue avec des investisseurs, j'y ai passé la nuit. Vous pouvez vérifier, j'étais à l'hôtel Hilton…

Le jeu du chat et de la souris commence, songe Anne qui cherche à déstabiliser l'entrepreneur. Elle le coupe froidement :

—Vous étiez au lycée Claude-Monet avec Frédéric Roche ?

Jenssen acquiesce.

—Nous avons découvert qu'il recevait des… appelons-les des *Memento mori*.

Ferrière tend un document imprimé avec le dernier dessin reçu par Roche. Jenssen le balaie d'un geste léger :

—J'en ai également reçu. Mais contrairement à Fred, je n'y ai pas attaché beaucoup d'importance.

—Vous avez une idée de qui pouvait vous les envoyer ?

Jenssen hausse les épaules avec un sourire nonchalant :

—Une relation sadomaso de Fred, une sorte de jeu avec chantage à la clé pour nous extorquer de l'argent. Son carnet d'adresses a été piraté il y a quelques mois… On a tous reçu ce genre de messages… Fred, Yann, moi, et sûrement beaucoup d'autres.

Anne décide de lui assener un premier coup de griffe :

—Joan Verdier, ça vous dit quelque chose ?

Jenssen ne semble pas le moins du monde déstabilisé. Il réfléchit avant de répondre :

—Dans mon souvenir, il s'agit d'une jeune fille qui s'est suicidée dans les années 2000 à Claude-Monet. Pourquoi ?

Anne Lavelli décide de bluffer :

—Se pourrait-il que ce soit le frère de Joan Verdier qui envoie les *Memento mori* ?

—Figurez-vous que j'y ai songé ! Oui, ce type a été très marqué par le suicide de sa sœur, je m'en souviens. Il est rentré dans un délire paranoïaque à l'époque et… a clamé partout qu'il vengerait sa sœur.

Jenssen joue son rôle à la perfection, nonchalant, imperturbable, constate Lavelli qui continue :

—De quoi ?

—À l'époque, il était persuadé que nous harcelions sa sœur. On n'était pas des saints, loin de là. On était des ados chahuteurs avec de belles montées de testostérone, mais jamais on n'aurait touché à un cheveu de Joan Verdier ni d'aucune fille, d'ailleurs. Si elle s'est suicidée, c'est qu'elle allait mal, elle était dépressive. C'est ce qu'on nous a dit à Claude-Monet.

—Elle était très liée avec votre sœur ?

—Comme deux filles le sont à cet âge… Excusez-moi, je ne vois pas le rapport avec Yann.

Au tour de Ferrière de poursuivre :

—Yann Derteuil faisait partie de votre groupe ? Les Têtes d'or ?

—Oui…

Nouveau changement de cap :

—Savez-vous où nous pourrions joindre votre sœur, monsieur Jenssen ? attaque Ferrière.

Nouveau sourire de Jenssen, légèrement contrarié, cette fois.

—Aucune idée. Nous n'avons plus de rapports depuis la mort de nos parents. Elle vit sa vie, je vis la mienne.

—Mais encore ? insiste Lavelli.

—Je vous le répète : ni moi ni personne de notre famille n'avons plus de contact avec elle. Elle nous a rejetés. Elle ne veut plus entendre parler de nous.

—Pourquoi ?

Jenssen s'assombrit :

—Des délires paranoïaques qui datent de l'adolescence. Elle pensait que nous voulions la tuer, l'interner, la spolier, ça dépendait des jours. Ma sœur était… malade.

Il s'arrête, perdu dans ses souvenirs, soupire, puis poursuit :

—Très malade. Délire de persécution. Elle a été hospitalisée à Sainte-Anne et dans d'autres institutions psychiatriques. Ça a été très dur pour nous de la voir toucher le fond. Parfois, elle parvenait à donner le change pendant quelques mois, puis elle rechutait. Elle a tout de même réussi à passer son bac et puis après, elle est partie faire un tour du monde. Elle n'est même pas revenue assister à l'enterrement de nos parents. Je lui en veux… beaucoup.

Il détache soigneusement les syllabes :

—Ma sœur est… cliniquement folle.

Anne Lavelli chasse de son esprit les scénarios des mauvais thrillers avec emprisonnements abusifs et mystères en suspens, mais une interrogation surgit : se pourrait-il que Margot ait tué Marina dans un accès de folie ? Elle aurait pété un câble en revivant le traumatisme vécu lors du suicide de Joan, et ne l'aurait pas supporté. Ensuite, elle aurait retourné la violence de son trauma contre Marina. Elle sent le regard Ferrière qui lui adresse un signe. Ils n'ont aucun motif pour retenir plus longuement Raphaël Jenssen. En tout cas, pour le moment.

—Je vous tiens au courant, dit-il en se levant. Il est possible que Yann cherche à me joindre comme à chaque fois qu'il se trouve en difficulté.

Il s'en va, aussi nonchalant et souriant que lors de son arrivée.

Une fois seuls, Anne Lavelli et Ferrière décident de retracer l'emploi du temps de Raphaël Jenssen le jour de l'assassinat de Marina Ferguson.

—Qui avait intérêt à la supprimer ? Les Têtes d'or, réplique Anne, faisant à la fois les questions et les réponses. Raphaël Jenssen, Frédéric Roche et Yann Derteuil, coupables du viol puis du suicide d'une gamine…

—Si ce qu'affirme Margot Jenssen est vrai, jette Ferrière.

Anne Lavelli poursuit son raisonnement :

—Si la vérité sur la mort de Joan Verdier éclatait dans un film sur le harcèlement, leurs réputations seraient ternies à jamais, je ne parle même pas des années de prison qu'ils encourent, car il n'y a pas prescription.

—Je penche plutôt pour Derteuil… réplique Ferrière. Il est apparemment le seul qui ait été en contact avec Marina Ferguson.

—Oui, mais lui n'a rien à perdre, vu son CV.

—Qui a envoyé la vidéo ? Margot Jenssen ? interroge Lavelli.

—Non. Loïc Verdier. Il l'a reçue par Fedex ce matin. Avec les photos des Têtes d'or de l'époque de Claude-Monet.

—Pourquoi lui ?

—On le saura bientôt. Il a appelé pour annoncer sa venue dès la fin de sa plaidoirie au palais. Il a des questions à nous poser, a-t-il dit…

Ferrière étale des photos de classe sur le bureau. Celles de la seconde S, année 2001. Les visages des Têtes d'or sont surlignés au feutre rouge. Lavelli se penche et reconnaît sans peine Raphaël Jenssen et Frédéric Roche à ses côtés. Mines provocatrices et arrogantes. Au premier rang, deux jolies filles fixent l'objectif : Eva et Leslie, les comparses féminines de la bande. Au deuxième rang, à droite, un sixième larron… dont le visage évoque vaguement quelque chose à Lavelli. Elle cherche dans sa mémoire, mais ne trouve pas.

61

15 octobre 2021 : Le studio de Jess, sous les toits de Paris

Jess arpente son atelier, tel un fauve en cage. Depuis le coup de fil interrompu de Margot, elle a vainement tenté de la joindre par SMS, Whatsapp et messages vocaux. Mais chaque fois, c'est la messagerie qui s'enclenche. Les derniers mots de Margot, étouffés par un cri puis par des bruits sourds suivis de crissements métalliques, l'inquiètent au plus haut point. Elle a immédiatement pensé à un accident puis à un enlèvement. À ses côtés, la voix ne la lâche pas :

— *Dédramatise, ta copine a d'autres chats à fouetter* !

— *Fous-moi la paix. Si tu continues à m'emmerder, je t'enferme à nouveau*, réplique durement Jess.

— *OK, je promets de rester silencieuse.*

— *T'as intérêt.*

Jess passe ensuite plusieurs heures à appeler les hôpitaux parisiens. Aucune Margot Jenssen n'a été admise aux urgences. Elle tente ensuite sa chance auprès des commissariats bordant le Père-Lachaise, sans résultats. Puis elle se connecte à son ordinateur pour vérifier sa boîte e-mail, dans l'espoir d'y trouver un signe de Margot. Rien non plus.

En revanche, elle a un message du chatteur Golden Head qui veut passer à la vitesse supérieure. Cela fait maintenant plusieurs jours, depuis le bal masqué de

Louveciennes, que Jess cherche à entrer en contact avec le frère de Margot sur des chats à tendance SM. Depuis qu'elle a l'a vu en chair et en os, il n'est plus cette image sur laquelle elle a fantasmé toutes ces années mais une réalité avec laquelle elle veut se confronter… Elle n'en a pas parlé à Margot. C'est son secret. Elle veut approcher Raphaël Jenssen, voir ce qu'il a dans le ventre et obtenir ses aveux. C'est l'objectif qu'elle s'est fixé.

Elle a passé de longues heures sur le Net à le chercher sous le pseudo Tête d'or, et ne l'a pas trouvé dans la kyrielle de psychopathes qui l'ont abordée. En revanche, un Golden Head s'est présenté à elle, enfin à Persona, le pseudo qu'elle s'est choisi en hommage à Ingmar Bergman dont elle admire les films.

Depuis, il la teste en lui balançant des vidéos de plus en plus trash. Mais est-ce bien Raphaël Jenssen ? Ou un autre de ces cinglés qui naviguent sur les réseaux du DarkNet ? Elle marche sur des œufs car – si c'est bien lui – elle ne veut pas éveiller le moindre soupçon ; sinon, elle le perdrait. Et il renaîtrait sous un autre pseudo. Internet est un océan abyssal où il suffit de cliquer sur Deleete pour effacer toute trace du passage d'un individu ou de son avatar.

Elle sait peu de choses de lui si ce n'est qu'il est français, car il n'utilise pas Google Traduction pour s'exprimer. S'il a choisi le pseudo Golden Head, c'est en hommage à la pièce de Paul Claudel et à un rocker des années 1990, lui a-t-il expliqué, lors de leur précédente rencontre, juste après un mouvement d'humeur pointant sa curiosité :

Persona, tu poses trop de questions !

Et toi tu m'intrigues. C'est normal, non ?

Je suis novice sur ce genre de sites. Je ne sais pas trop comment faire, c'est ma première expérience, j'assume depuis peu mes pulsions SM.

Puis il l'a cuisinée, en insistant sur le fait qu'il restait méfiant vis-à-vis des nouveaux arrivants, qui pouvaient être des flics infiltrant les réseaux. Elle a joué la naïve et rétorqué qu'elle non plus ne savait qui il était. Ils étaient à égalité. Non ? Il a paru se calmer et lui a balancé qu'ils pouvaient continuer leur petit jeu longtemps, alors autant se faire confiance :

Je vais te mettre à l'épreuve. Je t'envoie un lien, et tu me dis ce que tu ressens. OK ?

Comme à chaque fois que Golden Head apparaît sur l'écran, elle enclenche une petite caméra qui enregistre leurs échanges. Une sécurité au cas où… Les images qui défilent sur l'écran ne sont pas les habituels rituels SM des salons bourgeois avec jeux entre maîtres et esclaves, voyeurs, adeptes du bondage, exhibitionnistes aux chairs fermes ou flasques, jeunes ou ridées qu'il lui fait parvenir d'habitude, mais celles de trois jeunes adolescentes suspendues à des crocs de boucher dans un lieu qui ressemble à une grande cave voûtée aux murs suintants d'humidité, éclairé par deux torches projetant leurs ombres vacillantes sur les corps nus. Une mise en scène gore digne des films de Dario Argento, le grand maître du cinéma italien d'horreur, songe-t-elle. Mais quand la caméra s'approche et détaille avec une lenteur sadique les corps marqués de plaies sanguinolentes, Jess a un mouvement de recul. Ce n'est plus la mise en scène d'un esprit pervers et malade, c'est pire. Même si elles respirent à peine, les filles sont vivantes. Leur peau accuse des traces de brûlures, de morsures, leur chair est creusée par des lacérations qui ressemblent à des marques de fouet, de clous et d'autres instruments de torture. L'une porte une blessure à la place de l'œil.

Nauséeuse, Jess sue à grosses gouttes. Elle hésite à continuer, à la fois fascinée et bouleversée par leurs regards fixes, vitreux, comme si elles étaient parvenues au bout de l'enfer, comme si plus rien ne leur importait. Un homme masqué drapé d'une cape noire entre dans le champ, détache l'une des jeunes filles qui tombe à ses pieds. Il la soulève comme un fétu de paille et la maintient en équilibre contre la paroi de pierre :

—Tu es libre, vas-y. Dépêche-toi de t'enfuir, si tu ne veux pas mourir. Tu as encore une chance, alors saisis-la.

La fille s'effondre à nouveau et commence à ramper sur le sol, suivie par l'homme qui commente la scène comme un combat contre la mort. La voix la tire de l'horreur qui la submerge : *C'est flippant ton truc, arrête* ! *Arrête immédiatement... tu vas encore cauchemarder.* La voix a raison, elle clique sur la touche Arrêt, s'agrippe à son bureau, respire fort pour tenter d'éloigner les horreurs auxquelles elle vient d'assister, tout en s'interrogeant : est-ce la séquence d'un snuff-movie destiné à la tester, comme il dit ? Elle prend le taureau par les cornes et se connecte à Golden Head, mais il n'est plus là.

Elle décide de se rendre au domicile de Raphaël Jenssen. Il finira bien par sortir du bois et l'emmener jusqu'à Margot. Après, elle en fera son affaire. La voix se fait entendre derrière son épaule.

—Tu sors ? *Tu n'es plus agoraphobe* ?

—Je t'ai sonnée ?

Elle tire un coffret en bois de son placard à vêtements. À l'intérieur, un SigSauer. Court, trapu, alliage léger, dédié à la défense. Suite à une agression à l'âge de vingt ans, elle a pris des cours au stand de tir de la police de Nanterre et a obtenu sa licence. « Tu ne rates jamais la cible », lui disait son premier instructeur, un jeune flic, amoureux d'elle. Elle avait eu une brève histoire avec lui. Il avait été muté en province mais elle continue de s'exercer de temps en temps, au cas où… C'est un sport qui lui plaît et elle est habile.

62

15 octobre 2021 : Hôpital de La Salpêtrière

Souvent au cœur d'un cauchemar, on veut fuir, s'échapper… ouvrir les yeux sur la réalité. La vraie réalité et non pas les murs qui vous emprisonnent comme dans une tour aveugle, et où l'opacité vous anéantit comme la morphine qui coule dans vos veines et vous abrutit dans sa tiédeur cotonneuse, incertaine. Elle a très chaud sous les pansements qui lui compressent la tête et obstruent son champ de vision. Dans l'obscurité qui l'entoure, Margot ne cesse de se poser une question : où est-elle ? Elle n'a aucun souvenir des moments précédant le cauchemar qui l'engloutit et duquel elle tente de s'extraire. À chaque fois qu'elle entrevoit un passage pour s'enfuir, elle se heurte aux murs épais qui la retiennent prisonnière. À intervalles réguliers, une douleur aiguë lui cisaille le crâne. Comme des coups de canif qui découperaient les lobes de son cerveau en tranches. À la manière d'un rappel de… elle ne sait plus de quoi. Tout est si vague, si flou. Un souvenir fugace ressurgit, celui de son internement après la mort de Joan, quand, abrutie par les neuroleptiques, elle a tenté de s'enfuir pour se rendre à son enterrement à Saint-Brieuc.

Autour d'elle, des sons métalliques, des bruits de roues qui glissent sur le sol, le ronronnement d'une machine qu'on met en marche, des pas qui se rapprochent et des voix dans une rumeur inaudible. Elle fait un effort pour tenter de se repérer. Parfois un mot surgit dans son brouillard : *hématome sous-dural... fracture... h*émorragie *intracrânienne...* Un filet de sueur dégringole entre ses omoplates. Elle essaie de se concentrer, de s'accrocher aux événements qu'elle vient de vivre depuis son retour en France. Mais la morphine l'empêche de raisonner et elle chute à nouveau dans le labyrinthe visqueux dont elle tente de trouver la sortie. À chaque embranchement, les traits monstrueux de Raphaël surgissent. Il la poursuit dans le dédale sans fin, et quand il la rattrape, il éclate d'un rire effrayant qui se multiplie en une succession d'échos et se réverbère dans son cerveau. De nouveau, elle parvient à lui échapper. Mais il réapparaît toujours... avec son sourire prédateur qui se déforme jusqu'à devenir une plaie béante et noire qui va l'avaler.

Au loin, le bruit d'une porte qui s'ouvre puis se referme. Une boule de panique durcit dans son ventre. Son angoisse s'amplifie. Elle tente de se redresser. Douleur fulgurante dans les côtes et le bassin. Le vertige la plaque contre le matelas. Ce n'est plus le visage de Raphaël qui se découpe devant elle mais un autre, tout aussi menaçant. Outrageusement maquillé. Teint blanc cireux, paupières noires cernées de bleu cobalt, lèvres vermillon avec le même sourire dément que le clown de Ça de Stephen King, piercings dans le nez, cheveux noir corbeau.

Marilyn Manson. Que fait-il là ?

Il s'approche, elle sent son haleine fétide, brûlante.

Elle s'est trompée. C'est Yann, Yann Derteuil. Pourquoi s'est-il introduit dans son cauchemar ? Sa main tatouée de signes cabalistiques l'effleure. Margot a un mouvement de recul, veut lui échapper, mais il remonte son doigt sur son bras, décolle le pansement d'un geste sec, puis arrache l'aiguille plantée au creux de son coude… La douleur est lancinante. Elle veut hurler, mais aucun cri ne sort de sa gorge. Une porte s'ouvre à la volée :

—Les visites sont interdites en soins intensifs. Monsieur, veuillez sortir immédiatement…

Des pas qui s'approchent, d'autres qui s'éloignent rapidement. Une pression sur son bras… Un bip qui retentit, suivi d'une alerte.

—Qu'est-ce que vous faites ?

Une porte claque dans l'épaisseur du silence. La voix de l'infirmière appelle à l'aide :

—La patiente est en train de partir… J'ai besoin de renforts. Vite !

63

15 octobre 2021 : Dans les embouteillages parisiens

Anne Lavelli n'a pas attendu la venue de Loïc Verdier. L'avocat a rappelé Ferrière pour annoncer que sa plaidoirie au palais de justice a été repoussée en fin d'après-midi. Il passera demain dans la matinée. Anne ravale sa déception et décide de rejoindre Kim et Inès à la CRMD. En quittant Le Bastion, elle reçoit un e-mail d'Inès :

Salut Anne,

Voici les éléments que j'ai pu réunir concernant Margot Jenssen.

La famille d'origine hollandaise arrive en France après la Première Guerre mondiale : des négociants en métaux qui ont fait fortune dans l'import-export avec l'URSS durant les années communistes. Louis, le père de Margot, fait ses études à Louis-le-Grand. Avec mai 68 et le mouvement hippie, il commence les Beaux-Arts, spécialisation sculpture, puis arrête tout, et se barre sur la côte ouest des États-Unis où il vit en communauté, tout en commençant à fabriquer des bijoux design. Là-bas, il épouse une mannequin anglaise, Ana Grandel, puis revient en France début des années 1970. Naissance de Raphaël puis de Margot à Paris. L'entreprise de joaillerie prend son essor, Louis Jenssen lance sa première collection, travaille avec les grands couturiers de l'époque, acquiert une visibilité dans les milieux branchés, tout en continuant à se revendiquer « créateur artisan ». (Je ne sais pas très bien ce que cela signifie.) Son trèfle à quatre feuilles en cristaux devient le symbole de l'entreprise et se vend comme des petits pains.

La famille habite rue Monge, dans le 5e arrondissement, puis déménage dans une maison particulière du quartier de la butte aux Cailles (13e). Raphaël Jenssen passe deux ans en pension avant de revenir à Paris. Margot poursuit sa scolarité au lycée Claude-Monet où il la rejoint en 1999.

J'ai rencontré Jean-Noël Spark, psychiatre à Sainte-Anne, qui a suivi Margot Jenssen après le suicide de Joan Verdier. Diagnostiquée TSPT (trouble de stress post-traumatique) avec des épisodes psychotiques doublés de bouffées délirantes, elle est internée en région parisienne, dans un lieu spécialisé dans l'accompagnement d'adolescents à problèmes (addictions en tout genre, drogues, anorexie, pathologies psychiatriques, etc.). Ensuite, elle quitte Claude-Monet et poursuit sa scolarité dans une pension du sud de la France où la famille possède une maison secondaire. Son état se stabilise, mais comme beaucoup de patients, elle cesse de prendre ses cachets et subit une décompensation aiguë. Elle s'en sort puis termine ses études dans un lycée privé de Genève, où son père lui rend visite chaque mois. À ma connaissance, elle ne plus fait de crises là-bas. En tout cas, pas de suivi psy officiel.

Une fois son bac en poche, elle commence une fac de psycho à Paris, qu'elle arrête au bout de six mois. Ensuite, elle fait des petits boulots pour voyager, puis ses parents meurent lors d'un séjour touristique en Indonésie, pendant le tsunami de 2004. Elle ne revient pas en France : ni pour les funérailles, ni pour la succession qui est importante. Elle hérite d'une partie de l'entreprise de joaillerie, de la moitié exactement, comme son frère, Raphaël Jenssen. Avec l'aide d'avocats, celui-ci produit son dossier psychiatrique et invoque l'altération des capacités mentales de sa sœur, demandant sa mise sous tutelle, qu'il obtient facilement.

Étrangement, Margot Jenssen ne se bat pas pour réclamer sa part d'héritage. Elle aurait pu assigner son frère en appel, mais elle ne le fait pas. Pourquoi ? Elle refuse même la pension compensatoire qu'il lui propose. Elle séjourne plusieurs années au Japon, essentiellement à Kyoto, où elle fréquente l'univers des mangas. Elle travaille comme coloriste dans des studios d'animation à Tokyo et à Osaka, puis comme hôtesse dans des bars de nuit.

Trois ans plus tard, elle continue sa route vers la Nouvelle-Zélande où elle séjourne et crée des sites internet avec sa compagne du moment. Puis destination l'Australie où elle s'établit en plein désert, dans une communauté de peintres aborigènes, et commence à peindre. Elle fait à Canberra une exposition qui lui vaut des critiques élogieuses, vend toutes ses toiles puis revient en France, il y a trois semaines, pour régler la vente de la maison de campagne de ses parents qu'elle a héritée en son nom propre. Pourquoi ? Le notaire n'en sait rien. Il l'a vue une fois lors de la signature de la vente. Il faudra le cuisiner plus longuement.

C'est tout ce que j'ai pu réunir pour l'instant.

Anne Lavelli est interrompue par deux appels simultanés. Dans l'ordre, Kim, puis Alex. Elle choisit de répondre d'abord à Alex, ce qui n'est pas très professionnel, mais elle s'en fout. Elle a besoin d'entendre sa voix. Une parenthèse de sérénité au milieu du désordre de l'enquête sur la mort de Marina qui fait du sur-place. Il lui fait un bref compte rendu de sa visite à Julie Dasté puis à Loïc Verdier.

—Je suis convaincu qu'il en sait beaucoup plus qu'il ne veut bien le dire.

—C'est probable, d'autant qu'il a reçu ce matin une vidéo de Margot Jenssen et l'a fait parvenir aux services de la Crim. Un témoignage accablant contre le frère. Elle l'accuse d'avoir violé Joan Verdier dans une tournante avec sa bande des Têtes d'or. Le problème, c'est que Margot Jenssen a disparu, probablement enlevée à la sortie de l'enterrement de Marina.

L'appel se perd dans les ondes… puis la voix d'Alex ressurgit :

—On se rappelle… je rêve de te serrer dans mes bras et d'aller manger une soupe Phô, avenue de Choisy, ce soir… avec toi.

Anne raccroche, touchée, oubliant, un court moment toutes les emmerdes de sa vie de flic. Puis un nouvel appel de Kim auquel elle répond, cette fois : une jeune femme d'une trentaine d'années, sans papiers d'identité, a été découverte, gravement blessée, sur la voie publique, près de la place de la République, en fin de matinée. Elle aurait été éjectée d'un véhicule dont on n'a pas retrouvé la trace. Elle se trouve actuellement aux soins intensifs des urgences de La Salpêtrière. Son état est critique et son pronostic vital, engagé. D'après le médecin du Samu, elle a prononcé un nom avant de sombrer dans le coma.

—Tu ne devineras jamais lequel, lance-t-il à Anne.

—Celui de Joan Verdier, réplique-t-elle, au hasard.

—Trop forte ! Du coup, ils ont cru que Joan Verdier, c'était elle, et ils ont fait une recherche dans la base de données de l'hosto pour retrouver son numéro de Sécu. Figure-toi qu'ils ont découvert qu'elle est décédée depuis plus de vingt ans. Ils ont averti le commissariat du 13e qui a lancé un appel à tous les services de police de la région parisienne…

—Curieux, comme les morts sont parfois capables des pires facéties pour rattraper les vivants, s'exclame Anne qui prend immédiatement la direction du boulevard de l'Hôpital.

Enfin une éclaircie dans le nœud gordien qui verrouille les différents pans de cette impossible enquête. C'est l'heure de pointe au cœur de Paris. Anne actionne son gyrophare, se faufile entre les taxis qui empruntent la voie de bus, le long du quai Saint-Bernard. Derrière les grilles du jardin des Plantes, des familles et des promeneurs profitent des derniers rayons du soleil. Un couple d'amoureux se sépare devant la statue du mammouth aux grandes défenses blanches, le gardien de la galerie de Paléontologie.

C'est la fin de l'automne, le début des longues nuits d'hiver qui plongent les Parisiens dans une sorte de d'amnésie rétrograde pour de longs mois. Anne Lavelli ne déteste pas cette période de l'année où elle aime se calfeutrer chez elle, mais pour l'heure, elle a envie de saisir ces derniers instants de lumière. Être gaie, libérée, profiter, en oubliant le stress généré par cette exigence. Elle accélère malgré les limitations du trafic dues aux travaux de la voirie, brûle le feu rouge de la rue Buffon, provoquant un concert de klaxons. Si seulement, elle parvenait à s'entretenir avec Margot Jenssen : elle seule possède la clé qui lui permettra de trancher ce nœud inextricable.

64

15 octobre 2021 : Hôpital de La Salpêtrière

En quelques instants, une brume poisseuse s'est abattue sur La Pitié-Salpêtrière et s'immisce sournoisement dans le dédale des allées qui mène au bâtiment Babinski. L'édifice semble irréel dans le crépuscule s'étendant sur le plus grand hôpital d'Europe. Une ville dans la ville de plus de cent hectares, fondée par Louis XIV. Destiné à enfermer les mendiants et les malades mentaux, l'hospice qui abritait aussi une prison est devenu au XIXe siècle un hôpital où des bals étaient organisés en présence des patientes de Charcot. Le Tout-Paris s'y pressait avec curiosité pour danser avec les « folles ».

Après s'être garée en épi devant le bâtiment, Anne se précipite à l'intérieur. Elle a rendez-vous avec Thomas Grandin, le chef de service du département de neurochirurgie dans lequel Margot Jenssen a été transférée depuis son agression. Il ne cache pas son inquiétude :

—Suite à son accident, la patiente a subi un traumatisme crânien provoquant un hématome sous-dural qui saigne, ce qui risque d'endommager ses fonctions cérébrales. Le pronostic vital étant engagé, nous ne pouvons pas l'opérer pour le moment. Il faut attendre demain matin pour y voir plus clair. La victime a-t-elle de la famille ?

—Oui, elle a un frère avec lequel elle entretient des rapports lointains. Pour le moment, personne n'entre dans sa chambre : ni famille ni amis. Est-elle consciente ?

—Non. Je vais vous conduire à l'infirmière qui a été témoin de la tentative de meurtre…

Quelques instants plus tard, Anne Lavelli se trouve devant une vitre à travers laquelle elle distingue une forme recouverte de bandages, reliée à des appareils de monitoring. La chambre plongée dans une semi-pénombre est surveillée par un policier. L'enquête a été confiée à l'Office central pour la répression des violences aux personnes. Les techniciens ont analysé les vidéos des caméras de surveillance du lieu de l'enlèvement devant le Père-Lachaise, et les ont comparées aux images du témoignage de Margot Jenssen. Aucun doute possible : il s'agit de la même personne.

Lavelli survole le rapport des pompiers qui contient la description de la prise en charge de la victime. Sa tête a violemment heurté le trottoir quand elle s'est expulsée du véhicule. Traumatisme crânien avec perte de connaissance, traumatisme maxillo-facial, œdèmes sur le visage, plaies labiales supérieures et inférieures, suspicion de fractures sur les côtes et la jambe droite… Elle a aussitôt été perfusée par le Samu. On n'a retrouvé ni papiers ni sac à main sur le lieu de l'accident. La victime a donc été admise sous X au SAU de l'hôpital de La Salpêtrière. Deux témoins ont aperçu le véhicule s'éloigner. Il s'agit de la même voiture que celle qui a enlevé Margot Jenssen quelques minutes plus tôt près du Père-Lachaise. Une Honda noire, volée il y a une quinzaine de jours dans le Val-de-Marne. Quant au type qui a signalé son enlèvement à la sortie du Père-Lachaise, il s'agit d'un ancien colonel de la DGSE.

Une chance ! conclut Anne qui s'interroge : qui a tenté de mettre fin aux jours de Margot Jenssen au sein même d'une unité de soins intensifs ? Et qui pouvait savoir qu'elle avait été amenée à La Salpêtrière ? L'un de ceux qui l'ont enlevée l'a forcément suivie jusqu'aux urgences. Yann Derteuil ? Impossible à vérifier pour le moment. L'infirmière a vu un homme en blouse blanche mais n'a pas eu le temps de distinguer ses traits. Elle était sous le choc.

Anne Lavelli n'en saura pas plus ce soir. En regagnant sa voiture, elle songe à Margot Jenssen. Si elle n'avait pas pris la décision de témoigner, Marina serait sans doute encore en vie et la bande des Têtes d'or aurait poursuivi son existence sans dommage. Mais le quatrième gus dont parlait Inès, qui est-il ? Un éclair la traverse : et si c'était Simon Delmas, le père de Laure ? Plus qu'une intuition, c'est tout à coup une certitude. Elle allume sur son téléphone avec lequel elle a scanné les photos de classe des Têtes d'or. En zoomant sur l'une d'elles, elle en a la confirmation. Mêmes traits, même mimique. Et cette fausse assurance dissimulant une fragilité doublée d'une irritabilité à fleur de peau qui l'a interpellée lors de leur première rencontre à La Salpêtrière.

Elle jette un coup d'œil à sa montre : 20 heures. Zut ! Trop tard pour convoquer Simon Delmas. Si son intuition s'avère, la coïncidence sera de taille : Laure, sa fille, retrouvée droguée sous l'arbre même qui a accueilli Joan Verdier au moment de sa mort, il y a vingt ans. Quel est le lien entre les deux affaires ? Elle transfère les photos à Inès en lui demandant d'effectuer rapidement une recherche supplémentaire sur Delmas.

En quittant le bâtiment Babinski, Anne ne voit pas Raphaël Jenssen. Pourtant, il ne la quitte pas des yeux quand elle s'approche de sa voiture et ouvre la portière. Cette femme d'apparence banale, il la trouve plutôt attirante avec la curieuse mèche blanche qui traverse sa chevelure. Depuis qu'il l'a vue à l'œuvre dans la salle d'interrogatoire, il sait qu'elle ne le lâchera pas. Elle est aussi tenace que l'autre flic, il y a vingt ans. La voiture démarre et disparaît dans la nuit. Il compose un numéro, mais nul ne décroche. Alors, réprimant un soupir agacé, il commence à pianoter un SMS sur son portable.

65

15 octobre 2021 : Rue de Tolbiac, 13e arrondissement

Anne Lavelli saisit un *hakao* (un ravioli vapeur aux crevettes et à la ciboule) du bout de ses baguettes et le trempe délicatement dans la sauce sucrée-salée légèrement pimentée. Elle apprécie ces rituels culinaires qui lui font momentanément oublier les turpitudes de sa vie de flic. Elle vient de retrouver Alex dans leur chasse gardée, le Lao Tai, un restaurant familial au décor banal où nems et autres délices sont cuisinés sur place, et non pas dans les tours des Olympiades qui fournissent le quartier en plats asiatiques, orchidées et prêt à porter. Elle apprécie la gentillesse du vieux serveur et le parfum d'épices qui la saisit à la gorge chaque fois qu'elle franchit le seuil. Une invitation au voyage qui fait du bien après l'épisode de La Salpêtrière, comme la présence d'Alex en face d'elle.

Ils font le point sur le témoignage de Margot Jenssen concernant le viol en réunion dont a été victime Joan Verdier, la tentative de meurtre dont elle a été l'objet, l'entretien avec le frère, personnage on ne peut plus trouble…

—Mais aucun nouvel élément qui fasse avancer l'enquête sur le meurtre de Marina, soupire Anne, désabusée.

C'est au tour d'Alex de raconter sa rencontre avec Leslie Guillou, une mère de famille désenchantée et désargentée qui enchaîne stages et formations dans l'attente d'un emploi d'assistante médicale. Une vie beaucoup moins glamour que celles de Raphaël Jenssen ou de Frédérique Roche, lance Alex.

—Les filles ont moins bien réussi que les garçons. C'est malheureusement une constante, constate Anne.

Il sourit, reconnaissant le féminisme d'Anne :

—Heureusement, on a changé d'époque et de mœurs. Revenons à Eva Serverin, membre actif des Têtes d'or il y a vingt ans.

Anne apprécie particulièrement les portraits qu'Alex dresse des différents protagonistes d'une enquête policière.

—Après avoir passé son bac, Eva s'inscrit en droit à la fac d'Assas, tout en poursuivant une carrière de mannequin commencée lors de sa scolarité à Claude-Monet. Elle est jolie, elle en veut, elle fait des photos pour des catalogues de vente en ligne mais sa carrière ne décolle pas à l'international. Parallèlement, elle commence à fréquenter le monde de la nuit parisienne, les boîtes à la mode comme Le Baron, et d'autres lieux branchés. Elle sort avec un DJ connu dont je t'épargnerai le nom, puis avec un avocat du double de son âge qui l'entretient. Ensuite, elle vit quelques mois avec un producteur de télévision, abandonne ses études, songe à devenir comédienne, court les castings, décroche quelques figurations et petits rôles au cinéma, mais là non plus, elle ne décolle pas.

Alex s'arrête, jouant sur la frustration qu'il suscite chez sa spectatrice. Anne l'observe, réjouie. Un marivaudage bien rodé entre eux.

—Combien pour la suite ? demande-t-elle.

Il lui prend tendrement la main :

—Tu restes avec moi cette nuit ?

—Impossible, mon mari rentre tard, mais il rentre.

Moue déçue d'Alex :

—Invente une enquête surprise, un meurtre horrible, deux meurtres horribles… un gars retrouvé découpé en mille morceaux dans le parc de Choisy !

Elle rigole. Lui aussi.

—Bon, je ne vais pas te laisser sur ta faim, réplique-t-il. Reprenons l'histoire d'Eva Serverin. Elle commence à se défoncer sec, tout en écumant les destinations de la jet-set de l'époque : Marrakech, Barcelone et Ibiza – j'en oublie sans doute. Elle y retrouve Yann Derteuil qui devient le dealer attitré du cercle qu'elle fréquente. Elle consomme pas mal de substances illicites et enchaîne les aventures masculines, principalement en Espagne. C'est la Movida. À l'orée de la trentaine, sa vie devient plus compliquée, elle survit en travaillant dans des boutiques de mode, des restaurants, tout en gardant le contact avec Raphaël Jenssen et Frédéric Roche. Apparemment, à chaque coup dur, elle parvient à leur soutirer de l'argent. Leslie est persuadée qu'elle les faisait chanter. Elle ne sait pas à quel propos… Puis, début 2015, elle se fait inviter aux Maldives par un avocat, confie-t-elle à Leslie avant de s'envoler. Et là-bas, c'est l'accident : elle meurt, noyée au cours d'une plongée lors de laquelle elle ne décompense pas. Voici très succinctement l'histoire d'Eva.

Anne n'aime pas les fins tristes, elle préfère en plaisanter.

—Ton charme a joué à fond… car Inès n'a pas réussi à soutirer la moindre info à Leslie.

—Je n'ai pas fini Anne, j'ai gardé le meilleur pour la fin. L'avocat en question se prénomme Loïc Verdier.

Anne Lavelli est saisie par l'annonce d'Alex, enchanté de son effet.

—Continue, supplie-t-elle.

—Je ne sais pas s'il était là au moment de l'accident. Mais d'après Leslie, il était aux Maldives avec elle. Je ne pense pas qu'elle m'ait raconté de cracks, mais tout est possible. Tu pourrais te procurer le rapport concernant le décès d'Eva Serverin ?

Anne acquiesce. Le silence s'installe, chacun réfléchit, élabore différentes hypothèses et scénarios.

—Ça fait beaucoup de morts au sein de la bande des Têtes d'or, constate Anne. Eva, décédée d'un accident de plongée aux Maldives ; Frédéric Roche, noyé dans sa piscine. De son côté, Raphaël Jenssen est persuadé que Loïc Verdier a juré de se venger des Têtes d'or ? Mais ça ne colle pas, car les morts d'Eva et de Roche sont accidentelles, apparemment…

Alex acquiesce, dubitatif.

—Apparemment. Et les *Memento mori* ? Qui les envoie et pourquoi ? Tu as des nouvelles de la Scientifique ?

—Je n'en aurai pas. Campana a clos l'enquête sur la mort de Roche.

—Le salaud ! J'ai gardé quelques bons copains à la Scientifique. Ils sont très coopératifs quand j'ai besoin d'infos pour mes polars. Envoie-moi une copie des *Memento mori*, je vais essayer de trouver quelque chose sur leur auteur. Mais une autre question demeure, souligne Alex. Où est passée Carmen Mazetti ? Tu as avancé dans tes recherches ?

—Non, pas une piste, rien… Kim est dessus mais il n'a rien trouvé. Plus aucune trace administrative depuis octobre 2001. Rien non plus dans les archives des contrôles de police au départ de Roissy, c'est trop ancien.

Quant aux Mexicains, ils n'ont rien non plus. Il a essayé de retrouver les agences de voyages de l'époque, mais la plupart n'existent plus. Aujourd'hui, tout le monde achète ses billets par Internet. Nous recherchons une flic qui s'est évanouie dans la nature et dont tout le monde se fout, jette Anne avec amertume.

66

Vingt ans plus tôt.

Premiers jours de novembre 2001 :
Dans les Alpes de Haute-Provence

Carmen suit des yeux le grand rapace aux ailes biseautées qui tournoie lentement dans le ciel azuré. L'œil aiguisé de l'oiseau repère le moindre mouvement suspect dans la végétation de genévriers et de mûriers sauvages qui tapissent les parois calcaires du canyon. Il surveille son territoire quand, soudain, telle une flèche, il pique et fond sur sa proie. Bruits d'ailes froissées et de sabots dans les buissons, suivis par des cris aigus. Le petit mouflon se débat comme il peut, mais il n'a aucune chance face à son adversaire. *L'aigle royal est un ravisseur cruel qui rate rarement son objectif,* songe Carmen, postée au coin de la route avec son appareil photo. Elle a garé sa voiture de location sur le parking du mirador qui surplombe les eaux émeraude des gorges du Verdon. Un paysage vertigineux qui lui procure la sensation d'être sur une autre planète.

Parvenu au sommet du col avec ses virages en épingle à cheveux qui vous serrent le cœur et vous fichent la frousse avec leur vue plongeante sur des paysages à couper le souffle, il ne faut pas avoir le vertige. Carmen regagne son véhicule. Un couple de très jeunes amoureux s'embrasse devant les montagnes bleutées. Ils sont beaux. Carmen, qui envie leur jeunesse, les photographie avant de s'installer au volant. Ils n'ont pas l'air d'apprécier et se détournent. Elle reprend la route, tout en admirant les versants escarpés qui chutent sur plusieurs centaines de mètres, vers les défilés tortueux où des cascades argentées s'engouffrent dans des lacs qu'empourprent les derniers rayons du soleil. Une Lancia la serre de près depuis plusieurs kilomètres. Peut-être celle des amoureux. Elle n'aime pas ça. Dès qu'elle pourra se rabattre, elle les laissera passer.

Elle jette un coup d'œil à sa montre, elle n'est pas pressée. Il lui reste deux heures avant son rendez-vous avec Margot Jenssen, au collège Saint-Charles, un établissement privé pour enfants de bonne famille situé à une vingtaine de kilomètres de Manosque, où la famille Jenssen possède une propriété depuis plusieurs générations. Un lieu qui rassure Margot depuis qu'elle a pété les plombs à Claude-Monet, lui a expliqué Louis Jenssen. Il a donné son accord à Carmen pour qu'elle parle à sa fille et a averti le directeur pédagogique de son arrivée.

C'est ma dernière tentative pour démêler les circonstances de la mort de Joan Verdier. Après, je passe à autre chose, et je pars au Mexique, se dit Carmen en repensant à son départ de Paris. Elle a appelé son agence de voyages et réservé un billet d'avion pour Cancun dans trois jours. Moins cher qu'un vol pour Mexico. Après, elle voyagera en bus jusqu'à la pyramide de Kukulcan qui projette l'ombre du fameux Serpent à plumes. Soulagée d'avoir pris cette décision, elle sait qu'elle s'y tiendra. Elle est arrivée en fin de matinée à la gare de Manosque, un village de Haute-Provence accolé au pied du Mont-d'Or. Des examens avaient décalé son rendez-vous avec Margot Jenssen pour la fin d'après-midi, alors Carmen en a profité pour faire du tourisme dans les gorges du Verdon. « Prenez la route des Crêtes, vous verrez des paysages somptueux », lui avait suggéré le patron du petit hôtel où elle avait pris une chambre pour la nuit.

Elle a eu de la chance : le soleil d'automne est au rendez-vous et dardait ses derniers rayons cuivrés sur les contreforts des Alpes de Haute-Provence. Elle a traversé Moustiers-Sainte-Marie, un village aux allures de crèche provençale, avec son étoile mystérieusement suspendue entre deux immenses rochers, puis elle a grimpé jusqu'à la cascade du Riou, et a pris la route touristique. De longs mois qu'elle ne s'était pas sentie aussi légère. Peut-être que son job de flic n'est pas pour elle… comme le répète sa mère. Elle fera le point de l'autre côté de l'océan. Le plus sincèrement possible.

Dans le rétro, la Lancia la serre de plus en plus. Elle n'aime pas être coincée par un véhicule, mais elle ne peut guère accélérer : les virages sont de plus en plus serrés. Elle n'a jamais été un as du volant, et les versants qui bordent le bas-côté route sont de plus en plus vertigineux. Elle sent la transpiration inonder ses paumes, son cœur battre de plus en plus vite. Elle ralentit, espérant que la voiture fasse de même. Heureusement, la Lancia la dépasse…

67

Vingt ans plus tard

16 octobre 2021 : Parc de Choisy, du côté de l'institut Georges-Eastman

Des éclaircies entre des trains de nuages bas font sécher les trottoirs de l'avenue de Choisy qu'un orage vient de nettoyer. Bousculade, flashes… Devant les grilles, un groupe de lycéens curieux observe la scène. Deux flics sont en train d'expulser un journaliste fouineur tandis que des voitures de police barrent l'accès aux badauds. Anne Lavelli arrive, prévenue par Kim qui interroge un joggeur. Elle jette un regard autour d'elle. Le parc de Choisy a cessé d'être ce lieu paisible pour se transformer en un endroit malfaisant où les morts se ramassent à la pelle. Elle détaille les contours du corps dessinés sur le sol. L'individu s'est visiblement recroquevillé sur lui-même en mourant. Signe de souffrances extrêmes. Des taches brunes, du sang séché maculent le sol composé de gravillons et de sable.

—Apparemment, il s'est traîné sur plusieurs mètres jusqu'ici, déclare le jardinier, en désignant des traces sur l'allée qui mène à un parterre de chrysanthèmes aux teintes flamboyantes. Anne les balaye rapidement du regard. À quelques mètres de là, un arbre majestueux au feuillage gris-bleu projette son ombre protectrice sur les OPS qui terminent leurs prélèvements devant les briques rouges de l'institut Georges-Eastman, dédié aux soins dentaires.

L'ambulance vient d'évacuer le corps de Yann Derteuil en direction de l'IML, l'institut médico-légal du quai de la Râpée, où l'autopsie aura lieu dans les meilleurs délais, a promis Jenner, le légiste. La cause du décès ne fait aucun doute d'après le médecin du Samu : arrêt cardiaque dû à une overdose. Quant à l'heure du décès, il hausse les épaules, il n'est pas légiste…

Le jardinier poursuit :

—On l'a trouvé ici. Il était un peu plus de 7 heures du matin, je venais de décadenasser les grilles du parc, côté lycée Claude-Monet, lorsque j'ai entendu un hurlement. Lulu, notre stagiaire est tombé dessus. Il a flippé sec, pauvre gamin. C'était la première fois qu'il voyait un mort avec une aiguille dans le bras. Les oreilles saignaient, ça avait giclé de partout, c'était moche.

Anne Lavelli se retient pour ne pas envoyer balader le jardinier, celui-là même qui a découvert Laure Delmas, il y a quelques jours.

—Curieux, on dirait que l'homme a voulu atteindre l'arbre, poursuit l'employé. Notez qu'il s'agit aussi d'un cèdre bleu, le frère ou le cousin de celui sous lequel la petite a été retrouvée l'autre jour. Vous vous souvenez ?

En s'approchant, Anne Lavelli reconnaît un cèdre bleu de l'Atlas identique à celui dans lequel Joan Verdier s'est donné la mort et sous lequel Laure Delmas a été retrouvée inconsciente. En tant que flic, elle ne croit pas aux coïncidences. Pourquoi Yann Derteuil est-il venu mourir dans le parc de Choisy ? À quelques mètres d'un cèdre bleu ? Curieux endroit pour se shooter… surtout par une froide et pluvieuse nuit d'automne, note-t-elle.

Elle est interrompue par Kim qui s'avance vers elle, suivi de près par Inès.

—Personne n'a rien vu. Évidemment, jette-t-il excédé. Il y a bien du deal ici entre les lycéens de Claude-Monet, principalement de la fumette. Mais pas d'héro, de cocaïne ni de crack. Je continue mon enquête de voisinage.

Inès enchaîne en direction d'Anne :

—Tu avais raison au sujet de Simon Delmas. Il s'agit bien de la pièce manquante du puzzle Têtes d'or. Enfin, de ce qu'il en reste… ajoute-t-elle en faisant la grimace. Delmas est à Londres depuis hier soir : une réunion au sommet de GamePlus, la boîte de jeux vidéo pour laquelle il bosse. Il sera de retour en fin d'après-midi. Je le convoque ?

Anne acquiesce, tout en maugréant :

—Comment avons-nous pu passer à côté de Simon Delmas ? Insiste auprès de la Scientifique pour qu'elle repasse au peigne fin les contacts de Laure Delmas, notamment la fameuse Caro. On reprend tout depuis le début.

Son portable affiche un appel Whatsapp de Ferrière :

—On commence à avoir une belle brochette de cadavres ! On se retrouve tout à l'heure quai de la Râpée pour l'autopsie de Derteuil, balance-t-il de l'autre côté de l'écran. En attendant, aurai-je le plaisir de t'avoir en présentiel avec Loïc Verdier où préfères-tu rester en visio depuis ton 13e chéri ?

*

Anne Lavelli a préféré la visio au présentiel. Loïc Verdier entre dans le champ de la caméra et s'assied face à Ferrière. Regard neutre mais observateur, parole précise. Chaque mot est à sa place chez l'avocat qui dégage une bonhomie rassurante. Mais pour l'instant, il semble sacrément troublé par le témoignage de Margot Jenssen qu'il a reçu la veille dans sa boîte aux lettres avant de le faire parvenir à la police.

—Voilà plus de vingt ans que je cherche à faire éclater la vérité sur le suicide de ma sœur. Je n'y croyais plus, explique-t-il, visiblement ému. J'ignorais tout du lien entre Joan et Margot. Cela modifie… beaucoup… la perception que j'avais de ma sœur. Je la comprends mieux.

—Vous aviez rencontré Margot Jenssen ? demande Ferrière.

—Non, jamais.

—Pas même au moment de la mort de Joan ? insiste Anne.

—Non. Je suis allé à Saint-Brieuc pour l'enterrement de ma sœur, mais elle n'était pas présente. Ensuite, je suis resté deux ou trois jours à Paris pour soutenir ma mère, régler des problèmes administratifs, avant de repartir en Espagne terminer mon Erasmus.

Il fixe la caméra, puis poursuit :

—J'aimerais beaucoup rencontrer Margot Jenssen pour évoquer ma sœur.

Chacun d'un côté de l'écran, Ferrière et Lavelli secouent la tête.

—Pour le moment, c'est impossible. Vous souvenez-vous d'une certaine Julie Dasté ?

—Oui, vaguement. Elle est venue me consulter pour un harcèlement dont elle était victime au sein des joailleries Jenssen, lors de son stage. Curieux… Un homme est venu à mon cabinet et m'a posé la même question, hier matin.

Lavelli lève les yeux au ciel. Alex… L'avocat poursuit d'un ton dur :

—Je ne vais pas vous mentir. Convaincu depuis toujours que Raphaël Jenssen et ses acolytes harcelaient ma sœur et l'avaient poussée au suicide, je n'ai cessé de garder un œil sur eux. Maintenant que je sais qu'ils l'ont violée, je n'aurai de cesse de me battre devant les tribunaux pour les faire condamner. Il n'y a pas prescription pour un tel acte. J'ai déjà contacté un confrère qui accepte de prendre l'affaire.

—Quels étaient vos rapports avec Eva Serverin, monsieur Verdier ?

—Aucun. Je ne la connais pas.

—Pourtant, vous êtes parti aux Maldives avec elle en avril 2015, assène Ferrière.

Stupéfaction de l'avocat qui réplique :

—Je ne suis jamais allé aux Maldives. C'est facile à vérifier pour des policiers.

Il réfléchit un moment avant de poursuivre :

—En janvier 2015, on m'a volé mon passeport dans le cambriolage de mon appartement. Vous trouverez la plainte au commissariat de la rue Vaugirard. Peut-être que quelqu'un a usurpé mon identité…

—Nous vérifierons. Est-ce que le nom d'Elsa Kübler vous dit quelque chose ?

—Non. Pourquoi ? Qui est-ce ?

—Sans doute une autre victime des Têtes d'or.

Réaction immédiate de Verdier.

—Je vais vérifier de mon côté.

—Laissez-nous régler ça, s'il vous plaît. Une dernière question : vous souvenez-vous de l'officier de police

Carmen Mazetti qui a enquêté sur le suicide de votre sœur ? demande Anne Lavelli.

Loïc Verdier se détend.

—Oui. Je la revois. Une jeune femme sympathique, déterminée. Elle est la seule à s'être battue pour faire la lumière sur la mort de Joan. Elle a accepté de me rencontrer en privé dans un café de l'avenue des Gobelins. À l'époque, j'étais persuadé que ma sœur avait été assassinée par les Têtes d'or. Elle m'a détrompé… Quelque temps plus tard, elle m'a envoyé par la poste le dernier carnet de croquis de Joan, accompagné d'un mot disant qu'elle n'abandonnerait pas. Ça m'a touché. Je l'ai gardé, il est quelque part chez moi, avec le cahier de ma sœur. Je peux vous le faire parvenir si vous le souhaitez.

68

16 octobre 2021 : Banlieue est de Paris

Sous couvert d'une enquête généalogique destinée à un cabinet de notaires helvétiques, Alex a rendez-vous avec Rachel, la cousine de Carmen Mazetti, dans son pavillon de Nogent-sur-Marne. Il pousse la grille rouillée du jardin, ou de ce qui a été un jardin, puis s'engage dans l'allée envahie par les broussailles. Sur les côtés, des jardinières remplies de coquilles d'huître et de tuiles cassées empilées. À leur sommet, un buste couvert de mousse et de lichens. *Peut-être Homère ou un philosophe grec*, note Alex en le dépassant. Un peu loin, une vieille baignoire en fonte sert de réserve à bois.

Manifestement, Rachel a cru à son bobard puisqu'elle lui ouvre. Elle a besoin de parler de ce secret de famille – la disparition de Carmen – qui n'en est pas un, véritablement… ajoute-t-elle, sibylline, en faisant entrer Alex dans un salon encombré de portants qui ploient sous des costumes et des accessoires de théâtre. Rousse, la cinquantaine exubérante, Rachel est professeur de philo. Elle explique qu'elle monte *Le Prométhée enchaîné*, une tragédie d'Eschyle, avec ses élèves. En grec ancien, s'il vous plaît… Elle invite Alex à prendre place sur le canapé qui croule sous le poids de vieux *Libé* et vieux *Avant-scène*, tout en servant un thé vert parfumé à la réglisse. Un excellent remède à la mélancolie, affirme-t-elle. Dans ses souvenirs, Carmen, très déstabilisée après sa mise à pied, avait annoncé à tout le monde qu'elle souhaitait faire un break. Elle avait une affaire à régler dans le sud de la France, puis projetait un voyage au Mexique. Ces malheureux Olmèques, Aztèques et Mayas décimés par ces affreux Jésuites et conquérants espagnols, jette-t-elle, en entamant une diatribe vengeresse contre les peuples colonisateurs et esclavagistes. Heureusement, Alex parvient à l'interrompre :

—Savez-vous où exactement Carmen projetait de se rendre avant son voyage au Mexique ?

—Je crois que ses parents ont parlé d'un village des Alpes de Haute-Provence. Peut-être Castellane… Pour être franche, je ne me souviens plus.

—Et après que s'est-il passé ?

—Je ne sais pas. Il semble qu'au commissariat du 13e, on l'a décrite comme instable et déprimée après sa demande de congé. Qui ne l'aurait pas été ?

Elle écarte une pile de DVD d'un fauteuil, s'assied en face d'Alex et poursuit :

—Quelle étrange idée a eu ma cousine de devenir flic. Combattre le mal, quelle naïveté ! En compagnie de flics plus machos et misogynes les uns que les autres… Abattue comme elle l'était, Carmen aurait aussi bien pu acheter un billet pour Mexico ou n'importe où !

Rachel se rappelle que les parents de Carmen ont reçu des cartes postales de là-bas. Son père a traversé l'océan et est mort d'une rupture d'anévrisme à San Luis Potosi, une ville du nord-ouest du pays. Après, sa mère a remué ciel et terre pour retrouver sa fille, puis elle a perdu la tête. Elle n'en sait pas plus. Quand Alex prend congé, elle demande, l'air de rien :

—Vous l'avez retrouvée ? Savez-vous s'il y a quelque chose… peut-être un héritage à espérer ?

Alex se réfugie derrière une clause de confidentialité, mais promet de la tenir au courant. En faisant démarrer sa moto, il s'interroge : pourquoi les disparitions fascinent-elles autant le public ? Dans l'imaginaire collectif, les monstres comme Ligonnes ou d'autres tueurs en série ont tout loisir de disparaître, pas les gens normaux. Et pourtant… plusieurs milliers de personnes s'évanouissent chaque année en France, hors des radars. On cherche tous à comprendre pourquoi les verrous psychologiques sautent chez certains, et comment on en arrive à vouloir tout abandonner, famille, boulot et identité, pour changer de vie, recommencer ailleurs une autre existence, délivré des chaînes de l'ancienne.

*

Alex a regagné son clapier, c'est ainsi qu'il nomme son minuscule deux-pièces, situé place Paul-Verlaine, en face de la piscine en briques rouges de la Butte-aux-Cailles. Tout en mangeant un sandwich acheté à la boulangerie de la rue du Moulin-des-Prés, il fait les cent pas en guettant l'écran de son ordinateur. En revenant de sa visite chez Rachel, il a lancé une recherche sur les collèges privés situés autour de Castellane, où est située la maison de vacances des Jenssen. Alex a retrouvé sans difficulté le lycée La-Fontaine où Margot a été pensionnaire en 2002. Quelques instants plus tard, il s'entretient au téléphone avec la directrice de l'établissement qui se souvient bien des Jenssen.

—La famille était connue dans la région, souligne-t-elle. Le père, un homme estimé et un donateur généreux, a participé à la restauration de la mairie et d'autres monuments de la commune. Quant à la fille, c'était une adolescente perturbée qui a été pensionnaire dans notre établissement pendant une année scolaire.

— Vous rappelez-vous si Carmen Mazetti, une inspectrice de police, est venue rencontrer Margot Jenssen lors de ses études ?

— Ça me dit vaguement quelque chose, mais ma mémoire me joue des tours, dernièrement. Je ne peux pas vous aider car les archives concernant les sorties des élèves de l'époque n'ont pas été conservées.

Alex change de sujet : que font les gens qui viennent visiter la région ? demande-t-il à son interlocutrice. Il y a les gorges du Verdon, très appréciées des touristes, et bien sûr, la route des Crêtes pour ceux qui aiment les points de vue vertigineux, sans oublier le Styx, la rivière qui serpente au fond du canyon. En poursuivant ses recherches sur Internet, Alex apprend que les gorges du Verdon sont également réputées pour le nombre important de suicides et d'accidents de voiture qu'elles abritent. Carmen Mazetti a-t-elle loué une voiture pour visiter le coin ? C'est ce qu'il aurait fait, lui.

69

16 octobre 2021 : IML, quai de la Râpée, Paris 12e

Depuis qu'elle a fait sa connaissance il y a dix ans, Anne Lavelli apprécie le côté dandy du légiste Philippe Jenner. L'œil irrévérencieux, le nœud papillon toujours impeccable sous la blouse blanche, spécialisé dans les cas de morts bizarres, il a travaillé comme médecin militaire au Mali avant d'intégrer l'IML de Paris. Quand elle pousse la porte de la salle de dissection – après avoir enfilé une blouse, le bonnet et le masque obligatoires –, Jenner est penché sur un corps couché sur la table en acier inoxydable. Il recoud une incision qui court du cou au pubis, au son de *Why Wait until Tomorrow*, de Jay Jay Johanson.

—Une manière d'appréhender la mort avec une certaine sérénité, explique-t-il.

Elle aime le voir travailler. Ses gestes sont méticuleux, précis. Autour de lui, ses deux assistantes sont efficaces, silencieuses et effacées. Anne s'approche et détaille le corps de Yann Derteuil. À peine la quarantaine, il a la maigreur de ceux qui sont accros à la dope depuis longtemps. Ses lèvres sont bleues, desséchées, sa mâchoire, creusée.

—Dents pourries, signe d'une toxicomanie de longue date. Conséquence de la forte diminution de salive que provoque l'héroïne, commente Jenner.

Toutes sortes de tatouages tribaux noirs et blancs recouvrent le torse du cadavre : au premier plan, une Vierge en prière avec des squelettes entrelacés dans une sorte de danse macabre évoque la Fête des morts célébrée au Mexique. Sur l'un des bras, une tête de mort au bout d'un poignard avec, en lettres gothiques, « *Endure and survive* ».

—Un hommage à *Virus*, un des derniers singles du groupe heavy metal britannique Iron Maiden, commente Jenner.

—Je te savais amateur de jazz mais pas de rock, réplique Anne, surprise.

—On le devient avec le nombre de tatoués qui viennent nous rendre visite ici… Le tatoueur ou la tatoueuse est un véritable artiste, souligne le légiste. Récemment, un collectionneur allemand a passé un contrat de plusieurs centaines de milliers d'euros avec un homme tatoué pour qu'après sa mort, son dos soit dépecé et tannée afin qu'il le récupère… Un pacte faustien pour une œuvre de chair et de sang. L'imagination de l'homme est sans limite.

—Heureusement, la plupart des législations interdisent le commerce du corps humain, réplique Lavelli.

—Officiellement, oui… soupire Jenner.

En y regardant de plus près, elle aperçoit des plaies cicatrisées qui boursouflent de cratères les bras et les plis du coude. Le médecin pointe les jambes et les pieds, eux aussi marqués.

—À la poursuite du dragon blanc… le cœur a explosé et le manque d'oxygène l'a tué. Un classique. Les analyses préliminaires montrent que ton client avait dans le corps de grandes quantités d'héroïne. Visiblement, il avait repris récemment, depuis quelques jours. Peut-être même était-ce son premier shoot…

Sur l'extérieur des phalanges : EWMN (*Evil*, *Wicked*, *Mean*, *Nasty* : méchant, mauvais, diabolique, fou), ainsi que les cinq points du prisonnier tatoués entre le pouce et l'index, reconnaît Anne. Jenner appuie sur la touche de son dictaphone et commence son rapport :

16 octobre, 14 h 10. Le décès de Yann Derteuil est dû à un arrêt cardiorespiratoire consécutif à une dépression respiratoire due à une surdose de crack et de Tramadol, dans un contexte de toxicomanie à l'héroïne et à la cocaïne. Le compte rendu détaillé suit...

Il observe attentivement Anne et appuie sur la touche Arrêt du dictaphone.

—Tu n'as pas l'air dans ton assiette, Anne. Une mort n'est jamais banale, mais dans ce contexte, ton client allait de toutes les façons y passer un jour ou l'autre.

Anne fronce les sourcils.

—Pourquoi dans le parc de Choisy ? Tout près de l'endroit où une jeune fille s'est suicidée il y a vingt ans, et où une autre a été retrouvée inconsciente…

—C'est toi l'enquêtrice, non ? À toi de le découvrir. Tu m'accompagnes boire l'horrible jus de chaussettes de la machine à café antédiluvienne ?

Il l'attrape par le bras et l'entraîne vers la sortie.

—À ta place, je ne me focaliserais pas là-dessus. Overdose. L'héroïne, c'est la marchandise suprême, disait William Burroughs. « Vous ne la vendez pas au client, c'est le client que vous vendez à elle ».

Lavelli sourit. La citation de Jenner a le mérite de tomber à propos…

*

Quelques instants plus tard, ils sont postés devant l'entrée de l'IML, dans un vent glacial qui arrache leurs dernières feuilles aux platanes. Au-dessus de leurs têtes, un grincement plaintif annonce l'approche du métro de la ligne 6. Le long serpent s'engouffre, déroulant ses wagons dans la courbe de la passerelle métallique au-dessus de la Seine. Le fleuve a les teintes jaunâtres des mauvais jours.

—Pour moi, cette mort reste incompréhensible. Qu'a-t-il voulu dire ? demande Anne Lavelli.

Jenner hausse les épaules :

—Une overdose est souvent synonyme de confusion, de convulsions et de grandes difficultés respiratoires. Elle peut s'accompagner de paranoïa, de peur panique et d'hallucinations diverses. La mort n'est pas toujours immédiate, il a pu, dans son délire, avoir un but : à la poursuite du dragon, en l'occurrence, ce parc dont tu parles, un arbre, un souvenir qui se rattache à ce lieu… On ne saura jamais car heureusement, les morts ne parlent pas.

Lavelli ne semble pas convaincue. Jenner poursuit :

—Il n'y a aucune logique dans les démences occasionnées par les drogues, surtout lorsqu'elles sont additionnées en effet cocktail. Tous les scénarios sont possibles, mais Derteuil n'a pas été assassiné, si c'est ce à quoi tu penses. Les seuls criminels dans cette histoire, c'est lui et son revendeur.

—Et si le revendeur lui avait refilé intentionnellement de la mauvaise dope, du poison, dans le but de le faire taire ?

—Je peux demander au labo de déterminer la provenance de ce que Derteuil a ingurgité, mais ils sont débordés et ce sont des analyses qui sont longues. Si tu as le temps… Mais je vais devoir envoyer mon rapport à la Crim et au procureur.

70

16 octobre 2021 : Siège social des bijoux Jenssen, quartier de La Défense

D'immenses baies vitrées s'ouvrent sur le panorama du quartier de La Défense. Un crachin persistant brouille l'horizon. Mais Simon Delmas n'a que faire de la météo. Il traverse à grandes enjambées l'open space aux lignes épurées où des dizaines d'employés, concentrés sur leurs écrans, font bruisser leurs claviers. L'assistante, une blonde au physique stylisé à la Lana Del Rey, entrebâille la porte de la salle de réunion et lui fait signe d'entrer. Atmosphère encore plus feutrée autour de la table en verre de Murano où trois collaborateurs casqués assistent à une conférence via Zoom. Au mur, de grandes visios mettent en valeur les dernières créations de la maison Jenssen. Le fameux trèfle à quatre feuilles, décliné en toutes sortes de matières précieuses, et les récentes collaborations avec de grands créateurs. Le luxe dans son extrême simplicité. Le raffinement suprême.

Raphaël a toujours su gérer l'esthétique de ses bureaux, se créer une façade et une image parfaites. *L'art de la dissimulation poussé à son paroxysme*, songe Simon Delmas en l'apercevant, posté devant la grande baie vitrée, en train de consulter son iPhone. Raphaël s'avance et gratifie Simon d'une accolade.

—Qu'est-ce qui t'amène ? Tu n'as pas l'air dans ton assiette, mon vieux. Adriana, apportez-nous deux eaux minérales.

Quelques instants plus tard, ils sont postés dans le nid d'aigle de Raphaël, au trentième étage. Décoration japonisante aussi minimaliste que la cellule d'un moine. À leurs pieds, les tours de La Défense en perspective, et dans l'enfilade, l'Arc-de-Triomphe et les toits de Paris.

—Yann a été trouvé mort ce matin au parc de Choisy.

Raphaël fronce les sourcils, incrédule.

—Yann ? Mort à Choisy ? Impossible…

L'ombre d'une légère contrariété traverse fugitivement son visage. Simon réplique d'un ton tranchant :

—Ce matin, ma fille a reçu des messages de ses anciennes copines de Claude-Monet. Elles l'ont avertie qu'un type était décédé, pas loin de l'arbre maudit où elle-même a été retrouvée, il y a dix jours. Laure a complètement flippé et m'a téléphoné, en pleine crise de panique. J'ai peur pour elle… mais je n'ai pas terminé.

Raphaël examine Simon avec curiosité. Celui-ci embraye :

—Je suis convoqué chez les flics, plus exactement par la commandante Lavelli. J'ai voulu t'avertir parce que je vais tout lui balancer. À moins que…

Raphaël ricane :

—À moins qu'il n'y ait rien à balancer.

Simon éclate d'un rire nerveux.

—Tu as toujours été le roi des coups tordus. Tu as payé quelqu'un pour enlever Laure et la droguer dans le but de me foutre la trouille quand je t'ai annoncé que je me désolidariserais de ce qui s'est passé il y a vingt ans. Et ça a marché. J'ai compris le message et je l'ai bouclée, surtout après la mort de Fred.

—Tu es complètement parano. Fred s'est noyé comme un grand dans sa piscine.

—C'est ta version des faits.

—Et aussi celle des flics. Qu'est-ce que tu veux ?

Simon sort une enveloppe de la poche de sa parka et la tend à Aurélien.

—L'original de cette déclaration est dans un coffre à la banque et n'en bougera pas aussi longtemps que tu ne nuiras pas à ma fille et à ma famille.

—Tu es encore plus cinglé que je le croyais, Simon. Tu ne pourras jamais rien prouver car il n'y a rien à prouver.

Le ton de Raphaël devient acerbe.

—Nous sommes les deux derniers témoins de cette histoire. Les autres sont morts.

—Tu oublies Leslie, rétorque Simon.

—Leslie ne parlera jamais. Quant à Margot, je doute qu'elle survive au terrible accident dont elle a été victime. C'est une question d'heures, sinon de jours. En conséquence, nous devrons nous serrer les coudes tous les deux car j'imagine que tu ne souhaites pas que ta fille apprenne que son propre père est un violeur.

Simon blêmit, mais renvoie la balle, menaçant, cette fois :

—Tu as eu beaucoup de chance jusqu'à présent, mais la roue tourne.

—Écoute-moi bien, Simon. Tu vas la jouer cool et aller voir Lavelli. Ne lâche rien, elle n'a rien contre toi. Et on rediscute après… Je ne te raccompagne pas car j'ai une visioconférence avec Anvers.

71

16 octobre 2021 : Quai de la Râpée

En quittant l'IML, Lavelli a besoin d'être seule sans penser à son enquête. Laisser vagabonder ses pensées. Lâcher prise. Ses pas la portent vers le pont d'Austerlitz. Elle se penche au-dessus du parapet : à ce moment précis, les flots du fleuve ont pris un ton gris verdâtre où se fond la silhouette de Notre-Dame. Sur les quais, les mouettes décrivent des arabesques avant de plonger dans les eaux mouvantes. Leurs cris stridents lui font oublier les rumeurs de la ville. Mais elle n'en profite pas longtemps car elle est interrompue par un appel de Kim.

—La PJ a serré le chauffeur de la voiture qui a participé à l'enlèvement de Margot Jenssen. Il s'agit d'un petit trafiquant qui a partagé la cellule de Yann Derteuil à Fleury-Mérogis. Il a tout balancé.

—On sait où ils avaient l'intention d'emmener Margot Jenssen ? demande Anne.

—Oui. Dans un gîte de la forêt de Senlis, loué la veille au nom de Yann Derteuil pour une semaine. Tout est passé par Internet, a assuré le propriétaire.

—Merde ! jette Anne. Encore une piste qui part en fumée…

—Ferrière te cherche, rappelle-le. Il t'expliquera.

En raccrochant, Anne pressent un mauvais coup. À l'heure qu'il est, Ferrière a évidemment reçu le rapport d'autopsie de Philippe Jenner. Ainsi que le juge d'instruction, ce qui ne présage rien de bon pour la suite de l'enquête.

Quelques instants plus tard, elle est au téléphone avec Ferrière qui confirme ce qu'elle sait déjà. Il ajoute que la police scientifique a réussi à identifier l'ADN de Derteuil dans l'appartement de Marina Ferguson, ainsi qu'une de ses empreintes sur le store. Autre preuve : le voisin a confirmé qu'il s'agissait bien de Derteuil, qu'il avait d'abord pris pour Antoine Vanoni, l'ex-compagnon de la victime. C'est donc lui qui a assassiné Marina et enlevé Margot Jenssen de peur que, dans son film documentaire, elle ne dévoile son implication dans le viol de Joan Verdier, conclut Ferrière.

—Ensuite, Derteuil a maquillé le meurtre en accident domestique ? jette Anne qui a du mal à contenir sa colère.

—Exactement. Et sans ta perspicacité et ton obstination, on…

Anne interrompt Ferrière :

—Quelque chose cloche dans cette histoire ! Derteuil est un petit dealer qui n'a ni image, ni réputation, ni patrimoine à défendre. J'ai beaucoup de mal à penser qu'il a agi seul.

—Prouve-moi le contraire.

—Curieux, la mise en scène de sa mort, non ? Dans le parc même où Joan Verdier et Laure Delmas ont été elles aussi retrouvées, l'une suicidée, et l'autre droguée.

—J'entends ce que tu me dis. Malheureusement, le juge d'instruction a décidé de clore l'enquête sur la mort de Marina Ferguson.

—Tu dois le convaincre de nous laisser un peu de temps !

—J'ai essayé, il ne veut rien entendre. Tu sais comme moi que lorsque le présumé suspect décède, il n'y a plus lieu de poursuivre. Et comme nous n'avons pas d'autre piste tangible… Il va falloir s'arrêter là…

—Je suis convaincue qu'il y a un commanditaire et que ce commanditaire est Raphaël Jenssen. C'est lui qui tire les ficelles.

—On a vérifié ses alibis. Il est clean. Désolé Anne, ça a été un plaisir de faire ta connaissance. À la revoyure, comme disent les poètes !

Furieuse, Anne lui raccroche au nez avec une seule idée : comment coincer Raphaël Jenssen ? Le pire c'est qu'elle n'en sait rien. Elle envoie un SMS furieux à Inès :

Alors tes recherches sur Raphaël Jenssen ?

Tout en réglant le rétroviseur de son véhicule, Anne réfléchit à l'image qu'elle renvoie à ses collègues. Probablement celle d'une râleuse, autoritaire, et de mauvaise foi. Au fond, elle n'est pas bien différente des autres commandants ou enquêteurs de la PJ. Son travail de chef d'équipe la conduit souvent à trop exiger de ses équipes et, par moments, à perdre tout sens de l'humour. Avant de démarrer, elle recoiffe prestement sa mèche blanche, ce signe qu'elle abhorre avec fierté et qui brise les clichés de la féminité bien-pensante.

C'est l'heure de pointe. Aucune échappatoire au pare-chocs contre pare-chocs dans Paris, si ce n'est le gyrophare. Mais Anne n'a pas envie de jouer à Superwoman et veut poursuivre ses ruminations en solitaire. En y réfléchissant, elle ne jouit pas du même respect que les autres patrons de police. Est-ce parce qu'elle est une femme à un poste où les hommes dominent encore majoritairement ? Et le manque de respect dont elle est souvent l'objet de la part de ses collègues masculins est-il purement sexiste ?

Soudain, elle songe à Carmen Mazetti. En tant que jeune officier de police, il y a vingt ans, elle n'a pas dû être épargnée par ses collègues du commissariat du 13e et a dû en prendre plein la figure. Heureusement, les temps ont changé, Anne s'est endurcie et a appris à renvoyer les coups au fil des ans. Elle s'interroge : qu'aurait-elle fait, si elle avait été Carmen, après sa mise à pied ? Hypothèse la plus probable : elle serait allée voir Margot Jenssen dans sa pension à Castellane afin de clore définitivement l'enquête sur la mort de Joan Verdier. Rachel n'a-t-elle pas dit à Alex qu'avant de partir au Mexique, sa cousine avait une affaire à régler dans le sud de la France ? Il faut qu'elle éclaircisse ce point. Malheureusement, son seul témoin est à La Salpêtrière, entre la vie et la mort… Elle n'a pas le temps de s'appesantir car un message de Kim s'affiche sur son portable :

N'oublie pas la convocation de Simon Delmas à 17 heures.

72

16 octobre 2021 : Bureaux de la CRMD

Une lettre repose bien en évidence sur le bureau de la salle de réunion où Kim et Inès l'attendent. Elle la saisit et commence à lire :

À l'attention de Madame Anne Lavelli,
Pour que le meurtre de Marina Ferguson ne demeure pas impuni, il faut que la police s'interroge sur les liens de Lorène Gautier avec le projet de film de Marina Ferguson, et notamment sur ses relations avec Yann Derteuil.

Un témoignage anonyme qui croasse et tournoie sinistrement dans les bureaux de la CRMD, se dit Anne en reposant le courrier. Kim prend la parole :

—Reçu ce matin au courrier. L'original est parti à la police scientifique. J'attends les relevés d'empreintes, même si je n'y crois pas trop.

—Un corbeau, dit Anne en s'asseyant.

—La télévision, ce monde impitoyable, enchaîne Inès d'un ton moqueur. Lorène Gautier, la grande productrice, complice de meurtre, c'est pire que la pire série de Netflix.

Regard noir d'Anne Lavelli en direction d'Inès qui serre les dents et plonge dans son téléphone. Kim poursuit :

—Il y a beaucoup de turn-over dans la boîte de Lorène Gautier. Elle a la réputation d'être très dure et de ne faire de cadeaux à personne.

—La vengeance d'un employé ?

—On le saura bientôt… J'ai aussi demandé à l'Identification judiciaire de sortir ce qu'ils ont sur elle, explique Kim. Lorène Gautier a été mariée trois fois, respectivement avec un photographe qui s'est flingué à moto, puis deux producteurs qui sont décédés.

—La veuve noire du PAF ! glisse Inès.

—Décédés de maladie, l'interrompt Kim. Elle a eu un fils de son premier mariage avec le photographe Jean-Pierre Delmas.

—Étrange coïncidence ! intervient Anne. Tu as vérifié s'il existe un rapport avec Simon Delmas ?

Kim ne peut retenir un petit sourire satisfait.

—Oui, il s'agit de son fils. Aucun des membres des Têtes d'or et de leurs proches n'avait intérêt à ce que Marina Ferguson réalise un film mettant en cause une bande de fils de bonne famille dans un viol en réunion qui a conduit la victime au suicide. Peut-être l'ont-ils même poussée à se donner la mort ? Qui sait ?

Anne Lavelli acquiesce avec amertume :

—En apprenant le décès de Yann Derteuil, le juge d'instruction a délivré une ordonnance de non-lieu concernant le meurtre de Marina, ce qui signifie que l'enquête est close.

Un silence épais s'abat et plombe les esprits. Inès prend la parole :

—Je n'ai pas fini d'explorer les relevés des coups de téléphone entre la productrice et Derteuil. Il achetait des cartes prépayées, il avait plusieurs téléphones.

Anne esquisse un sourire.

—Tâche de savoir où se trouve Lorène Gautier. Je veux passer la voir.

Une alerte de l'accueil de la CRMD retentit sur le portable de Lavelli :

Simon Delmas t'attend en compagnie de son avocat.

Inès arrête Anne qui attrape son sac :

—Avant que tu t'en ailles, deux infos. La première : Loïc Verdier a bien été cambriolé comme il le prétend, et j'ai pu remonter jusqu'à une plainte pour vol de ses papiers d'identité. Au moment de la mort d'Eva Serverin, il était en déplacement à Marseille pour une plaidoirie. La seconde info concerne Raphaël Jenssen. Il a pris un vol le 25 janvier 2016 pour le Kerala, une région du sud de l'Inde. Deux jours plus tard, Eva Serverin partait pour les Maldives, des îles de l'océan Indien, et y est morte dans un accident de plongée. Qu'est-ce que Jenssen allait faire au Kerala ? Négocier des pierres précieuses pour sa boîte ? Possible… En tout cas, il y est resté suffisamment longtemps pour prendre un avion pour Malé, aux Maldives, qui est à une heure de vol du Kerala, et peut-être y rejoindre Eva Serverin et celui qui se faisait passer pour Loïc Verdier.

—Continue tes recherches et essaie de savoir qui est le faux Verdier, et si Jenssen et lui ont été ou sont toujours en relation.

Simon Delmas franchit le seuil de la salle d'interrogatoire, suivi par son avocat, un type d'une cinquantaine d'années au sourire Colgate et au costume à plusieurs zéros. Il se présente à Anne Lavelli qui leur fait signe de s'asseoir. Simon Delmas semble presque détendu. La présence de son avocat doit le rassurer, constate Anne.

Même sa main s'est arrêtée de trembler. L'entrevue commence de manière classique :

—Je vous ai convoqué dans le cadre du meurtre de Marina Ferguson. Lorène Gautier, votre mère, avait promis de l'aider à produire le film qu'elle préparait sur le harcèlement scolaire.

L'avocat renvoie immédiatement la balle :

—Mon client et moi-même étions convaincus que vous alliez nous annoncer que vous aviez enfin mis la main sur celui ou celle qui a enlevé et drogué sa fille, Laure.

Simon Delmas a un geste vers l'avocat et prend la parole :

—Je ne connais pas Marina Ferguson, je ne l'ai jamais vue, et je n'ai même jamais entendu parler d'elle. Quant à mes rapports avec ma mère, ils ne regardent que moi. Nous menons chacun notre vie, chacun de notre côté, et cela nous convient parfaitement.

Simon Delmas n'en dira pas plus. Il ne lâche rien et balaie rapidement ses années lycées. Oui, il connaissait les Têtes d'or… de loin. Il n'a jamais été proche de la bande au point d'en faire partie. Lavelli tente un bluff en prétendant que Raphaël Jenssen et Leslie Guillou affirment le contraire. « Parole contre parole », réplique l'avocat. Oui, Simon Delmas se souvient du suicide de Joan Verdier. Une triste histoire qui marque un ado ! A-t-il conservé des contacts avec Yann Derteuil ? demande Lavelli.

—Il ne s'agit pas de l'affaire pour laquelle vous avez convoqué mon client, lance l'avocat.

Magnanime, Simon Delmas répond qu'ils n'ont jamais été proches. Entre l'avocat qui répète en boucle que son client n'a rien à voir avec Marina Ferguson et qui ne cesse de pointer les manquements de l'enquête concernant l'enlèvement de Laure, et Simon qui élude calmement toutes ses questions, Lavelli serre les dents. Elle tourne autour de sa proie, mais n'obtint rien de plus. Match nul.

Une fois seule, elle broie du noir, elle n'a pas l'intention de clore l'enquête sur le meurtre de Marina. Tant pis si elle est en dehors des clous, elle s'en fout. Ce ne sera pas la première fois.

73

16 octobre 2021 : Au cœur de Paris, dans le 5e arrondissement

Jess fait le guet devant le domicile parisien de Raphaël Jenssen, à l'angle du boulevard Saint-Germain et de la rue de Bièvre, où vivait le président François Mitterrand. Sous la ceinture de son jean, le métal glacé de l'arme se rappelle à elle sur sa peau. Elle fait les cent pas, cherchant à se réchauffer malgré l'humidité qui imprègne son corps. L'automne est pourri comme sa vie qui part à vau l'eau, songe-t-elle. Pour tromper le temps, elle a recours à des pensées magiques et se fait la promesse de retourner voir son psy, après… Après quoi ? Elle ne sait pas, elle n'a plus de certitudes, sauf celle de devoir se mettre en travers du chemin de Raphaël Jenssen, qui la mènera à Margot dont elle est toujours sans nouvelles.

Si le témoignage de Margot ne conduit pas à la condamnation de Jenssen, elle lui fera la peau. Elle s'est donné dix jours. Un chiffre rond comme elle les aime. Depuis la fête de Louveciennes, elle a effectué des recherches sur la vie quotidienne du bonhomme. Elle connaît ses horaires, les jours où il emmène ses gamins à l'école, sait dans quel parking il gare son 4 × 4 et son deux-roues, près de chez lui. Des informations qui peuvent être utiles. Elle voit sortir sa femme du grand porche de l'immeuble, une blonde au regard clair et inquiet.

*Soupçonne-t-elle son mari d'*être *une des pires ordures qui soit* ? s'interroge Jess en la voyant tourner au coin de la rue des Bernardins. L'image du jeune entrepreneur à la vie de famille si lisse trompe bien son monde ! Elle n'a pas longtemps à attendre : le voilà qui sort à son tour, casque à la main, et se dirige vers son scooter garé sur le trottoir d'en face. Il déverrouille le cadenas et s'éloigne, suivi par Jess, qui se félicite d'avoir choisi elle aussi de circuler en deux-roues.

Il remonte la rue Monge puis coupe vers le jardin des Plantes, respectant les limitations de vitesse. Elle n'a aucun mal à le suivre. Quelques minutes plus tard, il franchit la barrière de sécurité de La Salpêtrière et roule vers un bâtiment de construction récente qui tranche avec les pavillons du siècle précédent, noircis par les ans. Quelques instants plus tard, Jess l'aperçoit qui s'engouffre dans le grand hall. Elle y entre à son tour et l'entend annoncer à l'employée de l'accueil qu'il est attendu par le professeur Grandin. Le cœur de Jess bat la chamade. Margot serait-elle hospitalisée ? Que lui est-il arrivé ?

Elle poursuit discrètement sa filature. Repère l'ascenseur où il pénètre. S'avance, un peu trop, car au moment où les portes se referment, elles s'ouvrent à nouveau sur Raphaël Jenssen qui s'écarte galamment.

—Vous allez à quel étage ? demande-t-il.

—Au 4e, répond Jess, au hasard.

—Moi aussi, lui dit-il avec son sourire charmeur.

Le cœur de Jess bat à rompre. L'a-t-il reconnue ? Elle se rassure, la seule fois où ils se sont croisés, c'était à cette fête SM de Louveciennes, où elle était costumée en petit marquis du XVIIIe siècle. Il la scrute attentivement.

—On s'est déjà rencontrés ?

—Pas à ma connaissance, réplique-t-elle avant de plonger le nez dans son téléphone.

Les portes s'ouvrent sur deux infirmières qui discutent. L'ascenseur s'arrête au 4e. Il s'efface pour la laisser passer.

—Après vous.

Elle affronte son regard :

—Je me suis trompée, je vais au 6e.

—Dommage, lance-t-il, mi-figue mi-raisin.

Il disparaît, les portes se referment. Jess respire un bon coup. Rarement elle s'est sentie aussi mal à l'aise.

*

Un officier de police est en faction devant la porte de la chambre 404 où repose Margot. Jenssen le salue et s'approche.

—Je suis le frère de Margot Jenssen. Puis-je la voir ?

—Les visites ne sont pas autorisées.

—À qui dois-je m'adresser pour…

En engageant la conversation, Raphaël Jenssen observe les lieux avec attention. Derrière la vitre, une silhouette blanche en forme de gisant est reliée à plusieurs écrans de contrôle dont les courbes clignotent dans la pénombre. *Pauvre petite sœur... en si mauvaise posture* ! Un peu plus tôt, il a été reçu par le professeur Grandin. Celui-ci n'a pas caché son inquiétude quant à l'état critique de Margot : « Le coma, on sait quand on y entre, jamais quand on en sort, a-t-il dit, en ajoutant : Votre sœur est dans une course contre la montre à cause de cet hématome sous-dural qui saigne, comprime le cerveau et peut entraîner de graves lésions neurologiques. » Raphaël a donné son autorisation et signé des papiers pour opérer en cas de léger mieux. Puis il a demandé à la voir, lui parler, lui tenir la main. Peut-être cela la fera-t-il revenir ? Le médecin a secoué la tête. « Impossible, la patiente est sous protection policière jusqu'à nouvel ordre. » Raphaël a joué le frère éploré qui aimerait tellement la revoir… une dernière fois. Mais Grandin s'est montré intransigeant.

Profitant du fait que l'officier de police reçoit un message sur son portable, il fait un pas en avant vers la vitre pour examiner la topographie des lieux, quand, dans le reflet, il reconnaît une silhouette. La jeune femme croisée dans l'ascenseur. Ces taches de rousseur si particulières… Il s'en souvient, elle accompagnait Margot lors de la soirée organisée par Fred à Louveciennes. Jess s'approche, le visage marqué par l'angoisse. Elle hésite en apercevant Jenssen au loin. Doit-elle se mettre à découvert ou bien rebrousser chemin ? Mais le désir de voir Margot est trop fort. Elle s'avance quand, brusquement, il tourne talons et s'éloigne. Elle respire un grand coup et s'approche de la vitre. La flic lui fait signe de garder les distances. Elle acquiesce, fait un pas en arrière.

Un quart d'heure plus tard, Jess sort du bâtiment Babinski. Le crépuscule déploie ses ailes sur La Salpêtrière, noyant Paris sous un rideau de bruine opaque. Elle se dirige vers son scooter, déverrouille la chaîne tout en réfléchissant aux paroles des infirmières : Margot a peu de chances de s'en sortir et si elle s'en tire, elle souffrira probablement de nombreuses séquelles neurologiques. Sa haine vis-à-vis de Raphaël Jenssen redouble. Elle a l'intuition… non, elle est convaincue qu'il est responsable de l'accident dont Margot a été victime.

Lui ou un de ses sbires. Elle démarre et s'éloigne sur son deux-roues dans la nuit qui tombe. À quelques mètres de la barrière de la sortie de La Salpêtrière, Raphaël Jenssen l'attend, bien décidé à ne pas lâcher sa proie.

74

16 octobre 2021 : Berges de la Seine,
13e arrondissement

Anne Lavelli traverse le quai Arthur-Rimbaud, en contrebas de la BNF. Les reflets lumineux des quatre livres ouverts frisent sur la surface anthracite du fleuve. Elle longe la piscine Joséphine-Baker puis s'engage sur la passerelle de *La Dame de Canton*, la seule jonque chinoise à avoir sillonné toutes les mers du globe et traversé le cap de Bonne-Espérance. Amarrée dans le 13e, elle a d'abord accueilli des événements musicaux avant de devenir un lieu de la nuit parisienne. Ce soir, l'espace restaurant, situé dans la cale, a été privatisé par Kim qui fête son anniversaire ainsi que son admission en tant qu'administrateur de Wikipédia. Impossible pour Anne de ne pas être présente.

Elle descend dans le ventre du bateau tout en admirant ses magnifiques boiseries sculptées. Le cadre est dépaysant, la musique, jazzy et entraînante, mais Anne ne peut s'empêcher de penser au coup de fil furibard du juge d'instruction, qui l'a sommée de clore toute affaire cessante l'enquête Marina Ferguson. Elle soupçonne l'avocat de Simon Delmas de s'être plaint des manières intrusives de la CRMD. En attendant qu'il ait terminé son laïus, Anne a posé son téléphone sur son bureau et s'est plongée dans ses e-mails. Le cas Margot Jenssen la préoccupe davantage car elle vient d'apprendre que son frère est passé la visiter et qu'il a insisté pour entrer dans la chambre de soins. Une jeune femme s'est également présentée à l'hôpital. Qui est-elle ? Serait-ce l'amie de Margot, filmée lors de la fête SM de Louveciennes ?

Elle en est là dans ses réflexions quand elle croit avoir la berlue : Éric et Alex fendent la foule des convives dans sa direction, tout en discutant comme deux vieux copains. Quel imbroglio ! Que faire ? Disparaître ? Non. Trop tard… Elle s'avance vers les deux hommes – de sa vie d'aujourd'hui –, sourire un brin contraint aux lèvres.

—Surprise, surprise… chérie, lance Éric. Heureusement que j'ai rencontré ton collègue et ami Alex sur le quai : j'étais complètement paumé. Il m'a guidé jusqu'ici… jusqu'à toi !

Il s'avance pour l'embrasser quand Kim les rejoint, tendant à chacun d'eux un cocktail aux dégradés orangés, surmonté d'une cerise :

—Tequila Sunrise ! Bienvenue Alex, bienvenue Éric.

—Merci pour l'invitation et joyeux anniversaire, Kim, jette Éric en se retournant vers Anne. J'ai essayé de te joindre toute l'après-midi. Finalement, j'ai appelé ton bureau et, coup de chance, je suis tombé sur Kim qui m'a invité, ce soir.

Anne se tourne vers Alex. Avec son air décontracté et son œil qui frise, il semble s'amuser de la situation.

—Et moi, je me suis invité tout seul ! J'exagère… Enfin, pas tout à fait… ! poursuit-il, adressant un clin d'œil à Kim qui tourne sèchement les talons. Il ne fait aucun doute que ces deux-là ne s'apprécient guère.

Éric prend la parole :

—On a fait connaissance, parlé de toi, et on est arrivés à la conclusion qu'on a beaucoup de chance de te connaître… N'est-ce pas, Alex ?

À *quel jeu jouent-ils, tous les deux* ? Anne marche sur des charbons ardents.

—Et toi, de nous avoir comme… amis, enchaîne Alex avec son sourire désarmant.

Les deux hommes sont-ils ivres ? Anne n'ose pas se demander à quelles confidences son mari et son amant se livrent… quand Inès surgit derrière elle et l'entraîne à l'écart :

—Je vous enlève la cheffe quelques instants ! J'ai un message de Grandin, de La Salpêtrière, à propos de Margot Jenssen. L'épanchement sanguin dans le cerveau a pris trop d'importance. Intervention programmée demain matin. Opération de la dernière chance.

Lavelli acquiesce, préoccupée. De loin, Éric et Alex poursuivent leur conversation animée.

—Tu préfères lequel ? demande Inès.

—Les deux… réplique Anne, du tac au tac !

—*Nobody is perfect!*

Anne se retient de ne pas éclater de rire. Son assistante a le chic pour trouver le mot juste dans les situations les plus embarrassantes. Elle apprécie aussi ses références cinématographiques.

—Inès, mêle-toi de tes affaires.

Elle tourne les talons, attrape une flûte de champagne sur le buffet. Les bulles glissent dans sa gorge et lui font un bien fou. Elle en saisit une autre sur un plateau de passage, la siphonne, avant de s'approcher d'Éric et d'Alex. Elle rectifie Alex et Éric. Elle n'est pas au bout de ses surprises quand son mari lui annonce qu'il part en mer du Nord le lendemain aux aurores. Un problème technique à régler d'urgence, son homologue norvégien ayant été victime d'un accident sur la plate-forme. C'est au tour d'Alex de renchérir. Lui aussi quitte Paris pour régler des problèmes professionnels dans le sud de la France, à Castellane. Elle le regarde, interloquée… Il lui adresse une mimique complice qui n'échappe pas à Éric dont le regard passe de l'un à l'autre.

—Je n'avais pas compris que vous travailliez encore ensemble…

—Alex est là en tant que conseil sur certaines affaires.

—Je croyais que tu étais la meilleure flic de France, jette Éric, provocateur.

—Je le suis, mais je n'ai pas encore le don d'ubiquité, ajoute-t-elle en vidant sa coupe.

Anne en reprend une, boit à leur amitié tout en songeant à l'hypocrisie de la situation. Quand soudain, ses jambes se dérobent sous elle… et elle s'effondre comme un tas, en marmonnant : « *Nobody is perfect.* » « Allergie au champagne ! » décrète la voix d'Éric qui s'éloigne. « Ça lui est déjà arrivé il y a trois ans », entend-elle, avant de sombrer dans une sorte de kaléidoscope bigarré où les visages de Marina et de Carmen se superposent dans un carrousel lancé à toute vitesse. Deux femmes à la fois si différentes et pourtant si semblables dans leurs choix, leurs contraintes, et leurs déterminations, songe Anne, avant de sombrer définitivement.

Quelques heures plus tard, Anne se réveille sur le canapé de son salon, ou plus exactement, elle émerge d'un trou noir. Ce n'est pas une première chez elle. Souvent au cours d'enquêtes difficiles, elle est sujette à des absences qui s'aggravent avec la prise d'alcool. Une allergie aux sulfites, a détecté l'allergologue. Mais Anne en a une lecture différente : sombrer est pour elle une façon d'évacuer le stress qui lui broie les tripes quand elle ne parvient pas à démêler les fils d'une enquête.

5 heures du matin, déchiffre-t-elle sur l'écran de son portable posé sur la table basse du salon. À côté, il y a un mot d'Éric :

Je n'ai pas voulu te réveiller avant mon départ pour Bergen. Prends soin de toi. Le médecin du Samu a parlé de burn-out. Je t'aime. Éric.

Elle apprécie son fair-play et sa générosité. Surtout quand elle se remémore par bribes la scène de la veille à bord de *La Dame de Canton*. Quand Éric rentrera de sa plate-forme en mer du Nord, ils discuteront de l'avenir de leur couple. Elle verra. En y réfléchissant, elle n'a aucune envie de le quitter ni de mettre un trait sur sa relation avec Alex. Partager sa vie avec deux hommes… et sans mensonge… Pourquoi pas ? Mais est-ce seulement possible ? Accepteraient-ils ? Elle n'en sait rien et décide de remettre cette réflexion à plus tard. Elle se lève, se dirige vers la cuisine à la recherche d'un comprimé pour faire cesser le mal de tête qui lui cisaille le crâne.

Un Doliprane plus tard, Anne, en compagnie de Kubrick et d'une tasse de thé vert aux arômes de Provence – excellent pour nettoyer les toxines de la veille – retourne une nouvelle fois les hypothèses autour du meurtre de Marina, ainsi que les morts suspectes de Frédéric Roche et de Derteuil, même si elles sont qualifiées d'accident. Elle aimerait tant que toutes les pièces du puzzle s'emboîtent simplement. Mais les pistes ne mènent nulle part et, surtout, tant de détails et d'indices ne conduisent à rien. Pas d'autre choix que de se recoller au visionnage des rushes filmés par Marina. Elle a sans doute loupé une info, un indice…

En revoyant les premières images, Anne Lavelli a une révélation : bien sûr, Lorène Gautier a vu les images, même si elle prétend le contraire. Elle s'en veut d'avoir été si naïve ! Le harcèlement en milieu scolaire ne pouvait pas laisser la productrice indifférente. Elle a forcément reconnu le nom de Joan Verdier parmi les victimes. Et même si elle est en froid ou fâchée avec son fils Simon – ce qui reste à vérifier –, elle a dû être terrorisée à l'idée que Marina tourne un film qui mette en cause son propre fils dans une sordide histoire de viol en réunion. De quoi faire partir en vrille toute une famille. Anne repense soudain à Laure. Alors qui a commandité son kidnapping ? Raphaël Jenssen ?

75

17 octobre 2021 : Dans la Beauce

Raphaël Jenssen se débat dans un gouffre noir. Rien que du noir. Est-il devenu aveugle ? Peu à peu, les sensations lui reviennent avec des grincements contre une cloison métallique. Il est ballotté et se cogne contre des parois, sans doute le coffre d'une voiture. Une odeur entêtante d'essence lui soulève le cœur. Un tissu lui compresse la mâchoire et remonte jusqu'à ses yeux. Ses mains et ses pieds sont liés avec une corde. Dans son crâne, des élancements lui font penser qu'il a reçu un sacré coup. La colère monte et fait affluer les souvenirs. Comment a-t-il pu être assez stupide pour se faire avoir par cette fille ?

En sortant de La Salpêtrière, il a suivi la copine de Margot jusqu'au quai Saint-Bernard. Là, il l'a perdue dans les embouteillages, devant l'institut du Monde arabe. Cela l'a contrarié, mais il était certain de la retrouver. C'est elle qui l'a retrouvé, alors qu'il s'apprêtait à déverrouiller la portière de son 4 × 4 Mercedes garé dans le parking pour se rendre à une soirée tardive avec des clients du Quatar. Lui pointant un revolver dans la nuque, elle l'a contraint à grimper dans le coffre d'une vieille bagnole pourrie avant de lui assener un énorme coup sur la tempe. Manque de bol, les caméras qui surveillaient le garage étaient en panne depuis quarante-huit heures et n'étaient pas reliées à la société de vidéosurveillance qui aurait pu alerter les flics.

Une soixantaine de kilomètres plus tard, les premières lueurs du jour pointent sur l'étendue plate et monotone de la Beauce. Sous la menace d'un pistolet, Jess extrait son prisonnier du coffre, lui arrache le bandeau. Elle lui tranche les liens des pieds et le fait avancer vers une grange isolée, plantée au milieu des champs. Il tente un pas de côté pour tester sa ravisseuse, quand une balle siffle tout près de son oreille. Puis une autre, de l'autre côté.

—Je ne rate jamais mes cibles, lance-t-elle, lui enfonçant le canon de son arme dans les côtes tout en le poussant vers la porte d'entrée.

Une fois à l'intérieur du bâtiment, une sorte d'entrepôt où sont alignées d'anciennes machines agricoles, elle lui jette une paire de menottes et le somme de s'attacher à une herse rouillée. Puis elle récupère les clés et les glisse dans la poche arrière de son jean. *Mieux vaut engager la conversation,* se dit Raphaël Jenssen, *pour voir ce que cette folle a dans le ventre.*

—Qui êtes-vous ?

—Vous vous souvenez d'Elsa Kübler ? dit-elle tout en dépliant le pied d'une caméra.

Elle a posé son arme sur la roue d'un tracteur à portée de main.

—C'est vous, l'auteur des *Memento mori* ? demande Jenssen.

Jess acquiesce.

—Que voulez-vous exactement ?

—Vos aveux sur le harcèlement de ma sœur, Elsa Kübler, sur le viol en réunion de Joan Verdier, sur l'enlèvement de votre sœur Margot et sur la tentative de meurtre dont elle a été victime à l'hôpital.

Jess termine les réglages de la caméra. Jenssen ne la quitte pas des yeux, il cherche à détecter ses points faibles. Elle est frêle, menue, mais son attitude témoigne d'une grande confiance en elle et c'est une excellente tireuse. Il décide de gagner du temps :

—Je ne suis pour rien dans ces… événements.

—Si c'était le cas, vous ne seriez pas ici ! réplique Jess en réglant l'objectif. Vous n'êtes pas très sexy, redressez-vous !

Cette fois, Jenssen ne rigole plus.

—Je n'ai rien à rien à une cinglée mythomane !

Jess hausse les épaules, se poste devant le prisonnier :

—J'ai tout mon temps, voire l'éternité. J'attends votre témoignage sur ces événements précis, je répète : le harcèlement de ma sœur, le viol de Joan Verdier…

Il ne l'écoute plus, il examine les lieux d'un air sombre. Comment va-t-il se sortir de ce piège ? De son côté, Jess consulte la messagerie du portable de Jenssen et les lui lit à voix haute. Plusieurs messages de collaborateurs au sujet d'un voyage à Anvers, un autre de sa femme qui s'inquiète de ne pas l'avoir vu rentrer. Elle lui renvoie un texto :

Ma réunion s'est terminée tard. Je prends un avion pour Anvers ce matin très tôt. Je t'aime.

Au mot « Je t'aime », il a une sorte de rictus qui n'échappe pas à Jess. Elle se propose de corriger le message quand un e-mail provenant de La Salpêtrière apparaît à l'écran. Il est daté de la veille au soir :

Votre sœur, Margot Jenssen sera opérée en urgence demain matin en raison d'un important épanchement sanguin sous-dural.

Professeur Grandin

Un sourire satisfait apparaît sur le visage de Jenssen. Sourire qui fait bondir Jess. Elle pointe son arme vers lui :

— Voilà une bonne nouvelle. Contrairement à vous, je croise les doigts, je prie pour que Margot s'en sorte, même si je ne suis pas croyante, et pour que le moment venu, elle témoigne contre vous.

76

17 octobre 2021 : Bureaux de la CRMD

Ce matin-là, en arrivant dans la salle de réunion, Anne Lavelli est impeccable, elle a troqué son Perfecto en cuir noir délavé par les ans contre un pantalon fluide et une chemise de soie taupe. Sa chevelure auburn souple et brillante met en valeur sa mèche blanche, et son maquillage est parfait. Aucune trace de fatigue ni de cernes sur son visage. Elle déambule avec vivacité et énergie. Difficile d'imaginer que la veille au soir, elle a perdu pied, constate Kim, admiratif. Il a de bonnes nouvelles :

—J'ai retrouvé le corbeau. Un stagiaire de production qui s'est fait virer par Lorène Gautier il y a dix jours. Pour non-respect des clauses de confidentialité sur un contrat en cours. Un prétexte, d'après lui, car elle lui avait promis de l'embaucher et il cravachait dur. Quand il a appris que son CDD n'était pas renouvelé, il a exigé une explication. Elle l'a pris de haut, l'a humilié publiquement. Alors il a décidé de se venger. Aujourd'hui, il le regrette amèrement car il craint d'être grillé dans le métier. Tu veux le voir ? Il attend dans la salle d'interrogatoire. Les caméras l'ont enregistré.

—Merci Kim, inutile. Qu'est-ce que Lucas a entendu ou vu ?

—Une violente dispute entre Marina et Lorène qui lui a demandé de retirer le témoignage de Margot Jenssen de son futur film. Marina a refusé. Lorène l'a supplié. « Elle allait foutre en l'air la vie de son fils et de sa petite-fille pour une vieille histoire. » Ce sont ses mots. Elle a promis en retour de produire personnellement son documentaire. Marina a refusé. D'après lui, l'engueulade a été violente. Elle a voulu récupérer sa caméra et ses images. Lorène a prétendu qu'elles étaient au service technique, qui, vu l'heure tardive, était fermé. Elle pouvait repasser les prendre le lendemain. Puis il y a eu d'autres noms d'oiseau. Une fois Marina partie, Lorène a appelé un certain Yann. Elle voulait le voir d'urgence. Après, elle est partie en catastrophe. Voilà toute l'histoire.

Anne s'assied sur le bureau et réfléchit à haute voix tandis qu'Inès gigote avec impatience sur sa chaise :

—Il est à peu près certain que Lorène Gautier a envoyé Yann Derteuil pour intimider Marina et lui proposer une transaction. La conversation a sans doute dégénéré.

—Vu le personnage, je suis prête à parier qu'elle a commandité le meurtre de Marina Ferguson, jette Inès !

Anne Lavelli se lève et se met à faire les cent pas.

—Peut-être… Comment le prouver ? Derteuil est mort, et le juge a clos l'enquête. Définitivement.

Inès réplique, de mauvaise humeur :

—Quelqu'un se souvient d'un juge d'instruction qui ne nous a pas mis des bâtons dans les roues ? Non… moi aussi, j'ai une bonne nouvelle.

Anne Lavelli sourit. Inès n'est pas rancunière.

—Margot Jenssen a été opérée en début de matinée. État toujours critique, mais pour le moment elle tient. Si elle parvient à récupérer, elle sera transférée dans une maison de santé aux portes de Paris. Seul hic : sa protection policière sautera quand elle quittera La Salpêtrière !

—Trouve un arrangement avec le Service de la protection de la police nationale.

Inès fait la moue. Anne l'ignore et se tourne vers Kim :

—Replonge-toi dans les trois jours qui ont précédé la disparition de Mazetti. Elle est partie dans le Sud pour rencontrer Margot Jenssen… Sa disparition et les événements de ces derniers jours, le meurtre de Marina, la mort de Roche et de Derteuil, sont liés.

Elle est interrompue par une assistante qui entrouvre la porte du bureau et y passe le nez :

—Madame Lorène Gautier souhaiterait vous voir. Elle attend dans le couloir.

—Le loup vient d'entrer dans Paris 13 ! s'exclame Inès.

*

Anne Lavelli a préféré recevoir la productrice dans son bureau. Mais à mesure que l'entrevue se prolonge, elle pense qu'elle a eu tort. Le côté clinique, fermé, de la salle d'interrogatoire et la présence des caméras l'auraient fait craquer ! En entrant, Lorène Gautier s'est immédiatement positionnée comme la meneuse du jeu ; elle s'est longuement arrêtée devant les affiches des enfants disparus puis a fait un pas de côté vers la photo de Laure Delmas qu'elle a contemplée, de la même manière que son fils, la veille, avant de se retourner vers Anne, le regard vacillant sous l'émotion :

—Difficile d'être jeune en ce moment !

Elle esquisse un sourire teinté de tristesse avant de s'asseoir.

—J'ai appris que Simon a été entendu ici hier en compagnie de son avocat. Même si j'ai des relations distendues avec mon fils, je ne cherche pas à le disculper. Les enfants ont leurs rancunes. Je n'ai pas été une mère suffisamment bonne. J'ai sans doute été trop intrusive... Mais les mères parfaites n'existent pas, n'est-ce pas ?

Anne Lavelli préfère ne pas répondre, ce serait entrer dans le jeu de la productrice. Mais elle reste calme et polie :

—Pourquoi voulez-vous me voir, madame Gautier ?

Lorène Gautier regarde son interlocutrice droit dans les yeux, en quête de compréhension.

—J'aimerais que les choses soient claires. Mon fils n'a rien à voir avec la mort de Marina. Maintenant que vous avez mis la main sur le coupable, cessez de les importuner, lui et sa famille. Ma petite-fille est fragile depuis l'enlèvement – ou accident – dont elle a été victime.

Anne Lavelli veut déstabiliser Lorène Gauthier en bluffant sur l'existence de relevés téléphoniques les mettant en cause, elle et Yann. Lorène hausse les épaules :

—J'ai connu Derteuil à Claude-Monet, quand il fournissait tout le lycée en herbe et autres substances. À l'époque, je suis même allée le voir pour lui demander de cesser tout commerce avec mon fils. J'étais bien naïve. À force de fumer, Simon était devenu asocial et la drogue provoquait chez lui des crises d'angoisse. Quant à Yann, c'était un gamin paumé malgré ses airs de rock star gothique. Il me faisait de la peine. J'ai essayé de l'aider en le faisant travailler sur des plateaux télé comme stagiaire, mais ça n'a pas marché. En sortant de prison, il est venu me voir, il avait besoin d'une promesse d'embauche pour le juge d'application des peines. Je la lui ai donnée, il avait droit à une seconde chance, non ? Qu'est-ce que vous voulez savoir de plus ?

—Comment s'est passée votre dernière rencontre avec Marina ?

—Contrairement à ce que vous pouvez penser, je n'ai pas commandité le meurtre de Marina. Je l'aimais bien, voyez-vous. Les convictions de cette femme n'étaient pas les miennes mais je l'admirais pour son courage, son non-conformisme, et pour les documentaires qu'elle tournait.

—Mais alors pourquoi, selon vous, Yann Derteuil a-t-il assassiné Marina ?

—Je n'en sais rien. Il a voulu lui soutirer de l'argent pour sa dope, elle a refusé, il y a eu une bagarre et puis…

—Il la connaissait ?

—Je n'en sais rien. Peut-être l'a-t-elle contacté pour l'interviewer pour son film ?

Anne décide d'attaquer.

—Vous avez vu les rushes de Marina.

—Non, réplique-t-elle d'un ton nonchalant.

Cette femme est une des meilleures menteuses qu'Anne ait vues depuis qu'elle est flic. Elle durcit le ton :

—Bien sûr que si, vous les avez vus ! Vous avez été paniquée à l'idée que des témoins filmés par Marina accusent votre fils et ses comparses du viol en réunion de Joan Verdier.

Les doigts de la productrice s'agitent un court instant, infime signe de nervosité. Anne poursuit :

—Joan Verdier a été victime d'une tournante qui l'a ensuite conduite au suicide. Je vais vous dire ce qui s'est passé, madame Gautier. Vous avez vu les rushes et quand vous avez entendu le réquisitoire de Margot Jenssen, vous avez paniqué et appelé Derteuil pour qu'il récupère les originaux, moyennant une somme d'argent ou des menaces. Où les deux.

—Vous avez beaucoup d'imagination. Vous devriez écrire des scénarios, lance Lorène Gautier qui contient mal son irritation. Je viens ici en toute bonne foi et vous m'accusez d'avoir commandité le meurtre de Marina ? C'est très humiliant ! Dire que je vous faisais confiance !

Elle se lève d'un coup, agrippe son sac et son manteau et fait face à Anne Lavelli, visage figé dans un sourire de sphinx.

—Vous ne pourrez jamais rien prouver, car il n'y a rien à prouver. L'enquête est close puisque le meurtrier est mort. Je doute fort que le juge perde son temps infiniment précieux. Au revoir.

Anne Lavelli lui rend un sourire fielleux.

—Le temps finit toujours par faire son œuvre. Je saurai faire éclater la vérité. Dans ce genre de scénario comme vous dites, le temps est une notion très relative…

Elle se lève à son tour et ajoute d'un ton menaçant :

—Et moi, j'ai tout mon temps, d'autant qu'un de vos stagiaires est venu raconter votre entrevue avec Marina Ferguson dans vos bureaux de production, deux jours avant sa mort.

Lorène Gautier se fend d'un petit rire sarcastique :

—Ce garçon est un mythomane qui n'a pas avalé le fait de ne pas être embauché. Renseignez-vous, je ne suis pas la première à qui il fait ce genre de coup. Au revoir… Et bon courage.

—À bientôt, lance Anne, cinglante.

Une fois seule dans son bureau, elle se dit que Lorène Gautier doit avoir de sacrées protections. *Ou elle pense en avoir*, se dit-elle, histoire de calmer la colère qui monte en elle. Elle commence à se sentir rassérénée par cette dernière pensée quand Kim débarque :

—Un rapport de Jenner vient d'arriver. D'après les dernières analyses, l'héroïne qui a tué Derteuil était mélangée à du Fentanyl, un opiacé synthétique cinquante fois plus puissant que n'importe lequel opiacé, utilisé pour calmer les douleurs de certains cancers. La moindre erreur de dosage, un millième de gramme, c'est-à-dire une dose infinitésimale, peut s'avérer mortelle. Celle-ci vient de Shanghai *via* le DarkNet, on la nomme China Girl. Pour le moment, elle est majoritairement distribuée aux Pays-Bas.

—Qui aurait décidé de se débarrasser de Derteuil n'aurait pas trouvé solution plus radicale.

—Sauf que pour le moment, cette dope n'a pas envahi Paris, marmonne Kim.

—On sait que Raphaël Jenssen s'est rendu aux Pays-Bas dernièrement.

—Je le vois assez mal en acheter ! jette Inès.

—Pas moi… Mais là aussi, comment le prouver ? Le problème, c'est qu'on n'a rien pour le coincer, peste Anne. L'un de vous s'est-il penché sur l'emploi du temps de Derteuil, plus exactement sur les heures qui ont précédé sa mort ?

Kim acquiesce.

—Oui. Il est resté jusqu'à 22 heures au Berliner Wunderbar, un troquet de la Bastille, en compagnie du type avec lequel il a enlevé Margot Jenssen. Ils ont éclusé quelques bières. D'après lui, Derteuil s'est mis à délirer, il racontait qu'il était poursuivi par des fantômes japonais qui voulaient lui faire la peau. Puis il a reçu un appel pour un rendez-vous place d'Italie. Après, on ne sait pas. Son portable a borné avenue de Choisy. Je n'ai pas encore reçu le résultat des fadettes.

Un SMS d'Alex s'affiche sur l'écran de son téléphone.

Comment te sens-tu ce matin ?

Anne sourit et pianote :

Pas mal, et toi ? En réalité, comme quelqu'un qui a voulu noyer ses problèmes dans les bulles et qui a un mal de crâne lancinant. Qu'as-tu voulu me dire hier soir à propos de Castellane ? Suis en train de remonter la trace de Carmen Mazetti. Peux-tu faire une recherche sur les morts sous X dans la région de Castellane et des gorges du Verdon depuis fin 2001 jusqu'aux années 2010 ?

La réponse d'Anne ne se fait pas attendre :

Tu as une piste ?

77

17 octobre 2021 : Appartement d'Alex, place Paul-Verlaine

Réponse d'Alex :

Non. Juste une intuition. Je te dirai plus tard.

Il sourit. Il n'a ni le temps ni l'envie de s'expliquer plus avant. L'utilisation systématique du SMS commence à l'agacer sérieusement. Il saisit sa veste et son casque de motard, claque la porte du « clapier » et descend quatre à quatre l'escalier. Il va rendre visite à celle qu'il soupçonne être à l'origine des *Memento mori*. Son contact de la lutte contre la cybercriminalité de Nanterre a assuré avoir relevé des similitudes dans le travail d'une certaine Jess et les visages de femmes dessinés par l'artiste. Des visages sans yeux, à l'expression absente, comme si leur créatrice avait volontairement omis de les terminer. Une caractéristique de Jess, une infographiste qui jouit d'une belle notoriété dans l'univers de la musique électro-pop, cultive l'anonymat et ne s'exhibe pas sur les réseaux sociaux. Impossible de trouver une photo d'elle sur le Net ou ailleurs.

Pour la pister, Alex a appelé un copain qui bosse chez Universal et produit un des groupes de musique avec lequel Jess a collaboré. La réponse tombe rapidement : il pourrait s'agir de Jessica Tournier-Kübler, une artiste à l'identité secrète qui n'apparaît jamais en public, à la manière des Daft Punk. Une agoraphobe bourrée de talent, qui se terre chez elle et entretient sa légende de misanthrope. *Où* la trouver ? Alex se souvient soudain d'Elsa Kübler, dont Anne lui a parlé. Une autre petite victime de Jenssen. Sur les réseaux sociaux, il repère une Jessica Tournier-Kübler. Son sixième sens lui souffle qu'il s'agit de la jeune femme qu'il recherche.

*

Alex se gare devant le quai de Seine et s'approche de l'immeuble cossu où loge Jessica Tournier-Kübler. Il profite de la sortie d'un livreur pour s'y introduire. Sur l'interphone, les initiales JK. Il appuie sur la touche correspondante. Une voix d'homme lui répond. Sixième étage. En sortant de l'ascenseur, un petit homme sec et nerveux, à l'allure patibulaire, l'attend :

—Suivez-moi, je suis le gardien de l'immeuble.

Il pénètre dans l'appartement, un grand studio lumineux sous les toits. Peu de meubles, un semainier en vieux bois recyclé et des châssis posés contre le mur. Au centre de la pièce, deux grands écrans – sur lesquelles défilent des mires de couleur – surplombent la table de travail. Boîtes de pastels, tubes de gouache, crayons de couleur, pinceaux et feutres y sont alignés dans un ordre maniaque. Plus loin, un chevalet se dresse devant la fenêtre. La propriétaire des lieux est à coup sûr l'artiste qu'il recherche, note Alex en s'approchant de l'esquisse au fusain qui y est suspendue. On y voit un visage d'enfant terrorisé qu'une main griffue pousse sous la surface de l'eau…

—Mademoiselle m'a laissé ses clés afin que vous puissiez déposer les épreuves ici, dit-il en désignant la table de travail.

Alex décide de jouer franc-jeu.

—Je ne suis pas la personne que vous attendez, mais un ami. Jess m'a donné rendez-vous.

Le gardien dévisage Alex, inquisiteur.

—Mademoiselle n'a pas d'amis. On va l'appeler pour confirmer ce que vous dites.

Tout en détaillant les lieux, Alex acquiesce. L'homme compose un numéro. Il tombe sur la boîte vocale. L'inconnu semble soudain inquiet.

—Il va falloir quitter les lieux. Mademoiselle n'apprécierait pas que je fasse entrer un inconnu chez elle.

78

17 octobre 2021 : Bureaux de la CRMD

Anne Lavelli est en train d'éplucher la liste des morts sous X retrouvés dans la région des Alpes de Haute-Provence de 2001 à nos jours. Une longue suite impersonnelle de dates et de lieux, avec de rares informations concernant l'âge probable des victimes et la nature des décès. Parfois accompagnés de portraits *post-mortem* ou de reconstitutions. La tragédie des invisibles qui reposent parfois durant des années dans les casiers des morgues avant d'être inhumés dans des fosses communes parce qu'aucune famille ni ami ne sont venus les réclamer. Elle note que les gorges du Verdon, situées non loin de Castellane, attirent énormément de touristes enthousiastes en raison de leurs paysages vertigineux, mais aussi des personnes aux penchants suicidaires, désireuses de mettre fin à leurs jours dans ce cadre hors du commun. Un paradoxe que l'on retrouve aux quatre coins du monde : qu'il s'agisse de la cascade de Kjosfossen en Norvège, de la forêt Aokigahara au Japon ou des falaises d'Étretat, qui sont devenus des lieux culte de suicide à travers le monde. Lavelli frissonne. Carmen, dépressive après sa mise à pied, s'y serait-elle donné la mort ou est-ce une projection de sa part ? Peut-être coule-t-elle des jours heureux quelque part au Mexique ? Elle l'espère sincèrement tout en poursuivant ses recherches.

En appelant une ancienne collègue qui a été mutée à Marseille, Anne apprend que les véhicules accidentés dans les gorges du Verdon ne sont pas toujours récupérés. Le coût étant très élevé, bon nombre de carcasses pourrissent durant des années sur les flancs escarpés des canyons. Aujourd'hui, on peut les repérer à l'aide de drones dépêchés par la gendarmerie, mais ce n'est pas pour autant qu'on va les chercher car les assureurs font la sourde oreille. Kim entrouvre la porte du bureau, un sourire euphorique sur le visage :

—J'ai trouvé la pension dans laquelle a sans doute logé Carmen Mazetti à Castellane. Le propriétaire, un amateur d'opéra, prétend se souvenir d'elle à cause de son prénom. En face, il y avait une société de location de voitures qui a mis la clé sous la porte en raison d'ennuis avec la justice. Elle servait de couverture à un trafic de véhicules entre la Suisse, l'Italie et la France. Imaginons que Mazetti ait loué un de leurs véhicules volés et qu'elle ait disparu avec… l'entreprise a probablement fermé les yeux sur la disparition de la voiture du fait qu'elle ait été flic. Ils n'auraient pas voulu attirer l'attention sur leurs activités.

Anne réfléchit. L'hypothèse de Kim tient la route. Encore faudrait-il pouvoir la vérifier. Et pour cela, convaincre le procureur d'ouvrir une enquête sur la disparition d'une flic à la réputation dépressive, remontant au début des années 2000, puis obtenir une commission rogatoire du juge d'instruction. Un parcours long, administrativement complexe et onéreux. Elle en est là de ses réflexions lorsqu'une voix l'interpelle :

—Je ne vous dérange pas ?

Elle se retourne. Alex est là, négligemment appuyé au chambranle de la porte comme lors de leurs retrouvailles, il y a six mois. Toujours le même air insouciant et énigmatique qui la fait craquer.

—Que me vaut l'honneur de ta visite ? dit-elle, réprimant un sourire.

Devant Kim et Inès, ils gardent leurs distances, même si personne n'est dupe. Et aussi pour ne pas attiser les rancœurs de l'équipe d'Anne. Un ex-flic qui donne des coups de main à leur cheffe et se mêle de leurs enquêtes, ça pourrait attirer les jalousies…

—Je suis à peu près certain d'avoir retrouvé la dessinatrice des *Memento mori*. Il s'agit de Jessica Kübler, la demi-sœur d'Elsa Kübler. Or elle n'a pas donné de nouvelles depuis hier, *dixit* le gardien de l'immeuble qui semble bien la connaître.

—Elle est sortie rejoindre une amie, un amant, ou…

Alex secoue la tête et poursuit :

—Jessica Kübler est agoraphobe. Elle sort très rarement de chez elle. J'ai aussi cherché à joindre Raphaël Jenssen. Sans succès. Ni sa femme, ni personne ne l'ont vu depuis hier. Il n'est pas réapparu non plus dans ses bureaux. Et s'il l'avait enlevée ?

79

17 octobre 2021 : Dans la Beauce

Un soleil souillé par les plaques de brume s'extirpe au-dessus des champs désolés pour venir frapper contre les vitres du hangar. À l'intérieur, Jenssen, agenouillé au sol, toujours menotté à l'une des fourches de la herse rotative, a perdu de sa superbe. Son costume d'un grand couturier italien est sali par la terre battue et ses chaussures de ville sont maculées de boue. De temps en temps, il se raidit pour ne pas frissonner, mais jamais il ne jette un regard vers celle qui le retient prisonnier. À l'affût du moindre geste de son otage, Jess fait les cent pas tout en réfléchissant. Pour le moment, son plan ne fonctionne pas. Que faire pour obtenir les aveux de Jenssen ? Il s'est réfugié dans le mutisme. La caméra est toujours là, sur son trépied, témoin d'une confession qui ne vient pas. Elle enrage, mais ne le montre pas. Ce serait lui faire trop de plaisir.

Il a traversé de nombreux états depuis que cette folle l'a enlevé. Lassitude, regret, honte de s'être fait avoir aussi facilement, surtout par une femme, mais aussi une colère noire doublée d'une sombre détermination à lui faire payer l'humiliation qu'elle lui inflige. Il ne peut accepter de se faire rabaisser de la sorte et attend le moment opportun où elle relâchera son attention. Mentalement, il est bien plus aguerri que cette petite conne qui croit le dominer. Personne ne le domine, c'est lui qui dicte sa loi.

Une alerte rompt le silence. Un message s'affiche sur le portable du prisonnier. Jess le saisit et lit à voix haute :

—Un message pour vous, du professeur Grandin. Je vous le lis :

Margot Jenssen s'est réveillée du coma. Elle sera transférée dans un autre service d'ici peu. Veuillez me contacter s'il vous plaît.

Une joie intense envahit Jess qui fait un pas vers Jenssen. Elle le scrute d'un air victorieux.

—Que vous témoigniez ou pas devant ma caméra, vous n'échapperez pas à la justice car Margot va vous essorer, vous anéantir, vous couper les couilles. Elle rêve de ça depuis si longtemps. En attendant, vous restez ici, car je veux vous entendre me raconter pourquoi vous vous en êtes pris à ma sœur. Pourquoi Elsa, pourquoi elle ? J'attends, je veux savoir ! crie-t-elle.

Il ne lève même pas le regard, l'ignore toujours ostensiblement. Jess contient sa colère, hausse les épaules, va s'adosser à la roue du tracteur. Et se plonge dans son portable, quand il brise le silence :

—J'ai soif. Donnez-moi à boire.

Avec son pied, Jess fait rouler une bouteille d'eau vers le prisonnier. Il veut la saisir avec ses mains menottées, mais elle est trop éloignée de quelques centimètres.

—Aidez-moi, dit-il.

Jess le regarde avec un air mauvais.

—Allez, un petit effort… penchez-vous, elle est là, tout près de vous !

Soudain, elle a honte, elle devient aussi sadique et conne que lui. Elle tire son revolver de sa ceinture et s'approche tout en le tenant en joue. Donne un léger coup de pied dans la bouteille qui reste collée à la boue.

Elle réessaye. Sans succès. Elle se baisse pour la saisir quand, tel un fauve, il se déploie, lui attrape le poignet, la tire brutalement à lui et, de ses deux mains entravées, lui balance un violent coup dans le sternum. Elle pousse un hurlement, tente de se redresser, mais dérape sur la terre battue, laissant échapper son arme. Il l'agrippe, la ramène à lui et lui assène un deuxième coup avec ses mains menottées. Le métal lui vrille le crâne. Malgré la douleur aiguë qui l'aveugle, elle cherche à se relever pour attraper l'arme, mais trop tard : Jenssen la tient en joue tandis que, de son autre main, il fouille la poche de son jean, à la recherche des clés de ses menottes. Envahie par la panique, elle l'agrippe, frappe de ses poings la poitrine de son agresseur, lui lance des coups de pied dans l'entrejambe. Il rit.

— Tu m'exciterais presque, salope !

Il pèse de tout son poids sur son corps puis, s'étant détaché les poignets, lui assène un nouveau coup sur le torse. Elle se plie en deux pour ne pas hurler tandis que le métal froid du canon se pose sur sa nuque. Il la vise à la tête.

Elle peut lire la folle excitation dans ses yeux. Observant son sourire carnassier, elle sent son érection qui durcit. La domination et le pouvoir sur sa proie, réflexes primitifs de la bête qu'il laisse grandir en lui, l'excitent à l'extrême. Elle ferme les yeux, attendant que le coup parte.

80

17 octobre 2021 : Centre de société de surveillance, 5e arrondissement

— Si les caméras du parking du boulevard Saint-Germain où M. Jenssen gare son 4 × 4 sont en panne, je n'y suis pour rien, râle l'employé en faisant défiler les images sur l'écran de surveillance, une mosaïque de fenêtres inexploitables.

Il agrandit l'une d'elles sur laquelle on distingue vaguement des formes striées par une forêt de lignes blanches qui courent sur l'image.

—C'est pas de bol ! soupire Anne Lavelli, exaspérée.

—Pouvez-vous zoomer sur celle-ci ? demande Alex.

L'homme fait jouer le curseur en maugréant. Une suite de taches agglomérées ressemblant plus à un tableau de Soulages qu'à une aile de parking apparaît au milieu de la myriade d'images. Étrangement, plus il zoome, plus on distingue des contours qui s'agitent autour d'une forme évoquant un véhicule. Comme si le point et l'objectif de la caméra s'étaient inversés. Il s'énerve contre le matos de merde, tente un arrêt sur l'image. On distingue une silhouette menue qui s'avance vers une autre en direction de ce qui semble être le coffre ouvert d'une voiture.

—Jamais vu cette caisse pourrie ici ! s'exclame le technicien.

—Comment en êtes-vous si sûr ? demande Anne.

—Je les connais par cœur, les bagnoles des riches qui ont une place à l'année ici, au parking ! s'écrie-t-il, au bord de la crise de nerfs. Vu la forme de celle-ci, c'est une Lada ou une vieille Honda !

En quittant la société de surveillance, Anne passe un appel pour demander à la police scientifique de saisir les vidéos du parking – peut-être pourront-ils en tirer quelque chose ? –, puis elle se connecte au fichier central pour savoir si Jessica Kübler possède un véhicule.

—Elle est immatriculée pour un deux-roues, annonce-t-elle à Alex qui lui tend un casque. Inversons la proposition : si Jessica n'était pas la victime… Si elle avait enlevé Jenssen ?

Alex esquisse une moue dubitative tout en actionnant la poignée de gaz de la Kawasaki. Anne enfourche la moto tandis qu'il réfléchit à haute voix :

—Elle aurait voulu les éliminer un à un… sauf que ça ne colle pas. Roche et Derteuil sont décédés l'un d'accident, et l'autre d'overdose. Ton scénario est un peu rocambolesque, non ?

—Non. Je suis persuadée que Jenssen est mêlé à leurs morts.

—OK. Admettons que ce soit le cas. Où l'aurait-elle emmené ?

Anne n'en sait rien.

La moto bondit sur l'asphalte et part en trombe vers le domicile de Raphaël Jenssen, boulevard Saint-Germain. Anne se pelotonne contre Alex, grisée par la vitesse qui lui fait momentanément oublier les revers successifs auxquels elle est confrontée depuis la mort de Marina.

Mais ils font chou blanc. Après les avoir fait entrer dans un somptueux appartement à la déco ostentatoire, façon magazine de luxe, Juliette Jenssen prétend n'avoir aucune nouvelle de son mari depuis la veille. Pourtant, elle ne semble nullement inquiète. Plutôt lointaine, indifférente. Elle ne se mêle pas de la vie professionnelle de son mari, sauf quand il le lui demande. Oui, il lui arrive de découcher. Des rendez-vous avec des clients étrangers qui s'éternisent… Elle n'en dira pas plus. En refermant la porte de l'antique ascenseur aux grilles de fer forgé – un Roux-Combaluzier d'époque, note Alex –, Lavelli peste contre les témoins plus menteurs que des arracheurs de dents.

—Encore une qui nous mène en bateau, c'est certain !

Pour la calmer, Alex la serre dans ses bras. Elle n'a pas envie de résister. Ils échangent un long baiser passionné durant la lente descente de la cabine. Puis sont interrompus par un appel de Kim :

—Le téléphone de Jessica Kübler a été localisé dans la Beauce. Le dernier bornage a été relevé près de Nemours. On attend la suite et on continue les recherches.

Direction le studio de Jessica Kübler. Après avoir minutieusement scruté la carte de police d'Anne, le gardien à la mine patibulaire accepte de leur confier les clés de Mlle Jess – comme il l'appelle –, tout en exigeant d'être présent lors de la visite. Un autre ascenseur plus rapide et nettement moins romantique, cette fois-ci, les emmène sous les toits, dans le studio où ils découvrent un carton à dessins contenant les épreuves des *Memento mori*, classées par ordre chronologique, attestant que Jessica Kübler est leur créatrice. En tout, ce sont dix-sept dessins avec études et esquisses préparatoires qu'ils trouvent. Dans un autre cahier intitulé *Inventaire des travaux en cours*, les notifications et dates d'envoi de toutes les créations répertoriées de l'artiste. Pochettes de disque, infographies et autres œuvres graphiques, dont les *Memento mori* ; en face, les dates d'envoi par e-mail à une certaine Mieko.

—Le surnom de Margot, note Anne. Une alliance entre deux femmes animées par un même désir de vengeance envers les Têtes d'or !

—Ce travail au long cours s'étale sur plus d'une année. Une vengeance minutieuse, précise, implacable qui a dû en déstabiliser plus d'un parmi les Têtes d'or ! constate Alex.

Tandis qu'Anne Lavelli appelle la Scientifique pour récupérer les ordis et analyser les lieux, Alex cuisine le gardien. Lorsqu'il apprend que Jess a disparu, il semble soudain déstabilisé et crache le morceau : la veille, il lui a prêté sa vieille Lada. Elle devait la lui ramener le soir même.

—Pourtant elle était agoraphobe et ne sortait que très rarement ? insiste Alex.

L'homme acquiesce mais demeure muet.

—Savez-vous où elle devait aller ?

L'homme secoue la tête.

—Vous avez les coordonnées de sa famille, d'un proche ? demande Anne.

—Mademoiselle avait rompu avec ses proches.

À l'intérieur de la loge qui pue le tabac froid, la photo en noir et blanc d'une vieille ferme, au centre d'une plaine monotone, intrigue Anne quand Inès les prévient que Jenssen s'approche du bâtiment Babinski :

—Il vient de garer son 4 × 4 Mercedes juste devant, je le suis.

81

17 octobre 2021 : Hôpital de La Salpêtrière

Impeccable, l'air conquérant, Raphaël Jenssen, un bouquet de fleurs à la main, pénètre dans le hall du pavillon Babinski. Sourire aux lèvres, il se dirige d'un pas alerte vers l'ascenseur qui le dépose au quatrième étage, au service de neurochirurgie. Là, il semble hésiter, prend son temps pour examiner les lieux, lève les yeux, constate que l'étage n'est pas équipé de vidéosurveillance. Puis il fait quelques pas, entre par erreur dans une réserve dédiée au matériel de nettoyage où s'entassent bacs de linge et chariots repas. Il se fait rabrouer par une aide-soignante à qui il explique qu'il cherche le pôle des infirmiers. Elle le pousse dehors et lui indique le chemin. Circonspecte, elle le suit du regard lorsqu'il s'éloigne, s'arrêtant devant les chambres des patients comme s'il cherchait quelque chose.

Un peu plus loin dans le corridor, une autre porte : le local de maintenance où sont regroupés les appareillages médicaux, bombonnes d'oxygène, respirateurs, écrans de contrôle, pieds à perfusions. Accrochée au mur, une petite armoire vitrée avec une manette pour couper le courant en cas d'incendie semble intéresser Jenssen. Il détaille attentivement la notice puis s'approche de la fenêtre. Des échafaudages masquent la vitre. Il l'entrouvre, se penche. Une plate-forme métallique court le long du mur du bâtiment dans lequel des ouvriers ont entreposé leur matériel. Un escalier permet de descendre jusqu'au sol. Quelques instants plus tard, il met le bouquet de fleurs dans les bras de l'infirmière qui s'occupe de Margot. Il veut les remercier, elle et ses collègues, pour les soins qu'elles ont prodigués à sa sœur. Le professeur Grandin l'a informé de la réussite de l'opération et il aimerait la voir ou l'apercevoir.

—C'est malheureusement impossible. Elle est en soins intensifs depuis l'opération.

Devant la mine dépitée d'Aurélien, l'infirmière veut bien faire une exception. Elle peut l'emmener voir de loin son visage et son crâne bandé, s'il le souhaite.

—Cette fois, pas de protection policière, note Jenssen, en approchant de la chambre.

L'infirmière acquiesce.

—Elle a été levée, j'ignore pourquoi.

Elle entre dans la chambre, s'approche de la patiente et lui murmure quelque chose à l'oreille. Celle-ci tente de se relever, n'y parvient pas, mais adresse un petit signe à travers la vitre avant de sombrer à nouveau.

—Puis-je vous laisser mes coordonnées pour quand ma sœur se réveillera ?

L'infirmière prend la carte, quand Juliette, accompagnée des jumeaux, les rejoint. Il saisit tendrement Charlotte dans ses bras et lui indique la forme blanche qui repose de l'autre côté de la vitre.

—C'est ta tante, ma chérie, dit-il. Elle a été très malade. Quand elle ira mieux, elle rentrera avec nous à la maison.

Jules réfléchit, puis demande :

—Elle va habiter avec nous pour toujours ?

Le père acquiesce tout en jetant un regard en coin à l'infirmière qui les observe. *Elle doit penser que nous sommes une bien jolie famille*, se dit-il en déposant Charlotte sur le sol et en hissant Jules au niveau de la vitre.

*

Au même moment. Anne et Alex se séparent à l'entrée de La Salpêtrière, côté boulevard Vincent-Auriol. Il a rendez-vous avec son éditeur pour découvrir la couverture de son roman à paraître. Elle s'approche pour l'embrasser quand un appel d'Inès les interrompt :

—Il est allé voir sa sœur et, à mon humble avis, repérer les lieux en prévision d'un sale coup. Il s'apprête à quitter l'hosto avec femme et enfants.

—J'arrive et on fait un point.

En approchant du pavillon Babinski, Anne tombe sur Jenssen en compagnie de sa femme et de ses enfants. *Surtout ne pas l'effrayer, c'est mon dernier et seul suspect après toute cette enfilade de morts*, se répète-t-elle.

—Je viens entendre votre sœur qui s'est réveillée.

Une ombre fugace traverse le visage de Jenssen. Anne Lavelli fait celle qui n'a rien vu et poursuit :

—J'aimerais aussi vérifier votre emploi du temps d'hier, car Jessica Kübler a disparu.

Jenssen a un geste d'incompréhension.

—Jamais entendu parler. Qui est-ce ?

—La créatrice des *Memento mori* que vous et vos amis recevez depuis plus d'un an. Où étiez-vous hier soir ?

Il se tourne vers sa femme, lui fait un petit signe. Elle acquiesce et s'éloigne, un jumeau accroché à chaque main.

—J'ai dîné avec des investisseurs à l'hôtel Costes, puis j'ai passé la nuit avec Elena, la femme de Frédéric Roche.

Il toise Anne avec une lueur retenue dans le regard :

—Depuis son divorce, nous nous voyons de temps à autre. Elle vous le confirmera.

—Où avez-vous passé la nuit ?

—Dans son pied-à-terre parisien de l'avenue Mozart.

Il lui adresse un sourire on ne peut plus aimable avant de tourner les talons. Anne étouffe sa vindicte et se jure de lui faire la peau le plus vite possible. Elle se reprend : non, elle le traduira devant la justice. Il payera pour ses crimes. Elle fera éclater la vérité.

82

17 octobre 2021 : Place d'Italie,
Éditions des Traverses

Alex est en train d'examiner l'aplat de la couverture de son prochain roman, *L'Affaire Rose Treymin.* Le travail graphique en noir et blanc reprend la photo d'une adolescente qui s'éloigne sur une route bordée d'arbres menaçants. Au premier plan, la roue d'un vélo tourne dans le vide. Plus loin, un petit autel avec des bougies, des bouquets de fleurs fanées, des petits mots et un ours en peluche.

—Qu'en pensez-vous ? demande l'éditeur.

—C'est assez suggestif, je crois, répond Alex, satisfait. C'est toujours excitant de découvrir la couverture de son roman.

—Vous pouvez demander des modifications si vous le souhaitez. Le livre paraîtra au mois de mars, ce qui est une excellente date.

Un appel interrompt leur conversation. Alex s'excuse d'avoir oublié de couper son portable. L'éditeur a un geste magnanime. Ils avaient terminé. Il s'agit du gardien de Jessica Kübler qui semble paniqué.

—Des voisins ont aperçu ma Lada et se sont inquiétés de ne pas me voir. Quand je viens là-bas, j'ai pour habitude de venir les saluer.

—Vous aviez prêté votre véhicule à Jessica Kübler ?

—Oui. Elle m'a demandé les clés. Elle avait quelque chose d'important à régler là-bas.

—Là-bas. C'est la photo qui se trouve sur votre buffet ?

—Oui. La maison de mes parents. À Bagneaux-sur-Loing, dans la Beauce.

Alex tente d'avertir Anne, mais son portable sonne dans le vide. Elle doit encore se trouver à La Salpêtrière. Tout en enfourchant sa Kawasaki, il calcule qu'il lui faudra un peu moins d'une heure pour se rendre à Bagneaux-sur-Loing. Il y sera avant la tombée de la nuit.

*

Alex n'a eu aucun mal à trouver la ferme, le gardien lui a indiqué la route. Quand il emprunte le chemin de terre qui y mène, les dernières lueurs du jour explosent dans des teintes rouges sur l'horizon, quelques corneilles tournoient dans le ciel en poussant des cris funèbres. En s'approchant, il distingue la vieille Lada du gardien. Il se gare à côté, devant ce qui semble être une bâtisse de pierre aux murs aveugles. Il fait le tour de la voiture antédiluvienne. Personne. Puis pousse la porte métallique de la bâtisse, s'avance précautionneusement dans la pénombre, trouve un interrupteur qui éclaire une rangée de vieilles machines agricoles dont les silhouettes rouillées se découpent sur les murs. Un chuintement, peut-être celui d'un oiseau ou d'un rongeur qui fuit devant le visiteur. Aucune trace de Jessica Kübler dans le hangar, sinon des empreintes de pas sur la terre battue, et un long sillon dans la poussière, comme si on y avait traîné quelque chose. Un corps ? Un sentiment de malaise envahit Alex.

Il sort, contourne le bâtiment et débouche sur une aile, à usage d'habitation. Il secoue la poignée qui résiste. Alex hésite, avise une fenêtre qu'il brise d'un coup d'épaule et s'introduit dans une cuisine où de vieux meubles sont entassés près d'une cheminée. Sur la table, une boîte de Nescafé et quelques provisions de base. Il poursuit son inspection, passe devant une chambre avec un lit fait et des piles de journaux au sol, puis devant une porte entrebâillée derrière laquelle il aperçoit des carreaux de céramique jaunis par les ans. Une salle de bains. Un goutte-à-goutte résonne dans la maison vide. Il pousse doucement la porte.

Une jeune femme, veines ouvertes, est allongée dans une baignoire dont l'eau a pris une coloration rose clair. Deux filets de sang s'écoulent de ses poignets. Avec ses cheveux roux qui ondulent, sa peau translucide couverte de taches de son, et son long tee-shirt blanc flottant autour d'elle, elle ressemble à une Ophélie des temps modernes. Paisible, un léger sourire aux lèvres, elle semble plus endormie que morte. Sur le rebord, un cutter ensanglanté, de ceux qu'on utilise pour couper les feuilles de papier. Alex s'approche et bute sur une barrette de comprimés vide qui gît au sol. Du Zolpidem, un hypnotique puissant. Il se penche vers la jeune femme. Aucun souffle ne sort des lèvres qui ont une teinte bleuâtre.

Soudain, Alex a un coup au cœur. Jamais, il ne s'est senti aussi coupable de ne pas avoir mesuré à temps le danger dans lequel s'est engouffrée Jessica Kübler. Il se raidit, tente de retrouver ses réflexes de flic pour prendre de la distance, mais les larmes lui montent aux yeux.

83

17 octobre 2021 : Hôpital de La Salpêtrière

Malgré ses efforts, Lavelli n'est pas parvenue à reconduire la protection rapprochée de Margot Jenssen. Pourtant, elle est montée en haut lieu, au siège du Bastion, et a bataillé sec, mais Malard, l'un des technocrates du millefeuille de la direction, a objecté que les suspicions concernant Raphaël Jenssen étaient purement spéculatives. Qu'elle apporte des preuves, ils étudieront la viabilité de sa demande.

—Cantonnez-vous à vos objectifs et à ceux de la CRMD, conclut-il, en détachant soigneusement chaque lettre du sigle.

En quittant le 36 rue du Bastion, Anne a le sentiment de se battre contre des moulins à vent gigantesques et elle ressent soudain une immense lassitude. La citation du président Mao Tsé toung : « Compter sur ses propres forces », lui revient en mémoire et la fait sourire malgré la colère qui lui noue le ventre. Ce revers n'est peut-être pas un mal, puisque Jenssen a opéré des repérages à l'étage où sa sœur est hospitalisée, elle a la conviction qu'il va se manifester et reviendra cette nuit même pour la faire taire définitivement. Elle est le dernier témoin capable de l'envoyer sous les verrous. Vers 19 heures, il a appelé l'infirmière pour avoir des nouvelles. Inès a pris l'appel et a répondu sur un ton professionnel :

—L'état de votre sœur est stable. Elle est consciente et se repose. Le professeur Grandin a interdit aux officiers de police de l'entendre pour le moment, mais dès demain, les visites seront autorisées.

Elle a vérifié en compagnie de Kim les accès du bâtiment Babinski, et il apparaît que seule l'entrée principale est accessible durant la nuit. Quant à l'accès à l'étage des soins *via* l'échafaudage destiné à restaurer la toiture du bâtiment, il est impossible car les fenêtres sont verrouillées de l'intérieur. Restent les sous-sols, par lesquels les ambulances accèdent en cas d'urgence. Des gardiens appartenant à un service de sécurité y vérifient l'arrivée de chaque véhicule. Kim les a briefés.

Inès s'est proposée de prendre la place de Margot dans sa chambre. Elles ont la même corpulence ; une fois sa tête et son visage bandés, Jenssen n'y verra que du feu. Elle aura son arme à portée de main et saura se défendre contre le « monstre psychopathe », comme elle le surnomme. Anne sera à quelques mètres, dans la chambre voisine, et le serrera en flagrant délit. Quant à Kim, il planquera à l'extérieur du bâtiment Babinski, et donnera l'alerte dès que Jenssen sera en vue. Un plan audacieux : seulement trois agents pour attraper un dangereux criminel. Pour sa sécurité, Margot Jenssen a été déplacée dans la chambre mitoyenne à celle d'Anne. Ainsi, elle pourra également la surveiller.

La nuit tombe sur La Salpêtrière quand Anne reçoit un coup de fil d'Alex lui annonçant la mort de Jessica Kübler. La nouvelle la plonge dans un sentiment de tristesse et d'échec qui la rend incapable de proférer la moindre parole pendant un long moment. Étrange, *ce rapport avec l'eau. Roche, noyé dans une piscine et*

Jessica Kübler, *suicidée dans une baignoire*. Quel lien Jenssen entretient-il avec l'élément liquide ? Pourquoi cette fascination ? Alex rompt le silence en annonçant que la police de Nemours est sur les lieux. Il faudra attendre les conclusions de l'autopsie pour déterminer s'il s'agit d'un suicide ou d'un meurtre. Les relevés de la police scientifique détermineront également si Jessica Kübler était seule ou accompagnée, ajoute-t-il. À l'autre bout du fil, Anne sent l'homme qu'elle aime, lui aussi désorienté et indécis, aussi préfère-t-elle ne pas évoquer le guet-apens qu'elle est en train de mettre en place à La Salpêtrière. Où a-t-elle merdé ? s'interroge-t-elle en songeant à la mort de Jessica Kübler.

22 heures. Toujours aucun signal de Kim. Les minutes passent, longues comme des siècles. Elle envoie à Inès un message qui lui répond :

Rien à signaler. Je me sens comme une momie sous les bandages, je meurs de chaud.

23 heures. Les silhouettes du personnel de nuit qui vaque à ses occupations. *Rien n'est plus ennuyeux que de planquer*, songe Anne qui broie du noir. Et si elle faisait fausse route ? Si Jenssen n'avait pas l'intention de se manifester ce soir ? Elle soupire puis se replonge dans un jeu idiot sur l'écran de son téléphone.

23 h 20. Des crissements de chariot métallique, des pas, des voix qui scandent des ordres brefs envahissent soudain le couloir. Un AVC. Puis les voix s'éloignent et, de nouveau, c'est le silence, oppressant.

23 h 44. Les plafonniers s'éteignent, un à un. Le son d'une sirène retentit au loin puis s'arrête. Par réflexe, Anne jette un coup d'œil à son poignet. 23 h 45. Ses yeux s'habituent rapidement à l'obscurité.

Elle sort de la chambre, inquiète. Croit entendre un bruit dans la chambre occupée par Inès. À travers la porte entrebâillée, elle risque un regard. Personne dans le lit. Un sentiment d'incompréhension relayé par une sensation d'urgence envahit Anne. Elle appelle Inès sur son portable. Seule la boîte vocale lui répond. Elle compose le numéro de Kim. Muet, lui aussi.

Le cœur dans la gorge, elle remonte le couloir, à la recherche d'Inès, s'attendant à croiser la silhouette de Jenssen à chaque instant. Elle sort son arme du holster, passe devant la chambre où repose Margot. La jeune femme gît, immobile et paisible, reliée aux écrans qui clignotent dans la pénombre. Au loin, la blouse d'un infirmier traverse le couloir qui mène aux ascenseurs. Le son de la sirène retentit à nouveau.

Les secondes se dilatent dans les ténèbres. Des semelles de crêpe glissent sur le linoléum derrière elle, deux infirmiers la dépassent et se précipitent vers une chambre. Un appel à l'aide et des cris : « Et ce putain de générateur qui ne démarre pas ! » Le couloir a l'immobilité d'un paysage minéral dans la pénombre. Anne s'apprête à rebrousser chemin lorsque son regard est attiré par la porte ouverte d'un local de maintenance. Prudemment, elle s'avance parmi les bombonnes d'oxygène, les appareillages médicaux. Dans un coin, des éclats de vitre brisée scintillent dans l'obscurité. Anne reconnaît l'armoire électrique où se trouve la manette pour couper le courant du service en cas d'incendie. Abaissée. Elle la débloque, parvient à la remonter. Le plafonnier a quelques ratés avant de se remettre en marche et d'éclairer la remise. Au fond de la pièce, une fenêtre grande ouverte. Anne Lavelli s'approche, se penche à travers les échafaudages. Quatre étages plus bas, gît une silhouette, reconnaissable à son blouson rouge orné d'un dragon. Kim est allongé, face à terre, une flaque de sang grossit autour de lui. Elle compose le numéro d'urgence de la PJ pour demander des secours quand des pas se rapprochent dans son dos.

Le plafonnier s'éteint à nouveau.

La peur glisse sur elle comme une cire liquide et pénètre ses pores. D'un coup sec, elle se retourne, arme à la main. Un infirmier, blouse blanche, portable en mode torche électrique, l'éblouit, puis se met à hurler, voyant l'arme braquée sur lui :

—Je viens vérifier l'armoire électrique !

Elle lui répond qu'elle est flic, qu'il n'a rien à craindre. Elle a besoin d'aide : son adjoint est en train de se vider de son sang au rez-de-chaussée devant l'entrée. L'infirmier envoie une alerte au poste des urgences quand, happée par un mauvais pressentiment, Anne détale vers la chambre de Margot. Elle pousse la porte d'un coup sec, et le voit, penché, les bras moulés dans un justaucorps noir, en train de comprimer le visage de sa proie à l'aide d'un oreiller. Plus il pèse sur elle, plus des spasmes agitent le corps de Margot qui tente d'aspirer le peu d'oxygène qui lui reste. Anne Lavelli bondit, menace Jenssen de son arme, quand une silhouette emmaillotée dans des bandages blancs surgit derrière le tueur.

Inès.

Elle lui enfonce son revolver dans le dos. Mais le meurtrier fait demi-tour et lui plante une lame dans la gorge. Un geyser de sang jaillit. Inès s'écroule sur le sol avant de rebondir et de lâcher son arme. Anne veut viser, mais le couteau trempé de sang s'abat sur elle. Elle a un sursaut, parvient à éviter le coup et lui balance un coup de pied dans les couilles, tout en tirant à bout portant. Il esquive le coup de feu, recule. Elle se relève, tire de nouveau sur l'agresseur qui prend la fuite. Anne se penche sur Inès, lui comprime le cou à l'aide d'une serviette et crie :

— Tiens le coup Inès, ce n'est pas la carotide !

Alerté par les cris, un interne pousse la porte, fixe la scène, désemparé, avant de se précipiter vers la victime et de lui confectionner un garrot.

L'arme à la main, Anne part sur les traces de Jenssen. Il a disparu dans le coude du couloir, en direction du local de maintenance, et il enjambe la fenêtre. Elle s'élance à sa poursuite et se retrouve en équilibre instable sur la plate-forme de l'échafaudage, qui oscille dangereusement sous les rafales. Saisie par le vertige qui commence à lui picoter les doigts, elle se raidit. Tétanisée. Membres bloqués. Incapable du moindre mouvement. Elle sent le vide l'aspirer, comme dans *Vertigo*, où James Stewart contemple, impuissant, le vide sous ses pieds. Alors elle se souvient : surtout ne pas regarder le sol, où une équipe est en train de transporter Kim à l'intérieur du bâtiment.

Malgré le chaos qui s'empare d'elle, cette image la galvanise. Le bruit des pas au-dessus d'elle la ramène à son objectif : coincer Jenssen, coûte que coûte. Elle se précipite vers l'escalier métallique, s'agrippe aux tubulures qui glissent entre ses doigts en raison de la pluie battante. Jenssen l'entend, accélère et se précipite vers la dernière rampe, cherchant une issue. L'averse redouble de violence. Malgré les gouttes qui lui cinglent les yeux, elle distingue la silhouette du tueur qui s'avance dans les ténèbres. Il semble la narguer. Elle se hisse à son tour. Curieusement, toute sensation de vertige disparaît quand elle pose le pied sur le toit. De loin, elle voit son regard dément :

— Vous ne m'aurez pas. Personne, ne m'aura, jamais…

Enragé, il brandit l'arme de Kim, met Anne joue, s'apprête à tirer quand une rafale lui fait perdre l'équilibre.

Le coup part. Il fait un faux pas, glisse, se rattrape à un morceau de tôle, parvient à se rétablir. Mais cette fois, c'est Anne Lavelli qui le braque et hurle dans la tempête qui s'abat sur Paris :

—Les mains en l'air. Rendez-vous, Jenssen. Jetez votre arme !

Il demeure immobile, le regard fou, comme s'il cherchait à l'hypnotiser. Elle hésite à lui tirer dans les jambes. Blessé, il déraperait et se fracasserait sur le sol.

Mais elle le veut vivant.

Soudain des sirènes de police crèvent la rumeur de la ville. La lueur intermittente de gyrophares troue la nuit d'éclats bleutés. En quelques secondes, la cour du bâtiment Babinski se transforme en un camp fortifié. Traqué, Jenssen cherche une issue. Il s'élance vers le rebord quand il aperçoit, en contrebas, une brigade d'intervention qui gravit l'échafaudage tandis qu'une autre s'engouffre dans le hall d'entrée. Aux fenêtres, hallucinés, le personnel soignant et les malades contemplent la scène. Jenssen s'arrête net, éclate d'un rire dément, vise à nouveau Anne qui esquisse un pas de côté, chancelle et glisse sur la couverture pentue du toit. Ce dixième de seconde a un goût d'éternité : curieusement, Anne se sent étrangement calme. Mourir en chutant dans le vide, quel comble pour une personne qu'effraie le vertige. Puis un miracle. Sa descente est amortie par un filet destiné à sécuriser le travail des couvreurs. Elle parvient à se rattraper *in extremis* et se remet debout quand Jenssen s'éloigne vers le bord, un sourire fou aux lèvres, l'arme au poing :

—Personne ne m'aura jamais. Jamais.

Soudain, il bondit, pique un sprint et s'élance dans le vide, bras déployés, tel un oiseau prenant son envol vers le ciel ou plutôt vers l'enfer. Comme dans *Birdman*, Jenssen vole plutôt qu'il ne saute, avant de chuter au ralenti, et de s'écraser sur les tubulures du premier étage de l'échafaudage, s'empalant sur une tige métallique au moment même où les premiers hommes du GIGN surgissent sur le toit. Anne est terrassée. Les larmes lui montent aux yeux. Pour la première fois dans une enquête, elle a le sentiment d'avoir tout foiré. Elle a risqué la vie de ses deux collaborateurs et laissé échapper le principal suspect. Elle ne saura jamais la vérité concernant la mort de Marina Ferguson, Frédéric Roche, Yann Derteuil, et Jessica Kübler. Elle ne pourra pas non plus traduire Raphaël Jenssen en justice pour le viol en réunion qui a conduit Joan Verdier au suicide. Un revers qu'elle ne se pardonnera jamais.

*

En rentrant chez elle, Lavelli est accueillie par un Kubrick qui la toise avec reproche. Elle n'a pas l'air dans son assiette. Son blouson est éraflé et son jean, trempé !

—Je t'en pose, des questions, moi ! lui lance Anne en filant dans la salle de bains, à la recherche d'un calmant.

—Respire un bon coup, lance Kubrick, à la place de t'abrutir avec des médocs.

Elle hausse les épaules, avale un Xanax tout en maugréant qu'elle n'a pas l'intention de subir les reproches d'un chien. Puis elle s'allonge sur le canapé du salon, fixe les frises du plafond en attendant que le comprimé fasse effet.

—Fous-moi la paix !

Vexé, Kubrick regagne son panier et s'enroule, dos à Anne dont le portable se met à vibrer : Alex. Elle clique sur la touche Avion, enterre l'appareil sous un coussin puis se recroqueville sur elle-même. Ne plus penser à rien et disparaître.

84

Le lendemain matin

18 octobre 2021 : Hôpital de La Salpêtrière, bâtiment Babinski

Margot, les mains à plat sur le drap du lit, fait signe à Anne Lavelli qu'elle est prête pour l'enregistrement. Elle se redresse, fixe la caméra :

—Je reconnais être à l'origine des *Memento mori*, avec Jessica Kübler. Nous nous sommes rencontrées il y a deux ans sur un site féministe luttant contre les violences faites aux femmes. On voulait se venger de Raphaël Jenssen et de sa bande, les déstabiliser, leur faire cracher leur haine, les punir pour ce qu'ils avaient fait à Joan Verdier, à Elsa Kübler et à d'autres. On voulait les voir souffrir, expier leurs crimes… mais pas les tuer, dit-elle d'une voix étrangement douce.

Margot s'arrête, les yeux perdus dans le vague. Des cernes gris creusent ses yeux et ses pommettes ont la blancheur transparente de la porcelaine. Le bandage qui lui enserre le crâne lui donne l'air d'un zombie, note Anne qui cherche à se projeter dans ses pensées. Imperturbable, la jeune femme poursuit :

—C'était une vengeance dont nous n'avons pas mesuré les conséquences, dit-elle.

Elle ment, songe Lavelli. C'est exactement ce qu'elles voulaient : obtenir qu'ils s'entretuent tous, les uns après les autres. Un jeu de massacre on ne peut plus réussi ! Cinq morts en l'espace de deux semaines… La vengeance est un plat qui se mange froid, mieux, glacé. Elles n'ont pas failli. Qui sait si, en pareille circonstance, elle n'aurait pas agi de la même façon ? se demande Anne. Pour le moment, elle décide de cacher la mort de Jessica Kübler à Margot qui poursuit :

—Hier soir, j'ai rêvé que Joan venait me voir. Elle souriait quand elle s'est assise sur mon lit. Elle m'a pris la main pour me remercier de l'avoir vengée, comme dans *Andora*, le manga qu'elle dessinait quand on s'est connues. Je lui ai répondu que c'était aussi ma vengeance, celle d'une sœur vis-à-vis d'un frère psychopathe qui l'humilie et la torture depuis la petite enfance. Puis soudain, elle s'est évanouie et je me suis réveillée, en suffoquant. Je ne pouvais plus respirer, j'étouffais. Raphaël était en train de m'asphyxier avec un coussin.

Elle ferme les yeux pour chasser cette vision, puis reprend :

—Vous m'avez sauvé la vie. Merci, commissaire.

—Vous souvenez-vous de l'officier de police Carmen Mazetti ? demande Anne Lavelli.

Margot sourit et rouvre ses paupières closes.

—Bien sûr. Une flic qui n'a cessé de vouloir faire la lumière sur la mort de Joan. Mais à l'époque, j'étais trop jeune, j'avais trop de haine en moi pour lui faire confiance. J'avais peur aussi des représailles de mon frère et de sa bande.

—L'avez-vous revue lorsque vous étiez pensionnaire à Castellane ?

—Un ou deux mois après mon départ de Claude-Monet, mon père m'a téléphoné pour me dire qu'elle cherchait à entrer en contact à moi. J'ai accepté.

—Que s'est-il passé ensuite ?

—Nous avions rendez-vous dans un café près de la pension où j'étudiais. Je l'ai attendue longtemps. Elle n'est jamais venue. Je ne sais pas pourquoi.

— Vous avez questionné votre père ?

— Il n'a pas su me dire pourquoi non plus. En revanche, je sais que mon frère et Eva Serverin se trouvaient dans la région en même temps que Carmen Mazetti.

Anne Lavelli fronce les sourcils.

— Qu'est-ce qui vous fait dire ça ?

— Je les ai vus. Le même soir, ils sont venus me narguer jusque sous les fenêtres du dortoir de la pension. Ils me faisaient des doigts d'honneur et ils s'embrassaient.

Le ton de Margot se durcit encore, elle poursuit :

— Savez-vous ce qu'est devenu le témoignage envoyé à Loïc Verdier, dans lequel j'accusais Raphaël d'avoir violé Joan avec sa bande d'ordures ?

— Il nous l'a fait parvenir, répond Anne, je l'ai visionné.

Elle se soulève sur ses coudes et fixe Anne :

— Alors dites-moi. Maintenant que ce salaud est mort, son crime est-il prescrit ou pas ?

— Le délai de prescription concernant le viol d'un mineur a été allongé à trente ans. Mais j'ignore si un procès peut avoir lieu étant donné que la victime est décédée, ainsi que l'auteur ou les auteurs du crime.

— Il reste Yann Derteuil, Simon Delmas et Leslie Guillou, rétorque Margot hors d'elle.

— Je comprends et je partage votre colère, réplique Anne. Malheureusement, Derteuil est mort d'overdose avant-hier. Quant aux deux autres, leur culpabilité va être compliquée à prouver après tant d'années. À moins que Loïc Verdier, en tant que frère de la victime, ne parvienne à se constituer partie civile. Ce sera une bataille longue et difficile.

Margot esquisse un sourire qui en dit long sur ses intentions.

85

18 octobre 2021 : Le Bastion

Ironie des événements, Lavelli prend le même chemin qu'il y a vingt-quatre heures. Retour au 36, où elle gare sa voiture sous un soleil radieux. Les mêmes contrôles, les mêmes couloirs, mais à l'étage des chefs, ce coup-ci.

Dans la salle de réunion, ses trois juges l'attendent, assis en rang d'oignon. Le directeur de la Direction la police judiciaire, la DRPJ, un grand type au regard clair sous des sourcils ombrageux, apprécié de tous. À ses côtés, Morvan, de l'IGPN. Anne Lavelli ne l'apprécie guère : avec son air pincé et ses demi-lunes en écaille, il a tendance à vous examiner comme une empreinte pas très nette sur une scène de crime. Et l'incontournable Malard, qui incarne à merveille la sournoiserie et la cruauté de John Doe, le serial-killer du film *Seven.* Dans les moments tendus, Anne Lavelli aime se servir de ses références cinématographiques pour ne pas se laisser impressionner par ses supérieurs.

—Asseyez-vous, commissaire, jette Morvan d'un ton hautain. Vous n'êtes pas sans ignorer que vous êtes sous le coup d'une enquête administrative concernant les circonstances de la mort de Raphaël Jenssen.

Anne acquiesce, attendant la suite des événements. Si on la convoque au Bastion, c'est pour l'entendre. Or elle n'a pas l'intention de se taire. Certes, ses deux adjoints ont été blessés mais ils s'en sortiront. « Les risques du métier », objecte-t-elle, tout en se sentant honteuse d'utiliser ce type d'argument.

—Je le regrette infiniment. Kim a été blessé à la tête en voulant courser Jenssen mais il n'est pas en danger, et Inès est sortie de l'hôpital avec deux jours d'arrêt maladie.

C'est au tour du directeur de la DRPJ de prendre la parole :

—En attendant les conclusions de l'enquête, nous vous demandons de ne plus intervenir dans les dossiers suivants…

Il baisse le regard pour décrypter les noms inscrits sur la page de garde de son dossier :

—Le décès de Frédéric Roche, la mort de Yann Derteuil ainsi que celle de Jessica Kübler. Ça fait beaucoup pour une seule femme ! conclut-il en réprimant un sourire.

C'est au tour de Morvan, le représentant des bœuf-carottes, d'intervenir :

—Malard, ici présent, vous avait pourtant demandé de mettre fin à vos investigations au sujet de Raphaël Jenssen.

Anne s'efforce de garder son calme :

—Si je n'avais pas contrevenu aux ordres, nous aurions eu un nouveau cadavre sur la conscience ! réplique-t-elle haut et fort.

Silence à couper au couteau, rompu par Malard.

—C'est très ennuyeux car le ministère public ne pourra poursuivre, le principal suspect étant décédé.

Elle préfère ignorer la duplicité de son interlocuteur et se tourne vers le directeur de la DRPJ qui conclut :

—Commissaire Lavelli, nous vous demandons de nous remettre tous les documents en votre possession concernant cette affaire, afin que nous puissions enquêter sur vos responsabilités dans la mort de Raphaël Jenssen.

Anne réprime un sourire de connivence. Cela signifie qu'elle a l'autorisation implicite de poursuivre ses investigations sur Jenssen ainsi que sur la disparition de Carmen Mazetti. Mais de cette dernière, elle ne parle pas.

—Vous recevrez un blâme pour avoir outrepassé vos fonctions au CRMD, lance Malard.

Ce à quoi Anne lui répond par un de ses plus beaux sourires. Grâce au directeur de la DRPJ, elle a échappé à une suspension administrative.

*

De retour boulevard Saint-Germain, au domicile de Jenssen, Lavelli va voir Juliette pour lui raconter les circonstances de la mort de son mari. Oui, elle le poursuivait, car il a voulu s'échapper et a glissé du toit… Juliette est bouleversée.

—Qu'est-ce que mon mari allait faire à La Salpêtrière à cette heure de la nuit ?

Visiblement, elle ignore tout du passé de son époux. Anne prend le temps d'expliquer le parcours de Raphaël Jenssen, sa relation trouble avec sa sœur, tout en atténuant la noirceur de son passé criminel. Juliette est horrifiée de découvrir la part d'ombre de son époux et affirme ne rien savoir de cette trouble façade. Elle veut garder de lui une image lisse et glorieuse à transmettre à ses enfants.

—Quand je l'ai connu, il était si séduisant, si droit, si… murmure-t-elle en raccompagnant Anne à la porte d'entrée. Même si nos relations s'étaient détériorées depuis la naissance des jumeaux, jamais je n'aurais imaginé partager ma vie avec un tel monstre. Attendez-moi un moment, commissaire.

Elle disparaît puis revient avec une enveloppe qu'elle tend à Anne.

—Vous y trouverez un trousseau de clés. J'ai découvert il y a quelques mois que mon mari louait une chambre de bonne dans un immeuble sous un faux nom et qu'il allait souvent y passer la nuit.

—Vous l'avez suivi ?

Elle répond, gênée :

—Pas moi. Un détective. Mais je n'ai jamais osé y pénétrer. Raphaël avait tellement changé depuis un an…

86

18 octobre 2021 : Dans le 13e arrondissement

L'antre de Jenssen est situé au septième étage d'un immeuble haussmannien, face à la manufacture des Gobelins. Une chambre de 13 mètres carrés qui, de l'extérieur, semble tout à fait banale, louée au nom d'une femme décédée. La propriétaire tentait d'expulser Jenssen depuis plusieurs années, mais celui-ci résistait à coups d'avocat et de procédures. Quand elle ouvre la porte, une odeur de Javel saisit Anne Lavelli à la gorge. L'intérieur a quelque chose de la clinique. Sol carrelé immaculé, murs blindés de plaques d'inox qui insonorisent le lieu meublé d'une table métallique munie de curieux anneaux ressemblant à des fers. Ils sont destinés à immobiliser les victimes lors du supplice. Dans un coin, une cage de métal de la taille d'un enfant de dix ans. Lavelli frissonne. Elle a un sursaut de frayeur quand elle aperçoit sa silhouette et son visage filmés en gros plan sur l'écran d'un vidéoprojecteur fixé devant l'unique fenêtre mansardée. Elle lève la tête : deux caméras enregistrent en permanence tous ses mouvements dans la pièce.

Jenssen filmait-il ses ébats sexuels avec des prostituées, des mineurs, des enfants ? Que leur faisait-il subir ? Lavelli a un haut-le-cœur suivi par un sentiment de rage. Elle imagine la griserie du locataire des lieux devant les femmes et les êtres qu'il asservissait pour les anéantir. Elle poursuit ses recherches dans l'armoire métallique vissée au sol, où sont rangés des produits d'entretien, des désinfectants divers et des flacons de produit antitache « spécial sang ». Destinés à quels usages ? Sur une étagère, plusieurs téléphones portables, protégés par des sacs plastiques. Sur l'un d'eux, une étiquette : Golden Head. Elle hésite à s'en emparer. Elle est carrément hors des clous en perquisitionnant l'antre de Jenssen sans en avoir averti la DRPJ, qui chapeaute désormais l'enquête. Une phrase calligraphiée sur l'un des battants l'interpelle :

« C'est le propre de Dieu tout-puissant de tout ramener au bien, même les péchés. Il n'y a pas de saint sans passé, et il n'y a pas de pécheur sans avenir. »

Quels crimes Jenssen a-t-il commis ici ?

Dans un sac de sport, Lavelli trouve des tresses de lin ensanglantées, une cagoule en cuir, ainsi qu'un curieux vêtement de tissu rugueux et métallique, un cilice, destiné à être porté dans un but de mortification. Elle se souvient du roi David qui, après le meurtre d'Urie, exprima son repentir en dormant sur la terre nue pendant de longs mois. Jenssen s'enfermait-il ici dans le but de se fustiger après avoir commis ses meurtres ? Plus loin, une bibliothèque contenant des dossiers rangés avec un soin maniaque permet à Anne de reconstituer quelques-unes des étapes de la vie criminelle de Jenssen, devenu collectionneur de ses propres déviances.

Elsa Kübler est la première. Dans son dossier, un bracelet de naissance en or gravé à son nom, scotché sur une page de cahier d'écolier rédigée avec une écriture enfantine : 3 juin 1992. Raphaël Jenssen avait sept ans quand il le lui a dérobé. Il y a également un Polaroïd aux couleurs fanées représentant une petite fille ronde, portant des lunettes à verres épais, photographiée dans une piscine parisienne à l'architecture des années 1920. Puis l'avis de décès d'Elsa, datant du 15 mai 2013, découpé dans un quotidien du Sud-Ouest, collé sur une page blanche.

Anne saisit une deuxième enveloppe d'où s'échappent une dizaine de portraits. Ce sont ceux de deux adolescentes qui s'échangent des cornets de glace à l'ombre d'un arbre majestueux, riant, se poursuivant dans les galeries du Chinatown du 13e arrondissement. Margot et Joan, les deux amoureuses de Claude-Monet. Sur l'une d'elles, une tête de mort, dessinée au feutre noir, masque le visage de Joan Verdier.

Puis des images pornographiques. Un homme et une très jeune fille en plein ébat amoureux. Prises au téléobjectif, volées à travers une fenêtre. Accompagnée d'une cassette vidéo sur laquelle on peut lire : « Ida Lemoine et Nathan Kavillas, avril 2001 ». Y est joint un document sur lequel sont méticuleusement inscrites les sommes perçues pour chantage auprès du professeur d'art plastique. Puis d'autres clichés, figurant un arbre dont les racines baignent sinistrement dans des flaques de pluie. Anne Lavelli reconnaît immédiatement le fameux cèdre du parc de Choisy sous lequel Joan s'est suicidée il y a vingt ans.

Dans un coffret, elle met la main sur plusieurs sachets d'héroïne et de crack. Sans doute la dope frelatée qui a servi à provoquer l'overdose de Yann Derteuil. Il faudra vérifier et reprendre les analyses, note-t-elle.

Un autre dossier plus récent. Des captures d'écran de Laure Delmas dans le jeu *Witch Game*. Des images d'elle, droguée et couverte de peinture rouge, au parc de Choisy. Ainsi, Jenssen est également à l'origine de l'enlèvement de la gamine. Histoire sans doute de faire pression sur Simon Delmas. Une autre piste à explorer. Puis une feuille de papier pliée, avec le nom de Frédéric Roche et la date de son décès.

Lavelli met enfin la main sur un Nikon Reflex des années 1990, avec une boîte en plastique contenant des photos bien rangées. Des trophées des turpitudes de Jenssen. En les feuilletant, Anne reconnaît Carmen Mazetti et Yvan, son compagnon. Puis, changement de décor, des paysages stupéfiants de beauté : la balade de Carmen dans les gorges du Verdon. Une photo de deux ados qui s'embrassent sur un fond rocheux escarpé, avec une voiture en fond. Raphaël Jenssen et Eva Serverin… Qui a pris le cliché ? Carmen Mazetti ? Puis un selfie d'Eva et d'Aurélien. Soigneusement plié au fond de la boîte, un billet pour Cancun, une ville balnéaire du Yucatan, au nom de la jeune femme… Anne est bouleversée. Serait-ce enfin la preuve de l'assassinat de Carmen Mazetti ?

Puis un épais dossier cartonné, intitulé « Margot J ». Une série d'échanges entre Jenssen et une agence de détectives privés, datant de 2005, retraçant le début du séjour au Japon de sa sœur et ses recherches pour trouver un travail à Kyoto. Puis une longue correspondance sur plusieurs années avec un certain P. J. qui suit à la trace tous les déplacements de sa sœur en Asie, en Australie où, ensuite, il perd sa trace en 2017. Enfin, la copie d'un e-mail récent de Simon Delmas qui se désolidarise des actions d'A. J.

Je ne veux plus rien avoir à faire avec notre passé à Claude-Monet.

Suit la retranscription d'un enregistrement audio d'une conversation téléphonique prouvant que la productrice Lorène Gautier est la commanditaire du meurtre de Marina, *via* Yann Derteuil, avec un e-mail rassurant de Simon Delmas à Raphaël :

Ma mère s'occupe de tout, la fouineuse ne pourra jamais sortir son film... ni nous accuser d'avoir violé Joan Verdier.

Anne Lavelli respire. Elle a enfin toutes les pièces pour reconstituer le puzzle de la mort de Marina Ferguson. Bientôt, elle pourra enfin procéder à l'arrestation de Lorène Gautier.

87

23 octobre 2021 : Les gorges du Verdon

Le drone survole les gorges du Verdon côté ouest. Il pique sur les versants escarpés du canyon, effrayant au passage deux mouflons qui dévalent les pentes à toute allure. Sur l'écran de contrôle, les méandres turquoise de la rivière miroitent sous le doux soleil d'automne. Un rapace aux ailes biseautées, peut-être un vautour fauve, tournoie dans le ciel limpide puis s'écarte à l'arrivée de l'aéronef dont la caméra infrarouge explore les parois de la montagne. Rien que de la roche recouverte de broussailles et des petits arbustes persistants à perte de vue.

— Aucune trace de carcasse de voiture pour le moment, signale à Anne Lavelli le gendarme qui pilote l'engin. On continue les recherches.

Après la découverte de la culpabilité de Raphaël Jenssen dans l'assassinat de Carmen Mazetti, la Direction de la police judiciaire a décidé d'ouvrir une enquête sur la disparition de la jeune policière. Anne Lavelli a été « officieusement autorisée » à suivre les investigations confiées à la DGSE de Marseille. Elle s'est rendue en voiture jusqu'à Castellane, en compagnie de Kubrick, pour assister à l'opération. Menée par les services scientifiques de la gendarmerie, la patrouille s'apprête à explorer le versant est de la route des Crêtes, pour tenter de retrouver le véhicule conduit par Carmen Mazetti.

La zone qui s'étend sur plusieurs kilomètres a été délimitée grâce aux preuves recueillies dans l'antre de Jenssen : des photos tirées sur papier, provenant du Nikon de Carmen Mazetti, trophée que Jenssen conservait précieusement depuis plus de vingt ans. Sur le cliché où Raphaël Jenssen et Eva Serverin s'embrassent devant les gorges du Verdon, Margot a immédiatement reconnu la voiture que ses parents laissaient à l'année dans leur maison de campagne de Castellane. Une vieille Lancia que Raphaël conduisait en cachette depuis ses quinze ans. Une terreur pour son père, s'est-elle souvenue.

Lors de son interrogatoire, Leslie Guillou, la dernière des filles encore en vie de la bande des Têtes d'or, a confirmé qu'Eva Serverin avait accompagné Raphaël, un week-end d'octobre 2001, à Castellane. Elle s'en était vantée à leur retour à Claude-Monet. Quelques mois plus tard, un soir où Eva était en pleine descente d'acide, elle avait avoué à Leslie, que Raphaël avait fait disparaître la flic qui les harcelait à propos du suicide de Joan Verdier. Ils l'avaient suivie sur la route escarpée des Crêtes, puis l'avaient attendue au mirador de… elle ne souvenait plus du nom exact. Là, Raphaël lui avait réglé son compte. Elle ne les emmerderait plus jamais. Eva avait fait jurer à Leslie de ne rien dire, car elle craignait des représailles. Leslie, qui était trouillarde, ne l'avait jamais trahie. Et puis Eva avait succombé à un accident de plongée aux Maldives, peut-être parce qu'elle était trop gourmande et que Raphaël en avait marre de raquer chaque fois qu'elle le faisait chanter.

Sur le mirador Anne entend la rivière se précipiter sur les roches avec un bruit sourd. En contemplant la splendeur des paysages, elle pense à une phrase de Giono : « Ici c'est plus loin qu'ailleurs. » Elle résume à merveille les beautés et les dangers des gorges du Verdon. Mais elle est tirée de ses réflexions par un gendarme qui l'interpelle :

—Je crois qu'on l'a ! Venez voir.

*

Deux heures plus tard. Un hélicoptère dépose trois enquêteurs encordés, munis de caméras. Ils s'approchent du lieu où le drone a filmé les restes d'un véhicule dissimulé dans les ronces. Mûriers, genêts et autres plantes sauvages ont pris racine sur les amas de pierre provenant d'éboulis, créant un mur opaque infranchissable. Depuis le mirador, on comprend qu'aucun marcheur, même bien entraîné, ne peut y accéder. Sur l'écran, Anne Lavelli aperçoit les herbes folles qui tapissent l'intérieur de la carcasse. Un arbre, peut-être un genévrier ou un chêne vert, y a pris racine, éventrant le toit noirci de ses branches. La nature reprend toujours ses droits. Les OPS recueillent minutieusement les indices du véhicule, avant qu'il ne soit découpé puis emmené au labo de la police scientifique. Cependant, aucune trace de vêtements ni d'ossements à proximité.

—Emportés par les bêtes sauvages qui peuplent le canyon, explique le commandant.

Aux alentours, les crêtes des montagnes commencent à bleuir avec le crépuscule. Les enquêteurs décident d'arrêter les investigations. Anne Lavelli ressent un grand désarroi. Elle n'aura jamais la preuve formelle que Carmen a été assassinée ici par Raphaël Jenssen. Elle s'apprête à regagner sa voiture, suivie par un Kubrick tout aussi mélancolique qu'elle, lorsqu'un cri résonne dans le haut-parleur de l'écran de contrôle :

—On a trouvé quelque chose !

L’un des hommes exhibe à la caméra une mince chaîne en argent oxydée par les intempéries avec un curieux pendentif en métal. En approchant de l’écran, Anne sourit pour la première fois depuis longtemps.

—Pouvez-vous me faire un gros plan s’il vous plaît ?

La caméra zoome, découvrant un petit personnage de métal sculpté de deux centimètres environ, à la tête couronnée de rayons de soleil. Anne Lavelli reconnaît Imti, le dieu des Incas, messager et protecteur du monde, qui annonce le renouveau.

Sa ténacité a payé. Elle a enfin retrouvé Carmen.

88

23 octobre 2021 : En quittant la Provence

Au son des *Variations Goldberg* interprétées par Glenn Gould, Anne Lavelli remonte vers Paris au volant de sa voiture, en compagnie de Kubrick qui somnole sur la banquette arrière. Même si elle se sent dans une bulle protectrice, elle ne peut s'empêcher de songer à Carmen Mazetti et à sa fin tragique. L'éternel problème de la parole des femmes. Si quelqu'un, ne serait-ce que l'un des flics avec lequel elle travaillait, ou bien même Yvan, son compagnon, l'avait écoutée il y a vingt ans, elle ne serait pas morte. Un fou dangereux serait sous les verrous et plusieurs morts auraient été évitées. Heureusement, les temps changent. Mais la recherche de la vérité sur les maltraitances subies par les femmes reste complexe. Anne sait d'expérience qu'elles sont plus, que les hommes, exposées à des formes graves de violence. Combien de harcèlements psychologiques, sexuels, de viols et de féminicides sont punis en France ? Très peu, en réalité. Et cela demeure un obstacle majeur à la mise en œuvre de l'égalité entre les femmes et les hommes.

Le téléphone signale un appel de Kim. Anne est heureuse de l'entendre. Il est complètement remis de sa blessure et a une bonne nouvelle :

—Lorène Gautier a enfin avoué avoir demandé à Yann Derteuil d'aller « faire peur à Marina Ferguson afin qu'elle oublie l'affaire Joan Verdier dans son film documentaire ». Et ça a mal tourné.

—Bien sûr, elle avait vu les rushes, dit Anne.

—Oui. Pas question que cette conne mette en danger l'avenir de son fils, qu'elle avait sauvé de ses mauvais penchants et de ses mauvaises fréquentations, s'est-elle justifiée pendant l'interrogatoire.

L'amour d'une mère toxique peut conduire aux pires calamités, songe Anne quand son portable se met à égrener une succession d'appels et de messages non détectés en raison de problèmes de réseau dans les gorges du Verdon. Elle compte cinq messages d'Alex et exactement le même nombre d'Éric. Elle sourit. En tant que flic, elle a pris l'habitude de ne pas se fier aux coïncidences… mais là. Que faire ? Pourquoi choisir, alors qu'elle les aime tous les deux ? Choisir, n'est-ce pas renoncer ? N'a-t-elle pas le cœur assez grand pour deux amours ? Anne rectifie : deux amours et demi en comptant Kubrick… qui lève un œil sur la banquette arrière, en émettant un petit grognement de satisfaction.

Nouvel appel d'Inès, cette fois pour un compte rendu sur les avancées de l'affaire Jenssen.

—Après examen de ses téléphones et de son ordi, il apparaît qu'il utilisait plusieurs avatars pour chasser ses proies sur le DarkNet. Il avait même entamé des échanges avec Jessica Kübler sous le pseudo Golden Head, ou plus exactement, c'est elle qui l'avait contacté en premier. Voulait-elle le dézinguer ? Possible. Malheureusement, ça s'est retourné contre elle et c'est lui qui l'a tuée. Je t'envoie le compte rendu de l'autopsie. Il s'agit bien d'un meurtre.

Anne soupire, tandis qu'Inès poursuit :

—Il ciblait particulièrement les sites qui affichaient des déviances sadomasochistes, sur lesquels des pauvres filles sont vendues puis torturées. Des malades pervers payent à prix d'or pour assister à ce genre de spectacle mortifère et à leur agonie en direct. Sauf qu'il ne s'agit pas de snuffmovie, mais de vraie réalité. C'est à gerber !

Anne enrage. Comment arrêter tout ça ? La puissance de la partie immergée du Net est telle, draine tellement d'argent, libère les pires instincts… Elle est interrompue par Inès :

—Il aurait également à son actif plusieurs meurtres de prostituées en région parisienne. Je te tiens au courant dès que j'ai des news. Tu reviens quand dans le 13 ?

—Je suis en route.

—À toute, jette Inès.

De nouveau, les notes apaisantes de Glenn Gould envahissent l'habitacle. La route serpente, fantomatique dans la nuit traversée par quelques phares. L'image de Raphaël Jenssen ne quitte pas Anne Lavelli. Lui, si séduisant, qui affichait une telle réussite, tant au niveau professionnel que familial, pourquoi exerçait-il ce pouvoir destructeur sur ceux qui l'approchaient et lui tenaient tête ? La loi du plus fort, le permis de violer, torturer, tuer ceux qui se mettaient en travers de sa route… Qu'est-ce qui avait vrillé en lui ? Raphaël, Tête d'or, semblait être le mal absolu.

Comment le mal si abject peut-il revêtir les formes les plus angéliques ? Pourquoi ? Comment avait-t-il perdu sa part d'humanité pour devenir ce monstre criminel ? Pourtant, tous les bébés se ressemblent, innocents, fragiles… Alors quand cesse-t-on de faire confiance ? Quand prend-on peur des autres, au point de ne plus voir en eux que des objets ? Margot et Raphaël avaient les mêmes parents. Le mal est-il inné ? Ou acquis ?

Anne Lavelli se dit qu'elle a toute sa vie de flic pour y répondre.

FIN

Achevé d'imprimer en novembre 2023
sur les presses de la Nouvelle Imprimerie Laballery
58500 Clamecy
Numéro d'impression : 311039

Imprimé en France

La Nouvelle Imprimerie Laballery est titulaire de la marque Imprim'Vert®